박정희체제 속 농민, 노동자, 도시 이방인의 삶

이화연구총서 23

박정희체제 속 농민, 노동자, 도시 이방인의 삶

1970년대 소설 속 하층계급 인물 연구

권 경 미 지음

혜안

이화연구총서 발간사

이화여자대학교 총장 **최 경 희**

130년의 역사와 정신적 유산을 가진 이화여자대학교는 '근대', '여성', '교육'이라는 측면에서 역사의식과 책임의식을 견지하며 한국 사회의 변화를 주도해 왔습니다. 우리 이화여자대학교는 이러한 역사와 전통을 바탕으로 세계적인 경쟁력을 갖춘 대학으로 거듭나고자 연구와 교육의 수월성 확보라는 대학 본연의 과제에 충실하려 노력하고 있습니다. 구체적으로 다양한 학제간 지식영역 소통과 융합을 비전으로 삼아 폭넓은 학문의 장 안에서 상호 협력하는 개방적이고 민주적인 소통을 지향하며, 고등 지성의 연구 역량과 그 성과를 국내외적, 범세계적으로 공유하는 체계를 지향합니다. 아울러 학문연구의 영속성을 확보하기 위해 젊은 세대에게 연구자의 지적 기반을 바로잡아주는 연구 기능을 갖춤으로써 연구와 지성의 가치를 구현하는 그 최고의 정점에 서고자 합니다. 대학에서 연구야말로 본질적인 것으로 그것을 통하여 국가와 대학, 사회와 인류에 기여할 수 있는 것이며 연구가 있는 곳에 교육도 봉사도 보람을 찾을 수 있는 것입니다.

이화의 교육은 한 개인의 역량을 강화하는 데 머무는 것이 아니라 타인과 약자, 소수자에 대한 배려 의식, 다른 사람과 소통하는 공감 능력을 갖춘 여성의 배출을 목표로 합니다. 이러한 교육 속에서 이화인들의 연구는

무한 경쟁의 급박한 현실에 안주하지 않고, 섬김과 나눔이라는 이화 정신을
바탕으로 21세기 우리 사회와 세계가 요구하는 사회적 책무를 다하려
합니다.

　학문의 길에 선 신진 학자들은 이화의 도전 정신을 바탕으로 창의력
있는 연구 방법과 새로운 연구 성과를 낼 수 있는 중요한 자산입니다.
따라서 신진학자들에게 주도적인 학문 주체로서의 역할에 대한 기대가
매우 큽니다. 그들로부터 나오는 과거를 토대로 새로운 것을 창조하는
'法古創新'한 연구 성과들은 가까이는 학계의 발전을 이끌어 내고, 나아가
'변화'와 '무한경쟁'으로 대변되는 오늘의 상황에서 사회와 인류에 발전적
으로 이바지할 수 있는 저력이 될 것입니다.

　특히 이화가 세계적인 지성 공동체로 자리 매김하기 위해서는 이 학문
후속세대를 위한 지원과 연구의 장을 확대할 필요가 있습니다. 이에 따라
이화여자대학교 한국문화연구원에서는 세계 최고를 향한 도전과 혁신을
주도할 이화의 학문후속세대를 지원하기 위해 '이화연구총서'를 간행해
오고 있습니다. 이 총서는 최근 박사학위를 취득한 신진 학자들의 연구
논문 가운데 우수논문을 선정하여 발간하는 것입니다. 총서의 간행을 통해
신진학자들의 논의가 보다 많은 사람들에게 제공되어 이들의 연구 성과가
공유될 수 있는 기회를 줌으로써 이들이 미래의 학문 세계를 이끌 주역으로
성장하는 데 도움을 주고자 합니다.

　앞으로도 '이화연구총서'가 신진학자들이 한발 더 높이 도약할 수 있는
발판이 되기를 희망합니다. '이화연구총서'의 발간을 위해 애써주신 연구진
과 필진 그리고 한국문화연구원의 원장을 비롯한 모든 연구원들의 노고에
진심으로 감사드립니다.

머리글

　이 책은 1970년대 이문구, 조세희, 황석영의 소설에 나타나는 하층계급 인물을 살펴보는 것을 목적으로 한다. 또한 고도의 근대화·산업화의 과정을 거치면서 하층계급의 성격이 '저항'과 '투쟁'으로 점철되는 것의 의의와 한계를 아울러 살펴보고자 하였다. 이를 위해 1970년대 박정희체제가 반공주의와 경제성장 제일주의를 지배담론으로 삼았음을 전제하고 박정희체제의 통치와 그에 따른 하층계급들의 반응을 통해 박정희체제의 폭력적인 구조가 하층계급의 (무)의식적 순응을 유도했음을 밝히고자 하였다.

　이에 II장에서는 이문구 소설을 중심으로 농민을 1970년대 하층계급으로 규정을 하고 언어 순화 정책과 상관없이 농민들이 농촌 지방의 지역어를 의식적으로 사용하는 것을 살펴보았다. 박정희체제는 대북(對北) 관계의 긴장 속에서 남한만의 가치관을 정립하고자 언어순화를 통해 남한만의 통합을 꾀하려고 하였다. 이에 이문구의 지역어 사용은 통합 정책에 균열을 가하는 효과를 줄 수 있었다. 하지만 농민만의 유교적 가치관을 바탕으로 한 농촌 공동체는 유교적 문화를 통치에 접목시킨 박정희 정권의 지배 이념과 접합되는 지점이 생기게 되었다. 그래서 농민은 박정희체제에 비판적인 한편 체제에 일견 순응하게 되는 양가적인 모습을 보인다.

　한편 박정희체제는 농촌을 향해 이중으로 호명하였다. 하나는 고도의 산업화에 따른 노동력을 충당할 수 있는 산업인력의 보급책이었다. 다른 하나는 농촌을 지키며 농업에 종사하는 정주(定住)하는 농민이었다. 이문구는 정주하는 농민을 중심으로 농민을 위한 영농조합의 횡포를 사실적으로 폭로하고 있다. 또한 도시와 비교해 미개한 지역, 지역민이라는 인식이 팽배함을 비판적으로 제시하고 있다. 그렇지만 박정희체제는 농촌의 근대화 명목으로 농민들을 회유할 목적으로 새마을운동을 펼침으로써 이런 불만을 잠식시키려고 하였다. 그리고 TV 보급과 농촌에 유입된 도시문화로 인해 농촌도 근대화의 수혜를 받은 것과 같은 착각에 빠지게 하였다. 이처럼 1970년대 농민들은 현실의 불합리함에 저항과 비판을 하기도 하지만 박정희체제의 유인정책으로 일관되게 저항하는 태도를 유지할 수 없었다.

Ⅲ장에서는 조세희의 소설을 중심으로 노동 집약형 경공업에 종사하는 노동자들을 하층계급으로 보았다. 반공주의 사회에서 노동자가 자신들의 정체성을 획득하는 것은 쉬운 일이 아니었지만 조세희의 노동자들은 자신들의 정체성을 법에 의거해 구성해나가는 모습을 보이고 있다. 조세희가 노동자 스스로 법의 주체임을 인식해 가는 과정을 서술하는 것만으로도 노동자들의 체제 저항적인 면을 확인할 수 있는 대목이다. 또한 조세희의 인물 중에서 법의 주체라는 사실을 깨달은 노동자는 동료를 일깨워 적극적으로 노동운동에 동참케 하는 노동자영웅의 면모를 보이기도 했다. 이처럼 저항적 노동자의 출현은 박정희체제로 하여금 법을 개정해 법의 보장을 유예시키도록 했다. 하지만 정작 법은 노동자들을 위해 해 줄 수 있는 것이 많지 않았다. 그리고 노동자 권리의 유예를 회사 경영자들이 법을 준수하지 않는 것처럼 보이도록 하였다. 박정희체제에서는 노동법의 대리자의 역할을 경영자들이 하게 되고, 노동자들은 경영자와 갈등하게 되었다. 하지만 이 갈등의 중핵에는 '법의 무지'가 있다. 법은 결코 노동자를 위한 적도 없었고, 노동자를 위해 아무 것도 해 줄 것이 없는 텅 빈 대타자로 존재할 뿐이다. 노동자영웅이 이 사실을 깨달았을 때 그는 법의 무지와

맞서지 않고 그 화살을 경영자에게 돌려 버린다. 즉 노동자영웅은 법이 무지하다는 사실과 직면하자 법의 무지를 드러내지 않고 묻어버리는 행동을 하였다. 이는 회장으로 오인한 회장 동생을 살해하는 것으로 확인할 수 있다. 이는 법이 텅 빈 대타자라는 것이 폭로되지 못한 채 계속 유지되게 하는 작용을 하였다.

한편 경제성장 제일주의를 내세운 박정희체제에서 노동력은 가장 중요한 자원이었다. 그리고 국가 주도의 산업에서 노동력의 통제와 조직화는 경제 발전에서 빼 놓을 수 없는 요소였다. 조세희는 아버지 세대와 아들 세대로 변별되어 나타나는 노동력의 소유와 통제를 보여주고 있다. 즉 노동력이 국가 담론 안에서 조직화되는 모습을 소설 속에 형상화함으로써 박정희체제의 경제 발전 담론을 비판하고 있다. 하지만 이미 재편된 산업 시스템 안에서 노동자는 가족 중심의 가족 생계를 책임져야 하는 생계형 노동을 해야 했다. 이처럼 가족 담론과 산업 담론이 맞물리면서 가장이거나 장남인 이들은 노동 현실의 모순 속에서도 가족 중심적인 노동을 지속해야 하는 순환구조를 가지고 있다. 또한 노동력이 국가 시스템 안에서 구축이 되면서 국가에서는 이들에게 사회복지에 대한 환상을 심어 주었다. 의료·교육 등의 사회복지는 산업 구조 안으로 포섭된 노동자들을 매혹시킬 만한 충분한 요소로 작용을 하였다.

Ⅳ장에서는 황석영을 중심으로 도시 이방인들의 모습을 고찰하였다. 이들은 모두 농촌, 북한 등 도시가 아닌 타지역 출신의 하층계급들이다. 반공주의가 팽배했던 박정희체제에서 북에서 월남한 사람들은 남한민으로 정착하기 위해 남한 사회의 이념과 문화를 모방·수용해야 하는 입장이었다. 황석영은 이들 월남인들에게 부정부패와 금품수수를 권유하는 남한민들을 통해서 남한과 동일화하는 것의 실체를 폭로하고 있다. 하지만 박정희체제는 남한사회를 규정하는 다양한 이념과 가치관들을 학교·군대·감옥과

같은 근대 규율 공간을 통해서 끊임없이 재생산하고 있었다.

경제 발전의 논리는 도시 이방인들로 하여금 유용한 신체를 가지게 하였다. 도시에 필요한 인력 이상을 도시 안으로 호명하면서 예비 인력, 잉여 인력으로 구분하였다. 이들 잉여 인력들은 산업시대에 산업 노동자가 되지 못한 채 도시민들의 왜곡된 욕망의 대상으로 전락을 하고 말았다. 황석영은 도시민들의 욕망을 해소하는 투사체로서의 잉여 인력에 주목하면서 경제성장 제일주의의 허상을 폭로하였다. 한편 1970년대는 경공업 중심의 산업구조에서 중화학공업으로 변모하는데 이때부터 노동력은 '인적 자본'의 의미가 추가가 된다. 인적 자본으로서의 노동력은 객체화가 이루어져 효율성과 능률성을 측정·평가할 수 있는 산업의 한 항목이 되었다. 그래서 황석영의 소설에서는 경쟁력을 향상시키기 위해 자기 계발하는 노동자를 확인할 수 있다.

이상에서처럼 1970년대 소설에 나타나는 하층계급 인물 연구는 지금까지 하층계급을 시대에 저항했던 투사라는 단일한 해석에서 벗어나 하층계급이 배태되는 구조를 함께 살펴봄으로써 문학 안에서 하층계급을 재발견했다는 의의가 있다. 이는 하층계급이 체제에 비판하는 저항적인 측면과 함께 당대를 살아냈던 생활인으로서의 모습도 함께 살펴 본 것이다. 또한 1970년대라는 부조리하고 모순적인 정치·사회 문제를 문학 안에 심화시킴으로써 문학의 외연이 이전의 연구에서보다 더 확장된 의의가 있다. 마지막으로 1970년대가 본격적인 산업자본주의 시대가 배경이기 때문에 이후의 문학 작품에 등장하는 다양한 하층계급들의 기원적인 모습을 유추해볼 수 있다는 점에서 1970년대 소설에 나타나는 하층계급 연구가 중요한 의미를 가질 수 있다.

목차

I. 서론

1. 연구사 검토 및 문제 제기

한국 사회에서 1970년대는 경제 발전이라는 절대적 과업을 완수하기 위해 국민 전체의 총화와 통합을 주장, 유지하려고 했던 시대였다.[1] 국가 주도의 다양한 국책 사업들은 국민의 단결과 단합이 바탕이 되어 타당하고 명분이 뚜렷한 것으로 인식이 되었다. 그러나 농민, 노동자, 도시 이방인 등의 하층계급들은 그 분명한 명분에도 불구하고 산업 현장, 생산 현장에서 동원은 되지만 실질적인 이익 분배의 장에서는 철저하게 배제되고 소외됨으로써 계급에 따른 모순·갈등을 양산할 수밖에 없었다. 하지만 박정희 정권은 이들에게 미래에 있을, 아직 도래하지 않은 근대화·산업화의 청사진을 제시하면서 이들이 받을 이익을 감추거나 유보시키는 모습을 보였다. 그리고는 하층계급의 희생이 국가를 위해 꼭 필요한 것임을 천명하는 한편 이들의 불만을 실질적인 보상이 아닌 근대화된 도시의 정경을 통하여 미래의 산업 발전을 가정함으로써 보상의 지연이 타당하다고 설명하려고 하였다.

---

1) 전재호, 『반동적 근대주의자 박정희』, 책세상, 2005, pp.57~59.

또한 박정희 정권은 개인들을 국민으로 호명한 후 국민으로서의 정체성을 갖도록 하면서 국가사업에 단합된 모습으로 동참하기를 종용하였다. 이런 모순된 정책은 곧바로 문학 작품에 묘사가 되어 1970년대 농민, 노동자, 도시 이방인의 하층계급을 주인공으로 내세운 작품들은 사회가 지닌 모순을 사실적으로 묘사하는 경우가 많았다. 따라서 소설 속 1970년대는 동시대를 꽤 엄정하고 냉혹하게 바라보면서 그 모순을 날카롭게 비판하는 경우가 많았다.2)

최근 들어 1970년 문학을 적극적으로 해명하고 살펴보려는 노력이 일고 있는데,3) 이러한 연구 경향은 해당 시기 문학이 현실을 비판적으로 형상화하고 있다는 데 기본적으로 동의를 하고 있다. 비판의 시선을 도시, 농촌에 두어 각각 '도시 비판 소설', '농촌 소설' 등으로 나누어 연구를 하였다. 하정일4)의 논의는 1970년대를 관통하는 화두를 던져 주는데 그는 1970년대를 "저항의 서사"와 "대안적 근대의 모색"으로 보았다. 그는 1970년대를 분단 자본주의의 성장기인 동시에 민중 운동의 성장기로도 보면서, 이문구, 조세희, 황석영의 소설에서 나타나는 저항의 서사와 이를 극복하고자 하는 대안적 근대화의 모색에 대해 논의하였다. 하정일의 논의는 많은 시사점을

---

2) 그러나 1970년대 문학에 대한 연구는 1970년대가 현재와 너무 근접해 있기 때문에 객관성을 확보할 수 없다는 한계 때문에 2000년대 들어 나타나게 되었다.

3) 가장 대표적인 연구로는 민족문학사연구소 현대문학분과의 『1970년대 문학연구』(소명출판, 2000)이다. 이 책은 1970년대 문학을 '근대관'의 관점과 연결시켜 다각도에서 심층 깊게 논의를 하였다. 분단, 민족, 노동 투쟁, 농민, 대중 등의 1970년대를 관통하는 사유의 틀을 따라 분석을 한 저서이다.
또한 문학사와 비평 연구회의 『1970년대 문학연구』(서울, 예하, 1994)는 70년대 문학 연구를 본격적으로 시도한 논의들을 모은 책이다. 1970년대 문학 연구이긴 하지만 70년대를 총체적으로 개괄했다기 보다는 작가 중심의 개별 논의에 그쳤다는 아쉬움이 있지만 1970년대 문학을 본격적으로 다루었다는 의의가 있다.

4) 하정일, 「저항의 서사와 대안적 근대의 모색」, 『1970년대 문학 연구』, 소명출판, 2000.

주는데 자본주의의 성장과 함께 민중의 성장을 같이 봄으로써 민중이
시대를 비판적으로 사유할 수 있으며, 적극적으로 저항할 수 있다는 성격을
부여한 의의가 있다. 다만 민중들의 저항을 모두 미래지향적이며 유토피아
적인 이상을 향해 나아가고 있다며 지나치게 낙관적인 해석을 보인 점이
아쉬운 지점이다.

강진호[5]는 분단현실을 직접적으로 문학 안에 형상화한 작품들을 비평하
면서 한층 적극적으로 문학 안에서 분단을 극복하고자 한 주체들의 의지를
분석하고 있다. 반공 이데올로기에 젖어 경직된 시대적 분위기를 극복하고
자 노력을 한 것으로 보고 있다. 또한 권영민[6]은 1960년대부터 이어진
사회에 대한 관심이 1970년대 들어 현실적인 문제와 문학이 결합하여
여러 가지의 논쟁을 낳은 시기로 보았다. 산업화를 좀 더 적극적으로 사유하
면서 개인과 현실·사회가 균형 있고 조화롭게 발전할 수 있는 방향을
문학적으로 모색한 시기로 보았다. 다만 문학적 사유는 성숙할지언정 미학
까지 같이 확보하지 못한 것을 한계로 들었다. 이 외에도 1970년대 문학에
대한 연구는 김우창, 김치수, 염무웅[7] 등의 논의들이 있다.

1970년대의 현실이 가진 모순을 그 누구보다 잘 드러내서 당대를 대표한
작가로는 농민들의 삶과 애환을 담아낸 이문구, 노동 현실을 실감나게
재현해 낸 조세희, 도시 주변인들의 삶을 현실적으로 그려낸 황석영을
꼽을 수 있다.

---

5) 강진호, 「분단현실의 자기화와 주체적 극복 의지」, 『1970년대 문학 연구』, 소명출판, 2000.
6) 권영민, 「산업화 과정과 문학의 사회적 확대」, 『한국 현대 문학사 2』, 민음사, 2002.
7) 김우창, 「산업시대의 문학」, 『문학과지성』, 1979 가을호 ; 김치수, 「산업사회에 있어서의 소설의 변화」, 『문학과지성』, 1979 가을호 ; 염무웅, 「도시-산업화 시대의 문학」, 『민중시대의 문학』, 창작과 비평사, 1979.

이들의 연구 성과물도 상당히 많은데 이문구에 대한 연구는 크게 2가지로 나뉜다. 먼저, 이문구가 농촌의 현실에 집중을 하면서 당대의 사회 비판 기능을 수행했다는 논의이다.8) 이 논의에서는 이문구가 농촌에 관한 문제의식을 핍진하게 드러냈으며 농촌의 현실을 통해 근대화의 물결인 산업화와 도시화를 농촌의 현실을 통해 직접적으로 비판하고 있다는 분석을 하고 있다. 열악하며 수탈과 잉여의 공간이면서 도시의 타자항으로서의 기능을 하는 농촌에 관심을 가지는 논문은 또 크게 2가지의 갈래로 나뉠 수 있는데 농민 문제에만 천착하여 농민 문제를 사실적으로 보여준다는 논의가 그 첫 번째다.9) 두 번째로는 근대화의 양지(陽地)인 도시와 달리 음지(陰地)에 해당하는 농촌을 부각시키면서 자연스럽게 농촌의 소외를 이야기하는 연구가 있다.

이와 함께 이문구를 문체를 통해 연구하는 흐름도 있는데10) 이 연구 역시 다시 크게 2가지로 나눌 수 있다. 작품의 미학적 구성 원리에 집중해서 고유어 사용, 만연체 문장, 현란한 방언 등의 작품 내적 미학을 연구하는 논의가 있다. 특히 김윤식11)은 근대 소설의 관점에서 이문구의 이러한 창작 기법이 근대 소설에 미달한다는 기준을 제시하기도 하였다. 이와

---

8) 백낙청, 「사회비평 이상의 것」, 『창작과 비평』, 1979 봄호 ; 황종연, 「도시화, 산업화 시대의 방외인」, 『작가세계』, 1992 겨울호 ; 김만수, 「전래적 농촌에 대한 회고적 시각」, 『작가세계』, 1992 겨울 ; 김치수, 「농촌 소설의 의미와 확대」, 『공감의 비평을 위하여』, 문학과 지성사, 1991.

9) 김종철, 「사회 변화와 전통적 가치」, 『시와 역사적 상상력』, 문학과 지성사, 1978 ; 김우창, 「근대화 속의 농촌」, 『세계의 문학』, 1981 겨울호.

10) 조용미, 「이문구 소설 연구」, 연세대학교 석사학위논문, 1988 ; 김상태, 「이문구 소설의 문체」, 『작가세계』, 1992 겨울호 ; 현길언, 「이야기성과 서사성의 만남」, 『작가연구』, 1999 ; 전정구, 「토속어의 활용과 관용적 표현」, 『문학과 방언』, 역락, 2001 ; 진정석, 「이야기체 소설의 가능성」, 『1970년대 문학 연구』, 예하, 1994 ; 이대성, 「이문구 소설 연구」, 고려대학교 석사학위논문, 1997.

11) 김윤식, 『文體의 힘』, 한국현대문학사, 일지사, 1976.

반대로 이러한 느슨한 소설적 기법이 오히려 탈식민, 탈근대의 한 근거가
될 수 있다는 논의도 있다. 고인환[12]은 그의 박사학위논문에서 이문구가
자신만의 근대적인 이야기체 구성 방식과 고유어와 만연체의 사용으로
근대를 넘어 탈식민까지 사유하는 방식을 보여주고 있음을 주장하고 있다.
이러한 고인환의 지적은 설득력이 있는 견해이긴 하지만 탈식민의 이론
위에 이문구의 창작 기법을 덧씌운 인상을 지울 수 없다. 특히 탈식민
인식을 위해 전근대적 문화 공간과 할아버지 질서로의 회귀를 지나치게
긍정적으로 평가했다는 비판에서는 자유로울 수 없을 것이다.

  1970년대의 노동 현실을 그 누구보다 사실적으로 그려낸 조세희에 대한
연구는 1970년대의 산업 사회의 문제를 형상화해내는 것에 주목을 하면서
노동자와 도시 빈민자들이 나름의 방법으로 저항을 하는 양상에 주목을
한 논의들이 대부분이다. 정과리[13]는 1970년대의 억압적, 폭력적 사회에
대한 작가의 날카로운 인식과 극복하고자 노력하는 인물들을 긍정적으로
평가하[14]는 것에 대해 오히려 갈등의 해결 방식이 인물과 세계와의 단절로
드러남으로써 노동자를 위한 소설이 아니라 지식인을 위한 노동자 소설이

12) 고인환, 「이문구 소설에 나타난 근대성과 탈식민성 연구」, 경희대학교 박사학위논
    문, 2003.
13) 정과리, 「고통의 개념화」, 『문학, 존재의 변증법』, 문학과지성사, 1985.
14) 심지현, 「1970년대 소설의 사회변동 수용 연구-이문구, 윤흥길, 조세희의 연작소설
    을 중심으로」, 대구가톨릭대학교 박사학위논문, 2005 ; 김병익, 「대립적 세계관과
    미학」, 『문학과지성』, 1978 겨울호 ; 김병걸, 「노동문제와 문학」, 『실천시대의
    문학』, 실천문학사, 1984 ; 김우창, 『두 열림을 위하여』, 솔, 1991 ; 신명직, 「조세희
    의 난장이가 쏘아올린 작은 공 연구」, 연세대학교 석사학위논문, 1997 ; 정과리,
    「고통의 개념화」, 『문학, 존재의 변증법』, 문학과지성사, 1985 ; 김윤식, 「문학사적
    개입과 논리적 개입」, 『문학과 사회』, 1991 겨울호 ; 김종철, 「산업화와 문학」,
    『창작과 비평』, 1980 봄호 ; 권영민, 「산업화 과정과 문학의 사회적 확대」, 『한국현
    대문학사2』, 민음사, 2002 ; 오세영, 「사랑의 입법과 사법」, 『한국현대작가연구』,
    민음사, 1989.

라는 견해를 밝히기도 하였다. 조세희의 소설에서 보이는 시대에 대한 저항성에 공감하면서 특히 기법적인 측면에서 연구한 논의도 있다.[15] 김치수[16]는 "사랑이 결핍된" 도시 공간 속에서 "인간과, 세계의 극단적인 대립"은 피할 수 없다고 보았고, 이를 위해 대립이 아닌 사랑의 회복을 보여주어야 하는데, 조세희는 이를 '난장이'의 초월적인 죽음으로 그리고 있다고 보았다. 한편 성민엽[17]은 조세희가 꿈꾸는 "초월세계의 꿈"이 현실에서 실현되지 못하고 미완으로 남는 것을 이차원적인 구조에서 찾는다. 소설에서 외면적으로는 "가진 자/못 가진 자", 내면적으로는 "안락/고통"과 같이 이차원의 대립 구조를 가짐으로써 현실에서의 유토피아가 유보되는 것으로 보았다. 이처럼 조세희를 연구하는 경향들은 현실의 모순에 저항하는 소설이라는 기본 전제에 모두 동의를 한다. 초기의 논의들이 저항, 그 자체에 의미 부여를 한 것에 비해 점차 미학적인 특성까지 같이 연구하면서 조세희의 문학이 가지는 현실 저항성이 어떻게 문학적인 미학성을 확보하는지를 살피는 연구로 변화하고 있다.

황석영에 대한 연구는 1970년대의 민중 중심의 리얼리즘적 논의와 1980년대 이후 민족적 논의로 크게 나뉜다. 리얼리즘적 논의는 그의 초기 소설을 중심으로 산업화와 도시화로 인해 뿌리 뽑힌 민중들의 삶을 조명하는 논의인데[18] 김치수는 황석영의 소설이 실향을 한 주인공들이 고향 상실로

---

15) 한미선, 「문체 분석의 구조주의적 연구」, 서울대학교 석사학위논문, 1986 ; 권은경, 「조세희의 난장이가 쏘아올린 작은 공 연구 : 기법과 주제적 미학성의 상관성을 중심으로」, 성균관대학교 석사학위논문, 2004.
16) 김치수, 「산업사회에 있어서의 소설의 변화」, 『문학과지성』, 1979. 가을호.
17) 성민엽, 「이차원의 전망-조세희론」, 『한국 문학의 현 단계 2』, 창작과 비평사, 1986.
18) 문재원, 「황석영 초기 소설 연구」, 『한국문학논총』 제41집, 2005 ; 김치수, 「한국소설은 어디에 와 있는가-최인호와 황석영을 중심으로」, 『문학과지성』, 1972 가을호 ; 백낙청, 「변두리 현실의 문학적 탐구」, 『한국문학』, 1974 2월호 ; 오생근,

인해 뿌리 뽑힌 주체가 되어 그 비극성이 극대화 되었다고 보았다.[19] 이에 강상대는 김치수의 논의를 더 확장해서 뿌리 뽑힌 민중들의 길 위의 서사는 1970년대의 "구조적 폭력"이라는 것을 밝히고 있다.[20] 이와 같은 논의들은 돌아갈 곳을 잃어버린 도시에 사는 탈향민들에 대한 시선이다. 하지만 탈향 그 자체에 집중할 경우 자칫 산업화로 인한 고향 상실, 그리고 길 위에서의 서사라는 도식화된 해석에만 머물면서 귀향을 가로막는 것들에 대한 고찰은 소설을 지나치게 평면적으로 보게 한다. 또한 개인적인 윤리의식을 바탕으로 초월적인 저항의 힘을 보여줘야 한다는 황석영의 시각은 구체화되지 않은 추상적인 대안점이 될 수 있다.[21] 이외에도 황석영

「개인의식의 극복」, 『문학과지성』, 1974 여름호 ; 오생근, 「진실한 절망의 힘」, 『창작과비평』, 1978 가을호 ; 오생근, 「민중적 세계관과 일상성의 문학-황석영 작품론」, 『현실의 논리와 비평』, 문학과지성사, 1994 ; 신동한, 「폭넓은 리얼리즘의 세계」, 『창작과비평』, 1974 가을호 ; 김병욱, 「개인과 역사-한씨 연대기를 중심으로」, 『월간문학』 1972, 10월호 ; 김주연, 「떠남과 외지인 의식-황석영론」, 『현대문학』, 1979 5월호 ; 이용군, 「황석영 소설에 나타난 동일성 연구」, 숭실대학교 석사학위논문, 1999 ; 안남일, 「황석영 소설에 나타난 권력의 문제」, 『어문논집』 Vol.45, 2002 ; 천이두, 「반윤리의 윤리-황석영의 삼포 가는 길」, 『문학과지성』, 1973 겨울호 ; 이태동, 「역사적 휴머니즘과 미학의 근거-황석영론」, 『세계의 문학』, 1981 봄호 ; 한점돌, 「실향의식과 귀향의지-황석영론」, 『한국현대작가연구』, 민음사, 1989 ; 성민엽, 「작가적 신념과 현실」, 『한국문학의 현단계Ⅲ』, 창작과비평사, 1984 ; 임규찬, 「객지와 리얼리즘」, 『황석영 문학의 세계』, 창비, 2003 ; 최갑진, 「1970년대 소설의 갈등 연구-황석영과 조세희를 중심으로」, 『동남어문논집』 7호, 동아어문학회, 1997 ; 방민호, 「리얼리즘론의 비판적 재인식」, 『창작과비평』, 1997 겨울호 ; 김지운, 「황석영 소설의 공간적 배경 연구」, 고려대학교 석사학위논문, 2003 ; 오홍진, 「근대의 외부로 나아가는 소설적 사유」, 『문예시학』, 문예시학회 Vol.13, 2002 ; 류선화, 「황석영 초기 소설의 인물 연구」, 계명대학교 석사학위논문, 2007 ; 류희식, 「1970년대 도시소설에 나타난 '변두리성' 연구 : 박태순, 조선작, 조세희 소설을 중심으로」, 영남대학교 석사학위논문, 2003 ; 서영인, 「물화된 세계, 소외된 꿈-황석영의 중단편론」, 『황석영 문학의 세계』, 창비, 2003.
19) 김치수, 「산업사회에 있어서 소설의 변화」, 『문학과지성』, 1979 가을호.
20) 강상대, 「1970년대 소설에 나타난 일탈구조 연구-황석영, 조세희 소설을 중심으로」, 중앙대학교 박사학위논문, 2000.

의 소설을 탈식민적인 시각에서 분석을 하는 논의도 최근 늘고 있다. 임기현[22]은 리얼리즘이라는 방법론으로만 황석영을 평가하기에는 황석영이 지니는 다양한 문학적 기법이 존재한다고 보고 있다. 황석영의 소설 인물 다수가 하위주체임에 주목을 하면서 근대화에 편입되지 못한 하위주체들이 신식민주의적인 상황에서 한국 전통을 재인식하고 있다고 보았다. 그리고 이 인식이 대항의 의미를 지니면서 탈식민적 관점까지도 지니는 것으로 봤다. 이 외에도 탈식민 연구는 김미영, 고인환, 고하영, 오태호 등의 논의들이 있다.[23]

이상에서와 같이 1970년대의 문학 연구와 세 작가의 연구사를 검토해보아도 1970년대를 체제에 대해 비판하고 대항하는 민중의 저항 서사라고 정의해도 큰 무리가 없을 것이다. 이는 작가들의 시대 인식과 문학에서 포착된 현실이 상당 부분 일치하는 것으로 봐도 무방할 것이다. 그렇지만 1970년대의 문학사 전반을 '저항'의 논리로 소급해서 '사회에서 소외된 인물들이 저항의 기표로서 자리매김을 했다'는 의의에만 주목을 할 경우, 1970년대 문학은 물론 문학 속 인물들 모두가 저항하는 주체로만 해석하게 된다. 또한 지배 담론의 일방적 주입에 하층계급들이 제동을 걸어 자신의

---

21) 특히, 성민엽은 진정한 역사성은 삶과 밀착되어 "구체화"되어야 하는데, 그렇지 못할 경우 "낭만적 허위와 영웅주의"만을 띨 뿐이라고 보고 있다.(성민엽, 앞의 글, p.140.)

22) 임기현, 「황석영 소설 연구-탈식민성을 중심으로」, 충북대학교 박사학위논문, 2007.

23) 김미영, 「황석영 소설에 나타난 탈식민주의 고찰」, 『한국언어문화』 26집, 2004 ; 고인환, 「황석영의 손님 연구」, 『한국학논집』 제39집, 한양대 한국학연구소, 2005 ; 고하영, 「황석영 소설의 탈식민주의적 연구」, 서울대학교 석사학위논문, 2003 ; 오태호, 「황석영 소설의 근대성과 탈근대성 연구」, 경희대학교 박사학위논문, 2004 ; 오태호, 「황석영 소설에 나타난 이데올로기적 주체의 변화 양상 고찰」, 『국제어문』, 2005 ; 임기현, 「황석영 초기 문학에 나타난 탈식민성」, 『한국문학이론과 비평』 제39집, 한국문화이론과 비평학회, 2008.

언술로 저항한다는 논리는 1970년대의 복잡한 정치, 사회 상황을 모두
거세한 채 단순한 구조로 환원하는 결과를 초래할 수 있다. 1970년대는
하층계급을 사회, 경제 정책을 위해 동원하려는 지배 담론이 팽배했다.
그리고 그 속에서 하층계급은 저마다 의문과 비판의식을 가지고 저항하고
자 하였고, 자신들만의 저항 논리와 무기24)를 확보하고자 노력을 한 것도
사실이었다.

  그렇지만 박정희 정권의 체제는 그러한 하층계급들의 저항과 반발을
다양한 정책과 사회의 환상 기제를 통하여 매혹시킴으로써 무화시키고자
했다.25) 따라서 하층계급을 저항계급으로 보는 것은 저항 서사라는 결말을
상정한 채 각 작품과 작가들마다의 과정의 차이에만 주목하는 수동적
논의를 이끌게 된다. 이는 소설 고유의 개성과 특징을 희석시키고, 1970년대
의 시대적인 특징에만 함몰시켜 버릴 수가 있다. 오히려 작품에서 드러나는
저항의 지점에 새로운 지배 논리와 권력이 작동되는 것을 보는 게 중요하다.
시대에 대한 저항이 결말이 아니라 새로 시작되는 출발선이 되어야 한다.
여전히 체제 유지를 위해 작동되는 지배 담론이 산업화, 도시화로 소외된
인물들에게 어떻게 간섭을 하는지를 살펴봐야 할 것이다.

----

24) 스피박은 「서발턴이 말할 수 있는가?」라는 그의 글에서 '여성 서발턴은 말을
  할 수 없다'는 비극적 결론을 도출했다. 하지만 그가 이야기한 말할 수 없는
  서발턴의 의미는 진정 말할 수 없는 것이 아니라 그 말을 들어줄 사회, 정치적
  구조의 폐쇄성과 폭력성 때문임을 이야기하고 있다.(Stephen Morton, 『스피박
  넘기』, 이운경 옮김, 앨피, 2005, pp.127~129.) 즉, 저마다 하층계급들은 자신들의
  저항의 언술 구조를 가지고 있다는 것이다. 하층계급이 지배 담론에 대해 저항하고
  자 하는 양상은 작가에 따라 다르게 나타난다. 이문구는 유려한 만연체와 토속어,
  방언 등을 통하여 산업화의 논리에서 탈주하고자 한다. 조세희는 환상성을 가지고
  동화적, 몽환적인 서술 기법으로 유토피아를 보여주고 있고, 황석영은 다양한
  인물군과 상황을 리얼리즘 기법을 이용해서 보여주고 있다.
25) 적어도 박정희 정권이 민중의 손과 힘이 아닌 권력 안에서 무너진 것만을 보아도
  70년대 민중을 '저항'의 기표로만 삼는 것에는 무리가 있을 것이다.

　1970년대의 지배 담론은 도시와 농촌, 부자와 빈자, 지식인과 비지식인 등 각자가 처한 지리적, 경제적 그리고 교육적인 차이에도 불구하고 이들을 통일, 단일화시키려고 하였다. 국가 정책에 동조함으로써 소정의 소득과 이익을 볼 수 있었던 상층계급·중간계급들은 1970년대의 경제성장의 이익을 나누어 가지면서 체제 유지에 일조를 하였다. 그에 반하여 하층계급들은 그들의 노동력으로 국가 발전에 직접적인 공헌을 했음에도 불구하고 분배에는 소외됨으로써 저항 세력으로 자리매김하면서 문제 제기를 하는 계급으로 이해돼 온 것이 사실이다. 국가 발전의 산업 현장에서는 그 어떤 계급보다 많은 역할을 담당해야 했던 하층계급들이 경제적인 성과를 나누는 자리에서는 배제되는 산업 구조에 대해 침묵하고만 있을 수 없었다. 그렇지만 사회 지배 논리는 반공사상, 경제 개발 논리, 교육 이데올로기 등 다각도로 나타나 이들을 통제하며 침묵하게 만들었다.

　그래서 강력한 사회 안정책과 사회동원·유지 정책은 역으로 그에 상응하는 저항과 반발의 논리와 내적인 힘을 가질 수 있게 한다. 저항의 가능성에 주목한 기존의 논의에서 확인할 수 있듯이 1970년대를 저항의 서사로 부르는 데 이견을 없을 정도로 다양한 저항의 논리가 사회 안에 존재하고 있다. 하지만 1970년대를 관통하는 지배의 논의에 문학이 저항이라는 일관된 양태를 보여주는 것은 아니다. 시대의 정신이라고 할 수 있는 산업화·도시화의 지배 논리가 어떻게 문학적으로 형상화되었으며 그 논리가 하층 계급에게 어떻게 다가왔는지도 함께 살펴봐야 진정으로 하층계급이 1970년대를 어떻게 살아냈는지를 살펴볼 수 있을 것이다. 즉, 본서에서는 하층계급들이 박정희체제에 어떻게 반응했는지를 다각도로 살펴볼 예정이다. 어쩌면 이들이 보이는 저항 속에서도 시대를 살아가야 하는 생활인으로서의 굴절을 아울러 살펴볼 때, 이들 하층계급을 보다 더 명확하게 이해할 수 있을 것이다. 그리고 그때야 비로소 그 생활인의 모습을 이끌어낸 지배 담론의 강력한 동원력, 통제력 그리고 폭력성을 더 살필 수 있을 것이다. 따라서 본서에서는 이제까지의 저항적 주체라는 단일한 하층계급의 성격에 의문을 제기하면서 1970년대 당대에 적극적으로 반응하면서 살아가던 하층계급들의 면면을 살펴볼 것이다.

2. 연구 방법 및 연구 범위

1970년대는 반공사상, 산업화의 논리, 도시화의 정책 그리고 근대 교육이 국가 정책은 물론이거니와 개인에게까지 내면화된 시기였다. 그렇기 때문에 개인들은 근대화를 내면화하는 과정에서 적극적으로 '근대인 되기'의 논리를 수용하려는 노력과 이질적인 위로부터의 정책에 거부 및 저항하는 특성을 모두 가지고 있었다. 특히 사회의 소외 계층인 농민, 노동자, 월남한 사람들, 탈향한 사람들 등에게서 그 양상은 더욱 복합적이면서도 가시적으로 드러난다. 그렇다면 1970년대를 어떻게 규정해야 하는지가 중요한 관건이 된다. 당대를 어떻게 규정하느냐에 따라 각 인물들의 상황과 현실을 더 잘 알 수 있기 때문이다.

조희연은 1970년대를 '동원된 근대화'로 명명을 한다.[26] 그는 박정희 시대라고 할 수 있는 1970년대는 근대화가 국가의 목표가 되어 이 체제를 위해 '개발동원체제'가 발동된다고 보았다. 근대화라는 국민적, 민족적 목표를 향한 광범위한 국민의 동의가 위로부터 강력하게 추동되어 동원의 형태로 나타나는 것으로 보았다.[27] 이때 이 국민들의 동의 정도에 따라 조희연과 임지현 사이에서 시각 차이가 생기는데 조희연은 이 동의를

---

26) 조희연, 『동원된 근대화』, 후마니타스, 2010.
27) 위의 책, pp.8~20.

소극적, 수동적 동의로 바라보고 있다. 그래서 머지않아 국가 주도의 동원은 그 작위성을 노출하게 되고, 민중의 주체화가 진전되는 가운데 박정희체제가 무너질 것으로 보았다.[28] 반면에 임지현은 '대중독재론'을 들어 강압의 이면에 대중, 다수 국민들의 "복잡한 현실"들이 작용했음을 주장한다. 그는 "일상에서의 저항이 체제 전체에 대한 동의와 공존하기도 하고, 독재를 지지하는 원천으로서의 근대성이 저항의 동력이 되기도 하는 등 지배에 포섭된 저항과 저항을 낳는 지배의 복합적 현실"[29]을 이야기하면서 대중들이 만들어 내는 "유동성"에 주목할 것을 지적하고 있다. 적극적인 동의가 창출됨으로써 위로부터의 독재와 다수 국민들 사이의 복잡한 관계의 이중성과 양면성까지 같이 고려해야 한다는 것이다. 국민들의 동의 정도에 따라서 상이한 입장을 보이는 두 논자의 견해이지만, 박정희 시대를 국가 주도의 일방향적인 계획된 정책의 시기로 볼 뿐만 아니라 대중 혹은 국민들의 일견 혹은 적극적 동의의 체제까지 갖추고 있다는 전제를 둔다는 점에서는 공통점이 있다.[30]

본서에서는 박정희 시대를 반공주의와 경제성장 제일주의의 시기로 보면서 1970년대를 단순히 '강제적인 정책'으로만 머물던 때가 아니라 근대적인 규율이 개인의 일상은 물론 신체에까지 영향을 준 실천적인

---

28) 위의 책, p.23.

29) 임지현, 「대중독재의 지형도 그리기」, 『대중독재 : 강제와 동의 사이에서』, 책세상, 2004, p.23.

30) '대중들의 독재'에 대한 임지현과 조희연의 상이함은 계간지 『역사비평』 2004년 여름호에 조희연의 「박정희 시대의 강압과 동의」가 게재되면서 본격적으로 논쟁이 일어났다. 이에 임지현과 이상록이 가을호에 반론을 제기하였고, 조희연은 이에 같은 지면 2005년 봄호에 재반론을 실었다.
조희연, 「박정희 시대의 강압과 동의」, 『역사비평』 통권 67호, 역사비평사, 2004년 여름 ; 임지현·김용우, 「'대중독재'와 '포스트 파시즘'-조희연 교수의 비판에 부쳐」, 『역사비평』 통권 68호, 역사비평사, 2004년 가을호 ; 조희연, 「박정희체제의 복합성과 모순성」, 『역사비평』 통권 70호, 역사비평사, 2005년 봄호.

의미를 갖는 것으로 보고자 한다. 박정희는 자신의 권력을 계속 유지하기 위해 유신법을 발동하면서 독재 체제를 공고히 해 나갔다. 그의 끊임없는 권력욕은 그의 장기 집권을 곧 나라가 부국강병하는 지름길이며 민족적인 자립과 독립을 위해 필수불가결한 일로 포장을 하였다. 그의 이러한 정치적 논리는 경제적인 당위성과 연결되면서 그 누구도 부인할 수 없는 국가적 차원의 의제가 되었다. 따라서 본서에서는 1970년대 문학 속 하층계급의 삶에 그 어떤 정치 이념보다 더 강력하게 새겨진 박정희 정권의 지배 이념을 찾아 그 흔적을 추적하고자 한다. 하층계급의 삶 속에 녹아 있는 지배의 흔적이 직접적으로 하층계급의 삶에 개입했는지를 살필 수 있는 유효한 근거가 될 것이다.

프레드릭 제임슨의 문예이론은 1970년대 소설 안에서의 지배 이념의 흔적을 찾으려는 관점에 많은 시사점을 준다. 제임슨은 문학이 문학만의 상징성을 가지고는 있지만 그 가치와 성격은 "계급간의 근본적이고 논쟁적이고 전략적인 이데올로기적 대립 속으로 상징적으로 이동해서 재해석"된다고 보았다.[31] 그의 이러한 문학관은 단순히 문학이 문학 안의 내재적인 미학만 중요시해야 한다는 것을 의미하지 않는다. 오히려 문학을 통해 텍스트 외부라고 할 수 있는 역사가 "텍스트 곳곳에, 내부에 흩뿌려져 문학의 텍스트화, 서사화"[32]된 것을 밝혀야 한다고 보았다. 왜냐하면 제임슨은 문학은 문학 그 자체의 예술적인 특징을 가지는 동시에 역사와 문화가 "서사화"된 것으로 보았기 때문이다. 그렇지만 제임슨의 견해를 마치 작품 외부의 역사, 문화가 작품 내적 미학을 결정짓는 것으로 보면 안 된다. 왜냐하면 작품은 역사를 그대로 투영하거나 반영해서 텍스트를 결정하는 게 아니라, 작품 안에서 파편화되고 흩뿌려져 있기 때문에 그 조각들을

31) Fredric Jamson, 『The Politics Unconscious』, London : Methuen, 1981, p.85.
32) 오만석, 「프레드릭 제임슨 문예이론의 제문제」, 『論文集』, 단국대, 1996, p.168.

찾아 역사와 문화를 복원해야 하기 때문이다.

소설의 서사를 이끌어 가는 가장 기본 요소인 인물을 분석하는 것은 문학 안에서 재현된 역사적 주체(인물)를 복원하는 일이 될 수 있다. 소설에 등장하는 인물들은 현실의 실제 인물들에게서 볼 수 없는 명료함과 분명함을 갖추고 있기 때문에 서사 그 자체를 대변하는 한편 당대의 역사와 문화를 함께 이해할 수 있는 실마리가 된다.[33] 그리고 소설의 인물을 주체적 관점에서 해석하려면 주체와 구조의 상관관계를 고려해야 한다.

페터 지마는 소설이 추구하던 진리, 주체성 등에 깊게 개입할수록 예상하지 못한 난관에 봉착하게 된다고 보았다. 이는 지배 이데올로기에 대해 감시하며 폭로하고 공격하면서도 동시에 소설의 형식과 의미 구조를 유지하면서 "살아남기" 위해서 이데올로기에 의존하지 않을 수 없는 "양가성"이 있다고 본 견해이다.[34] 이데올로기가 가지고 있는 무관심성[35]과 양가성에 의해 주체는 "탈동일화"가 일어나는데[36] 이는 역으로 집단으로 주체화된 인물들이 탈동일화를 꾀하려고 할 때, 체제와 구조를 수단으로 삼아 탈동일화를 이루어야 한다는 모순이 발생을 한다. 이는 처음부터 구조가 가지고 있는 양가성에 의해 완전한 탈동일화가 이루어질 수 없음을 반증하는 것이다.[37] 즉, 이데올로기에 의해 주체가 된 개인이 이데올로기의 호명에

---

33) 인물에 관련한 것은 H. Poter Abbot, 『서사학 강의』, 우찬제 외 옮김, 문학과지성사, 2010, pp.248~274.
34) Peter V. Zima, 『소설과 이데올로기』, 서영상·김창주 옮김, 문예출판사, 1996, p.35.
35) 무관심성은 경제의 '무차별성'에서 온 개념으로 모든 사물들을 교환 가능하도록 교환가치를 부여하는 것을 의미한다. 이때 모든 것들이 교환의 대상이 되면서 비교 가능해지고 질을 양으로 환원함으로써 바흐친이 이야기하듯 카니발화가 일어나게 된다. Peter V. Zima, 위의 책, pp.25~26.
36) 위의 책, p.27.
37) 위의 책, pp.216~229.

의해 다시 동일화가 될 수 있음을 이야기하는 것이다.

그렇다면 1970년대 역사와 문화 등 그 시대를 담아내고 있는 인물들을 누구로 삼을지에 대한 문제가 남는다. 필립 슈미터는 권위주의 하의 정치행위자들을 분석하였는데,[38] 권위주의 정권 하에서 "사회 안정"의 신화가 그 효력을 다하게 되면 새로운 변화, "이행"이 이루어진다고 보았다.[39] 이때 정치 행위자들인 집권 세력과 반대 세력은 다함께 정치적인 게임규칙에 의해 합의에 이르게 된다고 보았다. 물론 이들 사이에서 합의와 타협이 이루어진다고 보는 견해는 대중의 저항과 주체적인 힘을 지나치게 간과한다고 볼 수 있지만 이는 반대로 반대 세력이 집권 세력과의 정치적 협상, 정치적 게임을 통해 자신들만의 규칙을 만들어가는 이면이 있다고도 볼 수 있다.[40] 그래서 이를 기반으로 임혁백은 "도시 노동자, 농민 그리고 도시 빈민층"을 박정희 정권으로부터 아무 혜택을 받지 못한 인물들로 보았다.[41]

---

38) Schmitter, Philippe C, 「Speculations about the Prospective Demise of Authoritarian Regimes and Its Possible Consequencies」, Woodrow Wilson Working Papers No.60, 1980, p.35.

39) O'Donnell·Schmitter, 『독재의 극복과 민주화－권위주의정권 이후의 정치생활－』, 한완상·김기환 옮김, 다리, 1987, pp.19~21.

40) 이러한 견해는 오도넬과 슈미터의 "권위주의 정권"의 "이행"에 대한 분석에서 드러나는 견해이다. 1960년대 남미에서 일어난 군부쿠데타와 독재정권이 경제영역과의 구조적 관련에 대한 해명을 시작으로 논의를 전개한다. "이행"을 통해 온건파가 형성되는 것으로 본 이들의 견해는 보수적인 시각에 대한 찬동과 지지로 보일 수 있으나 하층계급의 성격을 수탈-저항이라는 이분법적인 도식에서 벗어나 역동적인 주체로 볼 수 있는 대안점을 준다고도 할 수 있다. 슈미터와 오도넬의 이론은 O'Donnell·Schmitter, 『독재의 극복과 민주화－권위주의정권 이후의 정치생활－』, 한완상·김기환 옮김, 다리, 1987'과 임혁백, 「유신의 역사적 기원 : 박정희의 마키아벨리적인 시간(上)」, 『한국정치연구』 제13집 제2호, 2004을 참고하면 된다.

41) 임혁백, 앞의 논문, p.234

이들 노동자, 농민, 빈민층의 계급 구성에 관련된 논의는 이데올로기에 의해 전적으로 영향을 받는다는 것이 역사 유물론에서 제기된 이후 오랫동안 지지를 받아왔다. 그렇지만 사회 안에서 계급 구성을 온전히 경제적인 요소로만 파악하는 것은 적절하지 않다. 계급을 완벽하게 경제 이데올로기가 감싸 안아 진공 상태를 유지한다면 모르지만 계급과 관계를 맺는 사회적 장치는 다양할 수밖에 없다.[42]

이에 비해 제임슨은 역사와 인물을 변증법적 관계에서 설명을 한다.[43] 인물들이 자신의 행위가 전적으로 자신의 의지와 욕망으로 이루어졌다고 믿지만 어느 순간 역사의 결정적 폐쇄성에 부딪치면서 개인의 무력함이 드러나는 것으로 봤다. 인물들은 자신을 돌아볼 수 있는 현재가 '매개'가 되어 계급에 대한 관념을 가지게 되지만 이내 그 계급관이 역사적인 반복, 중복에 의존함을 알게 되는 '부정'의 단계를 거쳐 인간실존 사이의 관계를 역동적 관계로 대체해서 미래를 향해 개인주의적 차원을 초월해서 집단적 행동과 집단적 단위를 갖게 '기획'되어 계급이 귀속된다고 보았다.[44]

---

42) 계급에 대한 이해는 역사 유물론적 관점에서 연유할 수 있다. 그렇지만 역사 유물론적 관점에서는 지나치게 계급을 '경제'에만 제한시킴으로써 결정론적 입장을 갖는 단순화의 오류가 발생한다. 이에 이를 보완하기 위한 다양한 시도들이 대두되고 있다. 서관모, 「계급 이론과 역사 유물론 : 맑스주의 개조의 쟁점들」, 『경제와 사회』 Vol.59, 2003 가을호, pp.14~15.

43) 제임슨의 견해는 마르크스주의와 프로이트주의의 화해의 형태를 띤 인간관계에 주목을 하였다. 마르크스주의만으로는 설명할 수 없는 관계 규명을 프로이트의 정신분석적 현재적 인물로 설명을 하려고 하였다. 그는 사르트르의 문학관을 들어서 실천 내지 총체화가 '매개'로써 이루어지며, 결여와 욕구 등의 부정이 초역사적으로 일어나면서 마지막으로 상호성으로 미래적인 기획으로 이루어진다고 보았다. 그런데 이 상호성은 두 개의 단자가 대면하면서 공통의 통합되는 모습을 가져야 하는데 실제로 공통의 세계를 공유할 수 없는 두 개의 단자는 통일될 수 없으며 이를 통일시켜주는 것이 바로 제3자 즉, 개인적이지 않고 집합적이라는 것이라고 보았다. Fredric Jamson, 『변증법적 문학이론의 전개』, 여홍상 옮김, 창작과 비평사, 1984, pp.221~223, pp.235~249.

역사와 관계하는 개인으로 본 제임슨과 다르게 발리바르는 계급이 현실에서 나타나는 '경제적인 효과'뿐만 아니라 자본가의 이데올로기에 영향을 받는 '대중'에게서도 영향을 받는다고 보았다. 프롤레타리아는 이데올로기적 재생산 과정에서 계급과 대중의 이중적 양태로 현존하면서 사회 변혁을 일으킬 주체화 효과는 이 두 범주의 과잉결정을 통해서 이루어진다고 보았다.45) 이와 같은 이중적 양태에 개입하는 것 중에는 "법"도 있는데, 법은 개인들의 행동을 규제하는 것은 물론 "특정한 유형의 상황에서 특정한 행동의 규칙을 예상"할 수 있게 해 준다.46) 법을 기준으로 합법적인 행동, 불법적인 행동으로 나누어 행동을 통제하는 것은 항상 일방적인 것이 아니라 개인들이 "자유의지"를 가지고 스스로 결정할 수 있다는 것을 전제로 이루어진다. 즉, 개인들은 법을 둘러싸고 "자유와 강제"의 사이에 존재하게47) 되면서 개인의 행동이 자발적인 "자유의지"에 의한 것임을 은연중에 내비친다. 이는 하층계급이 끊임없이 사회와의 관계를 통해서 자신을 주체화하는데 그 주체화에는 다양한 개인들의 의지가 일정 부분 반영되는 구조가 있을 수 있음을 이야기하는 것이다.48)

---

44) 계급의 형성과 갈등의 시작이 가정을 '매개'로 이루어지지만 계급에 대한 당대적, 현실적 해석은 결국 '초역사적'인 문제가 됨으로써 계급을 규명하려던 아이-플로베르를 심리적으로 문제가 있는 아이로 환원시켜 버림으로써 역사적인 문제를 개인적인 문제로 위장한다고 보았다. 위의 책, pp.221~223.

45) Étienne Balibar, 『대중들의 공포』, 최원·서관모 옮김, 도서출판b, 2007, p.320. 발리바르는 프롤레타리아를 일체의 특수적 이데올로기가 없는 대중으로도 공산주의 혁명의 행위자인 계급으로도 만든다고 보았다. 부르주아지만 분명한 계급을 가지고 있고, 프롤레타리아트는 자본주의에 의해서 계급구조를 전형화하는 방법으로 프롤레타리아트의 상태를 대중운동으로 전화시키려는 경향이 있다고 보았다. Balibar, 위의 책, pp.298~301.

46) 위의 책, p.147.

47) 위의 책, pp.146~149. 그렇기 때문에 법은 "자유에 장애물이 되는 것에 대한 장애물"이라는 명제를 충족하게 된다. 위의 책, p.148.

48) 발리바르는 하층계급의 존재태(存在態)가 사회와의 관계 속에서 형성되는 것으로

근대화된 사회에서 피지배계급에 대한 인식은 푸코에게서도 잘 드러난
다. 푸코는 "자유주의 하에서 권력은 개인들에게 구속을 부과하는 것이
아니라, 규제된 자유를 누릴 수 있는 시민을 만들어낸다는 것"이라고 하였
다.[49] "시민을 만들어"내는 것은 개인이 주체가 되는 것이 자연스러운
일이거나 저절로 이루어지는 것이 아니라 권력의 용인 하에서 이루어짐을
밝히고 있다. 즉, 개인의 주체화는 권력의 영역임을 보여주는 것이다. 그래서
"주체(subject)라는 말에는 통제와 의존에 의해 누군가에게 종속되는 것,
그리고 양심 또는 자기-지식에 의해 자기 자신의 정체성에 묶이는 것의
두 가지 의미가 있다"고 보았다.[50] 즉, 개인이 주체가 되는 과정에는 국가의
지배와 종속이라는 국가의 권력 형식이 작용하는 것이다. 그리고 이때
국가의 권력은 생명, 신체에도 적용이 되는 것으로 보았다.[51]

위에서 살펴본 이론들을 바탕으로 본서에서는 1970년대 하층계급의
인물들이 독자적이고, 독립적인 개인으로 존재하는 것이 아니라 역사,
법, 신체에 가해지는 지배 담론과의 관계 속에서 만들어지고 구성되어지는
것으로 볼 것이다.[52]

자본주의에서 자신을 둘러싼 계급의 이해를 '나'로부터 시작하는 자율성과 경제적
'구조'를 문제 삼는 타율성 그리고 경제문제뿐만 아니라 상징적인 폭력까지 가세한
이중적 구조인 '타율성의 타율성'이 모두 관계한다고 보고 있다. 위의 책, pp.30~72.
49) Michael Foucault, 『미셸 푸코의 권력 이론』, 정일준 옮김, 새물결, 1994, p.37.
50) 위의 책, p.92.
51) Michael Foucault, 『성의 역사 : 1. 앎의 의지』, 이규현 옮김, 나남출판사, 1994,
p.150.
52) '하층계급' 그 자체의 논의는 그람시로부터 유래한다. 그람시는 피지배 계급을
강압적 지배에 동의와 강제력 사이에서 균형을 이르는 존재로 보았다. 그의
피지배 계급에 대한 인식은 철저하게 이탈리아 농촌 지역의 특수성에 기인하는
바 보편적인 의미로까지 확대할 수 없었지만(Kate Crehan, 「하위주체 문화」, 『그람
시·문화·인류학』, 김우영 옮김, 길, 2004, p.172.), 이후 인도 '서발턴 연구회'에
큰 이론적인 단초를 제공하였다. 서발턴 연구회의 구하(Guha)는 "식민지 인도에서
서발턴이 예속 상태에 놓여 있음에도 불구하고 엘리트 정치학에서 기원하거나

이를 바탕으로 1970년대 하층계급 인물을 살펴볼 것인데, 이들을 주목해야 하는 이유는 그들이 전복과 저항의 기표와 기의를 내포하고 있는 존재들이기 때문이다. 이들이 선 위치가 바로 지배와 정치가 단락(段落)되는 지점이 된다. 이들이 그 곳에 서 있는 것만으로도 현재의 세계를 구성하는 질서와 지배의 담론을 확인할 수 있다. 발리바르는 "대중들의 공포"를 이야기했다. 이는 대중이 지배에 의해 억압되고 착취당함으로써 느끼는 '대중들(이 느끼는) 공포'일 수도 있지만 역으로 지배계급이 전복적인 힘을 가진 '대중

그것에 의존하지 않는 자율적 영역 즉, '민중의 정치학'이 존재했다는 가정에서 논의를 시작한다. 이는 그람시의 견해에서 더 나아간 논지로 보다 더 하층계급의 자율성과 독립성에 대해 주목을 하고 있는 것이다.(김원규, 「1970년대 하층 여성 재현 정치학」, 연세대학교 박사학위논문, 2010, p.3.) 그렇지만 스피박은 '서발턴 연구회'의 생각과 달리 순수 하위주체들이 순수한 자율성과 독립성을 지닐 수 있는지에 대해 회의한다. 즉, 하위주체가 말할 수 있는 주체인지에 대해 의문을 제기하면서 오히려 적극적인 저항 주체로서의 하위주체의 개념보다는 권력의 지배가 중층으로 켜켜이 쌓여있는 존재로 봐야 한다고 보았다.(G. Spivak, 「Can the subaltern speak?」, 『Marxism and the interpretation of culture』, Basingstoke, Hampshire, 1988, pp.281~282.) 그 어떤 논의보다 서발턴의 연구가 하층계급에 대한 폭넓은 시각을 제공하였지만, 서발턴이라는 용어와 그 의미는 식민 지배 상황이라는 외부적 지배의 탈식민 논의와 직접 연결이 된다. 국가 내부의 지배 담론의 켜켜이 쌓인 구조를 가진 1970년대 박정희 정권의 상황에서는 적합하지 않다고 판단이 되어 본서에서는 하층계급의 용어를 사용하려고 한다. 하층계급(Lower class/Underclass)은 자본주의 발전과 궤를 같이 하는 개념이다. 1977년부터 본격적으로 사용이 된 이 용어는 도심을 중심으로 사회적 지원이 절실한 빈곤한 계급들을 뜻한다. 스코트 래쉬와 존 어리는 "경제의 문화화, 문화의 경제화"(p.5)를 연구하면서 본격적으로 경제가 발전되면서 비록 공간들이 경제적으로 더 침윤되고 있지만 동시에 자기 감시적 또는 자기성찰적인 성찰적 현대화를 통해 사회구조의 타율적 통제나 감시로부터 벗어나려는 탈전통화 과정이 진행된다고 보았다.(pp.17~23) 이에 반해 하층계급은 반성적인 사유를 하지 못한 채 계속해서 사회에서 "배제"(p.231)만 되고 있다고 보았다. 하층계급에 대한 논의는 Scott Lash & John Urry, 『기호와 공간의 경제』, 박형준·권기돈 옮김, 현대미학사, 1998 ; 박병헌, 「미국의 하층계급에 관한 논쟁과 한국사회복지정책에의 함의에 관한 연구」, 『사회조사연구』 제18권, 2003 ; Katz, Michael B., 『The "Underclass" debate : views from history』, Princeton University Press, 1993을 참조하면 된다.

32

들(에 의한) 공포'를 경험할 수도 있다고 보았다.[53] 1970년대 이문구, 조세희, 황석영의 작품에서는 이 둘의 모습이 모두 나오고 있다. 위로부터 자행되는 하층계급의 억압, 그로 인한 하층계급의 저항과 반발 그리고 그 움직임에 움츠려드는 지배 담론이 아주 많은 결 위에 녹아있다. 이러한 다양한 결은 소설의 언술구조가 아니고서는 확인하는 게 불가능하다.

이런 관점에서 II장에서는 이문구의『관촌수필』과『우리 동네』를 중심으로 농촌에 정주하는 농민들이 국가 주도의 반공사상, 경제성장 제일주의를 어떻게 인식하고, 어떻게 반응하였는지를 살펴보고자 한다. III장에서는 조세희의『난장이가 쏘아올린 작은 공』을 통해서 도시 공간에서 착취당하는 노동자가 어떻게 저항하며 극복하고자 했는지 또한 극복의 노력에도 불구하고 도시 빈민으로 전락을 할 수밖에 없는 구조가 무엇이었는지를 살펴보고자 한다. IV장에서는 황석영의 초기 단편 소설을 중심으로 도시 이방인의 서사를 살펴보고자 한다.

1970년대 박정희 정권은 국가가 나아갈 방향은 물론 국민이 총화 단결해서 이루고자할 목표를 '반공주의'와 '경제성장 제일주의'에 두었다. 그렇다면 이러한 국가적 이념과 기조가 하층계급들에게 어떤 영향을 미쳤는지를 나누어서 분석해야 1970년대 사회, 문화적 배경과 그 과정에서 스스로 자신들의 계급과 위치를 생성해가는 하층계급들을 더 유의미하게 살펴볼 수 있을 것이다. 그래서 박정희 정권의 '반공주의'를 1절에서, 2절에서는 '경제성장 제일주의'의 원칙이 어떤 파장을 일으켰는지를 살펴보도록 하겠다. 1970년대 박정희 정권의 통치 이념의 중핵은 독재 정권의 유지였다. 권력을 계속 지속하기 위해 독재의 폭력성을 가감 없이 드러내는가 하면 독재 정권에서 권위주의 정권으로 이양되면서 부드러운 독재의 모습도

53) Étienne Balibar, 앞의 책, p.78.

아울러 보였다. 이에 1항에서는 독재 정권의 폭력적 지배가 가시적으로 드러나는 것을, 2항에서는 권위주의 정권으로 이행되면서 부드러운 독재의 모습이 드러나는 것을 살피도록 하겠다.

Ⅱ. 전통 담론과 욕망하는 농민주체 : 이문구

이문구는 산업화·근대화라는 국가 중심의 정치 이념에서 비켜서서 농촌을 배경으로 1970년대를 조명한 작가이다. 그는 박정희 정권이 표방하는 도시 중심의 국가 정책에 의문을 제기하였다. 획일화된 국가 이념으로 '발전', '개발'이라는 산업화의 긍정적 세례는 받지 못한 채 끊임없이 산업화를 이루기 위한 동력으로만 자리 잡은 농촌의 문제를 섬세하면서도 날카롭게 지적을 하고 있다. 분명 1970년대는 도시를 중심으로 한 산업을 강조하면서 경제성장을 목표로 한 시기였다. 그렇지만 그렇다고 해서 박정희 정권이 농업을 전면 부정한 것도 아니었다. 1970년대 농촌은 도시를 비롯하여 산업 현장의 부족한 인력을 보충해주는 인력 보급책 역할을 담당하는 한편 산업의 근간이 농업임을 천명한 박정희에 의해 농업 생산량에 혁신을 기획하는 이중적인 국가의 호명을 들어야 했다.[1] 농촌에 거주하는 사람들은 현란한 도시문명에 유혹을 당해 탈향을 하는 한편 땅을 수호하고 지키기

---

[1] 농업은 상징적 의미로 산업의 근간이기는 하였지만 실질적 생산량은 현저히 낮았다. 게다가 미국으로부터 농산물을 값싸게 수입함으로써 더 농업에 대한 지원과 관심도 열악할 수밖에 없었다. 하지만 세계 농수산 가격의 불안함으로 농업 생산량의 자급자족 비율을 높여야 할 필요성이 대두되었다. 그래서 박정희체제에서는 농업을 산업의 근간으로 내세우면서 생산량 증대를 높일 것을 독려하게 되었다.

위해 농민으로서의 새로운 정체성을 가져야 했다. 이문구는 '농민'이라고
호명될 수 있는 사람들, 즉 농촌에서 땅을 지키며 농민으로서의 정체성을
가진 사람들을 주목하고 있다. 그래서 이문구의 소설에서는 1970년대라는
시대와 농촌이라는 배경으로 으레 환기되는 탈향이 부각되지 못한다.

이 장에서는 박정희 정권이 북한과의 대치 상황을 정치적으로 활용하면
서 대북관계를 이용해서 박정희체제의 정당성을 확보하려고 한 모습을
살펴 볼 것이다. 이문구는 이러한 모습을 1970년대 언어 순화 정책에서
찾으려고 하였다. 이는 조선조(朝鮮朝)의 정통성을 남한이 계승했음을 언어
순화 정책으로 표현하려고 한 것으로 드러난다.[2] 하지만 이문구는 충청도
보령 지방의 지역어로 농촌의 실상을 그리고 있으며 굴곡진 근대사를
개인의 기억에 의존해 기술함으로써 박정희 정권의 정책에 균열을 내고
있음을 살펴 볼 것이다.

또한 경제성장 제일주의를 앞세워 빈곤한 농촌 경제를 지원하는 정책들
이 농민들에게는 무용지물이고 오히려 왜곡된 경제 구조를 양산할 뿐이라
는 것을 영농조합 운영의 실태를 통해 살펴볼 것이다. 하지만 새마을운동의
동원과 도시문화의 유입이 농촌 경제는 물론 농민들의 삶에 어떤 변화를
주었는지도 살펴 볼 것이다. 이처럼 1절에서는 반공주의 이념을 중심으로
2절에서는 경제성장 제일주의를 중심으로 살펴 볼 것이다.

1. 민족 전통 강화와 공동체 의식

1970년대 반공사상은 북한이라는 실질적인 대상을 염두에 둔 것이라기

---

2) 최연식, 「박정희의 '민족' 창조와 동원된 국민통합」, 『한국정치외교사논총』 제28집
    제2호, 2007, pp.57~60.

보다는 박정희 정권의 장기 집권과 통치의 용이성을 위해 활용된 측면이 강하다. 정치적인 통치 이념으로 사용된 반공사상은 1970년대 사회 전반에 걸쳐서 나타나 지역과 대상을 초월하여 광범위하게 통용이 되었다. 폭넓게 적용이 된 반공사상은 언어정책에도 반영이 되었다. 남한만의 언어 통일 정책은 전후 언어 관습을 정리하는 것이면서 남한 사회의 언어관을 재정립하는 작업이었다. 이러한 언어 순화 정책은 서울을 비롯한 도시 중심의 산업화·도시화를 촉진시키는 한편 표준어가 지니는 도시성·현대성에 대한 환상을 가지게 하였다. 현대적이면서 세련된 도회 이미지를 함께 가지고 있던 언어 정책에 균열을 줄 수 있었던 것은 도시에 사는 도시민들이 아니라 지역 방언을 사용하는 농민들이었다. 각 지역이 가지고 있는 지역 방언을 그 지역에 살고 있는 지역민들이 사용하는 것은 지극히 자연스러운 일이기도 하지만 한편으로는 통일된 언어 정책에 문제를 제기하면서 균열을 가할 수 있는 부분이 되기도 한다.

또한 역사적 경험과 기억이 공적인 역사를 바탕으로 두고 있다면 이문구는 공적인 시간을 개인의 기억에 의존해서 풀어냈다. 그렇게 재현된 6·25전쟁 전후 농촌의 풍경은 역사라는 공적 영역에서 서술된 기록과는 변별되면서 역사를 사적 영역에서 재해석할 수 있는 여지를 남기게 된다.

한편 이문구는 유교적 질서를 간직한 농촌 공동체와 '우직하고 변함없는' 것에 가치를 부여한다. 하지만 박정희체제 역시 유교를 통치 이데올로기로 적극 수용을 하면서 이문구가 그리고 있는 농민들과의 접합 지점이 발생하게 된다.

이에 1항에서는 그가 1970년대 당대 반공사상을 기반으로 어떠한 사회적 분위기에 반발해 자신만의 저항적 지형을 그리고 있는지를 살펴보도록 할 것이다. 그리고 2항에서는 그가 희구(希求)했던 농촌 공동체가 지니는 이념과 가치의 의미를 좀 더 자세하게 살펴볼 것이다.

38

1) 토속어의 저항성과 기억의 힘

1970년대 당대 농촌 현실에 대한 비판적인 의식이 이문구로 하여금 전통과 토속어에 대한 강조로 나타났다. 이문구에게 '전통'과 '토속어'는 단순히 농촌을 상징적으로 보여주는 것 이상의 의미를 지닌다. 그가 풀어내는 전통의 모습은 도시화와 산업화로 버려지고 한계까지 내몰린 농촌의 실상을 가장 선명하게 드러내줄 수 있는 비판의 칼날로 작용하였다. 그리고 이러한 농촌 현실에 대한 날카로운 비판은 그 지역의 토속어로 표현되면서 농촌의 현실을 생생하게 전달해내는 역할을 담당했다. 특히 그가 즐겨 사용하는 만연체와 화려한 방언 등은 작품의 미적 세계를 완성하는 동시에[3] '우리말 순화 사업'의 일환인 당시의 표준화 정책에 반하는 비판적 기능까지도 겸했다. 박정희 정권은 1970년대 '우리말 순화 사업'[4]을 대대적으로 감행했다. 박정희 정권이 우리말 순화 사업을 본격적인 정책 과제로 삼은 것은 '민족정신·민족문화의 정립과 확립'이라는 애매한 표면적인 이유를 들어 국민 통합을 꾀하기 위함이었다. 박정희는 정치적 위기[5]를 타개하기

---

3) 김상태는 이문구의 문체적인 특징을 '풍부한 토속어휘, 구상화의 시각, 이중의 문체, 만연체와 인정기미' 등으로 보았다. 김상태, 「이문구 소설의 문체-관촌수필을 중심으로」, 「작가세계」 1992년 11월호, 세계사.

4) 우리말 순화 사업은 국어 속에 잡스러운 것을 없애고 순수성을 회복하는 것과 복잡한 것을 단순하게 한다는 것으로 이해된다. 현대 국어에서 국어 순화가 필요한 이유는 ①민족 정신의 확립 ②민족 문화의 발전 ③사회의 정화 ④국어의 개량 및 언어생활의 개선이다. 최용기, 「남북한 국어 정책 변천사 연구」, 단국대학교 박사학위논문, 2001, p.55.
전재호는 박정희 정권이 세종대왕을 앞세워 한글의 우수성과 우리말 순화 사업을 강력하게 추진한 이유는 북한과의 대치 상황에서 진정한 역사적 계승자는 남한의 박정희체제임을 천명하는 것으로 드러났다고 보고 있다. 「남북한 민족주의 비교 연구 : '역사의 이용'을 중심으로」, 『한국과 국제정치』 Vol.18, 2002, p.151.

5) 1962년 11월 12일에 있었던 한일회담과 1965년 7월 14일의 한일협정은 박정희에게 경제 발전을 위한 자금을 확보할 수 있는 계기가 되었지만 이로 인해 그가 주장했던

위해 새로운 민족 공동체를 만들기를 주창하였다. 새로운 민족 문화를 만들기 위한 일환으로 이순신과 같은 역사적 영웅을 '성웅'으로 추대하는 한편 우리 민족만의 고유한 한글의 자주성을 새롭게 해 민족중흥의 새 역사를 만들어 갈 것을 선동하였다.6)

언어의 통일이 가져오는 파급력을 생각했을 때 여기저기 산발적으로 흩어진 지역의 방언을 하나로 묶어 단일한 '표준어'를 국책 사업의 일환으로 삼은 것은 박정희체제의 국민 장악의 한 일환으로 볼 수 있다. 일제 강점기 때부터 언어는 곧 민족의 얼과 정신이며, 민족 그 자체를 의미한다는 의식이 있었고, 이는 독립 정신으로까지 확산이 되었다.7) 일제 강점기 때의 독립이 다른 민족 사이의 투쟁이며 식민 지배 현실의 극복이라는 민족적인 과제였다면 1970년대의 '우리말 순화'는 민족 내 구성원들을 하나로 묶는 역할을 담당하는 것이었다. 이는 1970년대 반공 이데올로기 정책과 맞물리면서 한층 더 남한만의 언어 사용을 강조하는 방향으로 나타났다. 대북 관계에서 남한만의 일체감과 통일감을 주어 민족 안의 단결과 화합을 이루면서 북한과의 거리를 둘 수 있는 효과를 거둘 수 있었기 때문이다.

그런데 이와 같이 언어 통일화를 이루고자 한 국가 정책에 반하는 이문구의 문체는 그 자체로 시사하는 바가 크다고 할 수 있다. 이문구가 농촌의 현실을 그 농촌의 언어로 풀어 술회하는 것만으로도 당대 사회를 가장 효과적으로 비판할 수 있는 언어의 무기를 가지는 것으로 볼 수 있다.

민족성은 많이 퇴색할 수밖에 없었다. 한일협정으로 국민들은 민족적 정체성이 상실될 거라는 위기의식이 팽배하였고, 이와 맞물려 박정희는 정치적으로 수세에 몰릴 수밖에 없었다. 조희연, 『박정희와 개발독재시대-5·16에서 10·26까지』, 역사비평사, 2000, pp.62~72.
6) 권오헌, 「역사적 인물의 영웅화와 기념의 문화정치 : 1960~1970년대를 중심으로」, 고려대 박사학위논문, 2010, pp.113~158(이순신), pp.159~183(세종대왕과 한글)
7) 김석득, 「근·현대의 국어(학) 정신사-국어연구학회에서 조선어학회 수난까지, 그 역사적 의미」, 『한글』 No.272, 한글학회, 2006, pp.65~66.

과거에는 생활어였지만 이제는 기록으로 보존될 운명에 처한 지역어를 생생하게 살린 것은 하층계급인 농민들만의 언술구조 즉, '자신들의 언어로 말을 할 수 있'는 것을[8] 보여주는 것이다.[9] 따라서 이문구의 소설이 갖는 가장 큰 힘은 농민이 자신들의 처지와 상황을 지역어를 살린 방언을 사용해서 이야기했다는 것이다. 농민들이 농촌의 실상을 토속어로 직접 발화함으로써 생생한 현장감을 그대로 전할 수 있었다. 그리고 하층계급이 발화하는 언어는 공권력과 지배 권력에 대항해 하층계급만의 독특한 저항의 코드를 가질 수 있었다.

"워떤 옘병허다 용 못 쓰구 뎌질 것이 그류? 밥 짓구 국 끓이구 찌개 허면 하루 시 끼니께 연기가 열 두 번 나지 워째서 일곱 번이여. **끈나풀을 삼어두 워째서 그런 들 익은 것으로 삼었으까.** 그런 눈깔을 빼서 개 줄 늠 같으니."

"……"

8) 스피박은 인도의 독립을 위해 투쟁하던 중 한 인도 여성의 자살을 힌두의 오래된 관습 중 하나인 과부 희생으로 감추려한 것은 식민의 역사를, 여성의 목소리를 의도적으로 삭제한 것으로 보았다. Stephen Morton, 『스피박 넘기』, 이운경 옮김, 앨피, 2005, pp.68~69.
우리말 순화 작업, 표준어 정책 등으로 일원화되는 과정에서 각 지역의 언어가 소멸되어 버릴 수 있다. 그러나 한 지역에 해당하는 언어를 그 지역의 문화와 함께 드러낼 때 충분히 통합과 집중에 균열을 낼 수 있는 가능성이 열리게 된다. 그래서 이문구의 소설에서 드러나는 언어의 토착성이, 1970년대 하층계급인 농민과 만남으로써 저항과 반발의 힘을 가질 수 있다. 황종연, 「도시화·산업화시대의 방외인」, 『작가세계』 1992 겨울호, p.58.
9) 언어순화를 통해 이루어지는 언어의 통일·통합은 지방의 지역어를 사용하는 농민들에게는 일종의 "침묵"의 강요와도 같은 역할을 한다. 언어순화로 이루어지는 권위, 권력의 말에 자유롭게 표현되는 그 지방의 지역어는 해방과 무기로 작용할 수 있다. Marcos, 『우리의 말이 우리의 무기입니다』, 윤길순 옮김, 해냄, 2002, p.219.

"워떤 용천(나병)허다 올러감사헐 것이 그런 그짓말을 헙듀? 뜯어서 젓
담글 늠. 그런 것은 안 잡어가유?"

"너 몇 살 먹었네?"

"멥쌀두 먹구 찹쌀두 먹구, 열 두 가지 곡석 다 먹었유."

하고 나서 그녀는 치맛자락 밑으로 어슬렁대던 검둥이 뱃구레에 냅다
발길질을 하며,

"이런 육시럴늠으 가이색깃 지랄허구 자빠졌네. 주둥패기 뒀다가 뭣허구
이 지랄 허여. 너 니열버텀 잘 굶었다. 생전 밥 구경을 시키나 봐라."

하고 거듭 발길질을 하여 금방 어떻게 되는 비명 소리가 들리도록 했다.
내가 듣기에도 담 넘어 들어오는 순경을 물어뜯지 않았다는 핀잔이었다.
(「행운유수(行雲流水)」, p.86) (강조 인용자)

위의 인용문은 『관촌수필』의 「행운유수(行雲流水)」의 한 부분인데, 해방
이후 좌우 이념 대립이 있던 시절 사회주의 사상에 경도된 아버지를 감시하
기 위해 늦은 밤 불시에 들이닥친 순경을 향해 내지르는 '옹점이'의 해학적인
대꾸이다. '옹점이'는 집안일을 거드는 아이였는데, '순경'의 날선 추궁에도
불구하고 집안일을 하는 자신의 처지를 빗대어 순경의 취조에도 해학적이
면서도 재기발랄하게 위기를 넘기는 모습을 보인다. '순경'이라는 직책이
환기하는 권력과 권위와 대면한 '부엌데기' '옹점이'는 기실 아무 것도
지닌 것이 없는 인물이다. 그러나 그럼에도 불구하고 '옹점이'는 순경의
취조에 순경의 권위를 그대로 인정해서 순경이 원하는 대답을 하거나
정보를 주는 대신 순경의 취조를 '언어 그 자체'로 받아들였다. 그랬을
때 그 언어는 순경이라는 분명한 권위적인 화자의 발화가 아닌 '말 그
자체'의 의미만 가지게 된다. 언어 자체로 '순경'과 '옹점이'의 차이는
사라져 버린다.[10][11] 방언의 사용은 획일화되고 중심 지향적인 사고방식·언

42

어관습에서 벗어나 다양한 방향으로 자신들의 이야기를 할 수 있게 하는
강점을 갖는다. 이는 토속어가 중앙 중심적인 지배에 대해 저항 매개로
작용할 수 있음을 보여주는 대목이다. 권위를 실은 언어를 해체하여, 권위를
거세한 채 언어 자체로만 존재하게끔 하는 것이 토속어, 방언의 힘이다.
　뿐만 아니라 방언에서 풍겨지는 순박함, 무지함은 언어에 더 강력한
저항의 주술적 의미를 덧씌우기도 한다.

　　근래에 들어와 크게 유행을 본 말 가운데서 내가 가장 깨닫기 수월찮던
　　말이 **주체 의식이니 주체성 운운하던 단어들**이었다. 어떡하는 것이 주체
　　의식이 있는 일이고 무엇이 주체성을 지키는 것인지 얼른 이해하기 어려운
　　말이었다. (중략) 그 무렵 옹점이의 태도를 주체 의식, 또는 주체성이 있는
　　것으로 모아 무방하다면, 나는 그녀만한 정신 자세를 가진 인간을, 내가
　　이 사회에 나와 벌어 먹게된 뒤로는 몇 사람 외에 구경하지 못했다고 단언할
　　수 있으리라 믿는다.(「행운유수(行雲流水)」, p.97)
　　모두 뇌리끼해 보이는 **미군들**이었다. 그러나 우리들의 놀라움은 그래서
　　그랬던 것도 아니었다. 그 미군들은 우리에게 **뭔가를 던져주며 히엿히엿하게
　　웃고 연방 고갯짓을 했는데, 그네들이 내던지던 것은 버린 것이 아니라 우리들**

---

10) 쓰기는 "말을 사물과 동일하게 생각"하도록 하는 역할을 한다. 공식적이고 규범적인
　　쓰기의 영역에서는 쓰인 말이 사물의 권위를 그대로 가지게 된다. 그러나 그에
　　비해 구술적 말하기는 무한한 자기 증식이 가능하면서 쓰기처럼 "말을 공간에
　　멈추는 일"을 하지 않는다. 그렇기 때문에 구술적 말하기는 말의 권위를 내세우기보
　　다는 말, 그 자체의 의미구조만을 가지게 된다. Walter J. Ong, 『구술문화와 문자문화』,
　　이기우·임명진 옮김, 문예출판사, 1995, pp.13~29.
11) 전봉관은 방언이 주는 문학적인 새로운 환기를 표준어로 대체되지 않는 그 고장만의
　　고유한 문화를 내포하거나 표준어 선발 과정에서 선발에서 제외돼 사장 위기에
　　처한 어휘를 문학으로 형상화해서 표준어가 지향하는 균질적인 세계관에 균열을
　　주려고 한 것으로 보았다. 전봉관, 「백석 시의 모더니티」, 『韓中人文科學研究』
　　Vol.16, 한중인문학회, 2005, pp.328~333.

더러 가져가라고 하는 시늉이었으며, 던져준 물건마다 먹는 것이어서도 아니
었다. 그것들은 모두 한두 번씩 베어먹은 것들이었는데, 그래서 그랬다기보다
도 여러 가지로 놀라운 것들을 한눈으로 한꺼번에 보았기 때문이었다.(「행운유
수(行雲流水)」, pp.101~102)

　　그날 옹점이는 나에게 몇 번이나 신신 당부를 했는지 모른다.

　　"그것들이 조선 사람은 죄다 그지라구 여북이나 숭보면서 비웃었겠네,
**개헌티두 그렇게는 안 던져주겠더라. 너는 누가 주더라두 받어먹지 말으야
여.**"(「행운유수(行雲流水)」, p.103) (강조 인용자)

　　'주체성'이라는 지극히 정치적이면서 이념적인 어휘는 어휘를 구사하는
사람에 따라, 맥락에 따라 많은 의미로 변질될 수 있는 예민하고 민감한
말이다. 그렇지만 이념과 거리가 먼 촌부나 '옹점이'와 같이 부엌일을
거드는 사람이 사용할 경우 좌·우의 정치적인 색이 아닌 가장 인간애적인
차원의 근원적 의미를 획득하게 된다. 계급이 사라지고 인간의 인간에
대한 예의만이 남게 된다. 위의 인용문은 미군이 우리나라의 전후 복구를
위해 물심양면으로만 도와준 것이 아니라는 폭로가 될 수 있다. 이것은
제대로 교육도 받지 않은 이들조차 미군의 호의를 순수하게 바라보지
않았다는 것의 반증일 수 있다. 하지만 그 대상이 미군이 아니었다고 해도
'인간의 인간에 대한 예의'를 다하지 못한 대상을 향해 방언이 가진 중립적이
지만 가장 근원적인 힘이 발휘된 언술이라고 할 수 있다.[12] 그렇기 때문에

---

12) '주체성'이라는 말에는 사회 관계적인 의미가 내포돼 있다. 전운이 감돌던 시기
　　미군으로 상징되는 권위는 지나가는 열차 밖으로 음식을 일방적으로 던져주는
　　행위로 상징화되어 나타난다. 권위의 일방향성은 행위로 언어로 그대로 드러나는
　　데 '옹점'이가 가지는 '촌무지렁이' 이미지로 미군으로 상징되는 권위가 튕겨
　　나가게 된다. 이는 권위적 상황, 일방향적 언술 구조에 균열을 내는 현실성을
　　고려한 상황 맥락의 언어이면서 단성이 아닌 다성의 언어적 의미를 획득한다.

44

'나'도 어린 시절에 들은 '옹점이'의 다짐이 성인이 돼서도 잊히지 않는 주술과도 같은 언어로 자리를 잡는다. 이 역시 '옹점이'와 '토속어'가 풍기는 이미지에서만 가능한 효과이다.

언어의 토속화는 이문구의 다른 연작소설인 『우리 동네』에서도 나타난 다. 1970년대 화자인 '나'가 1950년 전후를 기억하는 『관촌수필』과 다르게 『우리 동네』는 1970년대 농촌을 실감나게 그리고 있는 작품이다. 그 중에서 「우리 동네 金氏」는 '김씨'가 가뭄 철 자신의 논에 물을 대기 위해 옆 마을이 관리하는 저수지의 물을 공용 전기를 이용해 몰래 빼내다 들킨 행동을 두고 시시비비를 가리는 이야기가 주 소재로 등장하는 소설이다. 아래 인용은 저수지 물을 관리하던 옆 마을 사람들과 한전(韓電) 직원이 나타나 '김씨'의 잘잘못을 따지며 책임을 추궁하는 장면이다.

> 대뜸 한 가지 방법이 떠올랐다. 되도록 다투지 않고 **모른 척하며 능갈치는 것, 그것이 꿈땜을 하는 이방**이면서 양수기를 끄지 않고도 배겨내는 꾀가 아닌가 싶었다.(「우리 동네 金氏」, p.21)
> "내가 언제 **불법적으루 썼슈. 물법적으루 썼지.** 넝민이 논이 물을 대는 건 당연히 물법적인 거유."(「우리 동네 金氏」, p.26)
> **김은 비로소 한고비 넘겼다 싶었다.** 그래서 속이 후련한 김에 허텅지거리로 해보는 소리를 했다.
> "저저끔 서루가 바쁘니께 얘기는 가면서 헙시다. 그게 젤 경제적일 텡께."
> (「우리 동네 金氏」, pp.31~32) (강조 인용자)

분명 '김씨'는 옆 마을의 물을 몰래 빼낸 것은 물론 국가 소유의 전기를

김욱동, 『모더니즘과 포스트모더니즘』, 현암사, 1992, pp.244~253.

불법으로 사용한 것이 명백하다. 그런데 이러한 일련의 사건들이 모두 농촌을 배경으로, 가뭄이라는 특수한 상황에서 그리고 서로를 아주 잘 아는 농민들 사이에서 일어나자 극의 전개는 다른 양상으로 이어진다. 정작 '김씨'마저 자신이 저지른 일이 큰 사건이 되어 버린 것을 직감하지만, 어떻게든 의뭉스럽게 눙치면서 이 사태를 풀어나가려 한다. 즉, '김씨'는 권위와 맞닥뜨려 권위를 인정하거나 그 아래에 복속되기보다는 오히려 권위를 말장난과 같은 언어유희로 재치 있게 풀어나가려 하고 있다. 그 도구가 토속어에 방언이 사용되자 표준어가 주는 딱딱한 공공의 질서에서 벗어나면서 개인적이면서 유희적인 상황으로 극적으로 변하게 된다. 그리고 '김씨'의 명백한 과실에도 불구하고 일은 흐지부지하게 끝나고 만다. 분명히 권위와 지배의 언사와 규율에 대해 토속어가 가지는 유희, 유쾌함 더불어 가벼움은 진중한 무게감을 비웃거나 사소한 것으로 만들어 버리는 힘을 가진다. 잔뜩 힘을 준 추상같은 호령도 김이 빠져 권위를 상실하게 되면서 토속어를 구사하는 사람과 같은 위치에 서거나 눈높이가 같아지는 효과를 보인다. 그렇기 때문에 방언에 담긴 해학과 풍자는 방언이 아닌 표준어, 순화된 우리말을 사용하기를 권장하는 지배 정권에 대한 도전일 수 있다.

한편 이문구의 작품에서 언어와 함께 농민들을 구성하게 하는 것은 기억이다. 기억은 사건, 장소 그리고 인물 등 구체적이고 선명한 느낌이 중심이 되는 경우가 많다. 반공 이데올로기는 민족적 담론에서 북(北)을 의도적으로 제거하는데 이는 언어 정책과 함께 역사적 서술에서도 드러난다. 그런데 이문구는 이러한 질서에 균열을 가하고 있다. 6·25로 인한 단절론적 역사관에서 벗어나 이문구는 분단 이전의 세계를 그리고 있다. 그에게 분단 이전의 세계는 곧 할아버지 질서의 세계가 된다. 그리고 북(北)을 대변하는 아버지는 그의 소설에서 흐릿한 배경과 전경으로 나타나고 있

다.13) 역사를 사적 기억으로 재현해냄으로써 공적인 기억에 균열을 가할
수 있는 가능성이 열리게 된다. 기억하고 있는 일들이 사건 발생 시간으로부
터 시간이 지났다면 사건의 정확성보다는 어렴풋하지만 강하게 받은 인상
을 중심으로 기억하게 된다. 그런데 이러한 개인적인 기억은 항상 역사의
뒷전으로 밀리게 되어 있다. 월터 옹은 쓰기가 "기억을 파기"하며, "정신을
약"하게 한다고 보았다.14) 쓰기가 "우리로 하여금 말을 사물을 동일"15)하게
생각하게 한다는 쓰기의 속성을 떠올리면 문자로 정착된 보편적 역사가
우리의 기억과 역사를 재구성할 수 있음을 알 수 있다. 기록으로 남겨진
역사가 공적인 의미를 가지면서 '역사'로서의 기억을 '우리' 전체의 기억으
로 전유시키는 경우는 다반사로 발생할 수 있다. 그런 면에서 『관촌수필』은
'우리의 역사'가 아닌 '나'의 기억을 풀어 놓음으로써 획일화되고 일방적인
차원에서 벗어날 여지를 만들어 놓는다. 과거에 벌어진 사건을 역사가
아니라 개인의 기억에 의존해서 재구성을 할 경우에 이것은 기록이나
집합으로서의 역사(History)가 아니라 개인의 서사(narrative)를 가지게 된
다.16)

특히 『관촌수필』의 시간적 배경이 우리의 굴곡진 역사의 현장 시간과
궤를 같이 하면서 더욱 '나'의 기억이 갖는 과거는 색다를 수가 있다.
게다가 그 굴곡진 역사가 6·25 전후를 배경으로 할 경우 전쟁이 주는

---

13) 『관촌수필』에서 '나'의 아버지는 소설 속 후방(後方)으로 배치되어 묘사되고
   있다. 다양한 인물들을 조망하는 글의 소설 속에서 아버지가 그림자처럼 희미하게
   드러나는 이유는 아버지의 사회주의 사상 심취와 연관돼 있다. 아버지의 사상으로
   인해 가문의 몰락과 사회적 지위 하락 등의 큰 부침을 경험한 '나'에게 아버지는
   금기어가 되어 있다.
14) Walter J. Ong, 앞의 책, p.125.
15) 위의 책, p.22.
16) 이진경, 「집합적 기억과 역사의 문제」, 『문화정치학의 영토들』, 그린b, 2007,
   pp.259~260.

이념 대립의 문제가 국가적 차원이 아닌 개인적 차원에서 어떻게 수용되었는지를 확인할 수 있다. 마르코스는 멕시코 원주민들이 "기억에 대한 투쟁"을 위해 인디언의 이름으로, 인디언의 무기인 인디언의 언어로 투쟁을 했다고 하였다.17) 이들의 투쟁은 역사라는 이름에 "틈새"를 만들어 내는 것이었다.18) 즉, 과거의 역사를 자신의 언어로 기억해 내는 것은 충분히 저항과 투쟁의 행위면서 중심과 통합에 균열을 낼 수 있는 힘으로 작용을 한다. '나' 역시 과거 농촌을 기억하며, 할아버지의 질서를 떠올리는 것은 내 고향의 역사, 나의 기억을 재구성함으로써 나만의 이야기를 만들어 가는 의미를 가진다. 나의 기억이, 나의 언어(토속어)로 생성되면서 역사의 "틈새", 현재의 "저항"의 물꼬를 틀 수 있는 가능성을 열어 둔다.

『관촌수필』은 6·25 전후를 배경으로 삼기 때문에 이념의 대립이 자연스럽게 소설 안에 노출이 되어 있다. 그렇지만 이문구는 그 이념을 전쟁을 불러올 만큼의 날카롭게 대립하는 갈등으로 그리고 있지 않다. 이념의 대립이라기보다는 이념의 차이/다름이라고 할 수 있을 정도로 소설 안에 배경으로 녹여 표현을 하였다.19) 이런 효과가 생긴 이유는 이념이 소설 안으로 날(生) 것 그대로 노출되지 않고, 인물을 중심으로 특히 어린 아이의 시점에서 단편적인 에피소드로 기억되기 때문이다. 그래서 갈등과 전쟁의 숨막히는 대립은 표면화되지 않은 채 순(順)하게 그려지고 있다. 그리고 이문구는 이를 위해 『관촌수필』의 남북 대립 문제를 가족의 서사와 남녀의

---

17) Marcos, 앞의 책, p.486.

18) 위의 책, pp.422~433.

19) 『관촌수필』은 과거 농촌의 정경이 부활된 소설로 많이 해석이 된다. 그만큼 과거 농촌 공동체에 대한 그리움이 절절하게 묘사가 되어 있는데, 실제 『관촌수필』이 과거 배경으로 삼고 있는 시대는 전전(戰前)과 전후(戰後)이기 때문에 이념의 대립이 소설 곳곳에 노출이 되어 있다. 그럼에도 불구하고 이문구의 소설을 이념적 갈등으로 보는 경우는 거의 없다. 그만큼 이념의 갈등이 직접적으로 제시되어 있지 않고, 시간적 배경 안으로 녹아있기 때문이다.

48

사랑이야기로 형상화하고 있다.

『관촌수필』의 「녹수청산(綠水靑山)」은 좀도둑으로 시작해 점점 큰 물건을 훔치는 '대복'이를 중심으로 한 소설이다. '대복'은 도둑질과 성폭행 미수라는 죄목으로 각각 2번 감옥에 갇히게 됐다. 그런데 그때마다 공교롭게도 의용군과 향토방위대가 감옥에 있던 죄수들을 석방을 해 주는 통에 사상범도 아닌 잡범에 불과한 '대복'이도 석방이 되었다. 그리고 그때마다 '대복'이는 자신에게 자유를 준 사상을 지지했다. 국군의 석방으로 풀려난 '대복'이는 민주주의를 앞세워 마을에 남아있던 공작대원들을 색출해 내려고 하였다. 그리고 그 가운데 사상가였지만 다른 공작대원을 따라 월북하지 않고 마을에 남아있던 '순심'을 숨겨주면서 서로 애틋한 정을 나누게 되었다. '대복'이는 '순심'이를 위해 자청해서 그 집에 머슴으로 들어가면서 집 안팎을 알뜰하게 챙겼으며, '순심'이 역시 골방 밑에 땅굴을 파서 두더지 생활을 하던 중 '대복'이가 징집돼서 전쟁터로 떠나게 되자 그 마지막 모습을 보기 위해 나오는 바람에 결국 잡히게 되었다.

'대복'이와 '순심'의 이야기는 6·25전쟁이 민족상잔, 분단이라는 극단적인 선택을 할 수밖에 없었던 시대적 갈등을 두 남녀의 에피소드로 바꿔 기억함으로써 전쟁을 새롭게 환기하게끔 하고 있다. 분단 현실과 반공주의를 정치적 이념으로 내세운 박정희체제에서 6·25전쟁을 떠올리며 이념에 대해 직접적인 묘사와 표현을 통해 전쟁의 역사적 증언을 꾀하려는 태도는 아니다. 이는 이념 대립의 문제를 이문구 나름의 방안 제시로 극복하려고 하는 것이다. 그 방법은 이념 갈등의 근원을 탐색해서 이루어지는 것이 아니라 화해를 제시함으로써 보여주고 있다.

"겡찰서루 끄서갈라구 했슈, 당정 패쥑이구 싶은 맘두 있었구유. 그런 디…… **들키지 않게 잘 숨어 있으야 헐거유**. 저두 입 다물구 있을테니께,

어제마냥 요강 버리러 나왔다가는 큰일난단 말유."

그날 밤 대복이는 몸조심하길 신신당부하고 슬그머니 물러갔다.(「녹수청산(綠水靑山)」, p.166)

출정하던 날도 순심이 어머니나 신작로 초입까지 나가 바래다주었지 **순심이는 방고래 속에만 누워 있어야 했다.** 순심이는 견딜 수가 없었다. **마지막 길인지도 모르고 떠나는 사람, 집안에 숨어서 멀리 뒷모습만이라도 바라보고 싶었다.** (중략) 몇 달 만이었을까. 그녀가 대복이 얼굴을 대낮에 밝은 눈으로 쳐다봤던 것은. 대복이가 안 보일 때까지 변소 속에서 있던 그녀는 갑자기 구토감이 걷잡지 못하게 치밀어오름을 가라앉히 수 없었다. 나는 알지 못한다. **입덧 증상**이 어떤 것인지를.(「녹수청산(綠水靑山)」, p.167) (강조 인용자)

이문구가 '대복'이와 '순심'의 시점에서 전쟁을 기억하며 형상화하는 것은 남북의 문제를 남과 북이라는 이념의 대립 문제가 아니라 인간의 근원과 근본에서부터 출발해야함을 보여주고 있다. 남과 북의 문제를 정치적·사상적·이념적 차원에서 접근을 할 경우 갈등의 골은 더욱 깊어지며 그 상처는 아물 수가 없다. 그렇기 때문에 인류애적인 시선, 인간의 근원적 차원에서 접근을 해야만 시대와 역사, 아픔을 극복할 수 있다고 보여주고 있다. 한편, 남녀라는 인간 근원의 인간애(人間愛)로 분단 현실을 반추했던 이문구는 자신의 가족 이야기를 소설 속에 삽입함으로써 분단과 반공주의와 정면으로 마주보고 있다. 앞선 '대복'이와 '순심'이가 일반적이고 간접적인 경험을 바탕에 두고 있다면 '나'의 가족과 아버지에 대한 기억은 직접적이면서 집약되어 있다.

아버지는 장날마다 한내천 모래사장에서, 또는 쇠전이나 싸전 마당에서 **강연회를 열었으니 그것은 힘없는 농민과 노동자들의 감동과 지지를 얻는**

데에 조금도 부족함이 없는 웅변이었다고 들었다. **그것이 변형되어 남로당으로 발전했던 것**을 그로부터 다시 많은 시일이 흐른 뒤의 일이었지만, 그리고 그 결과는 뻔한 것이 돼버렸다.(「일락서산(日落西山)」, p.44)

무슨 사건이었는지 알 길은 없으나, 하여간 아버지가 달포 가까이나 예비 검속되어 읍내 유치장에서 구금 생활을 한 적이 있다. (중략) 오히려 **잡범이나 파렴치범의 자식이 아니란 데에서 엉뚱한 자부심과 떳떳함을 느껴 주늑든 적이 없을 지경**이었다.(「일락서산(日落西山)」, p.54)

뿐만 아니라 세 고을(保寧·舒川·靑陽郡)의 지하당을 창설하고 이끌었던 책임자로서 하루도 편할 날이 없었음에도, 매사에 지극히 의연하고 여유 있고 묵중한 자세로 일관하고 있었다.

나는 그런 아버지를 늘 어려워하고 있었다. 두려워하고 있었다고 해야 옳을지도 모른다.(「일락서산(日落西山)」, pp.53~54) (강조 인용자)

전통적 유교질서를 신봉해서 신분질서 의식을 가진 할아버지와 달리 아버지는 무산계급을 옹호하면서 사회적 신분질서 확립을 위해 투쟁했던 인물이다. 아버지는 가족 안에서는 할아버지와 척을 지닌 사상을 지녔지만 많은 힘없는 사람들의 공감을 얻는 데에는 부족함이 없었다. 어린 아들의 눈에 비친 유년 시절 아버지의 모습과 기억을 통해 재구성된 아버지의 모습은 상호 모순적인 면을 보인다. 유년 시절의 '나'에게 아버지는 민중의 지도자로, 영웅의 일면을 가지면서 인민들을 독려하면서 각성시키는 큰 산과 같은 이미지로 기억된다. 하지만 한편으로는 아버지로서의 실질적인 모습은 '나'에게 어렵고 두려운 존재일 뿐이다. 왜냐하면 '나'는 아버지에게 처음이자 마지막으로 배운 공부 시간에 칭찬과 격려가 아닌 "원, 아이 손마디가 이렇게 무뎌서야…… 천상 연장 들고 생일이나 헐 손이구나……" 라는 "수치와 모멸"감을 느껴야만 했기 때문이다.[20] '나'의 이 느낌은

아버지에게 인정을 받고 싶은 욕망의 발로이면서 아버지와의 친밀감을
느끼고 싶은 아들의 소망이었다.

하지만 아버지를 둘러 싼 기억은 이후에 재조정이 되어야만 하였다.
유년 시절 그렇게 거인같이 커 보였던 아버지가 결국 아버지가 지닌 사상으
로 인해 집안이 몰락의 길로 접어들자 아들인 '나'는 아버지를 기억에서
삭제하기에 이른다.[21]

> 그런데도 그분은 내가 살아가면서 잠시도 잊을 수 없도록, 내 심신(心身)의
> 통치자로서 변함이 없으리라 믿어지는 것은 무엇에 연유하는지 모르고 있다.
> 할아버지의 가훈(家訓)을 받들고자 노력하다 만 유일한 손자였기 때문일까.
> 그 고색창연했던 가훈들은, 내가 태어나가 그 훨씬 전부터 아버지가 이미
> 앞장서서 깨뜨리고 어겨, 전혀 반대 방향의 풍물을 받아들이고 있었음이
> 사실이었다.(「일락서산(日落西山)」, pp.42~43)

할아버지에서부터 아버지 그리고 나에게로 이어져 와야 할 가계의 흐름

---

20) 이문구, 「일락서산(日落西山)」, pp.55~57.
21) 그런데 이념을 추구하던 아버지를 기억에서 삭제한 경우는 이문구에게서만 보이는
   것은 아니다. 이문열의 소설에서도 사회주의 사상에 경도된 월북한 아버지가
   가족 안에서 소멸된 것을 볼 수 있다. 이문구의 장편 소설『변경』은 사회주의자인
   아버지의 월북으로 인해 고통 받는 가족의 이야기가 주축이 된 소설이다. 아버지의
   사회주의 사상이, 월북이 남아있는 가족에게는 잊고 싶은 고통일 뿐이다. 이와
   같은 가족 내 아버지 서사의 거세를 사상에 경도된 아버지에 대한 원망과 이념의
   대립이 주는 고통에 초점을 맞춰 해석하는 경향이 많다.(김치수, 「분단 현실과
   아버지 콤플렉스」,『동서문학』1999 여름 ; 김주연, 「이데올로기 모티프와 문학」,
   『문학과사회』6집, 1989.)
   한편으로는 아버지의 의도적 부인을 남아 있는 가족들의 욕망의 발현으로 보는
   시각도 있다.(권유리아, 「기억의 허구성에 대한 탈식민적 자각-이문구의『변경』
   연구」, 동북아시아문학학회, 2006.)

52

은 "가훈"을 앞서 깨부수는 아버지를 건너 뛰어 손자인 나에게로 이어진다. 즉, '나'의 가문의 계보에서 자연스럽게 아버지라는 존재는 삭제가 되고 만다. 이는 아버지로 인한 집안의 몰락과 무관하지 않다.

> 6·25가 난 해에 우리집은 망했다. 전쟁의 참화를 우리처럼 혹독하게 입은 집도 드물리라 싶은 쑥밭이었다.(「일락서산(日落西山)」, p.38)
> **전쟁**―, 나같이 어린 것은 더구나 꿈에도 상상 못해볼 **지극히 추상적인 것**이었다. 하지만 그것은, 전쟁은, **내가 여태껏 겪어본 사건들 중에서 가장 구체적이고 실질적인 모습**을 하고 있었다.
> 6·25사변 발발과 함께 **우리집은 몸서리치게 무참한 쑥밭이 되어 버렸다**. 참극의 현장(現場)으로 돌변하고 말았던 것이다.(「녹수청산(綠水靑山)」, p.147)
> (강조 인용자)

아버지의 무산계급 해방 운동은 전쟁과 함께 가문의 몰락으로 이어졌고, 할아버지의 죽음과 연이어 어머니마저 죽음으로써 가문은 쇠락의 길로 접어들게 되었다. 이념으로 인한 비명(非命)이 '나'의 가문에 덮쳤고, 자연스럽게 '나'도 아버지의 기억을 봉인할 수밖에 없었다.

하지만 묻어두었던 가족의 이야기를 꺼내서 아버지를 되살려내, 기억의 봉인을 해제한 것은 바로 가족 안에서의 화해의 모습을 보인 것이다. 반공주의를 통해 모든 다른 이념에 철퇴를 놓았던 그 시절에 이념으로 인해 외면하고, 모르는 척해야만 했던 사람들을 인간애적인 사랑과 가족 안에서의 화해라는 보편적인 정서에 기대어 이문구는 부활시키고 있다. 그리고 이러한 화해와 회복이 '나'의 사적인 기억에서부터 출발해서 집단의 기억으로까지 확대될 수 있다는 가능성을 열어 두고 있다. 이문구의 전쟁의 경험과 기억이 인류애적인 사랑과 가족의 회복으로 나타나는 것은 소설 속 등장인

물 중심의 개인적 기억이 집단의 기억으로 화대 재생산될 수 있는 단초를
제공해준다는 데에서 의의가 있다. 그리고 이문구는 반공주의를 앞세워
경색된 남북 관계를 바로 이 지점을 통해 돌파하려는 모습을 보이고 있다.22)

2) 유교적 세계관과 공동체 삶의 강박

박정희체제에서 반공주의 사상은 반북(反北) 그 자체의 의미를 가지고
있었다. 하지만 반공주의가 통치이념이 되면서 반공은 반북뿐 아니라 다양
하게 변주 가능한 살아 움직이는 생물체와 같은 통치 도구가 되었다.23)
박정희체제가 태생적으로 가지고 있던 통치 이념의 폭력성에 대해서는
적극적으로 저항할 수 있었지만 반공주의에 대해서는 일상생활은 물론
의식에까지 내면화가 되어 있었기 때문에 오롯이 반공주의 자체에 대해
의문을 제기하는 것이 쉽지 않았다.24) 게다가 체제비판적인 말과 행동들이
친북적 행위로 둔갑을 해 버려 일신상 위협을 받았던 때였기 때문에 반공주
의에 대해서는 차라리 외면하거나 침묵하는 경우가 많았다. 여느 1970년대
소설처럼 이문구의 소설에서도 박정희체제의 반공주의를 직접적으로 확인

---

22) 김무용은 개인의 기억이 집단기억으로 변모할 수 있는 가능성을 "고립적이고
    파편적인 수준을 벗어나 가족·사회·국가와 같은 사회집단의 이익이나 목적과
    결합하여 사회적 정치적 의미를 갖"으면 가능한 것으로 보았다. 김무용, 「한국
    노동자계급의 경험과 집단기억, 저항과 순응의 공존」, 『역사연구』 Vol.10, 역사학
    연구소, 2002, p.8.
23) 강진호는 우리나라의 반공주의가 정권이나 체제에 불만이 있는 사람들을 반공이라
    는 이름으로 처결을 하는 폭력적인 지배 수단으로 이용이 되었다고 보았다.
    그리고 그 폭압에 담긴 공포심과 두려움을 활용해서 정권 유지를 위해 사용했다는
    점에서 이념, 사상으로 기능했다기보다는 전근대적인 통치 수단으로 이용된
    것으로 보았다. 강진호, 「반공의 규율과 작가의 자기 검열－『남과 북』(홍성원)의
    개작을 중심으로」, 『상허학보』 No.15, 2005, p.230.
24) 김진기, 「반공호국문학의 구조」, 『상허학보』 No.20, 2005, pp.350~351.

할 수 있는 대목은 많지 않다. 하지만 이문구가 직접적으로 반공주의에 대해 표현을 하지 않았음에도 반공주의 사상이 사회 전반에 널리 퍼져 있었기 때문에 당대의 통치 이념으로서의 반공주의를 확인할 수 있다.

이문구의 소설에서 가장 두드러지게 나타나는 부분은 단연 원체험적인 '고향'의 모습이다.25) 일반적이고 정형화된 고향으로서의 농촌의 이미지는 근대화의 폐해에 맞설 수 있는 대항적 관념으로 받아들여질 수 있다. 즉, 농촌은 산업화의 갈등과 모순을 안고 있는 도시의 문제를 해결할 수 있는 대안적 공간으로 변모하게 된다.26) 이문구는 그 대안적 공간으로 '공동체 농촌'을 제시하고 있다. 그가 그리는 '공동체'로서의 농촌은 하정일이 얘기하는 "민중이 주체가 되는 공동체"27)일 수도 있지만, 과거의 "공동체" 일 수도 있다. 특히 이문구는 산업화·근대화를 유교적 문화가 녹아 있는 과거 공동체를 이용해서 비판하고 있다.

그런데 이 유교적 공동체가 당대 산업화·근대화의 모순을 극복해줄 수 있는 대안의 공간이 될지는 좀 더 세밀한 분석이 필요하다. 왜냐하면

---

25) 박찬효는 정형화된 고향의 이미지로, "돌아가고 싶은 어린 시절의 기억, 파괴되지 않은 자연, 어려운 사람들을 품어 아는 모성으로서의 고향"을 들어 설명하다. 박찬효, 「1960~1970년대 소설의 '고향' 이미지 연구」, 이화여대 박사학위논문, 2010, pp.148~155 참조.

26) 김복순은 이문구가 그리는 과거 고향을 "목가적 공동체", "누구나 마음속에 품고 있는 우리의 고향", "이상화된 세계"라고 표현을 한다. 즉, 이무구가 그리는 과거 공동체의 모습이 농촌이 안고 있는 현실적 어려움이 사라진 이상의 공간으로서의 의미를 획득하고 있다고 보고 있다. 김복순, 「노동자 의식의 낭만성과 비장미의 '저항의 시학'−70년대 노동소설론」, 『1970년대 문학연구』, 민족문학사연구소 현대문학분과, 소명출판, 2000, pp.172~173.
권영민은 이문구의 농촌, 농민에 대한 관심에 대해 "민족의 분단 상황에 대한 비판적 인식과 함께, 산업화 과정에서 점차 소외되기 시작한 농촌의 현실문제"를 형상화한 작가라고 보았다. 권영민, 「개인적 경험과 서사의 방법−관촌수필의 경우」, 『관촌수필』, 랜덤하우스 중앙, 2004, p.380.

27) 하정일, 앞의 책, p.25.

이문구가 그리는 '농촌 공동체'가 박정희체제가 지향하는 정치 이념과
많이 맞닿아 있기 때문이다. 에릭 홉스봄은 과거로부터 이어져 오던 '전통'
이 실제로는 특정 계급에 의해 '만들어진' 것이라고 하였다. 그리고 그
과정에서 서로 중첩되는 세 가지 유형이 존재한다고 하였다. 첫째, 만들어진
전통은 "공동체들의 사회 통합이나 소속감을 구축하거나 상징화"하고,
둘째, "제도, 지위, 권위관계를 구축하거나 정당화"하며 마지막으로 "사회
화나 혹은 신념, 가치체계, 행위규범을 주입"하는 것을 목표로 한다는
것이다.[28] 우리가 막연히 상상하는 농촌의 '공동체'에 대한 기대 역시
이와 크게 다르지 않다. "친교의 이미지"를 서로 나누어 가지며, "수평적
동료 의식"을 공유할 것이라고 믿는 '상상된 농촌 공동체'의 이미지를
기대한다는 것이다.[29]

이런 맥락에서 본다면 근대화·산업화를 지배 이념으로 내세운 박정희
정권 아래에서 농촌의 소환은 사뭇 다른 의미를 지닐 수 있다. 반공주의가
다양한 정치적 장치로 변용이 된다면 농민의 삶 속에 녹아있는 유교적
가치의 부활은 큰 의미를 지닌다.[30] 유교의 가장 기본적인 이념인 충·효
사상은 국가에 대한 동의 기제로 작용할 수 있는 여지를 남기기 때문이다.[31]
이는 봉건적이라 배척당했던 과거의 유교 문화가 현재의 질서 유지를

---

28) Eric Hobsbawnn 외, 『만들어진 전통』, 박지향 옮김, 휴머니스트, 2004, p.33.

29) Benedict Anderson, 『상상의 공동체』, 윤형숙 옮김, 나남출판, 2002, pp.25~27.

30) 정윤재, 「박정희 대통령의 근대화리더십에 대한 유교적 이해」, 『유교리더십과
한국정치』, 백산서당, 2002, pp.199~204. 정윤재는 박정희가 유교적 문화를 악습,
폐습으로 명명한 것과는 달리 정치적으로는 민주주의를 표방하면서 이를 "유교적
賢君 정치에 경도"된 것으로 보고 있다. 현군과 같은 탁월한 지도력이 아니고서는
통치가 불가능하다고 판단한 박정희의 결단이었음으로 보고 있다.

31) 김주현은 그의 논문에서 유교적 가치를 불완전한 근대성을 보완하는 정신 기제로서
본다. 또한 인정, 온정과 같은 공동체의 윤리들은 개인주의, 물신주의에 맞서
건전한 사회 통합을 돕는 역할을 담당한다고 보았다. 김주현, 「1960년대 소설의
전통 인식 연구」, 중앙대 박사학위논문」, 2007, p.14.

56

위해 필요한 "배려 윤리로 재인식될 수 있으며, 근대성의 폭력에 상처받은 개인의 삶을 집단의 윤리에 동화"[32]시킬 수 있는 힘으로 작용을 한다.[33]

따라서 현실에 직면한 도시화와 그에 따른 농촌의 소외 문제를 적절하게 드러내는 방식이 과거의 공동체의 기억이라는 것은 저항의 의미와 함께 박정희체제를 정당화시키는 의미까지도 내포하게 된다. 특히 이문구가 『관촌수필』에서 묘사하는 농촌 공동체의 모습은 과거 할아버지의 질서가 녹아있는 시·공간이다. 「일락서산(日落西山)」은 유년의 '나'와 조선조(朝鮮朝) 신분질서를 유지한 채 유교의 교리를 몸소 실천하면서 살던 할아버지와의 크고 작은 일들을 중심적으로 묘사한 소설이다. 할아버지의 질서가 살아있던 시절에서부터 6·25를 지나 할아버지의 죽음과 함께 집안의 몰락을 '일락서산(日落西山)'이라는 제목으로 상징적으로 보여주고 있다. 즉, '나'에게 할아버지의 죽음은 가문의 몰락이면서 수묵화의 한 화폭처럼 평화로운 시절이 끝나는 것을 의미한다. 할아버지 질서에 대한 강한 끌림은 심지어 '고향'이 지니는 여성성에 대한 이미지마저 탈각시켜버린다.[34]

---

32) 위의 논문, p.14.
  또한 김동노도 박정희체제가 자신의 군사 쿠데타를 정당화하는 방법으로 전통과의 단절을 가지고 왔다고 보고 있다. 전통과 근대를 선과 악의 개념으로 바꿔 반드시 근절해야 할 것으로 보았다는 것이다. 하지만 실제 통치 과정에서 유교적 이념의 친정치 성향을 깨닫고는 유교의 충효 사상을 국가에 대한 충성, 개인의 도덕적 의무로 강화된 형태로 나타났다고 보았다. 김동노, 「박정희 시대 전통의 재창조와 통치체제의 확립」, 『東方學志』 제150집, 2010, pp.325~327.
33) 박정희는 '줏대 있는 근대화'를 주장을 하였다. 우리의 근대화도 우리 전통 안에 존재하는 가치관을 체계화해서 정신적인 지주로 삼아야 한다고 하였다.(정윤재, 「제3·4공화국의 성격과 리더쉽-박정희대통령의 근대화 리더쉽에 대하나 연구」, 『동북아연구』 Vol.1, 1995, p.249) 즉, 우리의 안에서도 점진적인 근대화의 흐름이 있었고 이러한 근대적인 성격이 내재화되어 있다는 인식은 근대를 더 이상 부정하거나 저항해야 할 대상이 되는 것이 아니라는 것이다. 이는 근대가 타자로서 주체를 위협하는 것이 아니라 근대도 우리 안에서 주체로서 그 역량이 커지는 것을 의미한다.(김주현, 앞의 논문, p.16.)

『관촌수필』의 화자인 '나'는 고향을 유교적 질서와 반상의 규율이 살아있는 할아버지 그 자체로 이해를 한다. 이는 과거 공동체를 구성하던 인물들의 평가에도 적용이 된다. 반상(班常) 질서가 살아있던 과거에는 양반가의 도령이라는 이유만으로 일가 손윗사람이 아니라면 어른에게도 경어나 존칭을 쓰지 않는 유년의 '나'를 너그러이 수용하는 분위기가 있었다. '나'의 버릇없는 행위를 용인했던 과거와 달리 아파트의 크기와 "인기와 네임 밸류(p.169)"로 평가받는 거의 무명에 가까운 "소설꾼"으로만 인식하는 현재의 신분 구별에 대해 '나'는 계속 불편함을 토로한다. 할아버지 생전에는 사람의 소개가 곧 그 사람의 집안 내력을 설명하는 것이고, 그것으로써 인사가 되어서 유년의 '나'는 신분적으로 여유로웠기 때문이다.35)

옹점이는 마음씨가 너그럽고 착한 아이였다. 그녀는 3천 석의 지주이며 한말에 중추원의 나지막한 벼슬과 의관을 지내다가 인접 동네 달밭[月田里]으로 낙향하여 살았던 외가의 행랑아범 손녀로서……(「일락서산(一樂西山)」, pp.17~18)

이 나라에 천을 헤아리는 글쟁이 가운데 소설꾼만 2백여 명이 웃도는데 **하필이면 나를 지목하는가**. 인기와 네임 밸류라는 것이 전무한 **무명초인 줄 알면서 평소 안면이 있다고 만만히 보았는가**. 아니, 나를 이름난 사람으로 만들고 싶은 갸륵한 정실로 그러는 줄도 모르지 않는다. 그러나 이런 경우

---

34) '나'는 고향의 이미지를 할아버지로 대체해 버린다. 고향이 가지고 있는 태초의 모성, 어머니 이미지가 조부로 바뀌고, 어머니는 대지가 가지는 원초적인 이미지가 아닌 단순한 '어머니'로서의 의미만 지닌다. 즉, 이문구의 소설에서는 모성이 고향으로 대체되지 못한 채 개인적 경험이 바탕이 된 특화된 고향의 이미지만 가지게 된다. "받은 사랑이며 가는 정으로야 어찌 어머니 위에 다시 있다 감히 장담할 수 있을까마는, 그럼에도 삼가 할아버지 한 분만으로 조상의 넋을 가늠하되, (후략)", 「일락서산(一樂西山)」, p.10.

35) 이상은 모두 『관촌수필』(랜덤하우스 중앙, 2004)에서 인용한 것임.

오히려 나에게는 백해무익한 노릇이다.(「공산토월(空山吐月)」, p.169) (강조
인용자)

위의 인용 첫 번째는 '나'의 집에 집안일을 도와주러 온 '옹점이'에
대한 소개인데, 비록 집에서 부엌의 일을 하는 일꾼이라고 할지라도 그
사람에 대한 설명은 그를 둘러 싼 집안을 포함하는 것으로 한 개인은
집단 내의 구성원이면서 그의 됨됨이는 개인이 보증하는 것이 아니라
그가 속한 집단이 함께 하는 것이라는 것을 내비치고 있다. 그에 반해
현재의 '나'는 일을 하기 위해 소개받는 자리에서 얼마큼의 개인의 역량이
있는지를 자체 검증하는 것으로 대체를 한다. 할아버지의 위세를 등에
업고 기세등등했던 유년 시절과 달리 한낱 "무명초"에 지나지 않다보니
나는 그만큼 위축이 될 수밖에 없다. 이처럼 인물을 소개하는 설명이 단출해
지는 것만으로도 '나'는 과거 공동체의 공간을 더 그리워한다.
　이처럼『관촌수필』에서 '나'의 뿌리는 할아버지를 기억하는 것에서부터
시작한다. 나의 생물학적인 아버지는 나에게 수치심36)을 알려주었으며,
나의 교육과 성장에 영향을 미치지 않은 사람이었다. 그런 아버지가 상징하
는 것은 전쟁의 단절과 균열이다. 그렇게 때문에 내가 지향하는 질서 역시
아버지가 아닌 할아버지가 되며 할아버지로부터의 전통은 아버지를 건너
뛴 질서를 의미한다.

　그것은 **내가 그리워해 온 선대인**은 어머니나 아버지, 그리고 동기간들이
아니었다는 뜻이기도 하다. 고색창연한 **이조인(李朝人)이었던 할아버지, 오
직 그분 한 분만이 진실로 육친이요 조상의 얼이란 느낌**을 지워 버릴 수

---

36) 앞에서 살펴본 것처럼 아버지는 처음이자 마지막으로 '나'의 교육을 도왔을 때
　　심한 좌절감을 안겨줬을 뿐만 아니라 가문의 몰락을 일으킨 주범이다.

없는 거였고, 또 앞으로도 길래 그럴 것같이 여겨진다는 것이다. (중략) 당신
생전에 받은 가르침이야말로 진실로 받들고 싶도록 값지게 여겨지는 터임에,
거듭 **할아버지의 존재와 추억의 조각들을 모든 것의 으뜸으로 믿을 수밖에
없던 것**이었다.(「일락서산(一樂西山)」, pp.9~10) (강조 인용자)

  '나'가 애틋하게 회상하고 있는 시·공간이 할아버지 생전인 것은 그
시기가 현재 무너져 버린 자신의 사회적 신분과 가장 극명하게 대립하고
있기 때문이다. 비록 가세는 기울었다고 하지만 "기와로 개축을 하자면
암수키와만 열 눌(十訥)이 들어도 모자란(p.32)" 집에 살던 유년 시절과
달리 "모든 것을 다 잃고 열한 평짜리 아파트(p.39)"에 사는 현재의 삶은
집의 크기만큼이나 큰 차이를 보인다. 집의 크기로 느껴지는 허탈함은
넉넉하고 풍요로운 유년의 시간과 현재의 의무와 책임으로 점철된 성년의
시간이 비교돼 더 크게 다가오게 된다. 찬란하고 풍요로웠던 과거의 기억과
경험은 쓰디 쓴 현재의 실상에 대한 위로이자 위안으로 '나'에게는 다가온다.
'나'에게 유교 정신과 할아버지의 질서는 유토피아 세계의 정념이자 원칙이
된다.
  그런데 사람에게 내재된 과거의 기억, 전통에 대한 관념은 '생각의 차원'
에만 머무는 것은 아니다. '나'의 현재를 위로해줄 수 있는 과거의 존재는
"불완전한 근대성을 보완하는 정신 기제"[37]로 작용을 하기 때문이다. 근대
화의 물결 속에서 소외감을 느끼고 있는 사람들에게 과거 유교 문화로
느껴지는 정신적인 위안은 근대화를 폭로하는 장치 너머에 역으로 근대화
를 보완하는 완충 작용도 겸해서 하고 있는 것이다. 즉, 현실에서 느끼는
결여와 결핍을 전통적인 공동체 문화 안에서 찾으려는 것은 전통이 현실의

---

37) 김주현, 앞의 논문, pp.14~16.

문제점에 대한 치료책이라고 생각하기 때문이다.

박정희체제는 그들이 기획하는 조국 근대화의 모습에서 전통적인 유교질
서를 모두 거세하려고 하였다. 하지만 지배가 지속되고 강화되면서 유교적
인 이념이 통치에 효과적이라는 것을 알게 되자, 이들은 단절된 역사관에서
벗어나 우리의 근대화가 이식된 근대화가 아닌 우리의 것에서 출발했다는
생각을 가지게 됐다. 이는 우리가 가지고 있는 전통에 대한 긍정이 우리의
근대화에 대한 긍정이면서 옹호라고 할 수 있다.[38]

그런데 이문구가 근대화·산업화 담론에서 배제된 농민들을 민족, 전통으
로 소환함으로써 극복하고자 한 시도는 도시화로 인해 타자화된 농촌을
부각시킬 수는 있지만 지배-피지배 사이의 갈등을 해결하기에는 역부족한
면모를 보인다.[39] 왜냐하면 이문구가 차용한 봉건주의적 세계관에서 신분
질서에 의한 계급의식과 유교 사상은 오히려 박정희 정권의 지배를 더욱
공고하게 할 수 있는 근거로 자리매김할 수 있기 때문이다. 그렇기 때문에
'나'는 물리적 고향은 여전함에도 불구하고 할아버지가 존재하지 않고,
할아버지의 질서를 찾을 수 없는 '상상의 고향'을 상실해서 "실향민"의
신세가 된다.

　이제 **완전히 타락한 동네**구나- 나는 은연중 그렇게 중얼거리고 있음을
스스로 깨달았다. 마음의 주인이 세상 뜬 지 오래라니 오죽해졌으랴 싶기도

38) 김동노, 앞의 논문, pp.325~327, 김주현, 앞의 논문, pp.34~48.
39) 권정우는 전통과 민족 담론이 국가 간에서는 유의미한 효과를 지니지만 국가
　　내의 문제에 대해서는 미진할 수밖에 없다고 보았다. 마찬가지로 과거 농촌
　　공동체에 대한 예찬은 우리의 전통에 대한 관심과 애정을 갖는 데에는 유효하지만
　　그것이 당대 현실이 안고 있는 계급의 문제를 해결해 줄 수는 없다. 권정우,
　　「1960~1980년대 민족 문학론의 주체화 양상 연구」, 서울대 박사학위논문, 2003,
　　p.61.

했다. (중략)

 실향민. 나는 어느덧 실향민이 돼 버리고 말았다는 느낌을 덜어 버릴
수가 없었다. 고향이랬자 무덤[墓]들밖에 남겨 둔 게 없던 터라 어차피 무심하
게 여겨 온 셈이긴 했지만, 막상 퇴락해 버린 고향 풍경을 대하니, 나 자신이
그토록 처연하고 협협하며 외로울 수가 없던 것이다.(「일락서산(一樂西山)」,
pp.12~13) (강조 인용자)

 고향 산천은 그대로이지만 '나'는 이전과 다른 고향의 모습만을 눈에
담는다. 무엇이 사라져버렸는지를 꼼꼼하게 기록을 한다. 고향 마을에서
사라진 것은 할아버지의 부재와 잇닿아 있으면서 할아버지의 질서도 함께
쇠락해감을 시사하고 있다. 그래서 '나'는 고향이 있어도 고향을 잃어버린
실향민이 돼 버린다. 할아버지의 질서가 사라진 고향은 손쉽게 타락할
수 있고, "타락한 동네"가 된다. 할아버지의 부재 자체가 타락일 수 있는
이유는 할아버지의 존재가 영원불멸의 정신을 상징하기 때문이다.

 외람된 말이겠지만 **바위들과 당신이 한몸임을**…… 나는 그 바위들이 무심
무태한 한갓 자연 물질로서 그치는 것이 아닐 것 같았다. **할아버지의 의지와
얼이 굳어져버린 영구불변의 영혼**이며, 아니면 최소한 **그 상징**일 것 같았으므
로 신성하고 경건하게만 보였던 것이다.(「일락서산(一樂西山)」, p.23) (강조
인용자)

 할아버지는 그 마을을 지키는 정신이며 질서 그 자체를 상징하는 것이다.
그러한 정신과 질서가 사그라진 현재의 고향은 "영구불변의 영혼"을 잃어버
린 혼란의 시대가 된다. 이처럼 이문구에게 과거의 고향은 현재를 강하게
비판할 수 있는 근거가 되면서 가장 이상적인 이상향의 기준으로서의

기능도 겸한다.

이는 현재의 농촌 공간, 농민들 사이에서도 드러난다. 「우리 동네 黃氏」에 등장하는 '황씨'는 동네 사람들을 상대로 고리대업을 하고, 상품이라고 할 수 없는 헌 식품 등을 비싸게 납품해서 차익을 남기는 악덕한 부농(富農)으로 등장을 한다. '황씨'의 행태에 대해 불만이 쌓이고 이로 인해 그를 비난하는 것은 이상해 보이지 않는다. 그래서 마을의 부역을 위해 한자리에 모인 농민들이 '황씨'에 대해 성토를 하자, '황씨'는 미안해하지 않고 다음과 같이 반격을 한다.

> "자네들두 **나이 사십이 니열 모리면 즉은 나이가 아녀**. 말헐 것 같으면 인저는 생각허며 살 나이라 이겡. 생각들 해보게."(「우리 동네 黃氏」, p.83)
> **"돈 있다구 늠짜 헐직이 쓰지 마슈**. 내늠두 고봉으로 냈지만 모개루 싸잡아서 늠, 늠, 허면 워떤 늠이 늠름허구 있을 겨. 네미-"
> "작것이 아까버텀…… 그래, 늠름허잖으면 워쩔 티여. 인저는 **으른 아이두 못 가리구 패 돌리누만**."(「우리 동네 黃氏」, pp.87~88) (강조 인용자)

'황씨'를 둘러싼 비난과 반격에는 두 가지의 신분적 가치관이 들어 있다. 먼저는 "돈"이다. '황씨'로 인한 갈등의 중핵은 경제력을 앞세운 폭리에 기인한다. 그리고 소설의 배경이 되는 농촌 공간은 '황씨'가 경제력을 앞세워 폭리를 취할 수 있는 환경을 조성해 준다. 이미 농촌에서조차 경제력이 중요한 가치 판단의 기준이 되는 것이다. 그렇지만 경제력을 앞세운 신분 가치는 다수의 빈농이 결의해서 비난할 경우 그 타당성을 인정받지 못한다. 그러자 '황씨'는 '나이'를 반격의 카드로 활용을 하고 있다. 유교 문화 안에 녹아있는 장유유서(長幼有序)의 정신을 살려 나이에 걸맞은 서열을 인정하라는 주문인 것이다. 이에 연령과 경제력이라는 화해할 수 없는 두 요소를 두고 '이장'은 "공동체"를 들어 중재하고 있다.

> "(상략) 내 맘만 같으면 당신이구 오도바이구 죄 남댑문표 빤쓰에 싸서
> 둠벙 속에 쳐늫겄어. 또 그래야 옳어. **그러나 워쨌든 간에 당신은 우리게**
> **사람여. 우리는 아직두 이웃을 보살피구 동네 사람을 애끼구 싶다 이게여.**
> (하략)"(「우리 동네 黃氏」, pp.87~88) (강조 인용자)

마을의 구심점 역할을 하는 '이장'은 이 마을에 어떤 서열화가 존재한다고
하더라도 마을 공동체라는 울타리로 모든 주민들을 감싸 안을 수 있고,
감싸 안아야 한다는 의지를 보이고 있다. 하지만 이러한 생각은 마을 '이장'
이기 때문에 갖는 특별한 마음이 아니다.

> 리는 자기가 **축에 빠질 때 당하게 될 일도 능히 알 수 있었다.** 아무개가
> 아무데서 세상일을 쳐들며 쓰네 못쓰네 하고 입바른 소리 했다고, **걸핏하면**
> **관청에 투서질하는 것이 애국이며 충효 사상이라고 믿는 동네므로, 애매하게**
> **그 언결에 치어 눈총받아가며 살 일도 떠름했지만, 그런 못된 풍속에 말려들었**
> **다가 자칫 잘못하여 이웃간에 혐의를 지거나, 본의 아니게 양심까지 팔아가며**
> **남 좋은 일을 가리틀려 덤비게 될까 겁이 나서 시비하지 못하게 된 거였다.**
> (「우리 동네 李氏」, p.110) (강조 인용자)

농촌은 공동체로서의 의미가 아주 강해서 "축"에 끼지 못하면 곁다리로
살아가야 한다. 결국 농촌이 강조하는 농촌 공동체는 농민 하나하나가
이탈하지 않은 채 "눈총받아"갈 일을 만들면 안 된다는 것이다. 이처럼
농촌은 공동체라는 의식을 바탕으로 모든 구성원들이 공동체를 지향하면서
유지하도록 노력을 해야 함을 모두 인지하고 있다. 즉, 이들에게는 농촌이

공동체로서 유의미하며 그 의미를 지켜나가야 하는 것으로 서로를 구속하는 형태로 드러난다.

그렇다면 농촌 안에서 농민들이 공유하는 기억의 의미도 되짚어 봐야 할 것이다. 왜냐하면 항상 기억이라는 것이 앞에서 살펴보았듯이 틈새와 저항의 의미만을 가지는 것은 아니기 때문이다. 그 기억이 역사적 기억에 대한 '대항 기억'이 아니라면 그저 '우리의 기억'을 좀 더 풍성하게 만드는 역할만 할 뿐이다. 그렇기 때문에 오히려 『관촌수필』의 화자인 '나'가 농촌 공동체와 관련해서 무엇을 '기억화'하며, 무엇을 '무가치화'하는지를 살펴봐야 할 것이다.

> 그런데도 그분은 내가 살아가면서 잠시도 잊을 수 없도록, 내 심신(心身)의
> 통치자로서 변함이 없으리라 믿어지는 것은 무엇에 연유하는지 모르고 있다.
> (「일락서산(一樂西山)」, p.42)

화자의 기억에 의존하는 소설이기 때문에 소설 전반이 모두 그가 기억하는 것들이라고 할 수 있다. 그리고 그가 고향을 떠올리면서 고향과 함께 기억의 실타래가 풀려 나오는 인물은 '나'의 조부인 할아버지가 으뜸이라고 할 수 있다. 조부는 나의 뿌리이면서 고향 그 자체의 의미를 함께 지니고 또한 질서, 법, 세계관 그 모든 것을 아우르는 과거 공동체 시·공간의 창조주와 같은 의미를 지닌다. 조부가 주는 근본, 뿌리의 의미는 그 어떤 것보다 '나'를 비롯한 농민들을 풀뿌리와 같은 존재가 아니라 근원을 알 수 있는, 그 기원을 가늠할 수 있는 사람들이라는 강인한 동기를 부여한다. 산업화의 거센 물결 속에서 농민들의 처지가 도시민들에 비해 상대적으로 결여된 존재라는 인식에 대해 뿌리와 분명한 기원을 가진 농민들이 결코 근본을 알 수 없는 이들이 아니라는 항변의 역할도 겸하게 된다. 이는

이문구 작가의 견해이기도 하지만 결국 땅을 터전으로 정주하면서 살아가
는 농민들의 특성을 그대로 반영한 것이기도 하다.

농민들은 굴곡 많은 근·현대사를 지나면서도 꿋꿋하게 그들의 삶의
터전을 지켜냈다. 아니, 지켜낸 것이 아니라 견뎌냈다. 그들에게 땅이 있었
고, 가족이 있었고, 그들과 함께 하는 마을 공동체가 함께 있었기 때문이다.
그리고 마을 공동체에는 마을의 정신적 지주가 있어 그들을 하나로 묶어줄
수도 있었다. 이 모든 것을 '나'는 기억으로서 재생을 하고 있다.

이와 함께 '나'가 고향과 등치시킬 만큼 고향의 속성과 비슷한 인물로
꼽는 사람이 '유복산'이다.

> **세월은** 지난 것을 말하지 않는다. 다만 **새로 이룬 것을 보여줄 뿐**이다.
> 나는 날로 새로워진 것을 볼 때마다 내가 그만큼 낡아졌음을 터득하고 때로는
> 서글퍼하기도 했으나 **무엇이 얼마만큼 변했는가는 크게 여기지 않는다. 무엇**
> **이 왜 안 변했는가를 알아내는 것이 더 중요하겠기 때문**이다.(중략)
> 그러나 유복산이는 거연(居然)했다. 오직 하나 변치 않은 것이 그였다.
> 뻥재가 변하고 바다가 변했음에도 그 한사람만은 아직 다치지 않고 남겨두고
> 있었다.(「관산추정(關山芻丁)」, p.282)
> **내게는 이제 복산이가 관산(關山)이었다. 그가 그곳에 남아 있지 않았다면**
> **나는 그곳이 고향이라는 증거를 한 가지도 지니지 못한 셈이 될 터였다.**
> **그는 그곳에 남아 있었다.**(「관산추정(關山芻丁)」, p.283) (강조 인용자)

'나'는 '복산'이를 관산으로까지 기억을 하고 있다. '복산'이 고향으로
상징되는 이유는 그가 그의 부모를 반반씩 닮으면서[40] 마을의 궂은일을

---

40) 소설 속 '복산'이의 부(父)는 '유천만'으로 백정의 일을 하는 사람이었다. 마을
    사람들은 '유천만'을 백정이기 때문에 천시·경시하기도 하였지만 마을에서는

마다하지 않는 한편 여느 농민들과 다르게 부지런하게 자신의 가솔을 건사하는 모습이 듬직해 보였기 때문이다. 또한 그의 성실하고 우직한 성품은 고향을 지키며, 세월과 함께 고향의 한 일부가 되어갈 것임을 짐작하기도 하고 기대도 하였기 때문이다. '나'는 이미 고향을 떠나 도시민이 되어 버린 상황이기 때문에 누군가 '나'의 고향을 든든하게 지켜주며, 불쑥 방문을 해도 반가이 맞아 줄 동향민이 있기를 기대하는데 그것을 '복산'이가 충족시켜 주고 있다. 변해버린 고향의 시가(市街)에서도 '복산'만이 내 기억 그대로 남아있다는 사실에 '나'는 '복산'이를 '관산'이라고 명명하는 데 주저함이 없다. 이처럼, '나'의 기억은 철저하게 뿌리와 정주에 기반을 둔 것이다. 그렇지만 이와 같은 '나'의 기억이 얼마나 허망한 일인지 다음의 인용에서 확인할 수 있다.

아- 나는 참으로 오랜만에 가슴이 벅차오르는 것을 느꼈다. 도깨비불- 그렇다. 왕대뫼 밑 먹탕곳 개펄에 **푸른 빛을 내뿜은 도깨비 불**이 즐비하게 늘어서 있던 것이다. (중략)
"뭘 몰러? 저건 서울서 온 낚시꾼들의 간드렛불이여. 명색 문화인이라면서 밤낚시 한번두 못 해봤구면."
나는 무엇에 받혀 하늘 높이 떠올랐다가 거꾸로 떨어진 기분이었다. 오랜 꿈결에서 순간적으로 깨어난 것처럼 허망하고 민망했다.(「관산추정(關山芻丁)」, pp.292~293) (강조 인용자)

없어서는 안 될 인물이기도 하였다. 변변치 못한 직업을 가진 '유천만'을 대신해 실질적으로 집안을 돌본 사람은 '복산'이의 어머니였다. 그리고 그의 아들 '복산'이는 부모를 반반씩 닮아서 마을에서는 없어서 안 될 정도로 의젓한 사람이기도 하면서 가장으로서의 역할도 훌륭하게 해낸 인물로 등장한다.

관산으로 치켜세운 '복산'이의 집에서 묵는 밤에 비친 도깨비불이 어린 시절의 '나'로 인도하면서 '복산'이으로 상징된 고향이 완성되는 아련한 감상에 젖어든다. 그렇지만 그 아련한 추억은 무지와 착각에서 오는 것일 뿐임을 '복산'이가 지적해 준다. 도시화·산업화된 농촌을 '나'는 외면하며 어린 시절 기억의 한 장면에 애써 끼여 맞춰 자신만의 감상에 젖으려고 드는 태도를 가지고 있다. 이는 그만큼 기억을 통한 과거의 재구성이 예상치 못하게 왜곡되고 과장될 수 있는 것을 보여주는 대목이라고 할 수 있다. '도깨비불'로 환기되는 기억 속 고향에 대한 강한 열망은 도시민들을 위한 '간드렛불'조차 아득한 추억으로 안내할 매개라는 착각에 빠지게 한다.

한편, '나'가 '복산'이를 관산(關山)이라고 추켜세우며 기억하는 것과 달리 애잔한 기억 저편 너머로 흩뿌려진 기억에 '옹점이'가 존재한다.

가면 소식이 없기가 정상적인 사태로 판단되던 시절- 그러한 전쟁의 불행이 옹점이라고 해서 예외될 수는 없었다. 그녀도 남편에게서 전혀 소식이 없다는 거였다.(「행운유수(行雲流水)」, pp.111~112)

옹점이 남편 김 무엇은 언제 어디서 전사했는지 모른 채 유골만 돌아왔다는 거였다. 이윽고 옹점이 소식도 잇따라 들어왔다. **어처구니없게도 너무나 충격적인 것**이었다. 그녀가 **약장수 패거리를 따라다니며 노래를 부르더라는 거**였다. (중략) 그러나 **모두가 사실**이었다. **내가 직접 그녀를 두 눈으로 보게 됐던 것**이다. 그것도 대천장에서였다. (중략) 이발사같이 매초롬한 젊은 사내가 대신 들어서며 잔가락으로 기타를 켜기 시작하는데, 바로 그때 나는 처음으로 그녀를 본 거였다. (중략) **나는 나도 모른 사이 무슨 그릇된 짓을 저지르다 들킨 녀석처럼 밟히는 것이 없는 두 다리로 장터를 뛰쳐나와 오금껏 뛰고 있었지만, 그녀의 고운 목소리와 훌륭한 가락은 달아나는 내 뒤통수에 매달려서 줄곧 뒤쫓아오고 있었다.**(「행운유수(行雲流水)」, pp.114~116) (강조 인용자)

68

어린 '나'의 기억 속에서 '옹점이'는 절대적인 '나'의 편이었다. '옹점이'
는 어떤 상황 속에서도 '나'를 위해서는 물불을 가리지 않아 어린 시절
'나'의 절대적인 지지자의 역할을 했다. '나'가 '옹점이'를 믿고, 의지하는
바탕에는 아랫사람인 '옹점이'가 윗사람을 향해 무한한 충성, 신뢰 그리고
우직함을 보이기 때문이다. '옹점이'는 맡겨진 일에 최선을 다할 뿐만
아니라 '나'를 전적으로 도와주는 모습에서 아랫사람의 덕목을 고루 지닌
인물로 그려진다.[41] 그런데 그런 '옹점이'가 전후의 씻을 수 없는 상처로
홀로 되어 자신의 인생을 스스로 개척하지 않으면 안 될 때 '나'는 그녀를
외면하고 만다.[42]

이는 '옹점이'에 대한 기억이 현재 진행형이 아니라 충직하고 신뢰할
수 있는 과거 그 시간 안에서 박제가 되고 말았기 때문이다. 물론 현재의
'옹점이'에게 도움의 손길을 뻗을 수 없는 '나'의 가족들의 사정이 있기는
하였지만 '옹점이'의 예상치 못한 모습을 외면하는 시선 속에는 그녀에
대한 안타까움과 안쓰러움만 있는 것은 아니다. 그녀의 상처를 보듬어주고
수용해 줄 문화적인 여유가 없었던 것이다. 이는 비단 경제적이고 심리적인
여유의 부재가 아닌 기대에서 이탈한 고용인을 어떻게 받아들여야할지
모르는 문화적 여유의 부재에서 비롯되는 것이다. 즉, 현실 속에서 무너져

---

41) 소설 속에서 '옹점이'에 대한 평가는 "마음씨갈은 비단결같이 고운 데다가 손속이
좋고 눈썰미다 뛰어나며, 인정과 동정심이 많은 점에서 어머니는 노상 쓸만한
아이"(「일락서산」, p.19)라 "안저지 겸 허드레 심부름용"으로 좋은 일곱 살 아이였
다. '옹점이'는 신분 질서가 사라진 이후에도 어린이를 노동의 용도로 생각하는
시선이 그대로 담겨있는 것이다.
42) '나'의 집에서 머슴을 살았던 김 모에게 시집을 간 '옹점'이의 살림솜씨는 "헤프고
규모없는 짓"(「행운유수」, p.113)에 불과해서 시부모와 시누이로부터 멸시와 괄시
를 받는다. 결국 남편이 전사하자 시집으로부터 쫓겨나 친정으로 돌아와 약장수
무리에 섞여 노래를 부른다는 소문이 들리던 중이었다. '나'와 가족들은 '옹점'이의
전후 사정을 모두 알았지만 전쟁의 깊은 상흔이 '옹점'이에 대한 관심과 도움의
손길을 저어하게 만들고 있는 상황이었다.

버린 '옹점이'의 현재를 받아들여 기억을 수정할 용기가 없었던 것이다. 이처럼 '나'의 기억은 편파적이고 선택적인 면이 강하다.

이는 변화에 대한 이문구의 생각을 반영한 것인데, 체제·정치·이념 등의 변화에 대해 부정적인 태도를 보이는 이문구의 작가적 시선은 옛것에 대한 보존에 대한 예찬이며 유지되는 것에 대한 경탄으로 나타났다. 그렇지만 이러한 선별적인 선택, 과거의 가치에 대한 맹목적인 예찬은 사적인 기억이 공적 영역에서 어떻게 복원돼 우리의 기억으로 자리 잡는지를 보여준다. 전통에 대한 신화, 고향의 보존과 유지에 대한 인식 이면에는 순수한 고향에 대한 동경 그 이상의 지배 체제의 관념이 담겨져 있는 것이다. 이는 언어의 순화를 통해 남한만의 언어 관습은 물론 생각을 통합시키려고 했던 박정희 정권의 이념과 의도치 않게 접합하게 되는 부분이다. 개인의 기억으로 재현된 과거와 과거 역사에 깊숙하게 내재되어 있는 통합과 화합은 결국 우리 안의 다른 것에 대한 배제이면서 통합을 가속화시키는 모습들이 되고 만다.

이를 더 구체적으로 확인할 수 있는 소설이 「공산토월(空山吐月)」이다. 「공산토월(空山吐月)」은 살인을 저지른 소년의 본성과 의리를 지킨 '현석'의 인간성이 대조를 보이는 소설이다. "쌀밥과 콜라와 포도(p.178)"를 먹고 싶어 택시 운전사를 살해한 이제 16세인 '김모' 소년이 서울의 현재를 대변해준다면 "이름에 돌 석자(p.186)"가 들어가 그의 됨됨이를 짐작케 하는 유년 시절 고향에 살던 '신현석'은 농촌의 우직하고 강직한 의리를 상징하는 인물이다. 주린 배 때문에 나이 어린 소년이 강도로 돌변해야 하는 서울의 삭막한 인심과 넉넉한 인심으로 가득 찼던 과거의 농촌 공동체와 자연스럽게 대비가 된다. 또한 소년의 행동을 연민과 동정으로 바라보는 것이 아니라 "복잡하게 생각"을 해서 이미 "그르쳐진" 소년의 "본성"을 용납해서는 안 된다는 도시적인 생각은 과거의 농촌과 큰 대조를 보인다.

"(상략) **평소 성질이 거칠고 냉정하다든가,** 그리고 또…… 냉혹하고 잔인한
일에도 놀라지 않고, 그리고 또…… **아무튼 이하 동문이니까 생략하죠.** 하여간
그런 사람이어야 한대요. 히힛……"(「공산토월(空山吐月)」, pp.169~170)

일상의 말투가 거칠기는 하지만 그것은 스스럼없고 흉허물이 되지 않을
상대, 다시 말해서 다른 사람보다는 **친근하고 정이 가며,** 또한 뜻이 엇비슷하게
걸맞을 사람으로만 가려서 거의 우스개로 해본 거였다.(「공산토월(空山吐月)」,
p.171)

그 소년은 근본적으로 본성이 그르쳐져 있었다. 그 소년처럼 오로지 나
하나뿐이라는 사고 방식을 가진 자는 어느 시대나 많았다. 그런 사람이야말로
잔인하고 냉혹한 자들이다. 이 나라 사람 모두가 호의호식 한 것도 아닌데
자기 혼자만 동떨어져 있다는 생각이 잘못이다. 입때껏 돌봐준 사람 없이
몇 해나 서울바닥에서 살아왔다면 보통 아이로 볼 수 있는가. **남들이 잘들
참고 견딜 때 곁가지로 나갔으니 용납되지 않는다. 운전사는 무슨 죄인가.……
그 용서받지 못할 죄를 저지를 자에게 주는 동정이라면, 그 동정의 성분은
무엇인가.**(「공산토월(空山吐月)」, p.185) (강조 인용자)

위의 두 가지의 인용문은 각각 도시에서의 '나'에 대한 평가와 범죄를
저지른 '소년'에 대한 평가이다. '나'는 "성질이 거칠고 냉정"해서 "냉혹하고
잔인한 일"을 예삿일로 여길 것 같은 이미지를 풍긴다. 그렇게 평가를
하던 기자는 더 이상 말을 잇지는 못하지만 그런 '나'의 평가는 주관적인
것이 아니라 "이하 동문"인 비교적 객관적인 사실로 용인이 되고 있다.
이에, '나'는 스스로를 항변하면서 그렇게 오해받을 수 있는 말투는 오히려
"친근하고 정"을 느낄 수 있는 표현에 지나지 않는다고 생각한다. 농촌
태생인 '나'의 꾸밈없는 표현을 농촌에서는 그 진의를 간파해서 그 속정을
느꼈지만 도시에서는 외피에만 신경을 쓰며, 그 속까지 들여다 볼 생각을

하지 않으려 한다는 것이다. 그것을 알기 때문에 '소년'의 범죄에도 일말의 오해의 부분과 선처의 필요성이 있을 것이라는 '나'의 견해는 "본성이 그르쳐져" 있기 때문에 범죄를 할 수밖에 없다는 일반적인 확신 앞에 자신이 없는 가설이 되고 만다. 오히려 '소년'이 범죄를 저지를 수밖에 없던 사회 구조적인 분석을 하는 것이 아니라 범죄의 원인을 오로지 '소년'의 본성에 초점이 맞춰져 그에 합당한 처벌이 당연하다는 공론이 형성이 된다.

> 진실로 본성이 착하고 어질며 갸륵한 인간은 드물다는 데에 이르러 그날의 화제는 매듭지어졌다. 그러는 동안 **16세 소년범을 위해 장만해 놓았던 조그마한 동정주머니는 어디론가 달아나버리고** 시간이 흘러 이에 이르도록 되돌아오지 않는다.…… 그것은 자기 자신이 희생되더라도 이웃과 남을 위해 몸을 버릴 수 있었던, 진실로 어질고 갸륵한 하나의 구원한 인간상이 내 정신 속에 굳게 자리잡고 있기 때문인지도 모를 일이던 것이다.(「공산토월(空山吐月)」, pp.185~186) (강조 인용자)

그러자 처음에 '소년'을 동정하던 '나'도 "진실로 어질고 갸륵한" 본성이 떠오르자 "조그마한 동정주머니"가 사라지고 다시 돌아오지 않게 된다. '소년'의 범죄가 동정과 이해를 불러일으킬 수 있는 부분이 분명히 있지만 '소년'의 범죄를 진실된 본성과 비교해본다면 동정할 이유가 사라진다는 것이다. 왜냐하면 '소년'의 범죄는 "이웃과 남"이라는 공동체 지향이 내포되어 있기 때문이다. 그리고 '소년'의 범법 행위가 더 문제적인 이유는 소년의 비뚤어진 본성이 공동체를 해치는 것이고, 위협이 되기 때문이라는 것이다.

산업화된 사회에서 공동체의 인식은 공동체라는 범위를 먼저 인식하는 것이 아니라 그 공동체가 위협이 됐을 때 비로소 인식이 된다. 공동체 안에 속해 있는 소년 개인의 불행은 공동체 전체의 문제가 되지 않는다. 다만 '소년'의 행동이 공동체를 해칠 수 있을 때 공동체의 실체는 드러나고 소년의 행위는 범죄가 되면서 용서에 앞서 단죄를 먼저 맞는다. 이는 공동체 의식이라는 것이 한낱 허울과 허상에 불과한 것이며 오히려 실체 없는 공동체가 그 사회 구성원을 얼마나 '동료 의식'으로 묶는지를 보여주는 것이다. 그렇기 때문에 현재 농촌 사회의 부조리함을 비판하기 위해 반상의 질서가 있는 과거 농촌 공동체를 추억하는 이문구의 시선은 현실을 돌파하기 위한 대안적인 시선이라기보다는 안일하고 단편적인 비판에만 그친다고 할 수 있다. 그래서 김윤식은 농촌의 현실에 대해 날카로움을 잊지 않았던 이문구가 너무 안이하게 쉬운 방법으로 과거와 화해하는 것은 아닌가라는 의문을 제기한다.[43]

2. 새마을운동과 농업의 산업화 담론

경제적 성장을 정책 방향의 중심에 놓았던 박정희 정권은 도시의 발전과 경제적 부를 국민 전체의 희망으로 제시하였다. 물론 도시를 중심으로 비약적인 경제성장이 이루어졌고 도시의 경제적 부는 남한 사회 전부에게 '잘 살 수 있다'라는 희망의 상징이 되었다. 실제적으로 박정희 정권 들어서 한국의 경제는 눈부신 발전을 보였다.[44] 소득 증대와 소비의 활성화 등

---

43) 김윤식, 「狀況과 文體」, 『한국현대문학사』, 일지사, 1976, pp.322~323 ; 백낙청, 「사회비평 이상의 것」, 『창작과비평』 1979 봄호, p.347.

44) 박정희체제 하의 경제지표로는 1962년 1인당 GNP가 $87였던 것이 1966년에는 $125, 1971년에는 $437, 1975년에는 $574로 6%~15%의 고속 성장률을 보였다. 최용호, 「1970년대 전반기의 경제정책과 산업구조의 변화」, 『1970년대 전반기의 정치사회 변동』, 백산서당, 1999, p.73, p.76, p.108.

사회적 경제 지표의 변화뿐만 아니라 개인의 일상생활까지도 큰 영향을
미쳤다. 특히 그 상징이 되는 것이 도시와 도시민들이었다. 도시를 중심으로
도로 및 도시 정비, 아파트 건립 등이 이루어지면서 도시는 이전과는 비교할
수 없을 정도로 많이 변모된 모습을 갖추게 되었다. 변화된 도시의 모습은
도시민들은 물론이거니와 도시에 살지 않는 농민들에게도 큰 영향을 미쳤
다. 특히 영농자금을 이용하여 농가의 TV 보급률이 높아지면서 농민들은
직접 도시에 가보지 못한다 할지라도 도시문화에 심취할 수 있었다. 도시문
화에의 매혹은 많은 농민들로 하여금 고향을 벗어나 도시의 삶을 동경하게
하였다. 물론 조직적으로 이들의 탈농을 독려하는 담론이 작동을 하였지
만[45], 그렇다고 해서 모든 농민들의 탈농을 원하는 것도 아니었다.

　박정희는 시정(施政) 연설문에서 농촌의 근대화를 약속하는 것은 물론
농업 생산량의 증가를 보장, 약속하였다.[46] 즉, 농촌에도 농업의 산업화가
이루어질 수 있다는 것이었다. 이는 도시화, 공업화를 위해 농민들을 생산의
현장으로 호명하는 것과는 대조적인 모습인데, 박정희체제는 이처럼 농촌
을 두 가지 방식으로 호명하였다.

---

45) 박정희체제에서는 무엇보다 압축적 산업화, 공업화를 이뤄 급속한 경제성장을
　　이끄는 것이 중요했다. 한국의 값싸고 질 좋은 노동력으로 경공업에서부터 중공업
　　에 이르기까지 다양한 산업 분야에서 많은 노동력은 필요하였고, 이를 충당하기
　　가장 좋은 보급책은 농촌이었다. 농촌과 도시의 인구 비율을 보면, 1960년도
　　농촌의 인구가 57%, 1970년도 46.7%였는데 1980년도에는 28.9%로 급격하게
　　감소함을 확인할 수 있다. 우종현, 「산업화이후 한국의 농업과 농가 경제의 변화」,
　　『地理學論究』 22호, 2002, p.30.
46) 박정희는 1960년대에는 농업의 근대화, 영농 개혁, 영농조합의 개선 등 영농의
　　안정도를 높일 것을 약속하는 시정 연설을 펼쳤고(<農業構造 전환>, 1967.02.21.
　　경향신문), 1970년대는 새마을운동을 역량을 키워 농어민소득증대 등의 농어촌개
　　발에 역점을 둘 것을 약속을 하였다.(<朴大統領 安保 經濟外交 확대 추구>,
　　1974.10.4. 경향신문) 박정희는 연설을 통해 농어촌만의 근대화가 이루어져야
　　하고, 이루어질 수 있으며 농어촌 경제도 독립적 성장을 이룰 수 있다는 것을
　　역설하였다.

74

또한 박정희 정권은 농촌의 빈곤 탈피를 위한 일환으로 '새마을운동'을
조직을 하였다.47) 박정희 정권은 가난에 허덕이는 농촌과 농민의 문제에
적극 개입을 하면서 '가난 탈피'를 국정 사업으로 채택할 정도로 농촌의
빈곤에 관심을 기울였다. 그렇지만 이러한 새마을운동은 모든 농촌 마을에
일괄적이면서 균등하게 유지·지속된 것이 아니라 마을 간 경쟁을 유발하는
양상을 띠었다. 마을의 성과에 따라 지원금을 차등적으로 지급함으로써
농민들이 지역 노동과 마을의 일에 적극적으로 동참하도록 유도하였다.48)
농민들의 동참은 단순한 출석에 그치는 것이 아니라 노동의 형태로도
드러나서 마을의 도로를 닦거나 농토를 가꾸는 일 등에 동원이 되었다.
농민들은 '새마을운동'이라는 국책 사업을 위해 무상으로 자신들의 시간과
노동을 제공하도록 강요를 받았다. 물론 그 사이 농촌은 눈에 띄는 변모를
가져왔지만 그 변화의 실체는 현실과 괴리를 계속 보여주는 형태로 나타났
다. 농민들은 실체가 없는 소문에 의존하여 부촌(富村)으로 자리 잡은 어느
농촌과 농민을 상상하며, 동원되어 이루어지는 대중 교육에 참여를 하였다.
물론 실제 그 속에서 농민들이 느끼는 미미한 변화의 모습은 농민들의
입으로 불만의 목소리로 표출되지만 이 불만은 저항과 비판의 힘이 아닌
넋두리의 형태를 더 띤다.49) 그럼에도 불구하고 새마을운동이 가져온

---

47) 새마을운동의 단계를 고원은 "농촌 근대화", "정신적 근대화", "국민 운동"으로
보고 있다. 이는 농촌의 근대화를 시작으로 전체 국민들에게까지 확산이 되는
"국가주의적 동원 체제"이면서 국가의 기획이라고 보는 것이다. 고원, 「새마을운동
의 농민 동원과 '국민 만들기」, 『국가와 일상－박정희 시대』, 한울아카데미,
2008, p.37.
48) 조희연, 『박정희와 개발독재시대－5·16에서 10·29까지』, 역사비평사, 2007, p.16
7 ; 고원, 위의 책, p.42.
49) 고원, 위의 책, pp.47~48. 국가로부터의 동원에 불만을 가지지 않을 수 없었지만
이미 농촌 사회에서 새마을운동은 보편적인 것이 되어 버려서 그것이 직접적인
불만과 저항의 형태로 드러나지 않았다.

농촌 경제와 생활의 변화를 농민들이 간과할 수 없었다.[50]

이처럼 1970년대 농촌은 국가의 계획적이고 조직적인 지배 체제 안에서 다양한 변주를 할 수밖에 없는 상황이었다. 예비 노동력을 제공해주는 농촌이 아닌 농촌을 위한, 농촌만의 농민들을 호명하는 국가의 호명을 1항에서, 새마을운동을 통해 동원된 농민들로 농촌의 경제성장을 꾀하고자 한 측면은 2항에서 살펴보도록 하겠다.

1) 농촌 경제의 구조적 모순과 계급의식

1970년대 농촌은 도시의 잉여 공간으로서의 의미를 지녔다. 왜냐하면 박정희 정권의 초기 경제 계획은 경공업 중심이었기 때문이다. 경공업이 경제 발전의 중심 기조였기 때문에 부족한 공업 노동력을 농촌이 제공할 수밖에 없는 것이 현실이었다.[51] 노동력의 적극적인 제공은 농촌에서 이루어지기는 하지만, 제조업에 대한 집중적인 정부의 투자 정책은 도시에 몰릴 수밖에 없었기 때문에 도시와 농촌 간의 경제적 불균형은 점점 더 심화되었다.

지역 간의 불균형은 농촌 공간을 점점 소외시켰다. 농민의 숫자는 여전히 많았지만 그에 반비례해서 경제적 빈곤을 경험할 수밖에 없는 농민들은

---

50) 농민들 사이에서는 새마을운동에 대해서는 비교적 우호적인 태도를 지녔다. 이는 새마을운동으로 지원되는 국가의 지원액보다 농가 마을의 출자액이 상회하는 것에 대한 농가들의 부채 증가, 농촌과 농촌의 과열된 경쟁 등이 더 문제점이라고 보는 시각이 당대 새마을운동을 바라보는 농민의 시선이라고 보았다.
   김대영, 「박정희 국가동원 메커니즘에 관한 연구–새마을운동을 중심으로」, 『경제와사회』 통권 제61호, 2004 봄호, p.188.

51) 농촌과 도시를 비교하면, 1969년 기준 서울 근로자에 비교하면 51.5%에 불과하였다. 이는 전국 근로자 소득 비교에서도 60.7%에 머무는 모습을 보인다. 하재훈, 「박정희 체제의 대중 통치」, 경북대 박사학위논문, 2007, p.93.

도시와 도시민에 대해 열등감과 반발심을 모두 가지게 되었고, 이는 농촌과
농민들이 도시의 문명과 문화를 동경하는 데 일조를 하게 했다. 또한 농민과
도시민들 사이의 임금 격차도 뚜렷하게 존재했는데 이를 통해 농민들은
더더욱 자신들의 현실을 비판할 수밖에 없게 되었다.52) 1970년대 농민들의
처지는 그 어느 직종에서보다 상대적으로 열악하고 빈곤한 생활을 유지하
는 상황이었다. 그리고 국가 주도의 농민들을 공업의 노동 인력으로 전환하
려는 호명은 농촌을 이중, 삼중으로 어렵게 만들었다. 그렇지만 박정희체제
는 농촌을 향해 산업을 위한 노동력 보급책의 역할뿐만 아니라 농민으로서
도 끊임없이 호명하였다. 계속 농촌 경제의 성장을 약속했고, 농업 생산량
증가를 보장하였다. 이는 농민들로 하여금 땅을 지키며, 농업을 지속·유지하
라는 이중의 요구였다.53)

즉, 외부적으로 농촌 지역의 노동력을 도시로 소환하는 "압출요인"을
작동시키는 한편, 농촌 내 농민의 이농, 탈농을 막기 위한 "흡인요인"을
동시에 작동한 것이다.54) 이문구 소설의 위치는 바로 이 지점이다. 이문구는
농민을 '농촌만을 위한 농민'으로 호명을 하는 국가와 농사짓는 농민을

52) 직종별 임금 대분류를 확인하면 모든 직종의 임금을 100으로 보았을 때, 전문직·기
술 관리직은 180, 관리직 271, 노무자가 78.1인데 비해 농·어업 종사자는 68.9로
전직종 중에서 최하위를 기록하였다. 「직종별 임금」, 노동청, 1973, p.87.
53) 이는 농민을 위한 것이 아니라 국가의 기본 경제를 보호하려는 이유가 컸다.
박정희체제의 압축적 근대화를 통한 고도의 성장은 대외의존도의 심화를 불러왔
다. 국가 경제가 공업 중심으로 재편되면서 농촌의 유휴인력은 그대로 산업노동력
으로 흡수가 되었다. 왜냐하면 미국의 잉여 농산물을 수입함으로써 농촌의 유휴인
력이 충분히 산업노동력으로 전환될 수 있었기 때문이다. 그러나 1960년대 말부터
시작된 국제 곡물가격의 상승은 미국 농산물 수입에 차질이 빚어지게 되었고,
이제 박정희체제는 우리 농촌과 농민의 이탈을 잠재우면서 "자급자족"이라는
국가적 당위성이 생기게 되었다. 한도현, 「국가권력의 농민통제와 동원정책」,
『한국농업·농민문제연구Ⅱ』, 한국농어촌 사회연구소편, 연구사, 1989,
pp.120~126.
54) 박해광, 「한국 산업노동자의 도시 경험」, 『경제와사회』 2004년 봄호, p.135.

조망하고 있다. 그렇기 때문에 소설에서 국가가 '농촌에 정주하면서 생활하는' 농민들을 대상으로 어떤 정책을 펼쳤는지를 확인할 수 있다. 압축적으로 도시화·근대화를 이루고자 한 박정희 정권에게 공업화에 필요한 풍부한 인력은 그 어느 자원보다 값진 것이었다. 그렇기 때문에 농촌은 도시의 발전 속도만큼 황폐해져갔다고 할 수 있다. 그렇지만 그렇다고 해서 박정희 체제가 농촌과 농촌 경제를 포기한 것도 아니었다. 남아있던, 남아있어야만 하는 농민들을 위한 1970년대 정책은 크게 2가지로 나타난다. 농촌에 거주하던 사람들의 이농의 압도적인 이유는 빈곤, 가난이었다. 그래서 이러한 탈농을 방지하기 위해 농촌 경제의 안정화를 꾀하였다.

그래서 박정희체제가 농촌 경제의 안정화를 위해 한 첫 번째가 영농 조합을 이용한 지원을 활성화한 것이다. 그렇지만 영농 조합이 농촌만을 위한, 농민만을 위한 기구라고 기대했지만, 그 실상은 전혀 기대와 다른 모습으로 나타났다. 영농 조합이 농촌과 농민의 든든한 지원책이 될 것이라는 기대를 위반한 모습이 작품을 통해 구현되고 있다.

두 번째는 절대적인 농업 생산량 증가, 즉 증산이었다. 증산을 위한다는 명목으로 농촌 부락이 조직화되고 관리되는 모습을 이문구는 날카롭게 비판을 하고 있다. 결국 박정희체제가 농촌만을 위한 정책들이 무용지물이 되는 모습을 이문구는 보여주고 있다.

그렇기 때문에 경제성장 제일주의를 국가 담론의 기조로 생각하는 박정희체제 아래에서 농촌 경제의 낙후성은 결핍되고 부족한 농민이라는 선입견을 강하게 주었다. 그런데 농촌의 결핍은 국가 경제의 불균형한 성장에서 기인하는 것으로 국가의 자본과 에너지가 도시를 중심으로 중점적으로 배치되었기 때문이다. 그리고 산업화의 경제성장에서 소외된 농촌은 산업화의 논리로 열등한 공간, 국민으로 인식되게 된다. 오로지 경제적 잣대로만 평가하는 정치, 사회적인 맥락은 농촌을 점점 소외시키며, 도시와 비교해 열등적인 공간으로 인식하게 된다. 그래서 서울 거주민은 물론 산업 노동자들조차 농촌과 농민을 얕잡아 보는 인식이 팽배해져 갔다. 이런 도시와 농촌 사이에 존재하는 계급적 인식을 이문구는 연작 소설인 『우리 동네』를 중심으로 비판을 하고 있다.

「우리 동네 李氏」는 연말의 분위기와 한 해 동안 영농 조합으로부터 진 영농 빚을 둘러 싼 에피소드를 담고 있는 소설이다. '리씨'는 조합에서 융자한 영농 자금으로 가전제품, 자재 구입비 등으로 지출을 한 후 연말에 정산해야 하는 문제로 골머리를 앓고 있다.

- 하이닥크입제, 모계산도입제, 아비로산입제－제초제 대금 계 9,500원.
- 다찌가렌, 바리다마신, 호리치온, 다이야지논유제, 엘산 다이야지논입제－병충해 방제 대금 계 12,000원.
- 복합비료, 규산질, 용성인비－비료 대금 계 57,000원.
- 불도우저 사용료 200,000원.
- 텔레비, 전자자 선풍기, 전기 밥솥 대금 계 187,000원.
- 총계 465,500원.(「우리 동네 李氏」, p.104)

'리씨'는 조합에서 돈을 빌려 가정에서 사용할 전자 제품 구입은 물론 1년 농사에 필요한 물품 대금으로 사용을 하였다. 영농 조합은 농민들이 농사를 원활하게 지을 수 있도록 조합원들이 돈을 출자해서 운영하는 기관이다. 농사 지원금을 빌려주어 농민, 조합 모두에게 득이 될 수 있을 것이라는 처음의 취지와 기대가 있었다. 하지만 농민들이 한 해 동안 빌려 쓴 금액이 만만치 않은 액수에 연말에 융자금을 모두 정리해야 한다는 부담감이 농민들 사이에서 팽배해져 갔다.

> 가전 제품값도 큰맘 먹으면 눈감아둘 수 있었다. 그것들은 그것들대로
> 덕을 보았기 때문이다. (중략) 조합에서 영농 자금을 농민들보다 장터 상인들에
> 게 보다 적극적으로 대부해주는 행위도 그렇지만, 영농 자금 대부 형식으로
> TV나 전열 기구를 외상 판매하는 짓도 크게 잘못된 것이었다. 리도 자기의
> 불찰을 모르지 않았다. 하지만 세상 풍속이 이미 그쪽으로 기울은 이상,
> 자기 혼자서만 외면하기도 수월한 일이 아니었다.(「우리 동네 李氏」, p.105)
>   그러므로 수첩을 들여다볼 적마다 오장을 열탕 끓탕으로 뒤집는 것은,
> 매번 불도저를 불러다가 쓴 이십만 원이었다. 그것은 당초 꿈에도 만져볼
> 생각이 없던 생돈이었으니, 대일 수출 창구가 막힘과 동시에 고치값 시세도
> 사 년 전 그대로 묶인 탓이었다.(「우리 동네 李氏」, p.106) (강조 인용자)

‘리씨’의 부채는 가전제품 구입비와 불도저 사용료가 큰 부분을 차지한다.
전자제품 구입비가 많이 들었지만 ‘리씨’는 이해할 수 있었다. 물론 영농
조합이 전략적으로 융자를 해 주는 분야 역시 나라에서 장려한 생활 가전
제품구입 비용 등의 무원칙적인 측면이 있었다는 사실은 인지하고 있다.
그럼에도 농촌 마을의 TV, 전기밥솥, 선풍기 등과 같은 전자제품 갖추기는
‘리씨’를 비롯해 다른 농민들에게 더 이상 도시민들의 상징이 아니라 농촌도
필수적으로 갖춰야 할 생활필수품이 되었다. 이는 영농 자금이 농업 장려금
의 기능보다는 농촌의 도시 환경 갖추기로 변질된 면이 없지 않다고 할
수 있을 것이다. 그럼에도 영농 자금으로 살림을 장만한 것에 대해서 ‘리씨’
역시 후회하지는 않는다. 그만큼 농촌의 부채를 이용한 전자제품 구입은
농민 스스로 농촌과 도시의 거리를 좁혀주는 것 같은 일말의 안도감마저
느끼게 하기 때문이다. 그리고 농민들이 각 가계마다 조합에서의 융자가
가능했던 이유는 마을 이장의 연대 보증이 있었기 때문이었다.

80

"(상략) 나는 주민 여러분들의 **원활한 영농을 위해설라은이 연대 보증을 스느라구, 금년 칠칠년도만 해두 인감 증명을 여든 두 통이나 떼었던 것입니다.** (중략) 조합에서는 보증을 슨 이 변차셉이를 챛어와설랑은이 빚단련을 허게 될 것이라 이것입니다. (중략) **사채를 읃어 대시더래두 이 부채만은 말끔히 씻어주기를, 인간적인 측면으루다가 간곡히 부탁드리는 것입니다.** (하략)"

(「우리 동네 李氏」, pp.100~101) (강조 인용자)

연말이 다가오자 '이장'은 마을 "여든 두 통"의 인감 증명을 떼 간 사람들이 조합에서 빌린 융자금을 모두 정산할 것을 요구하고 있다. 영농 조합에서 융자한 농가가 한 마을에만 82통이라는 것은 그만큼 1970년대 농업이 농민들의 자급자족 형태가 아니라 국가의 지원을 바탕으로 이루어짐을 알 수 있다.[55] 그런데 이 부채를 상환할 대책으로 마련된 것이 "사채"이다. 농업 준비 자금으로 조합에서 빌린 융자를 상환하기 위해 사채를 이용할 수도 있다는 것은 농촌 자금의 순환 구조가 농촌의 빈곤을 가중시키는 한 측면이 될 수 있음을 알 수 있다.

돈을 쓰면 이자가 사 부인 반면, 쌀은 쌀금이 챌 때나 누질 때나 통밀어 한 가마에서 서 되었으니, 쓰는 사람은 쌀 쪽이 한결 덜 숨가쁜 터였다.
(「우리 동네 李氏」, pp.107~108)
"워칙헌다나, **쌀을 읃어서래두 조합에 빚버팀 끄구 봐야지.** 난전(亂廛) 장사꾼 외상은 이자가 읎어두 사무실 큰 장사꾼(조합)헌티 외상 지면 꼼짝읎이 이 부 오 리거든…… **애초에 삼 부 이잣돈 읃어 이 부 오 리 돈 갚는 게**

---

55) 군마다 다르기는 하지만 보통의 농촌 마을은 60~70호의 가구가 하나의 행정리로 조직되어 있다. 김태일, 「한국농촌부락의 지배구조 : 국가 '끄나불'조직의 지배」, 『한국농업·농민문제 연구Ⅱ』, 한국농어촌 사회연구, 1989, p.78.

논두렁 살림 아녀? 끙—"(「우리 동네 李氏」, p.123) (강조 인용자)

그래서 생각해 낸 '리씨'의 조합 자금 상환 방법은 쌀을 빌리는 것이었다. 조합이 4부의 이자를 요구할 때, 같은 농민에게서 빌린 쌀은 "한 가마에 서되"에 불과하기 때문이다. 영농 조합으로부터 돈을 융자 받고, 사채나 다른 농민을 통해 쌀을 대여하는 것이 바로 농촌 마을에 불어 닥친 도시화 물결의 실체임을 이문구는 폭로하고 있다. 농업 기술의 신장을 위해 조직된 영농 조합은 농업 기술과 농업 환경 개선비용으로 예산을 집행하는 것이 아니라 농촌 가구의 전자제품 구매를 위해 융자를 놓는데 농촌 마을에 분 도시화는 바로 빚으로 시작한 '빛 좋은 개살구'와 같은 의미를 지닐 뿐이다. 즉, 농촌의 빈곤은 도시와 비교해 상대적으로 도시화, 근대화에 뒤떨어진 것을 명분만 앞세워 구색을 갖추어 놓는 것으로 무마시키려는 의도가 숨어 있는 것이다. 그렇기 때문에 빚을 진 농민들은 그 빚을 갚기 위해 또 다른 부채를 짊어지어야 하는 악순환을 반복하게 된다. 영농 조합이 실질적인 농업 증진을 위해 일하지 않으면서 오히려 농민들의 빚을 가중시키는 기능을 하게 되는 것이다.

"그럼 조합의 태도가 됐구먼? 농민덜이 돈 좀 쓰자면 까닭스럽게 굴구, 마감두 안 돼서버텀 싸게 갚으라구 디립다 닦달허는 게 됐어? 우리헌티는 그 따위루 몹시 허구, 장터 장사꾼덜헌티는 가량없이 굽실대가메, 조합 돈 좀 써주슈 허구 자금의 태반을 장사꾼덜헌치 빼 돌리는 게 됐어?"(「우리 동네 李氏」, p.117)

그렇기 때문에 조합에 대한 원성은 클 수밖에 없다. 조합은 농민들을 위한 존재라는 애초의 목적은 잊어버리고 금융 기관으로 수익률에만 집중해서 현금 거래가 활발한 시장 상인들을 주고객으로 여기는 게 현실이다. 그러면서도 조합의 수익은 농민들에게 한 해 팔아넘기는 농약, 비료 등으로 충당을 하는 등 구조적으로 투명하지 않다. 이문구는 농민들을 도시문화로 유혹하지만 농촌에 유입된 도시문화가 전혀 내실을 갖추지 못했음을 지적하고 있다. 이는 영농 교육을 통해서도 여실히 드러난다.

"(상략) 아시다시피 **왜정 때는** 농업 기수가 암만 떠들어도 우리 농민들은 **너 해라 나 듣지 허고 말았거든.** 그럴 것 아녀. 몸뚱이 곰 과가면서 직사허게 농사지어봤자 왜놈들이 죄 뺏어갔으닝께. 게, 그때는 **왜놈들한테 저항해서 왜놈이나 조선 관리 말은 안 들었습니다.** (중략) 그러나, 그러납니다. **내년이면 건국 삼십 년이여.** 이제는 **애국허는 스타일이 바꿔졌다.** 이게여. 이제는 **관청에서 허라는 대로 허는 게 애국인 겁니다.** (중략) 그 결과 우리는 유사 이래의 숙원인 수곡의 자급 달성을 일구칠오년도에 이미 완료했을 뿐만 아니라, 금년에는 단군 이래 목표량을 초과 달성해서 쌀을 수출까지 했는데, (하략)" (「우리 동네 李氏」, pp.131~132) (강조 인용자)

농촌의 빈곤이 가지고 있는 구조적이고 원초적인 문제는 농산물이 국민경제의 가장 기초 산업으로 "재생산에 필요한 원자재를 값싸게 공급"할 수 있어야 하는 국가적 요구와 당위성 때문이다.[56] 비록 전체 국가 경제적 차원에서는 농업이 그 기초적이고, 기본적인 중요성에도 불구하고 그만큼의 보상과 보장을 확보하지는 못해도, 국가경제의 근본이라는 상식적인 생각으로 농산물 가격의 저가 구매가 가장 근본적이고 근원적인 문제가 된다. 이를 해결하기 위한 국가의 대책은 단 하나이다. 농산물의 증산이

---

56) 박현채, 「한국자본주의의 전개와 농업·농민문제」, 『한국농업·농민문제 연구 I 』, 한국농어촌 사회연구소편, 연구사, 1988, p.29.

바로 그것인데, 무조건 생산량의 증가로 이를 해결해 보고자 하는 것이다. 저농산물가격은 국가 주도의, 자본 중심적인 사고 방식에서 시작이 된 것이다. 이것이 곧 애국이기 때문이다. 농촌은 "리－읍·면－군－도－중앙 정부"57)의 조직으로 체계화, 조직화되어 있다. 이는 마을 단위에서부터 중앙 협의회58)에 이르기까지 농업과 농촌 사회를 구조적 통제와 동원할 수 있는 체계를 확고히 갖추고 있다는 전제에서 시작한다. 중앙 기관 주도의 농업 정책은 농촌을 한 단위로 독점적으로 관리, 운영할 수 있는 체계를 만들면서, 증산을 통해 농촌의 문제를 해결하려고 한다.59) 그래서 '리씨'는 불도저 사용료에 한해 불편한 마음을 감출 수가 없었던 것이었다. 이는 영농 교육을 통해 한해 농사 품종에 대해 주도적으로, 계획적으로 선별해 주는 것에 대한 불만과 저항의 모습이다.60)

"선생 말씀이 그르다는 것이 아닐, 깨묵셍이나 뭘 보구 선생 말을 믿겠느냐

---

57) 김태일, 앞의 책, p.105.
58) 특히 새마을운동을 추진하기 위해서 마을－읍면－시군－시도－중앙으로 이어지는 추진 체계가 이미 구축되어 있는 상태였다. 즉, 농촌은 새마을운동 등의 국가적 시책을 위해 잘 짜인 가장 작은 단위로서 기능을 한다. 한도현, 앞의 책, p.129.
59) 박정희체제는 농촌 문제 해결의 중핵으로 '증산'을 들었다. 낮은 생산력이 원인이 된 빈곤이라는 공식은 농민들이 게으르고 나태하기 때문이라는 선입견을 가중시키며, 기정사실화해 버린다. 또한 발전 중심, 경제성장 제일주의 원칙에 따라 성장과 발전을 최우선으로 생각해서 농촌의 문제도 무조건적 증산으로 해결될 수 있다는 구조를 무시한 해결 방안을 제시하였다. 김보현, 「박정희 정권기 저항엘리트들의 이중성과 역설 : 경제개발의 사회－정치적 기반과 관련하여」, 『社會科學硏究』 제13집 1호, 2005, pp.184~189.
60) 영농 교육을 통해 강사들은 한해 어떤 농사를, 어떤 품종으로 지어야하는지를 결정한 후 통보하듯이 알려준다. 마을 단위로 반드시 같은 품종의 농사를 지어야하는데, 그렇게 지은 농사에 실효성이 떨어지자 농민들은 전반적으로 불만이 많았다. '리씨' 역시 뽕나무로 양잠에까지 경제적 이득을 고려했으나, 여지없이 실패해 버렸기에 영농의 추천 품종에 대한 불신이 뿌리 깊게 남아있다.

이거요. 아시다시피 **벼 한 가마 공판헌들** 몇 푼이나 쥐저집디까. **제우 연탄**
이백 장 값…… 구두 한 켤레 값…… 맥주 열 병 값…… 모래 한 마차 값……
먹매 합쳐 들일꾼 사흘 품삯두 채 못 되는디…… 제아무리 증산을 해보지.
물가 오름새에 대면 터문셍이나 있겄나. 증산해봤자 좋아헐 사람은 저기
따루 있시다."(「우리 동네 李氏」, p.135) (강조 인용자)

농촌의 현실은 벼 한 가마가 겨우 도시 물가로 구두 한 켤레, 맥주
열 병으로 맞바꿀 수 있을 만큼의 가치밖에 되지 않는다. 통상적으로 물가의
기준이 쌀 한 가마니로 계산을 한다고 할 때, 1970년대 농촌의 현실은
쌀 한 가마니가 도시에서의 어떤 물건으로 환산될 수 있을지에 더 영향을
받는 것이다. 그리고 그 가치는 너무 미비하기 때문에 농촌의 현실은 여전히
암울할 수밖에 없다. 이러한 푸념은 다음의 말에서 더 강화가 된다.

"서울서는 아파트루 몰려댕기는 투기 자금만 일천억 원이 웃돈다는디.
우리게는 사채 빼구 조합 빚만 이천만 원이 넘는답디다. 그래도 일때껏 그냥
살었으니…… 끙—"(「우리 동네 李氏」, p.136)

겨우 영농 자금으로 빚을 내야만 그해 농사를 지을 수 있고, 그 수확물이
겨우 구두 한 켤레와 맞바꿀 수 있을 만큼의 수익을 내는 것이 농촌의
현실인 것에 반하여 이미 도시는 땅과 아파트의 투기가 기승을 부림으로써
농촌과 도시 간의 메울 수 없는 경제적, 문화적인 차이가 발생을 한다.
이 또한 농민들의 인식 속에 내포되어 있다. 농촌 경제가 도시 물가의
반도 따라잡지 못하는 현실로 농촌과 도시 사이의 간극은 더 없이 벌어지게
되었다. 그래서 농촌은 빈곤한 이미지에서 벗어날 수가 없었다. 그러니까
자연스럽게 도시민들도 "농촌=빈민지"라는 공식이 강하게 자리를 잡고

있으며, 도시민들이 농촌을 방문하는 것만으로도 황송하게 생각해야 한다
는 거만한 태도를 가지고 있다.

「우리 동네 崔氏」는 주인도 없는 자신의 집에 불쑥 들어와 참새를 잡은
도시의 젊은이들을 훈계하지만 오히려 도시민들이 농촌을 방문하는 것을
고맙게 여겨야 한다는 반응을 보이는 내용을 담고 있다.

> (상략) 부락 개발 위원회 게시판 앞에 서 있던 녹색 자가용차였다. (중략)
> **서울이나 어디서 땅을 보러 온 줄로만 알았던 것이다.** (중략) 윗도리에 똑같은
> 표지가 노랗게 수놓인 작업복을 걸친 것으로 보아, **한 공장에서 일하는 위아래**
> **사람**이며, 근무 중에 틈을 내어 차를 몰아온 것 같았다. (중략)
> "연습 삼어서 쏜 게 까치에 맞았단 말요."
> "연습 삼어서?"
> 최는 눈앞이 아찔했다.
> "그래요. 우리 회사 직원 사냥 대회에 나가려구 연습 삼어서 쏜 거요."
> (「우리 동네 崔氏」, pp.181~183)
> "(상략) **우리가 오면 여기 사람들은 앉아서 버는 셈 아니오.** 보태주는데도
> 고민이셔."(중략)
> **"새 잡아주면 논농사 잘되지, 요새 보리밭 밟아주면 보리농사 잘되지,**
> **도시 사람 자주 드나들면 땅값 오르지……** 낚시꾼이나 수석 채집꾼보다는
> 우리가 나아도 열 배나 낫지 무슨 소리여."(「우리 동네 崔氏」, p.155) (강조
> 인용자)

이는 도시민들이 농촌 지역에 갖는 일반적인 생각으로 도시와 농촌
간의 보이지 않는 서열이 존재하고 있는 것을 적나라하게 보여주는 대목이
다. 이들이 지닌 뻔뻔함과 억지스러움은 충분히 희화되어 있지만 농민

86

앞에서 도시민들이라는 이름으로 이와 같은 행동을 할 수 있다는 사실만으로도 도시와 농촌 간의 위계화가 팽팽하게 자리를 잡고 있음을 알 수 있다. 이러한 사회 인식은 비단 특수하거나 특별한 에피소드가 아니라 일반적이며 보편적인 형태로 드러난다.[61] 그런데 이들을 바라보는 농민의 시선에서도 '서울에서 땅을 보러 온 사람'과 '공장 안 근로자'와 같이 미세한 차이를 느낄 수 있다. 이들 공장 근로자가 농촌에 거주하지 않는 외부인이기 때문에 정주하는 농민보다 우월하다고 느끼는 이상 심리와, 이들을 다그치는 농민의 시선에서 느껴지는 겨우 '공장 근로자'이면서라는 대목은 이들의 미묘한 계급적 차이와 그 인식을 확인할 수 있는 대목이다. 이처럼 층층이 쌓여있는 계급의 시선과 의식은 관리자, 권력자 앞에서 여지없이 적나라하게 드러난다.

　"이녁은 뭣이간디 쥔두 읎는 집을 술덤벙 물덤벙 초싹거리구 들랑대는 겨? 해초버텀 재숫뎅이 읎게시리…… **군에서 왔나 면에서 왔나 왜 함부루 들며날며 집어내느냐 이 얘기여.**"(「우리 동네 崔氏」, p.150) (강조 인용자)

　주인 없는 '최씨'의 집에 들어온 도시민들을 향한 일갈에는 '군'과 '면'으

---

61) 이는 1970년대 근대화·산업화의 발전된 모습뿐만 아니라 그 안의 모순도 모두 도시가 안고 있다는 생각을 비평가들조차 가지고 있기 때문이다. 농촌문학, 농민문학 등의 용어적인 문제에서부터 개념 정의까지 1970년대 농민문학을 둘러 싼 다양하나 지평들이 있었다. 염무웅으로 대표되는 창비는 농촌과 농민을 통해서 도시가 지닌 근대화의 모순까지도 모두 포괄할 수 있다는 입장이었다면, 문지로 대표되는 김치수는 농민, 농촌의 소재를 다룬 소재주의에서 벗어날 필요가 있다면서 농촌의 문제가 근대화 전체의 문제를 아우르기에는 부족함이 있다는 견해를 피력하였다. 이처럼 문학장에서도 농민과 농촌이 근대화를 대표할 수 있을지에 대한 논의가 있었다. 이봉범, 「농민문제에 대한 문학적 주체성의 회복－1970년대 농민문학론과 농민소설」, 『1970년대 문학연구』, 민족문학사연구소 현대문학분과, 소명출판, 2000, pp.151~162.

로 상징되는 지배의 질서가 주인이 없는 집을 '함부로' 들추는 행위로 나타남을 드러내기도 하지만 딴에는 당대의 분위기에서 '군'과 '면'의 행위가 일정 부분 용인이 되고 있음을 나타내기도 하는 것이다. 이는 농촌에 거주하는 농민들로 하여금 계급화된 자신의 처지를 수긍하게 만드는 작용을 한다. 왜냐하면 도시민의 대타항인 농민의 위치는 농민 사이에서도 조합과의 관계 속에서 혹은 부농-소작농의 관계로 점점 소급 적용되기 때문이다. 농촌과 도시 사이의 위계화된 질서는 단순히 지역 간의 차이만을 보이지 않는다. 그 질서는 농촌 내 질서에서도 보이게 된다.

> 그는 해마다 놀미 성낙근이네 고지논을 얻어 고지만 먹고 살다시피한 터였다. **남의 고지논을 짓기가 얼마나 고달픈가는 지어본 사람이나 알 만한 일.**…… 최는 올해도 성낙근이네 다랑이논 서른 마지기를 고지 낼 수밖에 없어 이미 여러 날 전부터 말이 오가는 중이었으나, 이리저리 삐끗거리기만 하고 쉽사리 메지가 나지 않았다. 성이 작년 금으로 치자고 고집하면서 한 마지기에 닷 말 이상은 못 주겠다고 버티는 까닭이었다. (중략) **그래도 최는 주저할 수가 없었다.**…… 실없이 스스럼 타고 꿈지럭거리다가는 **그나마도 남의 손으로 넘어가기가 십상이겠던 것이다.**(「우리 동네 崔氏」, pp.144~145) (강조 인용자)

사람 사이의 서열화는 도농(都農) 간에만 있는 것은 아니다. 농촌 공동체 안에서도 확인할 수 있다. '최씨'는 '성낙근'이네 논을 빌려 대신 경작을 하여 품삯을 받는 농민이다. 자신의 농토를 지니지 못하기 때문에 동네 부농인 '성낙근'이를 돕지만 품삯을 동결하려는 '논 임자'와 추수할 때 드는 일꾼들 삯과 점점 고급화되는 새참비를 걱정하는 '최씨' 사이의 흥정이 남아 있는 상태이다. 물론 농촌 사회에 이전부터 소작을 하여 경작을 하는 농민이 없던 것은 아니었지만 '최씨'를 통해 농촌 사회 내 존재하는 계급의 실체를 보여주고 있다.

2) 농촌의 근대화와 농민집단의 분열

농촌에서 농업을 하는 '농민'으로 호명이 됐지만 여전히 농촌의 생활은 척박하고 빈곤한 상태의 연속이었다. 증가하는 부채, 불평등한 대우를 받는 농민들을 위로하고 다독여주는 박정희체제의 정치적 담론은 크게 두 가지로 나타난다. 농촌의 도시문화 유입이 첫 번째이고, 농촌 새마을운동이 그 두 번째이다.

농촌에 남아있는 농민들이 더 이상 탈농, 이농을 하지 않도록 농촌에 도시의 문화를 이식하는 것이 국가 기초 경제인 농업을 보호하는 한 방법이 되었다. 낙후되고 결핍되어 있는 농촌의 현실과 상관없이 세련된 도시문화를 농촌 사회에 이식함으로써 농민들을 매혹시키는데, 이 매혹의 장치는 경제와 문화에 초점이 맞춰져 있다.

> **집집마다 영농 자금 융자 형식으로 조합 연쇄점의 TV를 들여다 놓고, 비닐하우스 골재로나 써야 할 쇠파이프까지 만여 원 어치씩 외상져가며 안테나를 세우느라고 법석들을 떨 때는, 아이들의 새까만 눈을 죽이기 딱해서도 외톨로 처질 용기가 없었다.**(「우리 동네 李氏」, p.105)

이런 두메에서 TV를 갖추는 것은 씀씀이에 여유가 있어서가 아니었다. 살림 사는 건 더러워도 남처럼 볼 것을 보고 알 것은 알며 살자니 부득이하던 것이다. (중략) 그만큼 틈도 없었지만, 화면에 담기는 풍물들도 이렇게 사는 사람들하곤 아무런 관계가 없어보이기 때문이었다.(「우리 동네 崔氏」, pp.44~45) (강조 인용자)

위의 인용문은 「우리 동네 李氏」와 「우리 동네 崔氏」가 조합으로부터
돈을 융자해서 TV를 구입한 것에 대한 소회이다. 한국에서 TV가 개국된
것은 1961년이었다. TV는 당시 시대적 불안 의식을 가지고 있는 사람들의
마음의 병을 치료할 수 있는 수단으로 "크리스마스 선물"로 전격적으로
개국되었다.[62] 이미 TV 개국에 정치적 배경과 의미가 첨가돼있었기 때문에
TV는 지배적 담론과 밀접한 관계를 유지할 수밖에 없었다.[63] TV는 그
어떤 매체보다 빨리 근대화를 이룰 수 있는 "근대화의 고속도로"로 작용을
했는데 거리와 시간에 구애를 받지 않으면서 균등한 정보와 가치를 공유할
수 있어서 시청자들은 자연스럽게 "근대적 가치"를 내면화할 수 있었다.
이는 곧 "근대적 행동 유형을 가진 개인들"[64]을 자연스럽게 형성할 수
있는 배경이 되었다.

한편으로 TV는 평준화, 균등화되지 못한 사회에서 공동의 의식과 "표준
화된 가치, 개인들 간의 동질성"[65]을 찾아 서로 공유해줘야 할 책임도
가지고 있었다. 공유라는 대의는 존재하지만 그 공유가 도시민과 농민이라
면 농민의 일방적인 수용이 전제되는 불평등함이 내재되어 있다. 도시와
농촌간의 불균형적인 경제, 생활수준의 차이에서 농촌은 도시를 동경하며
도시문화를 모방하는 형태로 나타나게 된다.

---

62) TV 개국은 1961년 8월 14일 오재경 장관의 말에서부터 비롯되었다. 이 말을
들은 박정희는 그해 12월 24일 시험 방송을 하고, 12월 31일 개국 방송을 한
그야말로 크리스마스 선물로 삼고 싶어했다. 이윤진, 「한국 텔레비전 문화의
형성 과정-구술매체와 구술문화의 근대적 결합」, 고려대 박사학위논문, 2002,
pp.89~90.
63) TV를 보는 시각은 크게 발전론적 입장과 사회적 책임론의 시각이 있는데 발전론적
입장에서는 TV의 사회적 효과에 대해, 책임론적 입장에서는 TV의 의무를 집중해
서 해석한다. 위의 논문, pp.104~105.
64) 위의 논문, p.107.
65) 위의 논문, p.121.

이러한 모습은 이문구의 『우리 동네』에 잘 나타나 있다. TV 보급이
되지 않던 1960년대와 달리[66] 1970년대는 정책적으로 국가적 차원에서
TV 보급에 앞장섰다.[67] 국가적 담론이 아니더라도 실제 농촌 생활에서도
이제 TV는 빼 놓을 수 없는 생활의 필수품이 되었다.

어떤 사람은 TV가 아이들 교육에 해롭다고도 하고, 더러는 여편네를 그전처
럼 휘어잡는 데에 지장이 되리라고 했지만, **그것은 먼저 TV를 들여 놓은
다음에나 이러니저러니 할 일이었다.**
**첫째는 아이들 얼굴을 잊지 않기 위해서라도 TV는 집에 있어야 되겠던
것이다.** 아이들이 곤히 자는 어슴새벽에 일 나갔다가 다 어두워 집에 들어와보
면, **아이들은 이미 제각기 흩어져 남의 집으로 TV 구경을 간 뒤였고,** 으레
자정을 앞두고 들어와 쓰러지곤 하였다. 자정까지 기다려 아이들을 나무라고
잘 수도 없었다. **아내부터가 저녁상을 더듬거리기 무섭게 남의 집 대청마루로
부살같이 내닫는 까닭이었다.**(「우리 동네 李氏」, p.104) (강조 인용자)

이미 농촌에도 TV가 보급이 되어서 농가마다 TV를 갖추고 있지 않으면
아이들은 아이들대로, 아내는 아내대로 TV가 있는 인근의 집으로 밤마다

---

66) 1970년도 전국 TV 보급률은 6.4%였지만 1979년에는 78.5%로 급격하게 증가하였
다. 하지만 TV 개국을 한 1961년부터 1969년까지는 TV 보급이 100% 서울에서만
이루어졌다. 그러던 것이 1970년도 처음으로 농촌에서도 TV가 보급이 되었다.
농촌의 TV 보급은 1970년도 5.5%에서 1979년 36.7%로 높은 신장률을 보였다.
위의 논문, p.93.
67) 고가의 TV는 농촌에 보급되는 데에 장애가 되었다. 그래서 1972년부터 도시에
거주하는 농촌 출신들로 하여금 장기 할부제로 고향에 TV 보내는 효자 캠페인을
펼치지도 했다. 위의 논문, p.142. 또한 이문구의 소설에서는 농민들이 영농 조합의
돈을 융자 받아서 대부분 TV를 구입하는 등 국가적 차원에서 TV 보급에 정책적으로
개입한 것으로 확인할 수 있다.

외출을 하는 형편에 이르렀다. 이미 농촌 생활 깊숙하게 TV가 들어와 있어서 한 개인의 선호도로 바꿀 수 있을 만한 분위기는 아니게 되었다. 농촌 마을에 빠르게 확산된 TV는 자연스럽게 그 효용성과 유해성에 대한 논란으로 이어지게 되었다. 이미 TV가 보급되던 당시에도 TV를 둘러싼 논란이 농촌 마을에서도 고스란히 재현이 되었는데, 도시를 중심으로 이론적, 관념적으로 TV의 유해성에 대해 논의했던 것과 달리 농촌 생활 속에서는 그 논란이 무의미함을 알 수 있다.

아이들이 집에 TV가 없어도 볼 것 안 볼 거 다 보며 남의 집 눈치꾸러기로 겉도는 이상은, 거꾸로 TV가 없음으로써 아이들 교육에 해가 되는 꼴이었다.
(「우리 동네 李氏」, p.106)

선풍기도 틀어만 놓으면 어린것들 땀띠를 들어주어 십살일 뿐 아니라 모기 각다뒤까지 얼씬못하게 해주니, 가용을 모기약으로 쪼개지 않고도 내놓고 잘 데 내놓고 잘 수 있어, 있다가 없이는 못살 것 같은 물건이었다.(「우리 동네 李氏」, p.106) (강조 인용자)

TV를 둘러 싼 비교육성에 대한 논란은 TV의 소유와 소유하지 못함이라는 재산적, 물질적 가치로 환원이 되어 버려 그 의미가 퇴색되어 버리고 말았다. 도시에서는 아이들의 학습에 지장을 주며, 가족들 간의 대화를 막는 근대적 산물의 애물단지가 될 수 있을지 모르지만[68] 농촌 사회에서 TV는 재산과

---

68) TV를 농촌 고유의 공동체의 의사소통에 방해가 되는, "근대적 소통 형태의 상징적 표상"으로 보는 진정석(진정석, 「이야기적 상상력의 힘과 아름다움」, 『우리 동네』, 솔, 1996, p.389)이나 농촌 공간과 농민을 전혀 배려하지 않는 TV는 농민들로 하여금 "또 다른 상대적 박탈감"을 줄 뿐이라는 심지현(심지현, 「1970년대 소설의 현실인식 연구」, p.311.)은 모두 TV가 농촌 공간에 부정적으로 기능할 뿐이라고 보고 있다. 물론 이들의 해석도 타당하지만 TV가 거스를 수 없는 시대적 산물임을

92

문화의 의미를 동시에 가지고 있기 때문에 비교육적인 면을 논하기가 시기상조인 측면이 있다. 이들이 TV와 관련해서 문제시삼고 있는 것은 퇴폐적인 도시문화와 이질적인 새로운 도시문화이다.[69] 연일 뉴스를 통해 보도되는 흉악 범죄, 유흥 문화에 대한 정보가 지역과 관계없이 여과 과정을 거치지 않은 채로 그대로 노출이 되고 있는 것을 문제시 삼는다. 하지만 이 도시와 농촌을 구분하지 않고 전해지는 다량의 정보는 TV를 시청하는 농민들에게 일정 부분 심리적 위안감을 주기도 한다.

> "모르는 소리두 되게 해쌓네. **있으면 읊는 것버덤 낫지** 무슨 초상에 개
> 잡는 소리라나? 텔레비전이 하루만 읊어보게, 지미 카터가 원제쯤 미군 철수를
> 해가며, 밴스가 천안문에 들어가 화국봉이허구 무슨 호이담을 혔는지, **이런
> 촌간에서 워치기 알겠나.**"(「우리 동네 李氏」, p.78) (강조 인용자)

TV가 주는 정보는 세계의 정세를 이해할 수 있다는 것에서도 의미가 크지만 TV가 주는 실시간 정보 전달이 도시와 농촌을 근접하게 만듦으로써 도시에 대한 소외에 위로와 위안의 기능을 담당한다. 즉, 농촌에서의 TV는 아이들의 호기심을 충족시켜주고, 아내의 남의 집 대청마루로 내달리는 것을 막아주는 것 이상인 것이다. 왜냐하면 농민들은 TV가 지니고 있는 오락적 기능 외에 교양적 측면으로 도시민과 균등해지고, 동질화될 것이라는 기대를 가지게 됐기 때문이다. 동시대를 뒤처지지 않고 살아가고 있다는

떠올린다면 단편적인 해석보다는 좀 더 시대와 밀착된 시각이 필요할 것이다.
69) "(상략) 공해가 뭘 것 아닌 겨. 사람 사는 디 이롭잖은 건 죄 공해거든. 일 년
열두 달 텔레비 모셔봤자 눈깔에 생혈이나 오르지 소용 있담? (중략) 사람이
얼마가 죽구 얼마를 도적질했다는 얘기뿐이지(하략)"
"놉은 서방질…… 품앗이는 지집질, 홀앗이는 오입질, 강간은 생멕이…… 그런디
그런 것두 모르구 산업계장으루 기시니 어지간허슈."(「우리 동네 李氏」, pp.77~78.)

확신과 안심을 주는 요소로 자리 잡는다. 이처럼 농촌이 도시와 유리되어 소외되고 근대화의 실체를 경험하지 못한 것을 TV라는 환상적인 매체와 시·청각 매체를 활용하여 동시대의 문화를 공유하고 있다는 착각을 불러일으킨다. 농민들 역시 그것이 실체 없는 환상임을 알지만 그럼에도 생활의 질적인 만족도는 커지게 된다. 이처럼 박정희체제는 국가적 차원의 의도적 TV 보급으로 불평등한 현실을 잊게 만들면서 평등한 문화, 생활환경에서 살아가고 있다는 환상을 심어준다.

그렇지만 TV가 보는 것으로 그치는 것이 아니라 문화적으로 깊숙하게 침투해 들어올 경우 그 환상은 여지없이 균열이 되고 만다. 크리스마스를 앞두고 TV에서는 캐럴, 크리스마스트리, 파티 등 이국적인 연말 분위기를 느낄 수 있는 프로그램과 광고 등이 연일 방송이 되고 있었다.[70] 크리스마스는 세련되고 교양 있는 서울 사람들이 즐기는 문화 행사, 이벤트와 같은 느낌이 있어서 농민들도 그 크리스마스 분위기에 동참하는 것만으로도 서울 사람이 된 것과 같은 착각을 가져올 수 있었다.

> **"크리스마스헌티 가보잔 말여.** 딴 애덜은 다 즤 엄미랑 하냥 간다는디 씽-"(중략)
>
> **"걔덜은 즤 엄니가 쪽 뽑구 나슬 옷이라두 있으닝께 그러지.** 니미는 남 다 입는 **홈스팡 바지**는 워디 갔건, 털루 갓테두리 헌 그 흔해터진 **쓰레빠 한 짝 사다 준 구신이 읎는디 뭐루 채리구 나스랴?"**(중략)
>
> "씽- 그럼 오백 원만 줘. 우람이 갈 때 따러가서 징글벨만 보구 올게."

---

70) 크리스마스는 1949년 6월 4일 국가 공휴일로 지정이 되었다. 이승만정권의 친미 성향과 이승만대통령의 종교가 기독교인 것과 무관하지 않은 채택이라고 할 수 있다. 서은주, 「'한국적 근대'의 풍속-최인훈의 「크리스마스 캐럴」연작 연구」, 『상허학보』 No.19, 2007, p.441.

(「우리 동네 李氏」, p.92)

"넘의 집 서방덜은 크릿쓰마쓰 센다구, 지집 새끼 뺑 둘러앉히구 동까스를
먹을래, 탕수육을 먹을래, 잠바를 맞추랴, 청바지를 사주랴 허구 북새를 피는디,
이 집구석 문패는 생전 마실 중이나 알지 먹을 중은 모르니, 에으-"(「우리
동네 李氏」, p.93) (강조 인용자)

이미 TV의 보급은 "집집마다 영농 자금 융자 형식으로 조합 연쇄점의
TV"를 들여놓는 일은 농촌 마을에서 보편적인 일이 된 것이었다. 이 보편적
인 일은 '풍속이 이미 기울'어진 일이 되고 말았다. 아이들과 부인은 저녁
식사 이후 TV 앞으로 모여 들었고, TV 속 도시문화에의 동화는 빠르게
일어나고 있던 것이었다. 종교와 상관없이 이미 크리스마스는 남녀노소를
불문하고 농촌 사회를 낯선 흥분으로 몰아갔다. 크리스마스가 다가 온
농촌은 기대와 설렘으로 분위기가 뒤숭숭해진다. 아이들은 장터에 설치된
크리스마스트리를 부모의 손을 잡고 구경을 가고, 캐럴을 들으면서 한껏
크리스마스 분위기를 즐기려고 한다. 그 부모들 역시 크리스마스를 특별한
기념일인 것처럼 특별한 절차를 가지고 즐길 준비를 한다. 이처럼 크리스마
스는 그 자체로 근대화의 상징이 되면서 서울의 문화를 대변한다.
　하지만 근대화가 아직 되지 않고, 서울도 아닌 농촌에 거주하는 농민들에
게 크리스마스는 '준비'를 하고 '가'야 하는 생활의 문화가 아니라 보고,
학습하면서 따라가야 할 모방의 문화가 된다. 물론 한국 사회에서 크리스마
스의 의미는 복합적이고 중층적인 측면을 가지고 있다. 농촌 마을에 분
크리스마스는 도시-서울의 크리스마스의 수용과 또 다른 측면에서 굴절을
가지고 있다. 도시-서울의 TV 수용이 근대화의 전형이라고 할 수 있는
미국의 문화를 수용하고 모방하는 서구-비서구의 제국주의적 관점이 개입
이 된 것이라면, 농촌의 크리스마스 수용은 도시에서 모방된 서구의 크리스

마스를 재모방, 재수용하는 이중의 굴절이 담겨져 있다. 그리고 이러한
수용의 단계는 자연스럽게 서구-도시(서울)-농촌이라는 계급적 서열을
만들게 되었다. 한국의 무분별한 서구 문화의 수용과 재차 도시에서 농촌으
로 이식되는 문화적 단계와 위계를 확인할 수 있는 대목이다.

  이들에게 크리스마스는 이국적인 음식으로 외식을 하고, 선물을 주고받
으면서 연말의 분위기에 동참을 하는 모습을 보인다. 연말을 즐기는 방법은
비단 크리스마스만 있는 것은 아니다.

  "화장품 외판허는 슬기엄니가 아모레에서 귤 한 상자…… 수미엄니는
쥬단학에서 콜라 한 상자 은어왔구…… 가만있거라, 또 아리스노바**미장원**에
서 사과 한 상자 보내왔지. (하략)"(「우리 동네 李氏」, p.96)

  "슬기엄니가 그끄저께 녹음기 고쳐오면서 **고고테이프**를 사왔다닝께. 다들
고고 한번 춰보게 됐다고 벌써버텀 방뎅이를 요래쌓는디, 나만 고고를 못
추니 그것두 고민……"(「우리 동네 李氏」, p.99) (강조 인용자)

  "엄니, 다들 맵시네 집으루 모인대유. 시작헌다구 싸게 오래유."

  하고 떠들었다. 맵시는 이낙필이의 막내딸 이름이었다. 피신할 데도 마땅찮
고 하니 아침부터 망년회를 벌일 모양이었다. (중략)

  고등학교 졸업반인 유승팔이 큰딸과 배경춘이 둘째애가 동네 아이들을
몽땅 쓸어가지고 면공판에 들어온 **영화, '첫눈이 내릴 때'를 보러 가기로
했다는 거였다.**(「우리 동네 李氏」, p.128) (강조 인용자)

  농촌 아낙에게도 연말은 '망년회'를 보낼 수 있는 특별한 시기이다.
"인사(人事)루 먹구 사는" 도시민들에게보다는 "뼈땀 흘리는" 농민에게
더 잘 어울린다고 스스로 정당화하기도 한다.[71] 망년회 자체가 가지는
도시성으로 인해 아낙들이 즐기는 망년회에는 화장품, 미장원의 협찬이

96

어색하지 않게 줄을 잇는다. 또한 '고고춤'을 즐기면서 도시가 지닌 문화를
모방하려고 했다. 농촌이라는 도시와의 물리적, 문화적 거리에도 불구하고
도시문화가 이처럼 친근하게 농촌에 소개된 데에는 국가 주도의 근대화
운동이 큰 작용을 하였다. 도농 간의 차별과 차등을 정치적, 정책적인
TV 보급과 그에 따른 새로운 도시문화의 유입으로 그 격차와 거리감이
좁혀진 것이라는 착각을 하게 했다.

　　박정희 정권에게 농촌과 농민은 산업화·도시화를 위한 예비 물자 공급처
로 생각될 뿐 도시만큼 국가 주도의 발전 대상은 아니었다. 다만, 점점
벌어지는 도농 간의 격차가 농민들로 하여금 정권에 대한 불신임으로
번질 것을 우려한 박정희 정권은 농촌의 개혁 사업에도 관심을 가지게
되는데, 그것이 바로 농촌의 새마을운동 사업이다.[72]

　　밥 제솝은 국가의 이론을 전략관계적인 측면에서 바라본다. 국가의
정책과 정치체제는 하나의 전략에서 나오는 것이 아니라 다양한 전략들의
관계 속에서 출현한다는 것이다.[73] 박정희체제 하에서 농촌을 중심으로

---

71) 이문구, 「우리 동네 李氏」, 『우리 동네』, 랜덤하우스중앙, 2005, p.98.
72) 한도현은 농촌 새마을운동을 정신계발, 환경개선, 생산기반 조성 및 유통구조
　　개선, 소득증대의 내용을 가지고 있다고 보았다. 한도현, 앞의 책, pp.136~143.
　　이는 농민들을 계급으로서의 농민과 개인으로서의 농민이 공존하게 하는 효과가
　　있게 된다. 계급으로 농민을 소환하지만, 그 보상은 개인이 수령하거나 누림으로써
　　농민 간 경쟁과 차이가 발생하게 한다. 하지만 그럼에도 다시금 농민을 계급적인
　　존재로 통제하려는 정책이 발동이 된다고 할 수 있다.
73) 김호기는 "특수한 축적체제는 다양한 전략들과의 충돌 가운데에서 생기는 것이며
　　또한 특수한 축적체제의 상대적인 성공과 실패의 결과는 전략적 행위들의 물질적
　　인 조건들에 의존하고 있다"고 보고 있다. 김호기, 「조절이론과 전략관계적 국가이
　　론 : 제솝의 전략관계적 접근」, 동향과전망 봄·여름호, 1993, p.238.
　　정치현상은 사회적 전략들의 "상호작용의 산물"이기 때문에 "관계적이고 전략적"
　　이다. 또 정치현상은 구조의 상대적인 영향을 받는데 이는 구조에 의한 결정론적인
　　것이 아니라 "우연적으로 실현된 상호작용적 필연성"을 지닌다. Bob Jessop, 『전략
　　관계적 국가이론－국가의 제자리찾기』, 유범상·김문귀 옮김, 한울아카데미, 2000,

한 새마을운동은 국가의 치밀한 계획과 주도 하에 관(官)의 관료적 기관을 중심으로 하는 하향식 구조를 가지고 있다. 그렇기 때문에 새마을운동은 농촌과 농민을 동원하고 통제하는 것으로 이해되었다. 그렇지만 밥 제솝의 논의에 따르면 국가의 정책이 비단 주도적인 국가의 전략 아래에서만 이루어지는 것은 아니다. 국가 주도의 정책이 다양한 사회적 측면의 전략들과 상호 작용하면서 정치 현상으로 나타난다면 농촌 근대화를 이끈 새마을운동에도 전략관계적인 측면이 숨어 있을 수밖에 없다.

　지금은 성공적인 농촌 개발 프로젝트로 인정을 받지만 새마을운동이 처음 시작했을 때만 하더라도, 새마을운동은 가난한 농촌 마을에 대한 책임 전가를 순전히 농민의 몫으로 돌리고자 하는 계책이 숨겨 있었다. 그래서 새마을운동의 구호인 "근면, 자조, 협동"은 모두 농민 자신들의 노력으로 그 방향이 향해져 있었다. '근면'은 농민들의 게으름에 대한 반대항이면서 질책이 되기도 했다. 농촌의 경제 상황이 나쁘고 농민들의 생활이 헐벗는 이유의 중핵에는 농민들의 게으름과 나태함이 섞여 있다는 반증인 것이다. 즉, 국가가 산업화를 지향하면서 국민들의 근대국가, 산업국가의 달성이 국가의 제일 정책이 되어 도시의 빈곤은 국가가, 국민 전부가 해결해야 할 과제가 되었다. 하지만 농촌의 가난은 농민들의 습관과 생활태도에서 오는 것이라는 논리는 그만큼 농촌이 등한시되면서 외면 받는 지역이라는 의미가 된다. 그렇다면 나태하고 게으른 농민들에게 일침을 가한 후 이들이 겪는 가난을 해결할 방법으로 새마을운동의 두 번째 구호 '자조'가 있었다. 농촌 현실의 문제점의 원인이 농민에게 있는 현재, 그들을 도울 수 있는 제일 큰 조력자는 '농민 스스로'가 된다는 것이었다. 국가 정책이나 관(官)의 지원에 의해서 해결되는 것이 아니라 가장 기본적으로는

p.8.

98

농민들 스스로 자신들의 문제를 적극 해결하려는 의지를 가져야 한다는 것이 박정희 정권의 논리이다.[74] 그리고 그 다음 농민들이 모두 공조하는 '협동'을 통하여 농촌의 문제를 해결해야 한다는 것인데, 이렇게 새마을운동의 구호만 보아도 농촌 문제를 직시하는 정부의 태도를 이해할 수 있다. 그러나 그럼에도 불구하고 박정희의 새마을운동은 농촌을 새롭게 변화시키는 가시적인 성과로 인해 농민들의 "정신혁명"으로 "농촌 새마을운동의 경제적 성과"를 가져왔다는 논의가 있다.[75] 브란트는 이에 한 발 더 나아가 정책적 지원으로 인해 농민 개개인의 현실에 가시적인 성과를 직접 경험하게 되면서 새마을운동에 적극적으로 동참하게 되었다고 보고 있다.[76]

위의 논의는 새마을운동을 보는 시각에 많은 도움을 준다. 관(官)주도의 동원된 교육은 분명하지만 그 속에서 농민들이 실질적으로 삶의 변화를 체험하면서 새마을운동은 동원된, 강제적인 의미와 개인적인 성취가 맞물려 상호 모순적이면서 보완적인 관계를 가지게 된다는 것이다.

"좋은 시절 만나서 자주 근면 협동허니께 신색두 좋구먼."(「관산추정(關山
芻丁)」, p.284)

그의 앉은뱅이 책상 위에는 산림경제, 새마을, 자유공론 같은 잡지와 충청일보가 가지런히 놓여 있었다. 시골집을 다녀본 가늠이 있어 나는 묻지 않고도 **그가 새마을 지도자거나 이장이란 것을 이내 알아챌 수 있었다.**(「관산추정(關山芻丁)」, p.287) (강조 인용자)

---

74) 실제 자료를 통해 확인해 보면 새마을운동 사업에 필요한 사업비의 정부 부담 비율을 보면 10.5%~56.1%로 주민들의 자기 부담금이 상당히 높은 것으로 나타났다. 김동노, 앞의 논문, p.335.

75) 황인정, 『한국의 종합농촌개발』, 한국농촌경제연구원, 1980, p.66.

76) Brandt Vincent, 「價値觀 및 態度의 變化와 새마을운동」, 『새마을운동의 理念과 實際』, 서울대학교새마을운동종합연구소, 1981, p.476 p.485.

위의 인용문은『관촌수필』에 나오는 한 대목이다. 대(代)를 이어가던 가난에서 벗어날 길 없던 '복산'이 농촌에 분 새마을운동으로 생활의 질이 변모된 모습을 보여주는 부분이다. "자주, 근면, 협동"을 내세운 새마을운동으로 극중 인물 '복산'이는 가난에서 탈피하게 된 것은 물론이거니와 농촌 새마을운동을 지휘하는 지도자 역할도 하고 있다.『관촌수필』은 작가의 가치관이 과거에 초점을 두고 있기 때문에 과거와 너무나도 다르게 변해버린 현재의 농촌은 일관되게 부정적으로 묘사되었다. 그렇지만 그런 일관된 시선에서 유일하게 비껴간 인물이 '복산'이다. 그리고 '복산'의 됨됨이를 서술하는 과정에서 작가가 의도치 않게 무심코 서술한 배경으로 등장하는 현재 농촌이 산업화의 희생양으로서의 농촌이 아니라 농촌 스스로 살아 생동감 있게 움직이는 모습으로 비춰지고 있다.[77]

그렇다면 본격적으로 이문구의 작품이 담고 있는 농촌 새마을운동의 모습은『우리 동네』에서 잘 확인할 수 있다. 이 작품집에서 보이는 새마을운동의 형태는 크게 4가지로 나타난다. 영농 조합에서 하는 영농 교육, 마을의 다양한 부역, 수재민 돕기와 같은 국민 성금 참여 그리고 마지막으로 농촌봉사활동이 있다. 이는 모두 농촌의 개발과 개선을 위한 사업으로 농민들의 참여를 기반으로 이루어지는 것들이다.

바깥주인이고 안사람이고 **동네마다 눈 안 뒤집힌 사람이 없었고,** 집집에 손 벌리러 나서지 않는 이가 없었다. (중략) 들리는 말이 이번 가뭄으로 빚을 진 집은 놀미만 해도 반반이나 된다는 것 같았다. 이제는 가무네 가무네 해도 오늘내일 하며 **하늘이나 쳐다본다든가 면이나 지도소에서 양수기나**

---

77) "좋은 시절"을 만났다는 뉘앙스가 반어적으로 들릴 수도 있겠지만 기본적으로 작가의 시선이 '복산'을 향해 따뜻함과 대견함이 교차하는 것으로 보아 진심으로 그의 현재적 삶에 대한 안도와 안심이 깔려 있다.

호스 따위를 무상으로 지원해주기만 바라던 사람은 없었다. (중략) 김승두도 그랬다. 김은 대개 살아온 경우에 비춤으로써 **스스로 깨달음이 있어,** 가물면 하늘 탓, 물마 지면 관청 탓하던 묵은 버릇을 우선하여 고치고, 제힘으로 재변을 이겨낼 줄 알아야만 **흙의 종살이에서 벗어나 흙을 부리는 농군이 되느니라고 믿었다.**(「우리 동네 金氏」, p.14)

위의 인용문은 「우리 동네 金氏」에 등장하는 '김승두' 마을의 달라진 형편과 그의 생각이다. 농사일을 함에 있어 가물고 홍수가 나는 자연 재해에는 모든 농민들이 속수무책일 수밖에 없다. 그래서 애꿎은 하늘을 원망하거나, 늑장 대응을 하는 관청 탓으로 돌려 안타까움이라도 나누려 했다. 하지만 이러한 방식은 "흙의 종살이"에 벗어나지 못하는 전근대적인 방법이라고 '김승두'는 생각을 한다. 새마을운동이 농촌 마을을 휩쓴 지금, '김승두'를 비롯한 농민들은 주어진 환경에 맞추어 농사를 짓는 것이 아니라 보다더 적극적이고 공격적인 방법으로 농업에 임하려는 자세를 가지고 있다. '김승두'는 이것을 들어 "흙을 부리는 농군"이라고 부르면서 그런 농민이되려고 한다.

저수지 관리권을 행정 구역이 엉뚱한 천북면에서 쥐고 있어 말도 안 될뿐더러, 물 값 또한 좀 비싼 게 아니던 것이다. 따라서 웬만큼 가물잖고는 그물을 쓰자고 나서는 사람이 없었다.(「우리 동네 金氏」, p.16)
김은 더듬적거릴 틈이 없었다. 미리 말해놨던 **남병만이네 양수기를 가져오고,** 사닥다리로 **전봇대에 올라가 물길 뚝셍이를 따라 저무니부락으로 넘어가는 전깃줄에 전선을 이었다.** 마침 이백이십 볼트 전류라서 반 마력짜리 양수기를 가동시키기엔 더도 필요 없이 십상이었다.(「우리 동네 金氏」, pp.16~17)
(강조 인용자)

가만히 앉아서 주어진 환경에만 만족하는 것이 아니라 적극적으로 개척해서 이득을 보고자 하는 농민 '김씨'는 남의 구역 물을 양수기로 끌어와 논에 대고, 논밭 위로 흐르는 전기를 끌어와 쓰는 것에 아무런 거리낌이나 망설임이 없다. 왜냐하면 그의 행동은 개척하는 농민이요, 능동적인 농민의 모습이기 때문이다. 바로 이 달라진 지점이 새마을운동의 효과이다. 예전의 가뭄에는 모든 농민들이 속수무책으로 당해야 했고, 엇비슷한 피해의 정도에 서로가 서로의 위안이자 위로자가 될 수 있었다. 하지만 새마을운동으로 농촌 경제도 본격적인 경쟁 체제에 돌입하게 되자 농민들 역시 제 살 길을 먼저 찾기에 급급하게 되었다.

"그런디 교육에 들어가기 전에 지가 특별히 부탁을 드리겠습니다. 제발 **퇴비 좀 부지런히 해달라 이겝니다.** (중략) **풀에 깸겨서 자즌거가 안 나가구 오도바이가 뒤루 가는 행편이더라 이겝니다. 풀 벼서 남 줘유? 퇴비 허면 누구 농사가 잘되느냐 이 얘깁니다.** 시전 저녁으루 두 짐쓱만 벼유. (후략)" (「우리 동네 金氏」, p.34)

"짐신철이? **또 저기, 플 헐 때 됐나 보구먼.**"

"오늘은 **퇴비가 아니라 송쳉이 나방 잡으래야.**"(「우리 동네 黃氏」, p.42)

"요새 죽었어. 퇴비 허라, 하곡 허라, 농약 찌었어라, 허구 하루에도 두어 패씩 면에서 사람이 나오는디 깨묵셍이나 뭐 내놀 게 있으야지. (하략)"(「우리 동네 黃氏」, p.59) (강조 인용자)

새마을운동은 농민들의 부역이 큰 부분을 차지한다. 부역은 농민의 인력을 무상으로 활용할 수 있는 절호의 기회가 된다. 농촌의 환경을 개선하기 위해 이루어진 부역의 종류는 풀을 베는 것에서부터 송충이를 잡는 것에 이르기까지 다양하기 그지없다. 물론 이러한 부역 동원의 당위성은 농업의 원활함을 위한 것이고, 농민들의 환경을 개선하기 위한 것이다.[78] 이 미묘한 지점에 새마을운동이 자리하고 있다. 분명히 자발적인 부역도 아니고, 개인의 이익을 위해 하는 일도 아닌 마을 단위를 위해, 공익을 위해 하는 일인데, 그 혜택이 농민들 개개인에게 보상으로 돌아온다. 그렇기 때문에 농민들은 귀찮음에도 불구하고 새마을운동을 거부하거나 저항하는 모습을 보이지 않는다. 이는 박정희체제가 농민들을 통제하고 동원하는 유용한 방식을 보여주는 대목이다. 농민의 이름으로 집단, 마을을 위해 하는 봉사가 다시금 개인의 이익으로 돌아오는 것을 보여줌으로써 동원이 용이하도록 하였다. 그런데 그러면서도 결코 자발적으로, 자율적으로 하게 내버려 두지는 않는다. 동원과 통제 체제의 기반 위에 있다는 것을 부역의 현장에 찾아와 직접 개입하는 관(官) 관계자들을 통해 확인할 수 있다. 농민과 관 관계자들은 서로 견제하면서 감시하는 태도를 버리지 않는데, 이는 둘 사이에 해소되지 않는 뿌리 깊은 불신의 골이 존재함을 의미한다.

"어제는 농수산부 무엇이라나 허는 것이 피서허러 지나간다구 새벽버텀 어찌나 볶아대는지, 시 부락 사람들이 죄 분무기를 지구 나와설랑 해전 내 논배미에 들어가 후덩거렸더라. **공동 방제허는 시늉을 내라니 벨 수 있남. 분무기에 맹물만 한 짐씩 지구 나와설랑** (중략) **위서 허라는 것은 세상 읊어두 못 배기니께.**"(「우리 동네 黃氏」, pp.61~62)

"하여간 한국 사람은…… 그런 머리 돌아가는 것 하나는 아마 세계적일 거야. **솔나방 잡는 디 태워 쓰라구 다이야 줘서, 시키는 대루 허는 걸 여적지**

---

78) 새마을운동에 참여한 농민들의 인터뷰로 확인할 수 있는 것은 농민들 개인에게 이익이 되기 때문에 참여하는 비율은 11.7%에 지나지 않는데 비해 마을의 발전과 명예를 위해서라는 답변은 64.4%에 달했다. 이는 새마을운동이 공익이라는 명목으로 개인의 희생과 적극적 동의를 기반으로 하지 않으면 안 된다는 것을 의미한다. 김동노, 앞의 글, p.339.

한번두 못 봤다면 말 다 했으니께."(「우리 동네 黃氏」, p.63)

　"**다이야 노나주면** 워치기 허는 중 알아? 그늠을 반반씩 짝 쩌개설랑 **돼지새끼 구유로 쓰는디**, 돼지새끼 열 마리는 충분히 멕이겠데. 둥그렇게 돌아가며 쪼란히 서서 사료 먹는 걸 봉께, 머리 하나는 기맥히게 썼다는 생각이 안 들을 수 읎더랑께."(「우리 동네 黃氏」, p.65) (강조 인용자)

　부역은 명확하게 위에서 하달된 명령이다. 분명히 농민을 위하는 일이라고 하지만 그 속성에는 타율적이며, 동원을 기반으로 하는 강제성을 띠고 있다. 그래서 늦은 밤 방충 때문에 산에 오른 부역팀을 보러 산업 계장과 서기가 합석을 한다. 그런데 그 강제적 동원에 농민들은 마냥 공동의 일로만 여기지 않는다. 어떤 농민들은 산에 있는 나방 송충이를 태우는데 지급된 정부 타이어를 돼지 구유로 활용을 하기도 한다. 이는 농촌 새마을운동의 속성이라고 할 수 있다. 강제적이지만 강제성이 보이지 않는 이유는 그 동원 안쪽으로 농민 개개인에게 이익과 혜택이 돌아가는 사적 이익이 발생하기 때문이다.

　그날 반상회는 안양 시흥 지역의 수재민 의연금 갹출을 위한 토의가 가장 주요한 안건이었다. (중략) 이재민 구호품으로 집집이 쌀 두 되, 돈으로 육백원 이상, 그리고 입던 옷가지와 간장 된장 고추장 따위를 얹어내기로 결정을 본 뒤에도 황은 속이 훤히 들여다보이는 소리만 씨월거렸던 것이다.(「우리 동네 黃氏」, pp.48~49)

　최도 황을 벌려온 사람 중의 하나였다. 땅이나 돈을 빌려주지 않아 감정이 상한 것이 아니라, **마을 공익 사업에 협조를 하지 않았기 때문이었다.**(「우리 동네 黃氏」, p.56)

　김은 황의 됨됨이와 심보와 체면 따위를 한가지로 섞어 **자기 스스로 효수형**

을 집행한 마음이었다. 그것은 여간해서는 만나기 어려운 푸짐한 경사를 치른 기분과 다르지 않았다.(「우리 동네 黃氏」, p.57) (강조 인용자)

어려움을 나누고 서로 돕는 것을 강조하는 '협동 정신'은 "시흥"에서 벌어진 수해에 의연금과 구호품을 보내기로 마을 반상회에서 의결을 한 것에서 나타난다. 그런데 마을에서 고리대금을 받아 이익을 챙기는 '황선주'는 고리대금을 하면서 마을 사람들로부터 인심을 많이 잃은 상태였다. 마을 사람들은 '황씨'의 부당 이익이 마음에 들지 않지만 혹여 급한 일로 변통할 비상처로 '황씨'를 생각하기 때문에 대놓고 비난을 할 수 있는 처지도 아니었다. 그런데 수재 의연금을 모으는 과정에서 '황씨'의 자린고비 같은 성품이 그대로 드러나 구호품과 의연금을 제대로 내지 않았다. 그러자 동네 주민들은 그를 비난하는데, 그를 비난하는 구실이 "마을 공익사업에 협조"하지 않았기 때문이라고 돌려 말한다. 마을에서 공동으로 벌이는 공익사업보다 이들이 '황씨'와 부딪치는 것은 개인적인 금전 문제일 텐데 그들은 그 개인적인 부딪침에 대해서는 침묵을 하고, 공익 사업에 동참하지 않는 모습을 크게 부각시켜 동민 전체가 그를 비난하고 힐책한다. 그만큼 새마을운동이 주는 마을 단위의 자치 모임과 활동이 농민들의 행동을 모두 검열하며, 그 행동에 대한 평가를 할 수 있는 구조를 만들어 내고 있다. 이처럼 새마을운동은 때로는 공동의 이익으로 때로는 개인적 보상을 내세워 농민들을 통합시키기도, 해체·분열시키기도 한다.

정은 후회스러웠다. 품삯과 먹매 좀 아껴볼까 하여 **학생들에게 일손돕기 동원령이 내릴 때까지 기다린 것이 불찰**이었다. **품삯 없는 학생 봉사대의 울력만으로 일을 추어보려는 속셈**이었다.(「우리 동네 鄭氏」, p.188)
정이 우춘옥에 들러 **자장면 예순 그릇 값을 내고** 올라오다가 학생들의 뒷소식을 들은 것은, (중략) 정이 읍내가 내려가자마자 학생들도 논두렁을 떠났다는 거였다. 정은 사지가 부르르 떨렸다. **모춤을 풀어 팽개치고 싶었던 모까지 반나마 짓밟고 갔다**는 말을 들었을 때는 눈앞에 보이는 것이 없었다. (「우리 동네 鄭氏」, p.218) (강조 인용자)

마지막으로 농촌 새마을운동에는 인근의 학생들이 동원이 된 농촌 봉사 활동이 있다. 새마을운동이 비단 농민들만을 위한 일이 아닌 국가 경제를 위해 반드시 필요한 일이라는 정책은 학생들을 동원해서 부족한 일손을 채우는 것으로 확장이 되었다. 하지만 개별 농가가 일손과 인건비를 줄여보기 위한 이기적인 발상에서 시작할 경우 분명한 낭패를 보게 되었다. '정씨'는 인건비를 줄여보기 위해서 학생 동원령이 떨어질 때까지 기다려 봤지만 60명의 학생들은 간단한 빵으로 만족하기는커녕 자장면을 요구하면서 끝내는 모마저 망가뜨린 채 떠나버리고 말았다. 이는 결국 국가 동원의 새마을운동이 농민들로 하여금 끊임없이 통합, 분열, 재통합을 반복하면서 농민을 개인이 아닌 농민계급으로 배치시키는 것을 알 수 있다.

이처럼 새마을운동의 집단성과 동원성은 농민을 개개인으로 소환하지 않고, '농민'이라는 단위로 소환하는 효과를 지닌다. 이들은 농촌이라는 비교적 지배 시선에서 자유로운 사각지대에 기거하는 모양새를 갖추고 있지만 기실 이들 농민들에게도 촘촘한 지배의 망을 확인할 수 있다. 이에 이문구는 농민들을 집단으로 소환하는 것에 대한 저항의 일환으로 집단적 농민이 아니라 개별적인 농민의 이야기를 만들어 간다.

자기의 이씨 성을 리씨로 고친 게 그것이었다. 그는 먼저 문패부터 한글로 바꿔 달았다.……

"원래가 오얏리짜닝께, 나는 원래대루 부르겄다 이게라."……

106

"따져봐라. 우리게만 해두 이가가 좀 많데? 이동화 이창권 이낙수 이낙만 이낙필이…… 그러나 **이 리낙천은, 그것덜허구 씨알은 비스름헐지 몰러두 줄거리가 다르다.** (하략)"(「우리 동네 李氏」, p.111)

"안녕허십니까, 리낙천 씨."……

하고 문패에서 본 대로 넘겨짚었다.……

"나 아닌디유."……

"얼라? 이 댁에 기시면서 쥔냥반이 아니라면 워칙허유?"……

"나는 저 근너 사는 이씨유."

그는 부끄러웠다. (중략) 그는 그 허당을 느낀 순간 **문패를 그전대로 다시 고치리라고 다짐했다.**(「우리 동네 李氏」, pp.129~130) (강조 인용자)

'리씨'는 자신의 성을 '이'가 아닌 '리'로 고수함으로써 자신만을 특화시 킨다.[79] 성을 동일하게 부르는 것이 아니라 소신을 가지고 자신만의 논리로 '리'라는 성을 고집하고 있다. 그렇지만 결국 그의 이러한 소신은 밀주(密酒) 를 검사하러 온 검사반을 향해 자신의 존재를 부인하는 것으로 끝을 내린다. 즉, '리씨'가 개인으로서 인정받으면서 자신의 입지를 지키려고 한 모양새는 결국 집단 안에서 관계 안에서 호명되어지는 것으로 이루어지는데, 그를 거슬리려는 몸짓은 한갓 해프닝에 지나지 않게 된다.[80]

농촌에 정주하는 농민으로의 호명은 농민 집단, 농민계급에게 '농민으로 서의 정체성'을 갖게 하는 '반'작용을 한다.[81] 이에 박정희체제는 그러한

---

79) 이문구, 「우리 동네 李氏」, pp.111~112, pp.129~131.
80) 고인환은 이를 두고 "전통적인 원칙을 고수하는 행위와 구체적인 현실 사이의 혼종을 통해서만이 진정한 정체성을 확보"할 수 있는 것으로 보고 있다. 그리고 그 "원칙과 전통은 부정적 현실에 대한 비판의 기능을 함축할 때만 현재적 의미"를 갖는다고 보았다. 고인환, 「이문구 소설에 나타난 근대성과 탈식민성 연구」, 경희대 박사학위논문, 2003, pp.110~111.

집단으로서의 농민, 계급으로서의 농민이 아닌 개인 농민으로 분열을 시키
고, 다시 새마을운동을 통하여 재구조화시키는 다층적인 통치 방법을 사용
하였다. 이는 농촌의 근대화라는 명분으로 TV 보급과 같은 도시의 문화를
통해서 그리고 농촌 새마을운동을 통해서 한층 더 강화, 심화되는 모습을
보인다.

---

81) 농민으로서의 정체성이란 농민의 현실과 모순을 정확하게 인지하고 농민운동으로
　　까지 나아갈 수 있는 주체적인 의미를 가진다.

Ⅲ. 노동주체 법제화와 노동하는
노동주체 : 조세희

　조세희는 1970년대 문학이 가지는 '저항성'을 가장 밀도 있게 그린 작가로 평가 받는다. 특히 그의 대표작인 『난장이가 쏘아올린 작은 공』은 1970년대 노동자들이 겪었던 불평등한 현실을 가감 없이 보여준 작품인데 노동자들의 비참한 현실을 폭로하는 것에서 멈추지 않고, 노동자들이 어떻게 연대하면서 개혁해 나가려고 하는지를 잘 보여준 작품이다.

　많은 공장 중심 노동자들은 산업 발달과 경제성장에 크게 일조를 하였음에도 분배의 과정에서 빈손을 가질 수밖에 없는 사회구조와 지배 이념에 조세희는 문제 제기를 하고 있다. 그리고 조세희의 인물 역시 자신들의 노동자로서의 삶을 진지하게 성찰하면서 해법을 모색하는 모습을 보인다. 특히 조세희의 노동자들은 법에 기인해 자신들의 정체성을 확보하는 법적 주체의 모습을 보인다. 하지만 그 과정 속에서 노동자 자신들은 완전한 투사의 삶이 아니라 한 가정의 가장, 다른 식구들의 생계를 걱정하며 책임져야 할 생활인의 모습을 보이기도 한다. 즉, 투사로서의 노동자와 생계형 노동자로서의 삶이 항상 일치하는 것은 아니다. 이렇게 조세희의 『난장이가 쏘아올린 작은 공』은 노동 현실의 모순을 폭로하면서 저항하는 노동자들의 모습이 전면에 드러나지만 작품의 곳곳에서는 노동자로서의 삶뿐만 아니라 생활인으로서의 삶이 중첩되면서 한 가지 형태의 노동자로 규정할 수 없는 복합적인 차원이 있게 된다.

이에 1절에서는 반공주의 사상을 중심으로 노동자들을 소환해내는 데 반공주의 사상이 어떤 역할을 담당했는지 살펴보도록 하겠다. 그리고 2절에서는 경제성장 제일주의의 환상이 공장 노동자로 하여금 지연되는 보상에 침묵하게 하였고, 또한 그것이 환상임을 깨친 노동자로 하여금 다시 복지사회 건설이라는 당근으로 머뭇거리게 하였는지를 살펴보도록 할 것이다.

1. 노동 현장의 모순과 노동자영웅의 탄생

반공주의는 노동자 계급의 탈주체화를 이끎은 물론 국가와 민족으로 통합시키는 작용을 한다.[1] 반공주의가 박정희 정권의 통치 수단인 이상 노동자들 역시 반공이데올로기에서 자유로울 수 없었다. 하지만 그럼에도 노동자들은 자기의 목소리를 내는 것을 주저하지 않았다. 반공주의를 위배하지는 않지만 그렇다고 노동자 계급의 탈주체화도 아닌 그 미묘한 지점을 조세희는 포착하고 있다. 바로 그 미묘한 변모가 조세희의 작품 안에서는 법(法)의 작동으로 드러나고 있다.

법치국가의 개념을 가지고 있는 현대 사회에서는 무엇보다 법의 인식과 이해가 중요한 문제가 된다. 도덕과 정의라는 인간적 정서에 기대기보다는 복잡하고 다변화된 사회 안에서 법을 중심으로 법의 해석과 적용을 인정하고 수긍해야 한다는 인식이 사회 저변에 깔려 있게 된다. 그리고 1970년 11월 13일 전태일 노동자의 분신으로 노동계는 크게 동요하며 노동자로서의 정체성을 고민하기 시작했다.[2] 노동자들은 분배의 불균형, 불평등한

---

1) 조희연, 「반공규율 사회와 노동자 계급의 구성적 출현」, 『당대비평』 26. p.201.
2) 1970년 11월 13일 오후 2시 서울 중구 을지로 6가 평화시장 앞길에서 전태일은

노동 현실을 타개할 해법을 고민하게 되었다.[3] 그리고 마침내 노동자들은 법을 통해 자신의 권리를 찾게 되고, 법을 근거로 투쟁에 나서게 되었다. 법적 주체로서의 인식은 자연스럽게 노동자영웅도 출현하게 하였다. 조세희가 그리는 소설 속 인물들 역시 부당한 대우, 불합리한 수익배분, 남루한 작업환경 등에 대해 비판의 날을 세운다. 이처럼 노동자로서의 계급의식을 가지려는 적극적인 움직임을 1항에서 살펴 볼 것이다.

그리고 현실 자각과 각성 그리고 이어지는 계몽서사는 대단위 노동투쟁으로 이어질 힘이 있지만 조세희의 인물들은 그 전복과 변혁의 순간 '대한민국의 법'의 테두리 안으로 스스로를 가둔다. 왜 스스로 법의 족쇄를 찰 수밖에 없는지 노동자 계급의식을 획득한 노동자영웅의 이야기를 중심으로 노동운동의 의의와 한계를 2항에서 아울러 살펴 볼 것이다.

1) 법적 주체와 노동자들의 투쟁

박정희체제는 태생적으로 부재한 정권 정당성을 획득, 강화, 유지시키기 위한 전략으로 국민 총화·국민 단결을 무엇보다 강조하였다. 국민들을 지배 이념 하에 의문과 갈등 없이 하나로 모이게 하기 위해서는 무엇보다

휘발유를 온몸에 끼얹고 분신하였는데, 이때 그는 "근로 기준법을 준수하라!", "우리는 기계가 아니다! 일요일은 쉬게 하라!", "노동자들을 혹사하지 말라!"는 구호를 외쳤다. 그리고 『근로기준법 해설』이라는 책을 불태웠다. 전태일은 1970년대는 물론 우리나라 노동운동의 상징 같은 인물로서, 그가 구호로 내세운, 근로기준법 준수와 노동자의 복지와 보호는 이후 모든 노동운동의 핵심과도 같은 의미를 담게 된다. 임송자, 「전태일 분신과 1970년대 노동자·학생 운동」, 『한국민족사운동연구』 Vol.65, 2010, p.65.

3) 박정희 정권 들어 노동자들의 수는 급증을 했다. 2백만에 불과했던 노동자들의 수가 1979년에는 6백 5십만으로 급증하는 모습을 보였다. 송호근, 「박정희 정권의 국가와 노동」, 『사회와 역사』 58집, 2000, p.214.

공동의 목표를 설정해야 했다. 산업화·근대화와 더불어 가장 국민들을 하나 되게 할 수 있었던 것은 공공의 적을 상정할 수 있는 반북(反北)이 가장 효율적인 동원 기제였다. 하나의 민족이 다른 이념으로 두 개의 나라로 분열되어 대치되고 있는 상황 속에서 반공이데올로기야말로 국민 통합의 기제로 삼기에 가장 적당한 것이었다. 그렇지만 날(生) 것 그대로의 반북이라는 개념은 군사, 정치와 같은 직접적인 사항에만 적용이 될 뿐 사회, 문화 전반에 걸쳐 강화시킬 다른 방안이 필요했다. 그래서 박정희 정권은 바로 반공 이데올로기의 변주와 변화를 통해 사회 각 분야로 확대 적용시켰다.

조세희의 소설에서는 '노동자 계급' 그 자체가 반공의 대상이 되었다. 왜냐하면 북한적인 것, 다른 표현으로 공산주의의 중요한 특징 중 한 부분을 차지하는 것이 노동자 사회이기 때문이었다. 공산이라는 경제 수단과 노동자 계급 등 북한을 상징하는 것들은 반공주의라는 정책 아래 모두 금기되고 억압되었다. 반공주의 사회에서 노동자들이 자신들의 계급의식을 갖는다는 것은 그 자체로 이미 친북(親北)적인 행동으로 비칠 수 있었다.[4] 국가가 정한 지배 이념이 반공인 이상, 노동자들의 집단행동이나 연대 의식은 상당히 시대를 거스르는 위험한 행동으로 비칠 수 있었던 것이다. 바로 이 인식은 당대 노동자들에게도 그대로 적용이 되었다. 북한과 대치되고 있는 상황에서 친(親)정권이 아닌 정권이 지향하는 이념과 정책을 향해 저항하거나 의문을 제기하는 것 자체가 친북(親北)적인 행동으로 간주되었다. 그래서 단순히 노동자들의 노동 환경 개선 요구나 권리를 주장하려는 의지나 행동조차 반체제적인 행동으로 규정될 수밖에 없었다.

이를 위해 박정희체제는 제일 먼저 노동자들의 주체적인 인식의 성장을 방해하였다. 박정희체제는 국민의 단결만을 강조하며 국민들이 각기 특성

---

4) 조희연, 「반공규율사회와 노동자 계급의 구성적 출현」, 『당대비평』 통권 제26호, 2004, p.197, pp.200~201.

에 맞게 세분화되며 계급 인식을 갖는 것을 금하였다.5) 주체적으로 자신의 현실과 상황을 인식함으로써 사회의 모순을 알아차리기보다는 사회 구성원으로서, 민족적인 호명 안에서, 직장에서 부여된 자신의 직종에 따라 주어진 사회적 위치에 적응, 순응하는 방식을 사용하였다. 노동자들은 자신을 인식함에 있어서 노동자 주체로 인식하기보다는 근로 현장에서 노동자들이 하는 업무에 따라 부여된 이름으로 자신을 받아들였다. 또한 그 이름으로 구성되는 자신에 대해서도 별다른 거부 반응을 보이지 않았다. 이는 「은강 노동 가족의 생계비」의 '영수'에게서도 나타난다.

'은강 자동차' 공장에서 권총처럼 생긴 드릴로 구멍을 뚫는 일을 하는 '영수'는 동료들 사이에서 '영수'가 아닌 "쌍권총의 사나이"라고 불린다. 정작 '영수'조차 동료의 이름을 기억하기보다는 공구실에서 일하는 동료를 "공구실 조역"으로 기억하며 부른다. 공장에서 일하는 공원들은 작업장 안에 들어서는 순간 자신들의 이름을 상실하고, 자신들이 하고 있는 일에 따라 새로운 이름을 부여 받는다. 그 이름들 역시 개인의 개성과 특징을 상징하는 언어가 아니라 일의 숙련도에 따라, 하는 업무에 따라 달라진다. "조역", "원공", "잡역부", "훈련공" 등 작업에 익숙함 정도에 따라 달라지는 호칭은 노동자를 개인으로 인정하는 것이 아니라 집단, 무리를 이뤄 인식을 하게 한다.

각자가 지닌 개성을 인정하지 않고 조직화된 공원들로 부르는 것은

---

5) 한 개인이 계급의식을 갖는다는 것은 정체성을 획득하는 것으로 볼 수 있다. "스스로 사회적 귀속관계와 계급적 가치"를 알아서 자신의 존재를 이해하는 것이 곧 자아 정체성을 찾는 것이다.(Fredric Jameson, 앞의 책, p.223.) 그렇지만 개인이 알아가고 깨닫게 되는 계급의식과 달리 형성되고 구성된 계급의식의 수용도 있을 수 있다. 국가 담론의 차원에서 지배구조를 그대로 수용해서 깨달음이 전제되지 않은 수용적 차원의 계급의식이 있는데, 이와 관련해서는 Ⅳ장 2. 2)를 참고하면 된다.

노동자가 주체적인 노동자로 성장하지 못하게 하는 것이다. 노동자로서의
계급의식을 약화시키려는 이러한 의도는 노동자들을 노동 현장에서 소외시
킴으로써 노동자 개개인을 무력화시키는 일면을 가지게 되지만 또한 역으
로 같은 직급을 담당하는 사람들 사이의 연대 의식을 가질 수 있는 일말의
가능성도 가지게 한다. 조세희의 작품에서는 같은 직급의 사람들끼리 연대
하는 모습이 나오지는 않지만[6] 분명 개성을 거세한 채 일의 종류, 숙련
정도에 의해 호명된 노동자들 사이에서의 노동 주체화 가능성은 열려
있다.

  노동자가 주체성을 가지는 방법은 단연 "법"의 의지에 따라 달려 있다.
노동자들은 노동법에 명기된 노동자의 권리를 이해하고 획득함으로써
노동자 계급성을 획득한다고 할 수 있다.[7] 하지만 노동자들은 자신들의
정체성을 법으로 이해하기 앞서서 노동 환경, 산업 환경에서 먼저 이루어졌
다. 이들 노동자가 노동하는 사람으로서 의미를 가지는 가장 기본에는
'노동'이 있다. 노동 현장에서 어떤 노동을, 어떤 강도로 하고 있는지 실증적
이고 현실적인 접근을 통해 노동자들은 자신의 정체성을 얻게 된다. 하지만

---

6) 오히려 조세희의 작품에서는 자신이 받는 월급이 직급에 맞게 정당하게 지급이
   되지 않고 있음을 항의할 때 사용이 되어, 아직 직급에 의한 연대의식은 보이지
   않는다.
   "저는 지금 **원공으로서** 일하고 있습니다. 손드릴 일을 하지만 원공입니다."
   "그런데?"
   "조역이 받는 월급을 받았습니다."(조세희, 「은강 노동 가족의 생계비」, 『난장이가
   쏘아올린 작은 공』, 문학과지성사, 1998, p.179.)
7) 근로기준법은 노동자들의 권익을 보호하기 위해 만들어 놓은 법이었다. 하지만
   이미 법(근로기준법은 민사법, 형사법에 각각 따로 있어서 이중구조를 지닌다.)은
   존재하더라도 그 법의 실효성은 지니지 못하고 있었다. 법을 위반하는 사용자가
   있더라도 노동자들이 이를 문제시하지 않았기 때문이다. 하지만, 1960년대 이후
   근로기준법이 노동쟁의에 가장 근간이 되는 기준이 되면서 노사분규는 사용자들
   의 법의 준수를 줄기차게 요구하게 되었다. 김형배, 「勤勞基準法과 行政解釋」,
   『노동연구』 제7집, 고려대학교 노동문제연구소, 1982, pp.67~69.

열악한 노동 환경에 처한 노동자들은 제대로 된 노동자의 권익을 알지
못하기 때문에 명확한 노동자 정체성을 획득하는 데 어려움이 있었다.
오히려 노동자가 제일 잘 알아야 할 노동자로서의 권익에 대해서는 노동자
가 아닌 사용자와 주변의 지식인들이 더 잘 알고 있는 것이 현실이었다.

　　윤호는…… 그 셋째 해의 삼월과 사월 사이에『노동수첩』이라는 작은
　책자를 읽었다. 그 안에는 근로기준법, 근로기준법 시행령, 근로 안전 관리
　규칙, 노동조합법, 노동조합법 시행령, 노동쟁의조정법, 노동위원회법, 노동
　위원회법 시행령, 국가 보위에 관한 특별 조치법, 은강방직 단체협약, 은강방직
　노사협의회 규칙, 은강방직지부 운영 규정 등이 들어 있었다.(「궤도회전」,
　p.138」)
　　"그게 모르고 있는 모든 사람들의 죄야. 너의 할아버지는 무서운 힘을
　마음대로 휘둘렀어. 지금처럼 많은 사람들이 한 사람의 요구에 따라 일한
　적이 이때까지 없었어. 너의 할아버지는 모든 법조항을 무시했어. 강제 근로,
　정신·신체 자유의 구속, 상여금과 급여, 해고, 퇴직금, 최저 임금, 근로 시간,
　야간 및 휴일 근로, 유급 휴가, 연소자 사용 등, 이들 조항을 어긴 부당 노동
　행위 외에도 노조 활동 억압, 직장 폐쇄 협박 등 위법 사례를 다 말할 수
　없을 정도야.……"(「궤도회전」, pp.152~153)

　율사 아버지를 둔 '윤호'는 아버지의 기대에 부응하지 못한 채 방황하는
입시 준비생으로 나온다.[8] 노동자인 '영수'가 노동법에 의거한 노동자에

---

8) 그런데 '윤호'가 노동법에 대해 잘 알고 있고, '난장이' 가족에게 관심을 가지고
　 있다고 해서 그가 노동자들의 권익에 대해 관심이 있는 것은 아니다. 단지 그는
　 '난장이' 일가족이 살던 판자촌에서부터 알게 된 인연이 '은강 그룹' 노동자로
　 살아가는 시간까지 이어져 왔기 때문이라는 환경적 요인이 크다. '윤호'와 '난장이'
　 가족의 인연은 심리적 공감과 유대감에서 기인하는 것이 아니라 행정적으로

116

대한 개념을 노동자 교회, 노동자 대학, 서클에서의 스터디 등을 통해
학습해야 하는 동안 '윤호'는 노동자의 권익을 규정해 놓은 회사 수첩에
나와 있는 "노동자 규정집"으로 노동자를 쉽게 정의하며, 이해하고 있다.
'영수'를 비롯한 노동자들이 노동 현장에서 서로를 노동자로 규정하는
방법을 모른 채 그저 노동 현장에서 일하는 사람을 단순하게 노동자로
보는 것에 비해 노동법에 의거해서 무엇을 할 수 없고, 무엇을 할 수
있는지 노동자들의 행동반경을 설명해주는 법의 존재를 알고 있는 사람은
비(非)노동자인 것이다. 이처럼 노동 현장에서 노동하는 노동자들에게 '법'
은 현실보다 더 먼 곳에 있는 개념이다. 정작 노동자들은 자신들의 법적
지위를 모르는 법의 무지9) 상태에 놓였는데 반해서 '윤호'와 같은 비(非)노동
자는 노동자를 '법'으로 규정된 노동자의 관념을 쉽게 가진다.

하지만 노동자들은 비록 법을 이해하지는 못해도 노동 현장이 모순으로
가득 차 있다는 것을 노동을 하는 중에 알게 되었다. 그들은 부당하고
납득되지 않은 노동 환경과 부의 분배에 대해 의문을 가지게 되었고 이는
자연스럽게 노동 쟁의 형태로 나타나게 되었다. 그런데 이들이 법에 대해
무지한 상태에서 할 수 있는 노동 쟁의의 모습은 다음과 같다.

　　그러나 작업 환경의 악조건과 **흘린 땀에 못 미치는 보수가 우리의 신경을
팽팽하게 잡아당겼다.**(「난장이가 쏘아올린 작은 공」, p.91)
　　부당한 처사에 대해 말한 자는 아무도 모르게 밀려났다.(「난장이가 쏘아올
린 작은 공」, p.92)

　　인접한 주거지에 머물기 때문이다.
9) 라깡은 법의 무지라는 개념을 이야기하면서 법적인 주체가 법을 이해하지 못한다는
　　개념이 첫 번째라면 법 역시 주체의 물음에 답을 해 줄 수 없는 무지의 상태라는
　　의미가 모두 함축된 표현으로 '법의 무지'를 사용하였다. Jones, Alissa Lea, 『법은
　　아무 것도 아니다』, 강수영 옮김, 인간사랑, 2008, pp.21~26.

회사 사람들과 우리의 이해는 늘 상반되었다. 사장은 종종 불황이라는 말을 사용했다. 그와 그의 참모들은 우리에게 쓰는 여러 형태의 억압을 감추기 위해 불황이라는 말을 이용하고는 했다. 그렇지 않을 때는 힘껏 일한 다음 자기와 공원들이 함께 누리게 될 부에 대해 이야기했다.(「난장이가 쏘아올린 작은 공」, p.91)

아무도 우리에게 할 일을 주려고 하지 않았다. **사람들은 우리가 공장 안으로 들어가려는 것을 막았다.** (중략)

"너희 둘만 남았다 이거지? 처음엔 함께 일손을 놓고 **사장을 만나 담판하기로 했던 아이들이 너희들을 배반해 너희 둘만 남았었다** 이거 아냐?" (중략)

"너희도 잘했고, 그 아이들도 잘했다."(「난장이가 쏘아올린 작은 공」, p.99)

"우리는 아무도 만날 수 없었어요. 얘기가 먼저 새버려 그냥 쫓겨났을 뿐예요."(「난장이가 쏘아올린 작은 공」, p.100) (강조 인용자)

위의 인용문은 '영수'와 '영호'의 첫 노동 투쟁을 나타낸 것이다. 10대 공원(工員)으로 인쇄 공장에서 일하던 '영수'와 '영호' 형제는 지나치게 열악한 공자의 근로 환경에 대해 사용자에게 알리고 싶은 욕구가 생겼다. 그래서 그 처음을 노동자와의 단결과 연대에서부터 시작을 하였다. 연대한 이들이 원하는 것은 자신들의 어려운 노동 현장에 대해 사장과 이야기를 하고 싶은 것이었다. 이름도 생소한 나무 의사에 의해 관리를 받는 거대한 집에 사는 사장과 건강하지 못해 매일 코피를 흘려야만 하는 10대의 어린 공원(工員)들의 처지가 엇갈리면서[10] 그들은 무작정 사장을 만나고 싶어 했다. 언어화되지 못하고, 논리가 빈약하지만 일단 이들 어린 공원(工員)들은

---

10) 그 집 나무들은 '나무종합병원'에서 나온 나무 의사들이 돌보았다. (중략) "우리집에는 나무가 없습니다. 나는 건강하지 못합니다." (중략) 어린 조역은 그때 거의 날마다 코피를 흘렸다. 「난장이가 쏘아올린 작은 공」, p.93.

118

무언가 잘못된 것을 알아차렸다. 사용자들이 제시하는 미래가 더 이상 희망으로 다가오지 못하고, 제자리를 맴도는 아니 그보다 점점 열악해져가는 공장 현실에 대해 그저 사장과 "만나", "담판"을 짓고 싶었다. 그들에게는 사장을 '만나'는 것이 중요했다. 회사로부터, 사장으로부터 일방적인 지시가 아닌 얼굴과 얼굴을 마주보고 만나서 공통의 주제를 가지고 이야기를 할 수 있을 것이란 막연한 기대를 했다. 하지만 이 만남과 담판은 처음의 그 허술함 그대로 그들은 사장 얼굴은 구경하지도 못하고 해고만 당하고 말았다. 이 일을 계기로 '영수'와 '영호'는 자신이 노동자로서 어렴풋하게 느낀 노동 현장의 모순과 불합리성을 그저 지금과 같은 방식으로 '만나'서 '담판'을 짓는 것이 무의미함을 자연스럽게 체득하게 되었다. 이들에게 필요한 것은 사용자·사장을 임의로 만나는 것이 아니라 대표 대(對) 대표, 즉 노사(勞使) 협의회를 꾸려 만나야 할 필요성을 알게 되었다. 즉, 이들 노동자들은 자연스럽게 법의 필요성과 의미를 깨달아가고 있는 것이다.

이에 이들은 자신들의 처지를 법으로 이해하고자 하는 앎의 의지를 가지게 되었다. 주변의 도움을 받아 법으로 규정된 노동자가 누구이며, 어떤 지위를 갖는지를 알기를 원하게 된다. 이 법의 이해에서부터 노동자들은 자신들이 처한 현실의 모순도 자연스럽게 깨닫게 된 것이다. 이에 법에 명시된 노동자와 현실에서의 노동자 사이의 괴리와 모순을 알게 된 노동자들은 저항과 투쟁을 할 수 있었다. 그래서 이들은 법에 근거한 노동자 투쟁을 하기로 한 것이다. 그리고 그 투쟁의 모습은 반드시 법에 의거한 합법적인 형태로 드러나고 있다.[11] 제일 먼저 나타나는 합법적인 노동자

---

11) 노동조합을 통한 저항과 문제 제기는 노동자들이 취할 수 있는 가장 일반적인 노동 쟁의의 모습이다. 하지만, 박정희체제는 노동법의 개정을 통해 노동조합의 통제를 강화하였다. 노조법을 개정하고, 노조를 통제의 수단으로 삼음으로써 노동자들 사이에서도 자연스럽게 불신과 분열이 가중되었다. 송호근, 「박정희 정권의 국가와 노동-노동정치의 한계」, 『사회와 역사』 제58집, 2000, pp.209~211.

쟁의의 시작은 노동조합 사무실에서부터 이루어진다.

　　두 번째 월급을 탄 날 나는 노동조합 사무실로 지부장을 만나러 갔다.
(중략)
　　"전 지난 두 달 동안 매일 아홉 시간 삼십 분씩 일해왔습니다."
　　"그런데?"
　　"한 시간 반의 시간외 수당이 빠졌습니다."
　　"자네만 빠졌나?"
　　"아닙니다."
　　"그럼 됐어."
　　"지부 운영 규정을 봐 주십시오. 9조 2항에 의해 사용자의 부당 행위에
대한 보호 요청을 할 권리를 저는 갖습니다."
　　"무엇이 사용자의 부당 행위인가?"
　　"연장 근로 수당을 안 주는 것은 근로기준법 46조 위반입니다. 지부 협약
29조에도 여덟 시간 외의 연장 근로에 대해서는 근로기준법에 따라 통상
임금의 100분의 50을 가산하여 지급하게 되어 있습니다."
　　"고마운 일야."
　　지부장이 말했다.
　　"아무도 나에게 와서 말해주는 사람이 없었어. 할 말은 그것 뿐인가?"
　　"회사는 근로기준법 27조와 단체협약 21조를 어겼습니다."
　　"부당 해고를 했단 말이지?"
　　"조립 라인에서만 일곱 명이 정당한 이유 없이 해고당했습니다."(「은강

　　조세희는 법 테두리 안에서 할 수 있는 모든 합법적인 노동투쟁의 모습을 보인다.
그가 그리는 단 한 번 불법적인 노동자의 투쟁은 '영수'의 '은강 그룹' 총수의
살해로 드러난다. 이 살인에 대해서는 다음 항에서 자세히 다루도록 하겠다.

노동 가족의 생계비」, pp.178~179)

이제 겨우 노동자들이 누구이며, 어떤 권리와 의무가 있는지 알게 된
'영수'는 노동자들을 위해 존재하는 노동조합 사무실에 가서 자문도 구하고,
동료 의식·연대 의식을 나누기를 희망하였다. 노동자들이 취할 수 있는
첫 번째 관문은 노동자 의식을 가진 사람들과의 만남으로 나타난다. 모든
노동자들이 자신이 처한 노동 환경에서 오는 문제를 드러내고, 공론화할
수 있는 창구는 노동조합이라는 공식적이고, 합법적인 기관을 통해서이다.
그런데 노동조합이 노동자의 권익을 보장해줄 것이라는 기대를 정부, 회사
등이 모를 리가 없다. 그렇기 때문에 제일 먼저 노동조합이 정부와 회사
등에 의해 매수가 되어 '어용노조'로 전락하고 마는 모습을 보인다.[12]
이는 노동자들이 자연스럽게 노동 쟁의를 하는 일정한 스텝을 보여주는
것이면서 이미 그 스텝이 지배체제에 노출이 된 것을 의미한다. 조세희는
노동자들의 각성과 노동 쟁의가 이루어지는 그 과정을 보여줌으로써 노동
자들을 둘러 싼 체제와 시스템의 실체와 그 작동 원리가 무엇인지 제시해
주고 있다.

'영수'가 자신이 누구인지 깨닫고 한 투쟁의 첫 걸음이 지나치게 싱겁게
끝나고 말았지만, 전혀 실패한 것은 아니다. 왜냐하면 앞서서 '영수', '영호'
형제가 사장과 담판을 짓고 항의하려고 했던 모든 것이 무위(無爲)로 돌아갔
던 것과는 확실히 진일보한 모습을 보이기 때문이다. 노동자들이 누구이며,

---

12) 1973년 개정된 노동법에 의해 노동자들의 권익은 많이 축소가 되었다. 노동자들의
지위는 현저하게 저하되었는데, 명목상이라도 정책의 파트너의 위치에 있던
노동자들은 기업으로 파견된 노사감독관이 직접 감독하는 감시 체제가 구축이
되었다. 이처럼 국가에서부터 강력하게 작동하는 통제 시스템은 점점 노동조합을
보수화시키면서 점차 친노(親勞)가 아닌 친정(親政)으로 변질되었다. 신치호, 「박
정희 정권하의 국가와 노동관계」, 『노동연구』 Vol.11, 2008, pp.103~111.

어떤 권리를 가지고 있는지 아무 것도 모르는 무지의 상태에서 나아갔던 처음의 어설픈 노동 쟁의와 다르게 이번에 노동조합을 방문했을 때는 법을 근거로 노동자들 스스로 의문을 갖는 모습을 드러냈기 때문이다. '법'에 의거해서 노동자들은 자신들의 권리를 자연스럽게 알게 되었고, 법과 노동 현장의 모순도 법에 의거해서 반박을 할 수 있게 되었다. 그들은 노동자가 누구인지 알아야 하며, 그 명확한 노동자의 규정을 알기 위해 '법'으로 규정한 그들의 존재에 대해 학습할 필요성을 느끼게 되었다. 그래서 이들은 어용노조에 더 이상의 희망을 걸지 않고 새로운 루트를 개척하려고 하는데 그것이 바로 노(勞)-사(使) 협의회이다.

지금까지의 여정을 통해 노동자들은 노동자의 권리와 권한이 법에 의해 자동적으로 획득되는 것임을 알게 되었고, 노사(勞使) 협의회를 통해서 그 권리를 행사하려고 하였다. 그런데 이들이 노(勞)의 대표로 사(使)측과 만나 협의하고 협상하기 위해서는 반드시 노동조합을 통해서만 이루어져야 했다. 비록 그 노동조합이 어용노조라고 할지라도 조합을 통하지 않고는 이들이 노동자로서의 대표자의 지위를 획득할 수가 없었다. 그래서 이들은 노동조합의 대표를 새롭게 구성하기 위해 노동조합의 노동자화(化)를 구축한다. 어용노조 위원들을 모두 물러나게 하고, 진정으로 노동자들의 권익을 대변해줄 수 있는 인물들로 충원하는 노력을 기울인다.

영희가 새 지부장을 나에게 데리고 왔다. 부지부장으로 있을 때 직포과에서 영희와 함께 일한 아이였다. (중략) 나는 앞으로 우리가 해야 할 일의 어려움에 대해 지부장에게 설명했다. (중략) **노동법에 대해서는 나보다 더 많이 알고 있었다.** (중략) 나는 **영이가 근로자측 대표위원으로 사용자에게 할 말을 하나하나 기록해나갔다. 영이는 조합 상무집행위원회를 열어 다른 네 명의 위원을 선출했다.** 그 명단을 회사에 제출하고 사용자측 대표위원 및 위원회

명단을 받았다. **공장장이 조합 사무실에 큰 화분을 보내왔다.** 노사의 경제적인 이익과 산업 평화를 위한 협의가 되기를 바라는 뜻이라고 생산부장이 설명했다. **그들은 조합이 아주 알맞게 힘을 잃었다고 믿었다.**(「잘못은 신에게도 있다」, pp.192~193) (강조 인용자)

그래서 이들은 새로운 노동조합을 꾸리는 것에 힘을 쏟았다. 먼저는 노동 현장에서의 풍부한 노동 경험이 많은 노동자들을 선별했다. 무엇보다 열악한 노동자의 삶이 무엇인지 알고 있어야 하며, 아는 지식에서 그치는 것이 아니라 체험이 바탕이 되어 설득할 수 있는 힘을 가지고 있어야 했기 때문이다. 그런데 그 설득의 힘은 노동법의 공부에서부터 비롯된다. 이렇게 꾸려진 노동조합에 대한 기대는 오히려 노동자측보다 사용자측이 더 많은 관심과 지지를 보내는 형색이다. 이는 아직까지 노동조합의 권익에 대해 노동자들보다 사용자들이 더 많은 이해를 가지고 있는 것의 반증이기도 하지만, 사용자측이 그만큼 노동조합에 깊숙하게 개입이 되어 있다는 것을 의미하기도 한다. 이처럼 이들의 노동자를 '주체적으로 이해하기'는 노동자 개개인의 노력으로만 이루어지는 것은 아니다. 이들에게는 노동조합이 있어서 그 조합을 통해 집단의식을 가질 수 있는 것이다. 즉, 이들의 노동자 주체 의식은 개인의 주체성이라기보다는 집단성, 관계성에서 기인함을 알 수 있다.

근로자 1 : "이런 상태에선 말씀드릴 수가 없습니다."

사용자 4 : "왜?"

근로자 1 : "저희는 **천오백 명의 근로자를 대표해서 이 자리에 나왔습니다.**"

사용자 3 : "그렇지. 그런데?"

근로자 1 : "**저희는 존대말을 쓰는데 부공장님도 부장님들도 반말을 쓰십니**

다."

사용자 1 : "우리의 실수입니다."(「잘못은 신에게도 있다」, p.194)

근로자 4 : "생산성 향상과 핀의 관계를 알고 싶습니다."

사용자 4 : "아무 관계가 없어요."

근로자 2 : "핀을 쓰는 건 아셨죠?" (중략)

근로자 1 : "일단 조사를 해 주세요."

사용자 1 : "생산부장이 조사를 해보세요. 사실이라면 인사 조처하세요."

(「잘못은 신에게도 있다」, pp.195~196) (강조 인용자)

그렇기 때문에 일방적 상하(上下) 명령 관계였던 사용자와 근로자들은 적어도 협의 테이블에 앉아 있는 이 시간만큼은 동등한 입장이 되어 함께 "산업 평화"에 대해 논의할 수 있게 되었다. 적어도 노사(勞使)가 산업 평화라는 이름으로 만나는 것 자체는 노동운동에서 유의미한 장면이라고 할 수 있다. 표면적 구색을 갖추는 양식이기는 하지만 적어도 노동자를 산업 평화를 위한 파트너라는 인식을 가지고 있는 것은 이전의 노동운동과는 다른 면모라고 할 수 있다. 그런데 산업 평화를 위해 만난 노사(勞使)는 그 중심에 도달하기 전 여러 형식적이지만, 관계를 규정짓는 몇 가지 중요한 절차를 거쳐야 한다. 그 첫 번째가 바로 호칭의 문제이다. 어떻게든지 노동자들의 역할과 의미를 축소하고 싶은 사측에서는 하대(下待)로 기선제압을 하려고 한다. 하지만 노동자들은 호칭을 교통정리함으로써 관계를 개선하려는 의지를 엿보인다. 노동자와 사용자로 만난 자리이긴 하지만 사람과 사람 사이의 예의를 먼저 갖추기를 요구하는 자세는 이들 노동자들이 자신들의 노동 환경의 모순이 무엇이며, 무엇이 잘못되었고, 무엇을 사용자와 회사에게 요구해야 하는지를 알고 있는 것이다. 이런 기본적인 이해는 그들이 누구인지를 명확히 인지한 데에서 출발을 한다.

그리고 나서 이들은 본격적으로 노동 환경을 직접적으로 문제시 삼는다. 이들은 사측의 지나친 노동 통제와 규율이 누구를 위한 것인지 의문을 제기한다. 생산성의 향상과 노동의 통제인 편과의 상관관계에 대한 항의는 사(使)측으로부터 "인사조처"를 언급할 정도의 성과를 거두게 된다. 비록 협의 테이블에서는 노동자들을 향한 감시와 규율을 부정하기는 하였지만, 노동자들이 느끼는 문제를 공론화할 수 있는 장이 생겼다는 것은 노동 투쟁 측면에서 진일보한 걸음이다. 그런데 이 부분은 노동운동에서 아주 중요한 부분을 차지한다고 할 수 있다. 1970년대 노동운동이 조금은 천편일률적으로 임금 인상과 노동조합 바로 세우기에 초점을 맞춘 것에 비해 조세희의 노동자들이 근로 환경, 정확히 말하면 생산성과의 상관관계를 직접 언급한 것은 노사가 상하의 관계가 아닌 파트너십의 관계가 될 수 있음을 보여주는 대목이라고 할 수 있다.[13] 그리고 이들의 마지막 주장은 실질적인 노동자들의 권익 부분을 중심으로 이루어지고 있다.

> 사용자 1 : "우리에게 필요한 것은 노사 협조와 산업 평화입니다. 이야기를 다른 방향으로 이끌어 가면 안 돼요."
> 근로자 1 : "**임금 25% 인상, 상여금 200% 지급, 부당 해고자의 무조건 복직**-이 상입니다."(잘못은 신에게도 있다』, p.198) (강조 인용자)

노동자들의 투쟁은 임금 인상, 복지 개선, 고용 안정 등에서부터 시작을

---

13) 임금인상과 노동조합 바로 세우기는 노동자의 입장에서의 일방향성을 가진다. 이는 노동자들이 노동운동을 하면서 노동의 환경과 노동자, 사용자 등의 전체를 조망하지 못하고 눈앞에 보이는 당장의 개선에만 초점을 맞추는 것으로 볼 수 있다. 하지만, 생산성과의 관계성에 대한 논의는 한 명의 노동자의 능률, 성취율 등을 노동자 측에서도 파악을 하고, 이를 언급할 수 있을 정도의 안목을 가지고 있음을 의미한다.

한다. 노동자들이 불평등함을 느끼는 가장 큰 이유는 이윤에 있어서 공평한 분배가 이루어지지 않기 때문이다. 이윤의 공평한 분배는 노동자 투쟁의 중핵이라고 할 수 있다. 이들이 이 주장을 하기까지 '영수'로 대변되는 노동자들의 투쟁 여정이 지금까지 잘 드러나 있다. 이들이 이 주장을 회사와 사용자들에게 전달해주기 위한 지난한 과정을 조세희는 잘 포착해서 보여주고 있다. 그런데 이들의 투쟁과 주장은 곧 한계에 부딪히고 만다.

> 사용자 4 : "더 이상 이야기할 필요 없어요. **뒤에서 애들을 조정하는 파괴자가 있어요.**"(「잘못은 신에게도 있다」, p.198)
> 사용자 5 : "**모든 걸 법대로 하자면 은강에서 돌아가는 기계들 대부분을 지금 세워야 됩니다.**"
> 사용자 4 : "기계는 세워두면 녹이 슬어요. 공장 문도 닫아야죠. 그렇게 되면 **여러분 모두가 일할 곳을 잃어요.**"(「잘못은 신에게도 있다」, p.196) (강조 인용자)

노동자들이 자신들의 권리를 제대로 이해한 후, 바르게 사용하자 사용자들은 모두 3가지의 반응을 보인다. 첫 번째는 배후 조종설이다. 박정희체제가 지니는 반공주의 사상은 노동자들을 규정하는 것에만 그치지 않고, 노동자들로 하여금 그 운신의 폭마저 좁히게 하였다. 그리고 노동자들이 스스로 노동자로서의 각성과 노동운동의 움직임이 보이자마자 다시 반공의 이름으로 이들을 옭아매며 매도하려고 하고 있다. 노동운동 자체가, 노동자 스스로 각성해서 노동판을 이해하며, 구조를 보는 시각을 갖는 모든 것들이 노동자로서 해야 할 영역을 뛰어넘는 것이며, 이는 곧 친북적 행동으로 간주되는 것이다. 그만큼 박정희체제 내에서의 노동운동이 척박하고 험한 일인지를 단적으로 보여주는 것이다.

126

또한 자본가들은 친북적인 성향을 지닌 사람으로만 매도하는 것에서 그치지 않고, 스스로 과잉된 법을 고백한다. 노동자들에 부여된 법적 지위가 현실보다 지나치게 과장된 것이고, 법의 과잉결정을 폭로하는 것이다. 물론, 법으로 규정된 노동자의 권익이 과장된 것은 아니다. 다만, 그 과정에서 법의 위신, 절대성, 범접할 수 없는 아우라를 자본가 스스로 내팽개치는 우를 범하는 것처럼 보이게 한다. 다음 항에서 절대적이라고 여긴 법의 침묵에 대해 살펴보겠지만, 자본가들과 법의 밀접한 상관14)성을 읽을 수 있는 대목이다. 어떤 법이 있다고 해도 사용자가 준수하지 않으면 그 법은 효력을 갖지 못한다는 것이다.

마지막으로 이들이 노동운동을 하려고 하는 노동자들을 향해서 하는 마지막 대응은 협박의 형태로 드러난다. 사용자들이 노동자들의 고용권을 쥐고 있는 이상, 이들의 협박은 협박이 아니게 된다. 게다가 멀리 있는 고용법과 지척에 있는 고용권 사이에서 결국 고용법, 노동법은 노동자들의 준수가 아닌 사용자들의 준수에 전적으로 달린 것임을 보여주는 대목이다. 아무리 노동법이 노동자의 권익을 명시하고 있다고 해도 정작 그 법을 지켜야 하는 사람은 노동자가 아니라 회사가 되는 것이고, 그 사이에서 노동자들은 큰 혼란을 느낀다. 이제 노동법 자체의 의미가 퇴색되어 버리고 그저 사용자 입장에서는 이는 권장 사항일 뿐 필수사항이 아니라서 비록 위배하더라도 도의적 차원의 비난 정도만 이루어질 뿐이다.15) 사용자들이

14) 결국 이 말은 노동자의 권리를 명시한 법과 그 법의 당사자인 노동자 사이에 경영자가 끼어들면서 법과 노동자가 마주볼 수 없는 환경을 조성하고 있는 것이다.
15) 사장은 종종 불황이라는 말을 사용했다. 그와 그의 참모들은 우리에게 쓰는 여러 형태의 억압을 감추기 위해 불황이라는 말을 이용하고는 했다. 그렇지 않을 때는 힘껏 일한 다음 자기와 공원들이 함께 누리게 될 부에 대해 이야기했다.(p.91) 사장은 회사가 당면한 위기를 말했다.(p.92) "사실은, 공장을 지어 일을 주고 돈을 주었지, 제일 많은 혜택을 입은 게 바로 이들야."(p.245)
사용자들은 노동자와의 관계에 대해서 '불황'이라는 말로 위협을 주거나, 도래하지

법을 준수하지 않는 모습은 결국 노동자들 역시 합법적인 틀 안에서는 노동문제를 해결하지 못한다는 것을 깨닫게 되는 계기가 된다. 그리고 '영수'는 지금까지의 합법적 투쟁 이상의 강력한 형태의 노동 투쟁이 필요함을 깨닫게 된다.

2) 법의 절대성과 노동자영웅의 침묵

박정희체제에서는 그 어떤 시기보다 많은 영웅이 발굴되었고, 추앙을 받았다. 가장 대표적인 인물로는 성웅 이순신과 공산당에 맞선 이승복 어린이였다. 이순신을 성웅으로 추대하면서는 그 어떤 고난과 국난에도 불굴의 의지를 가지고 국가와 민족을 위해 희생을 해야 한다는 강렬한 메시지[16]를 박정희체제의 정치적 위기 상황과 연결을 시켰다. 즉, 현실적인 고통과 어려움 속에서도 참고 견뎌 민족적 자긍심과 애국심을 보여야 한다는 반공주의적, 애국주의적 관념으로 연결이 되었다. 또한 반공을 위해 자기희생을 보인 어린이의 행위 역시 충분히 영웅적 행동으로 그 의미가 승격이 되었다.[17] 두 영웅의 이야기는 1970년대 정치적, 사회적

않은, 지연되는 행복에 대해 환상을 심어주거나 그것도 아니라면 오히려 자신들 덕분에 일자리와 생계를 유지한다고 여긴다. 이것은 비단 시선의 차이가 아니라 구조적이면서 노사 간의 화해할 수 없는 근본적인 괴리감이다. 이 괴리감은 자본가와 노동자가 지니는 태생적인 모순이기도 하지만 박정희체제라는 시대적 배경과 막 노동의 분업이 일어나는 시기라 더욱 두드러진 형태로 드러난다.

16) 백소연, 「1970~80 역사극 연구」, 이화여대 박사학위논문, 2011, pp.58~60 ; 권오헌, 「역사적 인물의 영웅화와 기념의 문화정치 - 1960~1970년대를 중심으로」, 고려대학교 박사학위논문, 2010, pp.145~149 ; 비교역사문화연구소, 『대중독재의 영웅 만들기』, 권형진·이종훈 엮음, 휴머니스트, 2005, pp.322~339 ; 전재호, 「남북한 민족주의 비교 연구 : '역사의 이용'을 중심으로」, 『한국과 국제정치』 Vol.18, 2002, pp.146~149.

17) 비교역사문화연구소, 위의 책, pp.176~192.

128

관념과 조화를 이루면서 시대를 상징하는 국민적, 민족적 영웅으로 재탄생
이 되었다.

그렇다면 투쟁과 저항으로 노동자의 권익을 획득하기 위해 1970년대
저항하는 노동자를 상징하는 '난장이' 아들 '영수'는 어떤 다른 의미를
획득할 수 있을까. '영수'는 1970년대 노동자의 현실을 대변해 노동운동을
하는 전형적이면서 현실적인 모습을 보이는 인물이다. '영수'는 특히 노동자
의 열악한 근무 환경과 노동자의 권익은 외면한 채 사(社)측의 입장을
대변하는 어용노조 그리고 이윤 분배의 불균형 등의 모순된 노동 현실에
정면돌파하는 모습을 보인다. 그래서 '영수'가 현실에 대해 저항하는 모습들
의 궤적을 따라가 보면 조세희가 그리고 있는 노동자상(像)을 감지할 수
있다. 그리고 조세희가 제시하는 노동자상은 영웅적 면모[18]를 보인다.
일반적 영웅의 일대기가 출생에서부터 주된 갈등과 직접 대면해 문제를
해결하려는 행위 그리고 죽음에 이르는 것을 모두 보여준다고 할 때, '영수'
역시 노동자 영웅으로서의 일대기를 소설에서 보여주고 있다. '영수'를
노동 영웅 서사의 관점에서 분류하면 다음과 같은 서사적인 형태가 나타난
다.

---

18) 조동일은 영웅적 서사는 비범한 인물을 주인공으로 내세워 영웅의 일대기를
   다루면서 보통 사람이 도저히 할 수 없는 비범한 능력을 보인 인물 중심의 이야기라
   고 보았다. 그는 일반적으로 영웅 서사가 고귀한 혈통, 탁월한 능력, 고난과
   가난의 극복을 통한 승리와 같은 이야기 화소를 지니고 있다고 보았다. 조동일,
   『민족영웅 이야기』, 문예출판사, 1992 참조. 이처럼 조동일이 해석한 영웅주의
   소설은 대개 고전 문학 작품 안에서 그 원형을 발견할 수 있다. 하지만 최근
   들어 현대 문학 속에서도 영웅주의를 발견해서 영웅성에 대해 논의를 하는데
   이와 같이 현대적으로 변용된 영웅인물은 역사적, 민중적, 민족적 이념의 실현을
   위해 투쟁을 한 인물을 다룬 것으로 보고 있다. 박일용, 「영웅소설 하위 유형의
   이념 지향과 미학적 특징」, 『영웅소설의 소설사적 변주』, 도서출판 월인, pp.15~1
   8 ; 박유희, 「1950년대 장편소설에 나타난 영웅적 인물연구」, 『현대소설연구』
   No.13, 2000, pp.193~195.

① 난장이 큰아들로 태어나다.

② 차별과 가난으로 중학교를 중퇴 후 인쇄소에 취직하다.

③ 검정고시로 중학교를 졸업하고 많은 독서로 지식의 양을 늘려가다.

④ 집이 강제 철거가 되고 아버지가 죽다.

⑤ 은강시로 이사 후 공업 단지에서 노동자로 일을 하다.

⑥ 지섭, 목사, 과학자를 만나 본격적으로 노동자에 대한 공부를 하다.

⑦ 노동조합을 결성하고 노동자들을 교육시키다.

⑧ 파업을 주도하지만 실패하다.

⑨ 은강공업 사업주를 살해한 혐의로 체포되다.

⑩ 사형을 선고받다.

그런데 '영수'의 행위가 영웅적인 면모를 가지는 것은 흔히 민족적, 국가적인 영웅의 모습이라기보다는 개인적 차원의 영웅적인 모습[19]을 보이는 것으로 나타난다. 이처럼 '영수'의 일생을 영웅적 틀에 맞춘다고 해도 많은 위화감을 느끼지 못할 정도로 '영수'의 일생은 노동자 '영웅'의 모습을 비추고 있다. 노동 갈등이 심화된 1970년대를 배경으로 가난의 문제뿐만 아니라 아버지의 신체의 특이성에서 오는 차별이 기반이 되어 '영수'는 태어났다. 가난과 차별에서 오는 편견과 현실적인 어려움으로 '영수'는 일찍이 노동 현장에 뛰어들 수밖에 없었고 노동 현장의 모순을 일찍부터 깨닫게 되었다. 그리고 그에게는 멘토 '지섭'과 노동자 교회의 목사 그리고 과학과 기계 교육을 도와주는 과학자가 적절한 시기에 '영수'를

---

19) 백은주, 「현대 서사시에 나타난 서사적 주인공의 변모 양상 연구 : '영웅 형상'의 변모를 중심으로」, 고려대학교 박사학위논문, 2010, p.19, p.63. 백은주는 임화의 「우리 옵바와 화로」를 계급투쟁의 진행 형태로 보면서, 미래에 대한 전망을 아울러 함께 보여주었다고 보았다.

각성시켜준다. 그렇게 교육과 깨달음으로 노동자들의 모순을 알게 된 '영수'
는 스스로 노동자들의 권리를 획득하기 위해, 보장된 권익을 지키기 위해
동료 노동자들을 교육시키는 한편 노동자 조합(서클)을 만들어 노동자들을
하나로 규합시키는 일을 하였다. 그의 이러한 노동자 교육과 투쟁은 일정한
성과를 얻었다.

> 내가 은강방직에서 한 일이라고는 임금을 15% 정도 더 올리도록 한 것과,
> 보너스를 100% 더 지급받을 수 있게 한 것, 그리고 부당 해고자 18명을
> 복직시킨 것이었다. (중략) 지섭은 내가 분배의 약속을 일방적으로 파기한
> 기업주의 부당 이윤 중에서 2억 정도를 덜어내는 데 성공한 것으로 계산했다.
> 그리고 보이지 않는 것으로 조합원들의 의식을 들었다. 그는 내가 죽은 조합을
> 살려냈다고 말했다.(「클라인씨의 병」, p.221)

이 외에도 '영수'는 "작업 중단"이라는 파업과 "단식"을 종용하는 등
은강방직의 실질적인 노동자 투쟁과 파업을 주도하였다. 그의 이러한 노동
투쟁은 많은 동료 노동자들의 추종과 동의를 받는다.

> 완만한 비탈길을 올라서자 햇빛을 받아 늘어진 줄이 나타났다. 중간까지의
> 사람들만으로도 공판정은 넘칠텐데 내가 올라가는 동안에도 줄은 자꾸 늘어났
> 다.(「내 그물로 오는 가시고기」, p.242)

은강방직 동료 노동자들이 '영수'에게 동의를 하며 동조하며 따라온
것은 1970년대 박정희체제에서의 노동 현실 그 자체가 갈등의 중핵이라는
반증이다. 있는 그대로의 노동 현실이 노동자 입장에서는 모순된 현실이며
변혁을 이루어야 할 대상인 것이다. 그렇지만 실체가 보이지 않는 '노동

현실'을 타개하는 것은 불가능하다. 그리고 노동자 영웅인 '영수'를 든든히
지원하던 '지섭', '목사', '과학자'들은 노동 투쟁의 현장에서 자신들의
한계를 토로하면서 자신들이 할 수 있는 역할을 제한하고 있다. '영수'의
조력자들은 노동자인 '영수'만이 할 수 있는 투쟁이 반드시 있다고 주장을
하고 있다. 이는 '영수'만이 할 수 있는 일로써 그 일을 회피하거나 무시하지
말고 찾아 해내야 한다고 독려하고 있다. 이에 '영수'는 은강 그룹의 사주를
살해하기로 마음을 먹는다.

　지금까지 착실하게 노동자들이 현장에서 할 수 있는 투쟁의 예를 보여주
면서 그에 따른 성과도 있었던 '영수'가 갑작스럽게 극단적인 살인을 선택하
였다. '영수'의 살인은 1970년대 노동현장의 갈등을 해결하기 위한 마지막
수단이라는 인식이 저변에 깔려있다. 또한 1970년대 노동 현실의 열악함이
노동자와 대립하는 자본가의 존재 때문이라는 인식이 바탕이 되었다고
할 수 있다.[20] '영수'의 살인으로 얻을 수 있는 효과는 두 가지이다. 실제적
갈등의 주축인 자본가를 살해함으로써 갈등을 해결하려고 하는 것이 첫
번째이다.[21] 하지만, 여전히 '영수'의 살인 이후에도 달라지지 않은 노동
현실을 감안하면 그의 행위는 성공적이지 못했음을 확인할 수 있다. 두
번째는 '영수'의 살인으로 열악한 노동 환경이 이슈가 되어 여론화될 수
있다는 것을 들 수 있다. 노동자 계급만의 문제가 아니라 사회 전반이
관심을 가져야 할 공적인 문제라는 인식의 확산을 꾀하고자 한 것이다.

---

20) 류보선은 '영수'의 극단적 선택을 노동현실의 비극성이 순전히 노동자와 자본가
　사이의 대립으로부터 기인한다고 보고 있다. 또한 '영수'의 살인을 "새로운 중심
　정립"으로 보는데, 살인이 주는 추상성이 오히려 조세희 소설의 "미적 환기력을
　반감"시키는 요인으로 작용함을 지적하고 있다. 류보선, 「사랑의 정치학」, 『1970년
　대 문학연구』, 소명출판, 2000, pp.411~412.
21) 그나마 '영수'는 은강그룹 총수를 살해한다고 살해하였지만, 총수와 닮은 동생을
　살해함으로써 소기의 목적마저도 달성을 하지 못하였다.

132

그리고 이 두 번째는 어느 정도 그 효과를 보인다고 할 수 있다. 노동문제에 전혀 관심이 없던 기업주 '막내아들'과 그의 '사촌'조차 '영수'의 재판 과정을 지켜보면서, 비록 공감을 하지는 못해도 문제 상황이라는 현실을 인지하고 있기 때문이다.[22]

하지만 '영수'의 살인으로 환기되는 노동 현실의 폭로에 의의를 둔다고 해도 그의 행위 자체를 긍정적으로 볼 수만은 없다. 박정희체제에서 노동자 영웅의 출현과 그의 영웅적 행위가 성공으로 이어지는 것은 사실상 불가능 하다. 현실적 배경을 전복해서 상상적인 시공간을 배경으로 하지 않는 이상 1970년대 당대의 시대상이 녹아있는 작품에서는 박정희체제 내에서 노동자 영웅의 극적인 승리와 성공을 쉽게 예단할 수 없다. 게다가 반공주의 를 기치로 내세운 박정희 정권이 노동자들이 일으킨 노동 투쟁의 성공을 전면에 내세울 수만은 없는 것이다. 사실 노동자들의 투쟁과 이를 주도하는 영웅으로서의 '영수'는 이미 그 자체로 한계를 안고 시작한 것이다.

그렇다면 영웅으로서의 '영수'의 일생을 되짚어 보면 '영수'의 살인이 갖는 급진성과 한계를 아울러 살펴볼 수 있을 것이다. 노동자 영웅 '영수'를 규정하는 것은 "가난, '난장이' 아버지, 10대 공원" 등 열악한 현실이다. 어렸을 때부터 가지고 있던 가난과 '난장이' 아들이라는 상황은 편견과 선입견으로 작용을 해서 행동반경을 좁게 하는 한편 이로 인해 넘을 수 없는 사회 벽을 깨닫게 해준다.

아버지가 난장이만 아니었다면 형은 학자가 될 사람이었다.(「난장이가

---

22) 하지만 '영수'의 재판을 목격한 은강그룹 총수 셋째아들인 '경훈'은 노동자들의 문제의 본질을 바로 이해하지 못하고 "행복한 마음으로 일만 하게 하는 약"(p.260) 을 만들어 "밥이나 음료수"(p.260)에 넣어 먹이려고 한다. 지배질서에서 벗어난 사람들을 위한 약은 결국 지배자, 사용자들의 입맛에 맞는 노동자들을 구현하는 체제와 담론이 여전히 변하지 않고 존재함을 의미한다.

쏘아올린 작은 공」, p.94)

영　희 : 큰오빠가 뭘 잘못했어? 잘못한 건 그 집 아이야.

아버지 : 그 아이가 뭘 잘못했니?

영　희 : 아버지를 난장이라고 놀려댔어.

아버지 : 그 아이는 돌멩이를 던져 우리집 창문을 깨뜨리지 않았다. **그 아이에
겐 잘못이 없어.** 아버지는 난장이야.

그래서, **나는 사흘 동안이나 밖에 나가놀 수 없었다.**(「잘못은 신에게도 있다」,
p.202)

아버지가 나에게 사랑이라는 기반을 주었다.(「잘못은 신에게도 있다」,
p.185)

**아버지는 사랑을 갖지 않은 사람을 벌하기 위해 법을 제정해야 한다고
믿었다.** 나는 그것이 못마땅했었다. 그러나 그날 밤 **나는 나의 생각을 수정하기
로 했다. 아버지가 옳았다.**(「잘못은 신에게도 있다」, p.203) (강조 인용자)

‘난장이’ 아버지는 ‘영수’에게 현실의 한계에 순응하는 법을 가르쳐주었
다. 배움에 대한 열정과 능력을 겸비했음에도 현실적 장애를 뛰어넘지
못하는 열패감을 느끼게 하는 한편 “사랑의 기반”을 통해 이상향과 평등에
대해 이해하게끔 하였다. 아버지에게서 논리 정연함과 세상 지식을 전수받
지는 못했지만 ‘영수’는 세상이 평등과 사랑으로 가득차야 한다는 이상적
세계관을 가지게 되었다. 하지만 ‘난장이’ 아버지는 막연하게 아들에게
이상적 세계관만을 제시해주지 않았다. 이상적 세계에서조차 “법”이 필요
하다는 법의 불가피성을 피력을 하였다. 세상을 경험해보지 못한 ‘영수’에게
법은 이상 세계 건설을 위해 불필요한 것이었지만, 노동자로서의 삶을

살아본 '영수'는 아버지가 이야기한 법의 필요성에 동조하게 되었다. '영수'
는 사랑과 법이라는 모순적 요소가 공존하는 이상 세계를 건설하려는
포부를 가지고 있었다. 사회 구성이 온전히 평등을 기반으로 하는 사랑만으
로는 이루어지지 않는다는 아버지 '난장이'의 발상은 곧 아버지의 질서를
의미하는 것이면서, 노동자와 사용자가 모두 행복한 세상을 만들어 가려면
사회유지 장치가 반드시 필요함을 역설한 것이다.

이처럼 아버지로부터 배운 법의 존재를 '영수'는 보다 더 직접직으로
체험하게 된다.

> "삼십일까지 철거를 하게 돼 있었죠? 시한이 지났어요. **행정대집행법에**
> **따라 철거 작업을 했습니다.** 더 이상 할 이야기도 없습니다."(「난장이가 쏘아올
> 린 작은 공」, p.106)
>
> 지섭의 주먹이 사나이의 안면에 정통으로 들어갔다. (중략) 그들은 뒤늦게
> 몰려와 지섭에게 달려들었다. (중략) **일은 간단히 끝났다. 사나이는 일어나고**
> **지섭은 땅에 죽은 듯 쓰러져 있었다.**(「난장이가 쏘아올린 작은 공」, p.107)
> (강조 인용자)

위의 예문은 '난장이'의 판잣집이 철거가 되는 당일에 일어난 사건이다.
철거를 강행하는 철거반을 향해 이 소설에서 지식인으로 등장하는 '지섭'이
항의를 하지만, 그 항의는 법 앞에서 무력해지고 만다. 공적 집행의 의문제기
와 항의는 법이라는 사회 질서 앞에서 무기력해질 수밖에 없고, 그 무기력함
은 폭력을 야기하게 된다. 하지만 폭력으로 나타난 항의마저 몇 배의 응징으
로 되돌아올 뿐 처음의 단호한 저항과 항의는 사회 질서 앞에서 초라함으로
변모된다. 이러한 아침 풍경은 이제 10대 공원(工員)으로서의 삶을 시작한
'영수', '영호', '영희' 남매의 기억에 각인되는 사건으로 자리 잡는다.

철거 과정에서 직접 체험하게 된 "법"이라는 실체를 '영수'는 잊지 않고 기억을 한다.

  가족 외에 '영수'에게 지대한 영향을 끼친 것은 노동자로서의 삶이다. 이를 위해서는 먼저 '영수'의 노동 입문기부터 살펴봐야 할 것이다. 고등학교도 졸업하지 못한 어린 나이에 '영수'는 점점 어려워지는 가정 형편으로 인해 인쇄 공장의 공원으로 취직을 한다. 학업을 중단한 채 취업을 해야 하는 현실이 만족스러운 상황은 아님에도 불구하고 '영수'는 취업과 함께 이유를 알 수 없는 편안함과 안락함을 느낀다.

> 중학교 3학년초에 학교를 그만두었다. 더 이상 나갈 수 없었다.(「난장이가 쏘아올린 작은 공」, p.81)
> 영호와 영희도 몇 달 간격을 두고 학교를 그만두었다. **마음이 차라리 편했다. 우리를 해치는 사람은 없었다. 우리는 보이지 않는 보호를 받고 있었다.**(「난장이가 쏘아올린 작은 공」, p.82) (강조 인용자)
> 나는 조역·공목·약물·해판의 과정을 거쳐 정판에서 일했다. 영호는 인쇄에서 일했다. (중략) 영희는 그때 큰길가 슈퍼마켓 한쪽에 자리잡은 빵집에서 일했다.(「난장이가 쏘아올린 작은 공」, p.83)

  '난장이'들의 삼남매는 기울어진 가정 형편으로 중학교를 졸업하지 못한 채 노동력이 집중되어 있으면서 노동력의 조직이 가능한 공장에 취업을 했다. 이들의 이른 나이 취업과 그 업종에 주목할 수도 있지만 사실 이들이 아버지 세대와 다르게 사회생활의 시작을 조직 생활에서부터 비롯한 것이 이채롭다고 할 수 있다. 다음 절에서 자세히 다루겠지만 아버지의 노동 형태와 달리 자녀들의 공장 노동자 선택은 산업화라는 국가 담론과 맞닿으면서 국가 중심의 노동의 소유를 가능케 하는 단초가 되기 때문이다.

'영수'를 위시한 자녀 세대들의 공장 노동자되기는 고도의 산업화를 이루고자 노동의 통제가 필요했던 지배 담론을 개인 스스로도 의식하지 못한 사이에 동의하는 형태로 드러남을 알 수 있다. 즉, 국가의 고용, 노동, 경제 정책이 문화적으로 개인에게까지 이식된 것을 보여주는 한 단면이라고 할 수 있다. 그리고 '영수'를 비롯한 아이들은 학교를 그만 두고 조직화되고 통제 가능한 산업 현장으로 나서자 오히려 "보이지 않는 보호"를 받는 느낌을 받는다. 바로 이 보이지 않는 보호란 국가에서 관리하는 노동력, 인력이며 이는 노동자들의 노동력을 흩어지지 않게 하나로 묶을 수 있는 힘으로 작용을 한다. 그리고 '영수'는 이 조직과 문화 안에서 편안함과 법적 보호를 느낀다. 그래서 '영수'는 노동자로서 살면서 법으로 규정된 노동자의 정체성과 권익에 관심을 기울인다. '영수'에게 "보이지 않는 보호"란 사실 법의 보장과 수호라는 측면이 강하다. 그래서 '영수'에게 공장 안에서 이루어지는 직접적인 법의 수호와 적용은 그야말로 가장 타당한 논리이면서 정의가 된다. 그래서 '영수'는 노동법을 숙지하면서 노동자의 권익에 대해 학습을 한다.

> 나는 그가 마련한 여섯 달 과정의 교육 프로그램에 참가하여 많은 것을 배웠다. 나는 산업 사회의 구조와 인간 사회 조직, 노동운동의 역사, 노사간의 당면 문제, 노동 관계법 등을 배웠다. 정치·경제·역사·신학·기술에 대해서도 배웠다.(「클라인씨의 병」, p.210)

'영수'는 법의 위력과 법의 보호의 틀 속에서 법을 공부해야할 필요성을 느끼게 되었다. 이제껏 법에 무지했던 '영수'가 법에 관심을 가지면서 법을 이해와 앎의 대상으로 바꾼 것은 법이 곧 정체성 형성에 직접적 영향을 준 것으로 볼 수 있다.[23] 그런데 이렇게 법을 알아가고 사회를

이해하면서 공장 안의 "보이지 않는 보호"는 노동자의 권익을 대변해주는
보호막이 아니라 사실은 감시의 시선이며, 규율하는 통제의 수단이라는
것을 알게 된다.

> "얘들은 이제 일류 기술자예요, 어느 공장에 가든 돈을 벌 수 있어요."
> "모르는 소리 하지마."
> "모르는 소리는 왜 모르는 소리예요? 공장도 옮겨보는 게 좋아요."
> "그게 안 된다니까. 벌써 공장끼리 연락이 돼 있어. 똑같은 공장들이야.
> 얘들을 받아줄 공장이 없어. (하략)"(「난장이가 쏘아올린 작은 공」, p.100)

공장의 노동자 여건이 열악함을 알게 된 '영수'는 첫 번째 직장인 인쇄
공장을 그만두어야 했다. 아들의 이직(移職)을 대수롭지 않게 여기면서
기술공으로서 스스로 경쟁력을 갖춘 노동자가 되는 것이 중요하다고 생각
하는 어머니와 달리 '난장이'는 공장 안에 존재하는 감시와 통제의 시선을
알아차린다. "공장끼리 연락"할 수 있는 시스템은 노동의 중앙 관리 체계가
작동하는 것이며, 이들의 노동 성향에 대한 정보를 공유하고 있다는 것을
보여 준다.

'영수'의 법에 대한 '각성'은 노동 공간과 노동의 현실이 학습의 대상이
되면서 습득해야 하는 것을 깨닫는 데에서부터 시작이 되었다. 그래서
이들의 노동 공간에는 이들의 정신적인 지주 역할을 자처하는 명문대학교
자퇴생이 있는가 하면 그를 따라 노동자들의 현실을 깨우쳐 알게 되는
상층 계급의 인물도 등장을 한다. 즉, 비록 노동의 현장이 삶의 현장이긴
하지만 저절로 체득되거나 아는 것이 아니라 배움과 앎으로써 보다 더

---

23) Jones, Alissa Lea, 앞의 책, p.24.

현실을 객관적으로 인식할 수 있게 했다. 이들이 법을 공부하는 이유는 법이 사회 내에서 정치적·경제적 제도를 정당화하는 작용을 하게 한다는 것을 알기 때문이다.[24]

이들은 이것을 공부함으로써 자신들의 노동자운동의 정당성과 당위성을 획득하려고 하지만, '영수'는 기대했던 법의 평등성, 보장성은 허상에 불과하다는 것을 직접 체험하면서 알게 되었다.[25] 앞서 산업 평화를 위한 노사 간 대화의 장이 허탈하게 끝이 나버리자 '영수'는 노동법의 권위 자체에 회의감이 들게 되었다. 법을 공부해도, 법을 준수할 것을 요구해도 한계만 느끼게 되자 '영수'는 결국 지금까지의 합법적인 투쟁을 버리고 불법적인 투쟁을 하기로 결심하게 되었다.[26]

"그를 만나야 돼."

"그라니? 누구"

"은강그룹의 경영주야. 너희 옆집이라는 것을 알고 있어."

"그를 만나서 무슨 말을 하려구?"

난장이의 큰아들은 윤호의 등에서 손을 내렸다.

"그를 죽이려고 그래."

---

24) Bob Jessop, 앞의 책, p.100.

25) 알튀세르는 법이 외양적으로 평등, 중립성, 보편성을 가지고 있지만 이면에는 본질적인 계급성이 내재함을 구조주의를 내세워 이야기하였다. 알튀세르가 이야기 한 구조주의는 경제적, 정치적, 이데올로기적 층위에 대한 인과적 우위성이라는 개념을 사용했는데 이는 개인이 본질적으로 자기생산적인 사회관계에서 수동적 담지자, 운반자로 혹은 지지자로 기능할 뿐이라고 보았다. Bob Jessop, 위의 책, p.102.

26) '영수'의 급작스러운 심경의 변화는 노동운동의 한계를 깨달은 것을 의미한다. 노동법이 사용자 수준에서 준수되지 못하고, 법의 효력이 발생되지 못한다는 무력함이 작동을 한 것이다. 하지만 근본적으로는 노동자와 법 사이에 사용자의 존재 자체가 문제가 되는 상황이다.

그가 말했다.

"미쳤어!"

윤호가 소리쳤다.

"사람을 죽인다고 해결될 일은 없어. 넌 이성을 잃었어."(「기계 도시」,
p.167)

'영수'의 투쟁은 극한으로 치닫고 있다. 합법적인 틀 안에서 할 수 있는
다양한 투쟁의 방법을 모두 강구해 봤던 노동자 영웅으로서의 '영수'는
도저히 그 끝이 보이지 않는 모순의 관계를 극단적인 방법을 이용해서
끊으려고 하고 있다. 이처럼 1970년대 노동자의 영웅상을 보이는 '영수'는
'즉자적 해결 방식'을 선택한다. 지금까지의 각성, 교육, 연대 의식으로
이어진 노동운동이 장기적인 연대 투쟁의 노동운동[27]으로 이어지지 못하고
개인의 즉각적인 처단, 심판의 형태로 드러났다.[28]

　　"너는 처음부터 장님이 아니었어!"……

　　"현장 안에서 이미 잘 알고 있는 사람이 바깥에 나가서 뭘 배워? 네가

---

27) 노동자의 투쟁 방식의 가장 이상적인 모습이 무엇인지를 규정짓는 것은 쉬운
　　일이 아니다. 하지만 지금까지 '영수'가 보여준 투쟁의 모습은 150명의 조합원이
　　각각 10명을 책임져 총 1,500명의 참여 노동자를 불린 것처럼 "연대"만이 현실적이
　　면서도 이상적인 방법일 것이다. 연대는 개인이 아닌 공동체 구성원 모두가
　　공동으로 대처하는 방식이다. 즉, 노동자투쟁은 노동자로부터 시작한 저항이
　　사회 전반으로 확산돼 사회 안에서 유기적으로 연대하는 모습을 보여야 한다.
　　Rainer Zoll,『오늘날 연대란 무엇인가 : 연대의 역사적 기원, 변천, 그리고 전망』,
　　최성환 옮김, 한울, 2008, pp.197~200.
28) 이와 관련해서 김복순은 1970년대 전태일에서 김경숙에 이르는 분신이나 자살과
　　같은 노동 투쟁의 형태가 개인의 윤리적 결단에 의한 즉자적인 해결방식으로
　　보았다. 김복순, 「노동자 의식의 낭만성과 비장미의 '저항의 시학'-70년대 노동소
　　설론」, 『1970년대 문학연구론』, 소명출판, 2000, p.117.

오히려 이야기해줘야 알 사람들 앞에 가서 눈을 떴다구? 장님이 돼버린 거지, 장님이. 그리고, **행동을 못하게 스스로를 묶어버렸어**, 너의 무지가 너를 묶어버린 거야. 너를 신뢰하는 아이들을 팽개쳐버리구."(「클라인씨의 병」, p.222)

"제가 할 일은 뭐예요?"

"현장을 지키는 일야."(「클라인씨의 병」, p.223)

"따져보면 목사님과 **나는 줄 밖의 사람야.**" 그가 말했다. **"저도 줄 앞에 선 사람은 아니에요."** 내가 말했다. "그럴 자격도 없구요." **"하지만 너희 줄야.** 나는 줄 밖에서 소리쳐준 사람인가?"(「기클라인씨의 병」, p.224)

하지만 '영수'의 이러한 행위는 일찍부터 예단이 되어 있었다고 해도 과언이 아니다. '영수'를 각성시켜주며, 멘토로서 노동자 영웅의 탄생을 뒷받침했던 '지섭'은 '영수'에게 현장을 지킬 것과, 행동할 것을 주문하고 있다. 하지만 지금까지의 '영수'는 현장을 지켰고, 쉬지 않고 행동을 감행했다. 왜냐하면 적어도 '영수'는 맨 앞에 선 사람은 아니라고 느낄지 모르지만 '내 줄'이 아니라는 부정은 하지 않기 때문이다. 그렇지만 '지섭'은 스스로 조력자는 될지언정 주인공은 될 수 없다고 자신의 역할에 한계를 분명히 긋는다. 이에, '영수'는 줄 앞에 서서 그만이 할 수 있는 방법으로 저항을 한다.

"이제 197×년 ×월 ×일 오후 여섯시 십삼분, 은강 그룹 본부 빌딩에서 한 일을 말해주겠습니까?"

"사람을 죽였습니다."

"이 칼로?"

"네."(「내 그물로 오는 가시고시」, p.249)

"우발적인 살의가 아니었다고 말했습니다."(「내 그물로 오는 가시고시」, p.250)

그가 아버지를 어떻게 할 마음을 가졌던 것은 **아버지가 쓴 억압의 중심지에 바로 그가 있었기 때문에** 어쩔 수 없는 것이었다고 말했다. 변호인이 억압이란 말에 대한 설명을 요구했다. 그러자 아버지가 산하 회사 공장 종업원들에게 쓰는 **억압은 언제나 생존비 또는 생활비와 상관이 있는 것이며, 따라서 그것은 모든 사람들이 제일 무서워할 수밖에 없는 경제적인 핍박을 의미한다**고 지섭은 말했다.(「내 그물로 오는 가시고시」, p.253) (강조 인용자)

'영수'는 담담하게 그리고 소상히 자신의 범죄 사실을 시인하고 있다. 우발적인 사고도 아니었고 치밀한 계획을 바탕으로 확실한 살의를 가지고 일어난 범죄라는 고백은 '영수'의 행위가 살인 외에는 해결할 수 없는 극단적인 상황이었음을 가장 극적으로 보여준다고 할 수 있다. 노동자 영웅의 일면을 보이는 '영수'는 자신의 과업을 이루고자 과감한 결정을 내렸다. 그를 각성시켰던 법은 그에게 권리를 약속했지만, 사용자에 의해 이행이 되지 않자 그는 사용자를 자신만의 방법으로 처리함으로써 노동자들이 권리를 행사할 수 있을 것이라 판단했다. 그렇지만 그가 느낀 좌절과 한계는 경영자들이 노동법을 준수하지 않았기 때문이 아니다.

"그들 옆엔 법이 있다."(「난장이가 쏘아올린 작은 공」, p.72) (강조 인용자)
지부장인 영이는 일주일동안 우리가 모르는 곳에 가 조사를 받았으며, 조합원들은 식사를 거부하고 버티다 쓰러졌다. (중략) 회사 사람들은 나중에야 천오백 명을 움직인 한 사람이 보전반 기사 조수라는 것을 알았다. (중략) **어두운 은강 공작창 뒷골목에서 나는 힘센 그림자들에게 맞아 쓰러졌었다.**(「클라인씨의 병」, p.221)

142

"(상략) 제가 은강으로 간 것은 지금 피고석에 서 있는 김영수군과 임원들이 **정체를 알 수 없는 폭력배들에게 구타를 당한 직후였습니다.**" (중략)

"(상략) 영수군은 공장에 나와 있는 사용자측 사람들이 이미 이성을 잃었다고 판단했던 겁니다. 그러나 버스 터미널에서 예의 그 **폭력배들에게 발각되어 뜻을 이룰 수 없었습니다. 모두 공장 원면 창고로 끌려가 또 한차례 폭행을 당했다는 말을 영수군에게 들었습니다.**"(「내 그물로 오는 가시고시」, p.255)

"사형 선고를 받았어요."(「내 그물로 오는 가시고시」, p.259) (강소 인용자)

'영수'는 법이 이제 누구 편인지 안 것이다. 그를 각성시키고 그를 법적 주체로 만들어준 법은 사실 한 번도 노동자들의 편이었던 적이 없었다. 원래 법은 "그들 옆에 존재"하는 것이다. 실제 1970년대 들어 저항적 노동자들이 출현하자 박정희체제는 법을 개정함으로써 노동자들의 자유와 권리를 지속적으로 축소해 나갔다.29) 하지만 '영수'와 같은 노동자들은 법의 개정에 따른 권한의 축소를 인식하지 못하고 경영자와 충돌하고 갈등하는 모습을 보인다.30) 이는 경영자들이 법의 대리자 역할을 하기 때문이다. 노동자들의 투쟁이 있을 때마다 기업은 경찰에게 요청해 공권력을 투입하지 않고, 자신들이 고용한 폭력배들을 동원해 무력으로 해결하기 때문이

---

29) 1973년 개정된 노동법으로 노조의 정치활동은 공식적으로 배제가 되었다. 또한 1972년 10월 유신이후의 노동관계법이 한국노총이 순응 혹은 지지를 표방하였다. 1970년대 노동법은 노동자들을 유인하는 요소는 부재한 채 강제가 주종을 이루는 모습을 보인다. 신치호, 앞의 글, pp.111~113.
30) 박정희는 노동법 개정에 있어서 이승만 정권을 거울로 삼아 노동조합이 정치적 색깔을 띠지 않을 것과 생산성 향상을 위한 보조기구로 삼을 것을 원칙으로 삼고 있었다. 송호근, 앞의 책, p.200.
대한상공회의소와 전경련은 박정희 정권에게 자본 축적을 위해 근로시간 연장과 유급휴일 대폭 감축의 건의서를 제출함으로써 노동법이 개정되기를 종용했다. 즉, 노동법 개정에 적극 개입한 것은 경영자들이었다. 위의 책, p.216.

다.[31] 즉, 경영인들은 즉각적으로 노동자들을 통제, 관리할 수 있는 힘을 소지하고 있었는데 이는 법의 대리자·대행자의 모습으로 나타난 것이다.[32] 그리고 '영수'는 드디어 법이 자신의 편이 아니라 그들의 편임을 깨닫게 되었다. 이제 '영수'는 선택을 해야 하는 기로에 서게 됐다. 결국 노동자들을 위한다고 생각했던 법은 아무 것도 해 줄 것이 없는, 그 어떤 것도 보장해 줄 수 없는, 실체가 없는 것이다. 즉, 텅 빈 대타자로 존재할 뿐이다.[33] 이때 '영수'의 선택은 은강 그룹 총수로 오인(誤認)한 총수 동생을 살해함으로써 법이 문제가 아니라 법을 준수하지 않은 사용자에게 책임을 돌리는 방향으로 나타났다.

즉, '영수'는 법이 노동자들을 위한 것이 아니라는 '무지'를 총수를 살해함으로써 덮어준다.[34] 이는 "법 자체의 무지와 법 앞에 선 주체의 무지가 공모"하는 것을 보여주는 것이다. 이로써 '영수'의 행위는 '법'을 은폐하는 데 일조하는 형국으로 마무리가 된다. 이는 발리바르가 이야기 한 "법의

---

31) 신진욱은 1960~1986년 노동운동에 참여한 노동자들에 대한 폭력적 대응의 행위주체를 분석하였다. 그런데 군부, 경찰, 정보기관이 아닌 사업주, 깡패 등에 의한 폭력이 압도적으로 높은 비율을 보이고 있다. 즉, 노동자들의 쟁의에 공권력이 투입되는 것이 아니라 사용자 스스로 처단하는 모습을 보인다. 신진욱, 「사회운동, 정치적 기회구조, 그리고 폭력 - 1960~1986년 한국 노동자 집단행동의 레퍼토리와 저항의 사이클」, 『한국사회학』 제38집, 2004, pp.237~238.

32) 본장 2. 2)에서 살펴보겠지만 박정희체제는 기업과 공모·결탁하는 모습을 자주 보였다. 노동자들의 연대를 막기 위해 노동조합은 어용노조로 전락하였고, 박정희 정권은 중앙에서 노조위원 인력을 파견함으로써 국가와 기업 사이에 모종의 관계를 유지하였다. 기업은 사회복지 등으로 박정희체제를 떠받쳐주고 있어서 체제 유지에 한 몫을 하였다. 송호근, 앞의 책, pp.217~220.

33) Jones, Alissa Lea, 앞의 책, p.22.

34) '영수'의 법의 무지에 동조하는 모양새는 논란의 여지가 있는 선택일 수 있다. 하지만 비록 '노동자영웅'의 면모를 '영수'가 지닌다 하더라도 그가 세상을 전복시킬 만큼 급진적인 모습을 가지는 것은 아니다. 노동자영웅이 법의 실체와 그와 공모하는 자본가의 관계를 아는 것만으로도 나름의 의미를 찾을 수 있을 것이다.

주체는 종속된 것은 아니지만" "주체라고 부르는 것은 복종의 관계에
진입했음"을 의미한다는 견해와 일맥상통하는 것이다.[35] 법으로 규정된
주체의 개념은 권력의 위계질서 내에 편입이 되어 그 안에서 자신의 권리를
획득하게 된다. 즉, 이미 법으로 규정된 주체의 개념에는 법의 복종이라는
예상치 못한 복병이 존재하게 된다. 그러나 복종이 있기 전에 노동자들은
스스로 "권리의 주체"가 되지는 못해도 "권리 속의 주체"가 되어 "공화국의
구성원"으로 자리할 수 있었다.[36] 이는 분단 이후 남한 속에서 노동사의
권리와 권한을 규정하고 그것을 명시한 법을 준수함으로써 남한 내 노동자
로서의 삶을 살아갈 수 있도록 하는 나름의 메커니즘을 박정희체제가
가지고 있었다고 할 수 있다. 그리고 그 속에서 당연하게도 '영수'의 행위는
예정된 비극적 결말을 안고 나아갈 수밖에 없게 된다.

2. 노동력의 조직화와 가족 중심 담론

노동은 언젠가부터 조직, 관리되어 통제의 수단이 되었다. 산업화와
함께 노동은 생산 경제 구조 안으로 재편이 되면서 노동은 산업 시스템의
일부분이 되어 버렸다. 특히 노동집약형 경공업을 한국의 산업 경제 초기
모델로 제시한 박정희 정권에게 노동의 통제는 그 무엇보다 중요한 과제였
다. 그래서 박정희 정권은 경제성장 제일주의를 내세워 노동을 수량화하며
조직하는 데 집중하였다.

조세희는 1970년대 산업이 재편되는 현장을 포착하여 그리고 있다.
특히 아버지-아들 세대를 통해 노동력이 어떻게 국가에 의해 관리, 통제되는

---

35) E. Balibar, 「주체」, 『법은 아무 것도 모른다』, 강수영 옮김, 인간사랑, 2008, p.42.
36) 위의 책, p.45.

지를 사실적으로 보여주고 있다. 국가에 의한 노동력의 착취에 비판의
목소리를 높이는 조세희의 관점은 1항에서 살펴볼 것이다. 하지만 박정희
정권은 노동력의 소유를 가족 이데올로기에 녹여 내었다. 경제성장 제일주
의가 모두를 위한 것이라지만 결국 지배자를 위한 것일 때, 경제적·정치적
실권자들이 어떻게 그들의 사적(私的) 이익을 공적(公的)인 우리 모두가
숙원해야 할 숙제로 만드는지를 보여주는 게 가족이데올로기와 사회복지의
환상을 통해서이다. 이처럼 노동자들의 노동력을 지속적으로 확보할 수
있었던 박정희체제의 환상 기제를 2항에서 살펴보도록 하겠다.

1) 산업 구조 재편과 이(異)계로의 초월

『난장이가 쏘아올린 작은 공』에 등장하는 주요 인물은 아버지 '난장이'와
그 자녀 세대들이다. 이처럼 주요 인물들을 세대 간 나누어 묘사하는 것처럼
이들이 겪는 갈등과 차별, 그 갈등과 차별에 맞서는 방식도 각각 아버지
세대와 아들 세대가 다른 양상으로 나타난다. 조세희의 소설에서는 세대
간의 차이가 지배 담론의 차별적 적용과 상이한 갈등으로 구분되어 나타난
다. 박정희체제는 남북 간 대치라는 상황을 '안보의 자립, 확보'라는 정치적
당위성으로 활용해서 국민들을 보다 더 일사분란하게 통제하려고 하였다.
특히 남북한 분단 상황에서 공공의 적인 북한이 노동자 중심의 국가인
사회주의 국가를 표방했기 때문에 노동의 통제는 더 필요했다. 따라서
남한 사회에서는 노동자라는 개념을 북한과 변별되게 국가적 차원에서
정의하며, 규정할 필요가 생기게 되었다. 이를 활용하여 박정희체제에서는
노동자들을 조직화하며 노동력을 결집시키려고 하였다. 이러한 노동의
지배는 유휴 노동을 파악하는 데 유용한 잣대가 되기도 하였다.[37] 물론
반공주의만이 노동의 통제를 가져온 배경은 아니다. 산업을 활성화하고

146

공업 구조를 고도화하려는 국가 정책[38]은 노동력을 조직하고 체계화할 필요가 있었다. 노동력의 소유는 경제 활동에 참여하는 사람들의 노동 유형에도 개입하였다. 국가가 관리, 통제할 수 있는 기업에 종사하는 사람들과 농·어업 등 지역 단위의 업무에 종사하는 사람들은 그 노동의 유형과 참여자의 수를 쉽게 파악할 수 있었다. 산업화로 인해 노동력이 결집될 수 있는 단위 사업장이 늘어나서 노동력을 결집시키고 파악하는 게 용이해 졌다. 하지만 개인적으로 이루어지는 개별 노동은 수치상으로 파악하기 어려웠다.

이는 '난장이' 가족 안에서도 볼 수 있는데, '난장이'라는 아버지 세대와 그 아이들 세대 간의 노동의 형태가 달라진다. '난장이'의 노동이 국가적 인프라에 잡히지 않는 수면 아래의 노동이라면 그 아이들 세대의 노동은 기업에 고용된 관리 가능한 노동력이다. 조세희는 '난장이' 가족을 통해 기존 노동과의 분리와 새로운 노동 형태를 이식받은 것을 세대를 통해서 보여 준다.[39] 이 소설은 노동의 분리와 새로운 노동 문화의 이식을 '가족'

---

37) 1970년대부터 노동청에서는 『노동통계연감』을 발행하였다. 노동통계연감은 국민 들을 대상으로 취업 여부, 취업 분야, 실업률, 이직률 등 취업과 관련한 다양한 개인 정보를 통계로 정리한 책이다. 이 노동통계연감에서 흥미로운 부분은 취업을 한 경제 참여인구뿐만 아니라 유휴인력이라고 해서 예비 취업자, 실직자를 비롯해 경제 활동에 참여하지 않은 사람들까지도 수치로 환산한 것인데, 이는 국민들을 노동이라는 기준에 의해 국가가 관리할 수 있다는 것을 보여준다고 할 수 있다.

38) 1962년부터 시행한 경제개발계획은 국가 주도의 경제 발전을 모토로 삼는다. 제1차 경제개발계획이 자립경제 기반에 초점을 맞추었다면 1967년부터 1971년까 지의 제2차 경제개발계획부터는 공업구조의 고도화를 이루려고 하였다. 경공업 중심에서 중화학공업으로의 산업 변화를 공식적 국가 정책으로 삼으려고 했던 것이다.

39) 한나 아렌트는 이를 두고 "노동"과 "작업"으로 구분을 하는데, 이는 "생산적 노동"과 "비생산적 노동"의 의미를 가진다. 이는 곧 "노동을 공론 영역으로 부상시 켜 조직화하고 분업화"한 것을 보여주는 것이다. Hannah Arendt, 『인간의 조건』, 이진우·태정호 옮김, 한길사, 1996, pp.134~142.

단위 안에서 세대 간으로 보여주고 있다. 조세희는 바로 이 지점, 노동의
정치적 지배를 위해 노동력을 구조화하는 정책에 대해 비판적으로 바라보
고 있다. '난장이'가 새롭게 재편되는 노동시장에 편입되기 위해서는 지금까
지 해왔던 노동의 형태와 분리가 되어야 한다.[40]

> 난장이는 그 마당에 앉아 그의 공구들을 손질했다. 절단기, 멍키 스패너,
> 플러그 렌치, 드라이버, 해머, 수도꼭지, 펌프 종지굽, 크고 작은 나사, T자관,
> U자관, 줄톱 들이 난장이의 공구였다. 모두 쇠고 된 것들 뿐이었다. (「우주
> 여행」, p.56)
> 아버지가 평생을 통해 해 온 일은 다섯 가지이다. 채권 매매, 칼 갈기,
> 고층 건물 유리 닦기, 펌프 설치하기, 수도 고치기이다.(「난장이가 쏘아올린
> 작은 공」, p.81)

위의 인용문은 '난장이'의 노동의 형태를 보여주고 있다. '난장이'의
'공구'는 그가 가진 노동의 이력을 그대로 보여주는데 이 도구로 '난장이'가
할 수 있는 일이라고는 지극히 한정적이다. 그가 일평생동안 해오고, 할
수 있는 일은 고작 대여섯 개를 넘지 못하고 그마저도 철저하게 극빈한
삶을 연명해 나가야 할 만한 보잘 것 없는 일들이다. 그가 하는 노동은
고도의 기술을 요하는 것도 아니고, 동료와 무리를 지어서 정기적으로
해야 하는 일도 아니다. 개인이 개별적으로 하는 '난장이'의 일은 분업화,
전문화된 현대사회의 노동과 차이를 보인다. 분명히 일을 하고 있지만
그의 일은 조직화되어 있는 분야의 일이 아니다. 그저, 개인적으로 하는

---

40) '노동'을 노동자에게서 분리하려는 이러한 움직임은 가변적인 인간의 노동력을
　　 기계처럼 "불변적인 자본"으로 만들려고 하는 자본과 지배이념의 반영인 것이다.
　　 이진경, 『미래의 맑스주의』, 그린비, 2006, pp.181~182.

일로 이런 종류의 일들은 정부에서조차 그 수와 일의 종류를 파악할 수 없는 제도권 안에서 포착되는 일이 아니다. 이처럼 '난장이'로 상징되는 아버지 세대 노동은 산업화시대 일이 채 분업화되기 전의 모습을 유지하고 있다.[41]

> 신애는 빠른 걸음으로 큰길을 향해 갔다. 난장이는 보이지 않았다. 전파사에서 틀어 놓은 전축 소리가 그녀의 귀를 잡아때릴 뿐이었다. 그녀는 큰길을 따라 걷다가 낡은 간판 앞에 섰다. 수도꼭지와 펌프 머리를 그려넣은 간판이었다.(「칼날」, p.40)
> "수돗물이 안 나와서 그래요."
> "그러시면 우물을 파셔야죠."
> 사나이는 쌓아올린 쇠파이프 옆에서 말했다.
> "우물을 파고 자가 수도를 설치하세요. 이 동네 자가 수도는 다 우리가 놓아드린 겁니다. 아주머니 댁은 어디세요?"(「칼날」, p.41)

물론 '난장이'만 "채권 매매, 칼 갈기, 고층 건물 유리 닦기, 펌프 설치하기, 수도 고치기"를 한 것은 아니다. '난장이'와 비슷한 업종의 일을 하는 사람들도 있었지만 이들은 '난장이'처럼 직접 일할 일터를 찾아 여기저기를 전전할 필요가 없다. 위의 인용문처럼 이들은 동네 큰길에 가게를 가지고

---

41) 김치수는 '난장이'의 작업 도구가 수공업시대를 상징하는 상징물로 보고 있다. 그렇기 때문에 '난장이'의 죽음은 수공업 시대의 종말이면서, 이제 공장 근로자의 시대가 도래한 것으로 보았다. 하지만 김치수는 '난장이'로 상징되는 수공업 시대가 "창조적인 일"이면서 "필요에 의한 일"이 이루어지는 시대라고 보았다. 김치수의 견해는 변하는 노동의 판을 포착했다는 데에 큰 의의가 있지만, 단순히 변화의 양상에만 초점을 맞출 뿐 변화의 과정에 개입하는 지배 담론을 간과하였다. 김치수, 앞의 글, pp.906~909.

있으면서 일을 의뢰하러 오는 사람들을 대상으로 거래를 성사시키면 된다. '난장이'의 노동이 이동과 떠돎으로 이루어져 있다면 같은 일을 이들은 정착과 안정이 기반이 돼 일을 한다. 또한 이들의 업무는 '난장이'와 같이 개인 혼자서 하는 것이 아니라 무리와 집단을 유지한 채 이루어진다.

> "너, 나 좀 봐!"
> 사나이가 무쇠 펌프 머리를 거꾸로 잡아들면서 무서운 얼굴로 소리치고 있었다. 상상도 못했던 일이다.(「칼날」, p.42)
> "왜 저 사람을 무서워하세요?"
> 신애가 물었다. **난장이는 말없이 두 눈만 껌벅거렸다. 도대체 이런 종류의 공포는 어디서 오는 것일까 하고 그녀는 생각했다.**(「칼날」, p.43) (강조 인용자)

동네 가게들이 떠돌면서 날품을 파는 '난장이'를 경계하는 것은 같은 상권을 다투는 경쟁자로 보기 때문이라는 것은 표면적인 이유일 뿐이다. 이미 터전을 잡고, 가게를 운영하면서 가게 운영비를 지불해야 하는 가게 입장에서는 어떠한 자본의 투자 없이 자신들의 영역을 넘보는 침략자로 인식을 할 수 있다. 그렇지만 이것은 상도(商道)에 어긋난 일을 했다는 비교적 점잖고 공식적인 이유일 뿐이다. 심층에는 가게를 운영하는 것은 공식적인 노동력으로 국가 시스템에 포착이 되는 반면에 유목민과 같이 이리저리 떠도는 '난장이'의 노동은 계수하거나 가늠하기 어렵기 때문이다. 노동의 크기와 종류는 물론 향후 잠재 가능성, 수익 등 노동과 관련된 정보를 '난장이'를 통해서는 수집할 길이 없기 때문이다. 이러한 유목민적인 노동은 노동을 통제해서 국가 정책으로 삼으려고 하는 박정희 정권에게는 가히 환영받을 수 없는 노동의 형태가 된다. 그래서 동종업을 하지만 노동 정보가 국가에 잡힌 가게 '사나이'로부터 "공포"를 느낄 수밖에 없게 된다.

따라서 현대 산업 사회에서는 '난장이'와 같이 국가에서 관리, 포착할 수 없는 노동은 배척이 된다. 박정희체제는 다양한 노동력을 국가적 관리 대상으로 포섭을 하려고 하였지만 '난장이'와 같이 노동시장에 편입하기 위해 적극적인 움직임을 보이지 않는 대상들에게는 다른 태도를 보인다. 즉, 포섭이 아닌 배제와 거절을 함으로써 이들이 국가로부터 거부당한 노동력이라고 치부해 버린다. 이는 이들의 신체적인 특징과 맞물리면서 나타난다. 아버지 세대를 상징하는 이들 인물들은 모두 "난장이, 꼽추, 앉은뱅이" 등 신체적인 '불구, 기형'을 지녔다. 국가 주도의 노동시장에 편입되지 못하는 이들이 가진 '불구적 신체'는 오히려 이들의 시장 편입을 거절한 원인으로 작용을 한다.

결국 재편된 노동시장에 편입되기를 거부한 이들이 할 수 있는 일은 아무런 기술이 필요하지 않으면서 그저 자신의 신체적 특징만을 보이면서 약을 파는 서커스단의 일밖에 없다. 그가 스스로 지금까지 가지고 있던 기술을 버리고 신체적 특징을 보여줌으로써 경제적 수익을 얻으려고 하는 것은 그가 가진 기술이 이미 재편되어 버린 노동시장에서는 그 가치를 인정받지 못하는 것이고, 재편된 노동시장에서는 그에게 기술의 노동이 아닌 그의 신체적 특징을 흥밋거리와 재밋거리로 삼기를 바라는 것이다. 즉, 조직화된 노동시장에 포섭되기를 거부한 노동력은 재편된 노동 장(場) 밖으로 밀리게 된다.

> 사람들은 아버지를 난장이라고 불렀다. 사람들은 옳게 보았다. 아버지는 난장이였다.(「난장이가 쏘아올린 작은 공」, p.68)
> 아버지의 신장은 백십칠 센티미터, 체중은 삼십이킬로그램이었다.(「난장이가 쏘아올린 작은 공」, p.81)
> "난장이가 간다"고 처음 보는 사람들이 말했다.(「난장이가 쏘아올린 작은

공」, p.71)

　이 일들만 해온 아버지가 갑자기 다른 일을 하겠다고 했다. 서커스단의 일이었다. 아버지는 처음 보는 꼽추 한 사람을 데리고 와 여러 가지 이야기를 했다.(「난장이가 쏘아올린 작은 공」, p.81)

　'난장이'의 신체가 갖는 특이성은 재편되는 노동시장으로 편입되기를 거부하는 사람들을 향해 사회가 오히려 그들을 배제하는 일종의 제스처가 된다. 변화된 노동판에는 박정희체제가 지향하는 지배 담론이 작용을 한다. 경제성장 제일주의를 기반으로 노동력의 결집과 국가의 소유라는 거대 기획이 잠재되어 있다. 그런데 '난장이'를 비롯한 '꼽추, 앉은뱅이' 등 아버지 '난장이'와 같은 신체적 특이성이 있는 인물들은 모두 거주했던 곳의 철거와 함께 일할 터전마저 상실하게 된다. 그리고 노동시장의 재편과 함께 집의 의미도 아울러 달라지는 모습을 보인다. 즉, 집이 가지고 있는 안락함과 위로의 공간이 제도권 안으로 편입이 되면서 변질되는 모습과 연결이 된다.

　남편과 아내는 서로를 위로하면서 오랫동안 살아온 종로 청진동 집을 팔아 빚을 갚았다. 나머지로 이 변두리에 작은 집을 샀다. 그런데 물이 나오지 않았다.(「칼날」, p.29)

　"여기서도 벽돌 공장의 굴뚝이 보입니다. 그 밑으로 번호를 크게 써붙인 집들이 닥지닥지 붙어 있어요. 집 앞엔 방죽이 있구요. 언제 한번 와보세요. 동네는 지저분해도 재미있습니다. 동네 아이들은 발육이 나빠 유난히 작아 보이지만 귀엽습니다. 저희 여편네는 돼지를 방죽으로 몰아넣어 목욕을 시키죠."(「칼날」, p.45)

　윤호네 집 삼층 다락방에서는 방죽가에 다닥다닥 붙어 있는 무허가 건물들

이 보였다. 벽돌 공장의 굴뚝도 보였다.(「우주 여행」, p.55)

위 첫 번째 인용은 중산층인 '신애' 집에 대한 개괄적인 묘사이고, 아래의 인용은 '난장이'의 집에 대한 묘사이다. '신애'는 자신이 거주하는 "변두리의 작은 집"을 묘사하면서 부모의 병환으로 기울어진 가세로 "종로 청진동" 집을 팔고 빚더미에 앉아 이사 온 내력을 빼놓지 않고 덧붙인다. 기울어진 가세로 불가피하게 집을 줄이고, 지역을 옮겨야 하는 배경 설명이 '신애' 스스로에게 필요하다고 여겨졌기 때문이다. 지금 거주하는 집이 만족스럽지 못한 '신애'는 이곳에 거주할 수밖에 없는 불가피한 현실이 있었다고 변명을 한다. 이는 비록 벽돌 공장 밑 다닥다닥 붙은 판자촌에 살지만 엄연히 자기 명의의 집을 가졌던 '난장이' 가족이 '은강시'로 이사하면서는 월세를 내는 처지에 몰렸을 때, 자신들이 집을 가졌던 이력을 언급하지 않았던 대목과는 대조적이다. 이처럼 '난장이' 가족들은 무엇인가를 소유하기 보다는 자신들에게 남아있는 것을 지키는 것조차 버겁게 느낀다. 현재의 삶을 유지하기는커녕 있는 것마저 빼앗기는 것이 '난장이' 가족이 처한 현실이다. 이들의 집이 도시 재개발 사업지구로 묶여 집이 철거가 될 지경에 이르자 '난장이'의 지식인 친구이자, 난장이 아들인 '영수'의 각성을 도와준 '지섭'은 철거 집행원들을 향해 다음과 같이 항변한다.

"지금 선생이 무슨 일을 지휘했는지 아십니까? 편의상 오백 년이라고 하겠습니다. 천년도 더 될 수 있지만, 방금 선생은 오백 년이 걸려 지은 집을 헐어버렸습니다. 오 년이 아니라 오백 년입니다."(「난장이가 쏘아 올린 작은 공」, p.107)

이들 가족에게 집은 "오백 년" 세월이 축적되고 함축된 공간인 것이다.

중산계급을 대변하는 '신애'의 집처럼 '난장이'의 집도 내력을 가지고 있다. 무려 오백 년이나 걸려 지은 집이지만 부모에게 효도를 하기 위한 것도 아니고, 재투자를 위한 것도 아닌 도시개발 정책에 의해 한순간 헐려 버리고 마는 소모적인 것일 뿐이다. 그래서 '신애'의 집이 가지는 역사와는 비교도 안 될 세월을 지녔지만 그 세월은 온전히 굴욕의 시간이며, 강탈의 의미만 가진다.

> 우리의 조상은 상속·매매·기증·공출의 대상이었다.…… 천년을 두고 우리의 조상은 이 말을 남겼다.…… 늙은 주인은 집과 땅을 주었다. 그러나 쓸데없는 일이었다.…… 할아버지는 집과 땅을 잃었다.(「난장이가 쏘아 올린 작은 공」, pp.74~75)

'난장이'의 집이 가지는 오랜 세월은 치욕의 역사요, 빼앗김의 역사일 뿐이다. 오백 여년의 세월 동안 견딘 시간은 매매와 공출에서 살아남은 세월일 뿐이다. '난장이' 가족의 풀뿌리같은 가계도는 현재를 살아가는 그들에게도 직접적인 영향을 미친다. 앞서 살펴 본 이문구의 인물들이 농촌이라는 공간을 통해서 땅과 토지를 이용해 농사를 지으면서 촌락을 이루고 정착하는 것과는 대조적인 모습을 보이는 것이다. 조세희가 그리는 1970년대 노동자는 도시 안에서 완전 정착이 힘든 모습을 보인다. 그런데 『난장이가 쏘아 올린 작은 공』의 인물들도 자기 소유를 주장할 수 있는 집을 소유하고 있었으며, 부모, 자녀로 구성되는 가족의 형태를 유지하고 있었다는 것이다. 그런데 도시 개발 사업으로 인해 집을 상실하게 되며, 부모-자식으로 구성된 가족 관계도 아버지의 부재를 경험하게 된다. 1970년대 노동자들의 삶은 축적과 번창이 아닌 상실과 강탈로 점철이 되고 있다. 이처럼 난장이로 표상되는 아버지 세대가 지니는 삶의 영역은 모두

154

유기적으로 영향 관계 아래에 있다. 인간의 가장 기본이 되는 신체로부터 오는 부자유스러움이 직업과 거주지를 직접적으로 제한을 주고 있다.

그런데 이들의 입장에서는 삶의 터전과 노동 현장의 상실이지만 지배 담론의 시선에서 본다면 이들에게는 근대화·산업화된 시대를 거스르는 행동이면서 이들에 한해 박정희체제의 법과 질서가 정지되는 것을 의미한다. 이들은 사회가 바라는 어떤 규제와 규율에 속하지 않음으로써 국가의 체제 안으로 포섭이 되지 않는다. 이와 같은 지배 질서의 정지 상태는 지젝이 이야기한 "사회-상징적 연결망의 중지"를 통해서 주체의 발견은 물론 사회의 지배 구조에 변화[42]를 가져올 것이라는 기대와도 일맥상통한다. 그리고 그 변화를 '난장이'는 이 세상의 초월을 통해서 이루고자 한다.

> 그는 손으로 돌과 맥주병을 깨고, 나왕 각목을 부러뜨리고, 나무에 박아 끝을 구부린 긴 못을 이로 뽑았다. (중략) 사범은 아무렇지도 않았다.(「뫼비우스의 띠」, p.15)
>
> "완전한 사람은 얼마 없어. 그는 완전한 사람야. 죽을 힘을 다해 일하고 그 무서운 대가로 먹고 살아. 그가 파는 기생충약은 가짜가 아냐. 그는 자기의 일을 훌륭히 도와줄 수 있는 내 몸의 특징을 인정해줄 것이야."(「뫼비우스의 띠」, p.24)
>
> "(상략) 차력도 하고 곡예도 하는 약장수가 있는데 우리 셋이 가면 동업자로

---

42) Slavoj Žižek, 「정치적 열정적 (탈)애착들, 혹은 프로이트 독자로서의 주디스 버틀러」, 『까다로운 주체』, 이성민 옮김, 도서출판b, 2005, pp.424~425. 지젝은 소포크라테스의 '안티고네'를 분석하면서 그녀의 죽음이 갖는 의미를 정신분석학적으로 해석을 하였다. 그는 안티고네의 죽음으로의 추락은 크레온 왕의 법적 질서를 거스르는 행위로서 "순간적인 큰 타자의 중지"를 가져오는 한편 사회적 위반을 가능하게도 한다고 보았다. 이와 관련해서는 Slavoj Žižek, "'혹자가 부르기를……" 야니스 스타브라카키스에 대한 답변」, 『법은 아무 것도 모른다』. 강수영 옮김, 인간사랑, 2008을 참고하면 된다.

받아주겠대. 차를 두 대씩이나 몰고 다니면서 큰 돈을 버는 사람야. 방방곡곡
안 다니는 데 없이 다니면서 약을 팔아 자식들을 대학까지 보내고, 집도
큰 것을 갖고 없는 게 없이 잘사는 사람이지. (중략) 나에겐 마지막 기회다.
집도 재개발 지역에 들어 헐리게 되고 너희들은 학교가 아닌 공장에나 나가니
하룬들 내 마음이 편할 수 있겠니? 희망두 없구. 벌레야. 마지막으로 꿈틀대
돈을 모아야지.”(「클라인씨의 병」, pp.218~219)

　노동시장이 재편된 이후 ‘난장이’가 할 수 있는, 하려고 하는 일은 서커스
단원의 일이다. 성인 남성의 표준적인 체형도 지니지 못한 ‘난장이’의
신체는 유별난 몸의 특징으로만 남지 않는다. ‘난장이’가 보이는 신체적
특징은 그가 일반 사회로 진입하는 것에 일차적인 장애로 자리를 잡았다.
‘난장이’와 같이 사회 중심 안으로 편입되지 못하는 사람들이 혼재되어
살아가던 판자촌에서도 ‘난장이’가 지닌 신체적 특징은 다른 거주민들과
다른 차이점으로 드러났다. 그 일반적이지 않은 신체로 인하여 ‘난장이’
가족은 필연적으로 경제적, 사회적 최하층에 거하게 될 수밖에 없다는
당위성으로 작용했다. 이청은 ‘난장이’라는 신체적 특징으로 시작된 경제적
붕괴 상황은 ‘난장이’의 신체 그 자체가 “산업화 시대의 한쪽 극단으로서의
소외된 빈자 즉, 마이너스 표징”[43]이기 때문에 불가피한 일이라고 보았다.
즉, ‘난장이’의 신체 그 자체가 “마이너스”를 표방하기 때문에 그에게
닥친 모든 불행의 원인 역시 그로부터 기인한다고 할 수 있다. 따라서
‘난장이’ 신체가 가지는 특이성은 박정희시대를 대변하는 상징일 뿐만
아니라 빈곤한 ‘난장이’의 생활의 원인이면서 불우한 일생을 설명하는
단초가 된다. 그렇기 때문에 그는 재편된 노동시장에 편입되지 못한 채,

---

43) 이청, 「현대 소설에 나타난 신체 표징 연구」, 고려대 박사학위논문, 2007, p.59.

"서커스"의 일을 하기를 희망한다.

서커스의 일은 비상식적인 일이다. '사범'이 운영하는 서커스단은 사실 "기생충"과 같은 약을 파는 일종의 약장수 무리들이다. 약을 팔기 전 이들은 사람들의 이목과 호기심을 끌기 위해서 다양한 차력쇼를 하는데, 그 쇼에서 보여주는 것이 인간답지 않은, 인간의 한계를 뛰어넘는 신비이다. '사범'은 자신의 몸이 강철과 같은 강함을 가지고 있음을, '꼽추'와 '난장이'는 이 세계의 사람이 아닌 '이계(異界)'에서 온 낯섦을 보여주어야 한다. 바로 이 '사범'과 함께하는 서커스단의 의미는 현실 같지 않은 신비와 현실의 한계를 뛰어넘는 초월을 상징한다. '난장이'의 위치가 바로 이 지점이다.

현실 세계에서 소외되고 배제되어 그 설자리를 잃어버린 '난장이'는 이 세계를 뛰어 넘는 초월의 경계로 몰릴 수밖에 없다. 그러나 아이러니하게도 그 초월의 한쪽 편에는 현실을 살아내야 하는 강한 생명력을 가지고 있다.[44] '난장이'가 서커스 일을 하려는 이유도 다른 경제적인 활동을 선택할 수 없는 상황에서 비롯된 것이다. '난장이'에게 서커스의 일은 초월이기도 하지만 삶의 연장선상의 일이기도 한 것이다. '난장이'를 통해서 이 땅에서 할 수 있는 일이라고는 이 땅이 아닌 다른 세계로의 이주밖에 할 일이 없는 것을 보여주는 것이다. 이는 '난장이'로 표상되는 예외적인 인물들로 그들을 포용, 수용할 수 없는 구조적인 결함과 문제를 드러내고 있다. '난장이'와 같은 신체적인 특징을 지닌 사람이 없었다면 박정희체제가 기획하는 노동시장의 재편이 가시적으로 드러날 수 없었을 것이다. 그만큼 '난장이'의 신체와 특징은 재편된 노동시장에 편입될 수 없는 근본적이고

---

44) 카프카의 단편 소설 「단식 광대」에 등장하는 '단식 광대'를 단식 충동이 이끄는 "삶의 초월"과 표범으로 연상되는 "생명력"이 서로 충돌하면서 예술가 삶의 역설을 보여준다고 보았다. 성대영, 「카프카의 <단식광대>에 있어서 藝術과 社會의 對立」, 전북대 석사학위논문, 1993, p.5.

구조적인 문제점을 가지고 있는 것이다. 그러나 겨우 재편된 노동시장에서 자신만이 할 수 있는 경제적 활동 영역을 찾은 '난장이'지만 그마저도 가족들의 강력한 반대에 부딪혀 꿈이 좌절되고 만다. '난장이'의 초월, 이상 세계의 추구는 그를 가장 든든하게 뒷받침해줄 것 같은 가족에 의해서 무너진다.

> 그러자 어머니가 아버지에게 대들었다. 우리들도 아버지를 성토했다. 꼽추는 눈물이 핑 돌아 돌아갔다. 그의 뒷모습은 아주 쓸쓸해 보였다. **아버지의 꿈은 깨어졌다. 아버지는 무거운 부대를 메고 일을 찾아 나갔다.**(「난장이가 쏘아올린 작은 공」, p.81)
>
> "살기가 너무 힘들다."
>
> 아버지가 말했었다.(「난장이가 쏘아올린 작은 공」, p.103)
>
> "언제나 알아듣겠니! 아버지는 지치셔서 그런 거야."(「난장이가 쏘아올린 작은 공」, p.86)
>
> "아버지도 쉬셔야지!"(「궤도회전」, p.141)
>
> "아버지는 너무 지치셨다."
>
> 어머니가 말했다.
>
> "알겠니? 이젠 아버지를 믿지 마라. 너희들이 아버지 대신 일해야 한다."
> (「난장이가 쏘아올린 작은 공」, p.82)

그렇기 때문에 '난장이'는 급격한 피로감을 호소한다. 그 피로감은 꿈의 좌절에서 기인한다. '난장이'는 자신이 거부한 혹은 거부당한 노동시장에서 벗어나 새로운 꿈을 꾸지만 그 꿈은 가족 안에서 좌절이 된다. '난장이'는 가족 안에서 심리적 위안과 위로를 받지 못한 채 지쳐만 가고 있고, 지친 가장을 대신해서 그의 자녀들이 대신 노동의 현장으로 내몰리고 있다.

산업사회에서 가족이 유지되기 위해서는 가족 내 누군가는 노동 현장에 참여해서 가족이, 가족으로 추동될 수 있는 경제력을 확보해야 한다. 즉, 산업사회의 가족 안에 가족을 유지할 수 있는 최소의 노동력이 꼭 필요함을 의미한다. '위로와 위안'을 주는 정서적 집단으로서의 가족은 생존을 위한 경제 상황에서는 환상에 지나지 않음을 조세희는 보여주고 있다.

"그래서 달에 가 천문대 일을 보기로 했다. 내가 할 일은 망원 렌즈를 지키는 일이야. 달에는 먼지가 없기 때문에 렌즈 소제 같은 것도 할 필요가 없지. 그래도 렌즈를 지켜야 할 사람은 필요하다."(「난장이가 쏘아올린 작은 공」, p.103)

"사람들은 사랑이 없는 욕망만 갖고 있습니다. 그래서 단 한 사람도 남을 위해 눈물을 흘릴 줄 모릅니다. 이런 사람들만 사는 땅은 죽은 땅입니다."

"하긴!"

"아저씨는 평생 동안 아무 일도 안 하셨습니까?"

"일을 안 하다니? 일을 했지. 열심히 했어. 우리 식구 모두가 열심히 일했네."

"그럼 무슨 나쁜 짓을 하신 적은 없으십니까? 법을 어긴 적 없으세요?"

"없어."

"그렇다면 기도를 드리지 않으셨습니다. 간절한 마음으로 기도를 드리지 않으셨어요."

"기도도 올렸지."

"그런데, 이게 뭡니까? 뭐가 잘못된 게 분명하죠? 불공평하지 않으세요? 이제 이 죽은 땅을 떠나야 됩니다."

"떠나다니? 어디로?"

"달나라로!"(「난장이가 쏘아올린 작은 공」, pp.87~88)

그래서 '난장이'는 한쪽의 끈을 놓아 버린다. 가족을 위한 생계, 가족을 배려해야 하는 윤리에서 자유로워지기로 한 것이다. 이는 1970년대가 "이차원적" 세계관이며 "대립적" 세계관임을[45] 적나라하게 드러내는 구조이다. 삶의 의지와 생명력을 이 땅에서 더 이상 찾을 수 없었던 '난장이'는 "달나라"를 꿈꾸게 된다.[46] 이제 '난장이'가 원하는 것은 달에 있는 천문대 망원경을 닦는 일이다. 할 수밖에 없는 일을 해야 하는 것이 아니라 '난장이' 스스로 하고 싶은 일을 할 수 있는 곳은 당대의 현실이 아니라 '달나라'인 것이다. 그런데 '난장이'에게 이상 공간이 현실보다 우선한 것은 아니다. 이상향이라고 명명된 달나라는 현실에서 '게으름(일하지 않기), 악행(범법 행위), 불신(절대적 신의 부정)'이라는 인간이 지켜야 할 윤리적 행위를 저버리지 않았음에도 불구하고 외인(外人)이 되어버린 '난장이'가 최종적으로 도달할 수밖에 없는 곳으로 상정이 된다. 즉, '난장이'에게 달나라는 이상향이기도 하지만, 현실에서의 추방과도 같은 맥락이 형성이 된다.

2) 복지 근대화와 가족생계형 노동자 출현

새로운 시대가 갖는 모순을 알게 된 인물들이 사회에 적응하지 못하고 맞서 싸우거나 저항하는 모습을 보이는 조세희의 노동자들은 투쟁과 저항이라는 일면에서 보면 분명히 새롭게 떠오르는 긍정적 힘을 지닌 저항의

---

45) 성민엽, 「이차원(異次元)의 전망」, 『한국문학의 현단계』 2, 창작과비평사, 1983 ; 김 병익, 「대립적 세계관과 미학」, 『문학과 지성』 1978 겨울호.

46) 김복순도 '난장이'의 달나라 지향은 "가상(假想)을 통해 현실과의 화해"를 하려고 하는 것인데 왜냐하면 "이상세계의 실현이 현실세계에서는 불가능"하다고 판단했기 때문이다. 즉, 김복순은 '난장이'의 달나라 지향이 현실과의 화해할 수 없는 모순을 극대화해서 보여준 것이라고 할 수 있다. 김복순, 「노동자의식의 낭만성과 비장미의 '저항의 시학'-70년대 노동소설론」, 『1970년대 문학연구』, 민족문학사 연구소 현대문학분과, 소명출판, 2000, p.141.

주체로도 볼 수 있지만 한편으로는 저항의 지점이 곧 그들의 계급의식을 담지하고 있거나 내면화하고 있는 지점이 될 수 있다는 모순도 내포하고 있다. 즉, 그들이 새로운 역사의 주체로 떠오르기 위해서는 그들 스스로 그들이 갖고 있는 계급적인 모순을 인식하며, 그를 인정해야 하는 것이다. 물론 조세희는 이들의 희망적인 그리고 건설적인 저항의 힘에 무게를 싣고 있다.

하지만 이들을 억압하는 지배 권력은 이들 계급들의 비판과 저항에 대해서 일관된 대응만을 취하지는 않는다. 지배 권력은 제기된 문제를 무시하거나 축소시키려하기도 하고, 집단행동에 대해서는 진압하려는 태도를 보이기도 한다. 그리고 한편으로는 이들의 집단 움직임에 회유의 방법을 사용하기도 하는데, 1970년대 노동자들을 향한 지배 권력들의 회유는 앞에서 보았듯이 법적인 정비에서부터 시작이 되었다. 그런데 법의 정비는 단순히 '법' 그 자체에만 있는 것이 아니라 다양한 복지제도의 개선과 공고화를 통해서 산업화·근대화 시대에서 줄 수 있는 다양한 혜택에 대한 환상을 심어 주었다. 노동자들이 느끼는 현실의 모순을 제도의 보완으로 해결하려는 박정희체제의 움직임은 노동자들로 하여금 양가적으로 다가왔다. 앞에서 살펴보았듯이 노동자들이 법의 이름으로 저항을 할 수 있게 해주는 강력한 무기로 작용을 하였다. 그렇지만 이들에게 노동자의 권익을 보장해 주는 법은 역으로 노동자 스스로 법의 제도를 존중하고 지켜야한다는 의무의 굴레를 덧씌우는 작용을 하였다. 더군다나 사회복지의 탄생 배경이 순수하게 노동자를 비롯한 하층계급을 위한 것이 아닐 때, 노동자들에게 환상으로 작용하는 사회복지는 '복지' 그 자체의 의미만을 가지는 것은 아니게 된다.[47]

---

47) 복지의 개념이 근대화된 사회에서 공론화되는 것에 반해 전근대적 사회에서는 복지에 대한 의식이 뚜렷하게 등장을 하지 않는다. 그런데 그렇다고 해서 전근대적

물론 사회복지의 개념이 일방적으로 사회 유지를 위한 도구의 의미를 갖는 것은 아니다. 사회적 투쟁을 통해 성취해낸 성과물이라고 보는 견해도 물론 있을 수 있다.[48] 하지만 조세희의 소설에서 등장하는 복지는 노동자들의 투쟁과 쟁취로 이어진 전리품이 아닌, 이미 사회 안에서 구조적으로 정착이 된 문화로 자리매김을 하고 있다. 그런데 이 정착 역시 국가, 사회의 정책적 실행이라든지 베풂의 형태가 아니라 복지의 당위성을 문화적으로 확대시키는 것으로 나타나고 있다.

사회복지는 분배의 공평성과 평등성을 고려하는 것임에 분명하지만 복지 이념에 내포되어 있는 것은 국가의 시장 개입의 확대를 도모하기 위한 일환이 되기도 하기 때문이다. 자본의 확대를 위한 명목으로 "경제적 재생산"을 사회의 안정적 재생산에 초점을 맞춘 "사회적 재생산"적 시각에서 바라보는 모든 시각도 결국은 "시장기구의 모순과 폐해, 계급갈등을 해결"하려는 차원에서 사회복지를 바라보는 것이다.[49] 국가 노동정책은 "노동자 계급의 정치적 성장을 억제하고 노동자 계급의 의식화운동을

사회에 복지가 없었던 것은 아니다. 복지의 기원을 알 수 있는 전근대적 사회에서의 복지는 자연 재해로부터 오는 위기 상황에서 공동체를 지켜내는 방향으로 전개가 되었다. 평상시에는 복지에 대한 생각이 없다가 내부적 위험이 아닌 외부적인 위험에 대처하는 방안으로 복지라는 개념이 발동했다. 이는 복지의 기원이 처음부터 보수주의적 시각에서 기인한 것을 증명해주는 것이다. 이혁구, 「푸코의 권력학으로 본 사회복지학의 새로운 지평 모색」, 『상황과 복지』 Vol.15, 2003, pp.85~87.

48) 위의 논문, p.92.

49) 최균, 「한국 사회복지의 저발달 특성과 향후 발전 과제」, 『복지국가 위기와 사회정책의 전망』(『비교사회복지』 제3집), 한울, 1996, p.176.
한국형 복지의 모델은 시장의 유동성에 적절하게 대응하는 시장순응정책을 기반으로 이루어지는데 박정희체제는 수출주도형 경제 구도를 가지고 있었다. 수출을 중심으로 하는 경제 정책은 내수 시장의 완벽한 통제만으로 미래 경제 시장을 예측하기 어려웠다. 그래서 수출 경쟁에서 살아남기 위해 세계의 경기변동에 민감하게 반응하면서 그에 따른 손실을 "저임금의 유지"와 같은 방식으로 "국민에게 일방적으로 전가"하는 방식을 채택하였다. 위의 책, p.179.

162

자본주의체제내로 포섭하여 체제의 안정적인 재생산을 위한 조건을 확보"50)하는 것을 기반으로 한다. 노동자들의 정치성을 거세하기 위한 노동통제 전략이 국가가 직접 개입하는 형태로 드러나는 것이다.51)52)

그렇다면 박정희체제가 지닌 생태적인 모순과 취약성을 은폐하기 위해 국가가 의도적으로 활용한 복지가 어떻게 노동자 계급에게 환상으로 작용할 수 있었는지 그 이면을 주시해야 한다. 김수영은 이를 "유교적 가족주의"로 설명을 한다.53) 한국에서 유교는 사상과 이념으로만 존재하는 것이 아니라 실질적인 통치 이념으로 사회 전반은 물론 개인에게까지 내면화가 되어 있었다. 그리고 유교 사상은 사회의 축소판이라고 할 수 있는 가족 안에서 유교적 규범들이 가족 구성원들 사이에서 내면화가 된다. 유교적 가족주의는 가족을 우선시하면서 구성원들이 경제적인 측면을 책임지게 한다. 박정희체제에서는 경제성장 제일주의를 앞세워 복지의 문제를 개별 가족들이 모두 부담하게끔 하는 것이 정당하다는 데에 활용되었다.54)

---

50) 한국산업사회연구회, 「제6공화국의 노동정책」, 『1980년대 한국사회와 지배구조』, 풀빛, 1989, p.199.
51) 최균은 물리적 탄압, 노동자들의 선택과 노동조합의 선택에 대한 법적·제도적 규제, 그리고 반공 이데올로기를 이용한 이데올로기적 억압과 규제를 한다고 보았다.
52) 송호근은 "반계급투쟁적 이데올로기를 내면화"함으로써 노동자를 계급이 아닌 산업 참여자라고 간주하며, 복지발전을 "정치권력의 취약한 정당성을 보완하는 이념"으로 보고 있다.(송호근, 「권위주의적 노동정치와 노동운동의 성장」, 『아시아문화』 제6호, 한림대학교 아시아문화연구소, 1990)
최균은 박정희체제의 사회복지정책을 "산업화정책의 추진을 위한 보조적 도구나 정권의 정당성을 확보하기 위한 조치, 그리고 사회적 재생산을 위한 이데올로기적 통제의 일환으로 기획되고 실시"된 것으로 보았다.(최균, 앞의 책, p.186.)
한상범은 "국민의 권리의식 빈곤이 만성화된 사회"에서 복지에 대한 논의는 국가 권력을 비대하게만 만들 뿐이라고 했다.(한상범, 「市民社會의 論理와 福祉國家에의 幻想」, 『思想界』 195호, 1969, p.150.)
53) 김수영, 「동아시아 자본주의 발전과 가족-한국과 일본의 사례를 중심으로」, 고려대학교 박사학위논문, 2000, p.118.

그리고 이러한 면모가 조세희의 작품에서도 드러난다.

1970년대 고도의 경제성장은 이미 사용자들이 자신들의 이익을 쉬쉬하며 감출 수 있을 만한 규모가 아니었다. 그들의 비약적인 수익 창출은 상대적으로 그 수익 분배에서 소외된 노동자들의 분노와 저항에 부딪칠 수밖에 없는 필연적 배경을 안고 있었다. 그런 상황에서 사용자들은 자신들의 이익을 대외적·표면적으로 전부 착복하는 모양새를 보이지는 않는다. 착취와 수탈에 가까운 노동자의 노동력에 대해 더 이상 그들도 모르는 척할 수 없는 지경에 이르게 된 것이었다. 양적 성장의 중요성을 강조하면서 공업의 양적 증대를 끌어 올렸지만 눈에 보이는 사용자와 노동자의 경제적·문화적 질적 차이는 노동자의 저항을 불러일으킬 수밖에 없었다.

박정희 정권은 이에 성장뿐만 아니라 분배에도 관심을 기울였다. 그리고 실질적으로 복지에 대한 법들이 70년대 많이 생겼다. 물론 1950년대·1960년대에도 복지에 대한 개념이 전혀 없었던 것은 아니었지만 70년대와는 그 양상이 사뭇 달랐다.55) 기업의 필요에 의해 기업 중심의 사회사업은 박정희 정권의 부담은 덜어주었지만 이를 언제까지 민간에만 맡길 수도 없다는 데 박정희 정권의 고민이 있었다. 경제적 지표의 성장과 고용의 확대, 내수 경제의 활성화는 물론 수입의 증가 등의 경제성장에 관(官)차원에서의 결단이 필요하였다.56) 그러나 여전히 성장, 발전에만 관심을 가지던

---

54) 김수영, 위의 논문, pp.118~119.

55) 1970년대의 복지와 1950년대와 1960년대의 복지의 가장 큰 차이는 누가 주체가 되어 복지를 주도했는지 여부이다. 1950·60년대가 개인, 민간의 영역에서 일어난 데 비하여 1970년대는 정부의 주도 아래에서 복지에 대한 논의가 있었다. 대한민국 정부의 복지가 민간을 중심으로 이루어진 것은 당시 국가의 열악한 복지 수준이 원인일 수도 있었지만 복지에 관여한 개인들이 일제 강점기 때의 친일 행적을 지우려하거나 해방의 혼란기를 틈 타 사회사업이라는 정당한 절차를 통해 자신들의 재산을 유지하려고 하는 목적도 있었다. 남찬섭, 「1970년대의 사회복지 1」, 『월간 복지동향』 vol.88, 참여연대 사회복지위원회, 2006, p.39.

정부로서는 분배에 대해 적극적으로 나설 수가 없었다. 그리고 정부 주도의 복지사업이 그 이전과 비교해서 양적, 질적인 차이를 보일 수밖에 없었는데 60년대 후반에 들어 외원으로부터 들어오는 사회복지사업 운영의 중요한 수입원이 사라지자 정부는 사회복지사업법안을 수정하게 되었다. 수정된 사회복지법안은 1970년 1월 1일 공포가 되었다.[57] 이 법안은 1970년 1월 1일 공포되어 그 해 4월부터 시행되었다.

이 수정 법안은 중요한 의미를 지닌다. 정부 주도의 성장 재분배는 필요하지만 자원 마련이 녹록치 않은 시점에 박정희 정권은 이를 민간을 통한 기금 마련으로 대체하려고 하였다. 그리고 이는 각 기업의 기부를 독려하는 형태로 나타났는데, 기업의 기부는 사회복지법인 등록으로 자신들의 권익이 보장되는 한편 정부의 보조금까지 확보할 수 있는 일석이조의 효과를 거둘 수 있었다. 따라서 정부는 보호대상자들을 국가가 직접 관리, 보호하는 것이 아니라 법령을 통해서 모기업을 둔 사회복지법인이나 기업의 후원으로 이루어지는 사회단체를 통해 위탁하는 모습을 보였다.

따라서 이 사회보장에 대한 개념은 복지 기금을 마련하는 기업에 대해 호평을 내릴 수 있는 분위기를 만들어 주었고, 표면적으로도 사회의 보호대상자들의 존재를 인정하는 한편 그들에게도 복지의 혜택이 돌아가야 한다

---

56) 또한 60년대까지 유지되고 있던 국내와 외원으로 구분되어 있던 사회단체가 외원단체의 철수와 사회사업의 위기를 맞게 된 것도 정부 주도의 사회사업의 필요성이 대두된 것이 한 몫을 담당하였다.

57) 1969년 7월 18일 보건사회위원회 전문위원의 검토로 통해 수정된 사회복지사업법안은 "사회복지사업에 대해서는…… **재정적 지원의 방편을 어떻게 마련할 것이냐** 하는 데에 (관심이 집중)…… **가급적(외국에서 하는 것처럼) 민간에서 활발한 모금이 이루어져 사회복지사업의 기금이 형성되기를 희망**'하는 바람으로 "보건사회부장관은 제2조 제4항의 규정에 의한 공동모금의 목적을 달성하게 하기 위하여 사회복지공동모금회를 허가할 수 있다"라는 내용을 담고 있었다.(강조 인용자) 남찬섭, 위의 글, pp.43~44.

는 개념을 만들어주는 데 일조를 하였다. 이는 '영수'가 노동자의 권익을
위해 근로기준법과 단체협약을 준수할 것을 지부장에게 요구하자 지부장은
'은강 자동차'가 얼마나 윤리적인 회사인지 항변하면서 이 개념을 이용한다.
그가 제시하는 '은강 자동차'의 윤리성은 '은강 그룹' 회장의 거액 기부에서
확인할 수 있다.

> **"회장님이 사회복지를 위해 해마다 20억 원을 내놓으시겠다는 기사지?**
> **불우한 사람들을 위해 해마다 거액을 희사하시겠다는 거야. 이미 복지 재단의**
> **이사진이 결정됐을걸.** 그건 훌륭한 일이 아닌가?"(「은강 노동 가족의 생계비」,
> pp.179~180) (강조 인용자)

기업의 사회 기부는 그 기업의 고용인들이 회사를, 고용주를 자랑스럽게
여길 만한 일이라는 것이다. 게다가 '은강 그룹'에서 이루어지는 '거액의
희사'는 복지 재단을 통하여 이루어지고 있는데 이때의 복지 재단은 그룹
산하로 노동력을 착취하는 회사라는 오명에 대한 반론으로 사용될 수
있는 허울 좋은 명분으로 작용을 한다.

> "다시 말하자면 여러분이 잘못 알고 있어요. 회사가 이익을 올리면 그
> 이익 전체를 몇 사람이 나누어 갖는 줄 아는데 아주 위험한 생각야요. **기업의**
> **이윤은 사회로 환원되고, 종업원 봉급으로 지급되고, 주주 배당금으로 나가고,**
> **기업 자체 축적금으로 공정하게 배분되는 겁니다.**"(「잘못은 신에게도 있다」,
> p.200)
> "아무도 일한 만큼 받지 못하고 있습니다. 임금은 너무 쌉니다. **제가 받아야**
> **할 정당한 액수에서 깎여진 돈도 그 20억 원에 포함됩니다.**"(「궤도회전」,
> pp.146~147)

"…… 여러 공장의 근로자들에게 먹고, 자고, 일만 하다 해고 통지를 받으면 나가라고 일방적인 희생을 요구한 기업이 새삼스럽게 사회에 뭘 내놓겠다는 것은 기만입니다. 국민의 지탄을 피하려는 속임수에 불과해요. 저희들은 **회장님이 설립하신 사회 복지 재단의 이사 명단도** 구해보았습니다. ……**그분들이 정말 훌륭한 어른들이라면 회장님이 내놓으시겠다는 돈을 먼저 불쌍한 근로자들에게 나누어주고 사회에는 다른 돈을 내놓으라고 말씀하셨을 겁니다.**"(「잘못은 신에게도 있다」, pp.200~201) (강조 인용자)

사용자의 입장에서는 이윤의 분배에 대한 문제 제기에 대해 사회 환원만큼 그럴 듯하고 설득력 있는 답변이 없다. 근로자 봉급의 직접 인상보다는 불특정 보호 대상에게 기부를 하는 것은 공식적으로 떳떳하면서 기업의 이미지도 바꿀 수 있는 정당한 행동으로 비춰진다. 그렇기 때문에 기업이 노동자가 수령해야할 초과 이윤을 '사회 기부'라는 형식을 통해 전횡하는 것은 일종의 유행처럼 번지는 문화였다. 각 기업들은 모기업을 바탕으로 복지 재단을 설립하고, 기업주는 당연하다는 듯이 이사장으로 취임을 하면서 복지 재단을 통한 사회 기부를 하는 형식을 취했다.

그런데 사회 환원이라는 명분으로 사회 지도층의 사회적 의무를 다하는 듯한 모습은 기업이 아닌 개인에게서도 나타난다. '은강 그룹' 회장의 손녀딸인 '경애'는 "울타리가 쳐져 있는 동네"에 "입구에 경비실이 있고, 경비원들이 차를 세워 동네로 들어가는 사람들의 신원을 확인"[58]하는 곳에 살고 있다. 부족함이 없는 풍족한 삶을 사는 고등학생 '경애'는 또래의 친구들과 성당에서 미사도 드리고 사회의 여러 문제에 대해서도 토론을 한다. 그리고 이들의 주제도 '십대 공원'과 같은 문제들인데, 그들이 '십대

---

58) 조세희, 「궤도회전」, 『난장이가 쏘아올린 작은 공』, 문학과지성사, 1998, p.138.

공원'을 바라보는 시선은 "노동이라는 말, 의무라는 말, 자연적인 권리"59)라
는 피상적인 노동의 개념에서부터 시작을 하여 "여러분처럼 그들을 돕자"60)
라는 결론으로 치닫는다. 부유한 청소년들에게 노동자들은 도움이 필요한
약자로 비쳐진다. 그렇지만 이들이 왜 도움이 필요한지는 중요하지 않다.
어린 나이에 노동현장으로 내몰린 것이 중요한 것이 아니라 노동이 인간의
권리이자, 의무라는 감상적이고 피상적인 접근만을 할 뿐이다. 사회적
지도층을 부모로 둔 자녀들마저 사회 보호 대상자들에 대한 논의를 습관적
으로 하게 되는 것이다. 즉, 사회복지의 개념이 민간으로까지 확산이 되자
이제 문제가 되는 것은 어떤 대상을 복지 혜택의 대상으로 보는 것이냐.

　한 사회 안에서 어떤 대상을 향해 복지의 혜택이 돌아가야 할지를 결정하
는 것은 중요한 정치 의제가 되면서 그 사회를 이해할 수 있는 바로미터의
역할도 할 수 있다. 박정희체제에서는 복지의 문제가 법의 문제만큼 비중
있게 다루어지고 있다. 불특정 다수인 불우이웃도 그 대상이 될 수 있으며,
10대 상류층의 입장에서는 10대 공원(工員)들 역시 불우이웃이 될 수 있다.
그런데 이미 이와 같은 복지 대상을 선별하는 문제에 있어서 전(全)국민
대상의 일반 복지가 아니라 특정 계급에 대한 복지에 초점이 맞추어질
경우, 이미 사회 내적으로 그 대상에 대한 사회적 배제를 기본 전제를
삼고 있다는 것을 의미한다. 이는 테두리 안에 있는 사람들로 하여금 그들을
도와주어야 할 당위성을 설파하는 과정에서 그들이 왜 테두리 안이 아니라
밖에 거하는지에 대한 배제의 논리와 정당성이 저절로 생성되게 하는
것이다.61) 물론 항상 그 대상이 배제에서만 비롯되지는 않는다. 복지의

---

59)「궤도회전」, p.143.
60)「궤도회전」, p.143.
61) 이혁구는 이미 전근대적 사회에서 외부적 위험 상황이 아닌 복지의 대상은 체제
　　외적 집단들로 상정함으로써 포섭/배제의 논리가 작동되고 있음을 살피고 있다.
　　이혁구, 앞의 논문, pp.87~88.

개념에 체제 안과 밖을 구별 짓는 배제의 개념뿐 아니라 일반적이고, 보편적 의미의 나눔과 베풂의 의미도 포함돼 있다.

> 어머니는 애국 부녀 봉사회의 불우 이웃 돕기 모금 집회에 나갈 준비를 했다.(「내 그물로 오는 가시고기」, p.261)

'은강 그룹'의 사장 부인은 습관처럼 불우 이웃 돕기 모금 집회에 나간다. 집회에 나가기 위해서 비서를 동원해 옷을 차려 입고 나가는 모습에서 복지에 대한 과도한 관심과 의무감을 사회 곳곳에서 확인할 수 있다. 이와 같은 관심은 상류층의 취미생활로만 국한되지는 않는다. 복지의 개념은 기업을 위시한 사회 지도층은 물론 '생활비'가 아닌 '생존비'를 버는 '영수' 가족의 가계부를 통해서도 어느 정도 확인이 된다.

> 콩나물 50원, 왜간장 120원… 앞집 아이 교통 사고 문병 230원… 영호 직장 동료 퇴직 송별비 500원, 길 잃은 할머니 140원… 불우 이웃 돕기 150원…(「은강 노동 가족의 생계비」, pp.181~182)

'난장이' 가족의 소득은 무려 3명의 수입을 합쳐도 최저 생계비에도 못 미치는 액수이다. 그럼에도 불구하고 이들 가족들은 '불우 이웃 돕기'로 '길 잃은 할머니'를 위해서 기꺼이 '생존비'를 헐어 지출을 한다. 가계부의 지출 내역은 생계의 곤란을 겪는 이들마저 가난한 이웃을 외면하지 않는 따뜻한 정과 사랑을 가진 이들이라는 것을 보여주기도 하지만 한편으로는 이들이 살던 1970년대의 동원 정치가 성금을 모으는 일에까지 개입한 것을 보여주는 것이다. 여기의 '불우 이웃'이란 천재지변 등으로 피해를 입은 사람들인데, 이들에게 지급되는 구호금품은 이미 1962년 3월 재해구호

법을 통해 지급되어야 마땅한 일이다.62) 그렇지만 박정희 정권은 법령으로
이 기금을 충당하지 않고 각 학교를 비롯하여 일반 가정에 이르기까지
일반 시민들에게 그 책임을 전가시켰다. 즉, 위로는 기업의 사회 환원
명목으로 사회복지 자원 확보는 물론 기업으로 하여금 기업의 이미지를
포장하게끔 만드는 명분을 제공하였다. 이에 그치지 않고 최저 생계비로
연명하던 '난장이' 가족들에게서까지 '불우 이웃 돕기' 성금을 강제 징수하
는 방식을 사용을 하였다. 그리고 '영수'마저 기업의 사회 환원에 대해서는
강한 반발과 비판의식을 가지지만 자신의 가정에서 지급되는 성금에 대해
서는 의문을 제기하지 않는 것만을 보아도 이미 당대의 사회에 복지에
대한 개념이 일반화되었다는 것을 알 수 있다.

> 우리 삼남매는 죽어라 공장 일을 했다. 우리는 우리의 생산 공헌도에
> 못 미치는 돈을 받았다. 네 명의 가족을 둔 그해 도시 근로자의 최저 이론
> 생계비는 팔만 삼천 사백 팔십 원이었다. 어머니가 확인한 **삼남매의 수입
> 총액은 팔만 이백 삼십 일 원이었다.** 그러나 **보험료·국민저축·상조회비·노동
> 조합비·후생비·식비 등을 제하고** 어머니 손에 들어온 돈은 육만 이천 삼백
> 오십 원밖에 안 되었다.(「은강 노동 가족의 생계비」, p.182) (강조 인용자)

또한 '난장이' 가족이 받는 월급 명세서에서 기본적으로 지출되는 내역을
살펴보면 '보험료', '후생비'가 상정이 되어 있다. 이것은 삼남매들의 작업환
경 개선, 노동자 권리 증진 등을 위한 복리후생을 감안한 사회복지 혜택이다.
박정희 정권은 노동자들의 처우에 전혀 무관심한 모습을 보이지 않았다.
노동자와 자영업자를 대상으로 의료보험법에 가입케 하였으며 이를 통하여

---

62) 남찬섭, 「1970년대의 사회복지 4」, 『월간 복지동향』 vol.92, 참여연대 사회복지위원
회, 2006, p.64.

정권의 정당성을 일정 부분 인정받으려 하였다.[63]

이처럼 1970년대는 사회복지법을 시작으로 위로는 기업가로부터 일반 시민에 이르기까지 법, 제도, 사람들의 의식 모두 복지 국가를 향해 진일보한 사회라고 볼 수 있을 정도이다. 그렇지만 그처럼 복지사회를 그리는 모습 이면에 박정희 정권의 더 큰 획일화의 원리, 배제의 이념을 내포하고 있다.

"네가 **공장 일을 열심히 한다면** 정말 좋겠다." (중략)

"시간이 얼마나 걸릴지 모르겠다만, **우리의 심신도 편해질 날이 오지 않겠니?**"(「클라인씨의 병」, p.213)

나는 아버지·어머니·영호·영희, 그리고 나를 포함한 다섯 식구의 모든 것을 걸고 그들이 옳지 않다는 것을 언제나 말할 수 있다. 나의 '모든 것'이라는 표현에는 **'다섯 식구의 목숨'이 포함되어 있다.**[64]

"가장이라는 생각을 하지 마라. 그러면 꿈을 꾸지 않을 거다. 아버지가 돌아가셔서 네 책임이 무거웠다는 생각은 아예 하지 마라."

"전 한번도 가장이라는 생각을 해본 적이 없어요."

내가 말했다.

"아니다."

"너도 모르는 일이다. 네 마음 속 어디에 그런 생각이 들어 있는 거야."

어머니의 말대로 나의 마음속 어느 구석에 그런 생각이 들어 있었을 것이다. 아버지는 항상 나에게 말했었다.

"애야, 너는 장남이다."

---

63) 위의 논문, p.62 ; 허은, 「박정희 정권하 사회개발 전략과 쟁점」, 『韓國史學報』 제38호, 2010, pp.234~235.

64) 「난장이가 쏘아올린 작은 공」, 『난장이가 쏘아올린 작은 공』, 문학과지성사, p.68.

아버지는 나를 올려다보며 말했었다.

"나에게 무슨 일이 생기면, 네가 집안의 기둥이다."

"영수야."

어머니는 말했다.

"나도 아직 일을 할 수 있고, 영호와 영희도 자랄 만큼 자랐다. **네가 어떤
결정을 내리면 우리는 너를 믿고 따라갈 거야.**"(「은강 노동 가족의 생계비」,
p.171)[65]

지금 당장 공업 노동자들의 삶은 피폐하고 피곤하지만, 점점 좋아지는
사회 제도, 인간에 대한 배려가 확대된다고 느끼기 때문에 노동자들의
가족은 앞으로의 미래를 희망적이라고 점치고 있다. 그것은 노동시장에
순응하면서 꾸준히 열심히 일해 줄 것을 요구하는 가족의 형태로 드러난다.
'영수'는 10대 공원으로서 자신의 처지를 이야기할 때 "다섯 식구의 목숨"을
지니고 있다고 강조한다. '영수'의 노동은 자신의 생계를 이어나가기 위한
것만이 있는 것이 아니라 "아버지, 어머니, 두 동생"을 포함하는 가족
단위로 구성이 되어 있다. 또한, 한 가정의 가장, 장남의 의무와 책임에서
'영수'는 자유로워질 수가 없다. '영수'는 노동자로서의 정체성뿐만 아니라
'가장, 장남'이라는 정체성을 어렸을 때부터 주입받아 왔다. 그래서 그가
내리는 결정은 혼자만의 결정이 아니라 모든 식구를 고려한 최상의 결과를

---

65) 이 외에도 '영수'와 어머니 사이에서는 지속적으로 갈등이 존재하고 있다.
"마찬가지야. 넌 매를 맞고 피를 흘리면서 들어왔다. 넌 이 에미와 두 동생을
내동댕이쳐놓구 계속 엉뚱한 일만 하게 될 거야. 그러다 한 보따리씩 걱정만
안겨주겠지."(p.206)
"왜 공장 일만 하지 못하니, 너는."(p.208) / "사람처럼 살고 싶어서 그래요."(p.209)/
"막으면 막게 놔두고, 모르면 계속 모르게 있게 놔둬. 내 말을 안 듣다가는 잡혀가.
너는 죄를 짓고, 재판을 받고, 감옥소에 갇힌다. 그 문에 머리를 찧는 이 에미와
동생들을 안 보려면 가만히 좀 있어."(p.209)

172

예측한 후에 이루어져야 한다. 그래서 '영수'는 항상 가족에게 미안한 마음을 가질 수밖에 없다.66)

　박정희체제의 경제는 그 어떤 시기보다 공업 생산에 필요한 노동력이 필요한 시기였다. 그 노동력을 제공받을 수 있는 가장 좋은 단위는 가족이었기 때문에 경제 정책을 위해서 박정희체제는 가족을 수단화하였다.67) 가족의 한 구성원 특히 가장을 중심으로 가계를 책임지게 하는 구조는 앞서 살펴본 복지 의식과도 연관이 된다. 가정 내의 삶의 질이 사회나 국가가 보장해주는 것이 아니라 가정 내 가장이 일방적으로 모든 짐을 떠안아야 하는 구조가 돼야 했다. 이것은 박정희체제가 당대 가족에게 요구하는 자본주의 시대의 가족윤리인데, 이는 한국의 유교 중심적인 문화권과 연결이 되어서 자연스럽게 국가의 역할을 가족이 수행하는 것이다. 그런데 실제 '영수'의 가족 같은 경우에도 아버지의 죽음 이후 '영수'는 가장으로서의 강한 책임의식을 가지고 있다. 가장의 책무를 하지 못함에 미안함을 느끼며, 어머니는 '영수'의 안위가 걱정이 되기도 하지만 가족 구성원으로서의 역할을 묵묵히 해 내는 것이 '영수' 개인에게도 가족에게도 모두 도움이 됨을 피력하고 있다. 이처럼 조세희의 노동자들은 경공업 중심의 노동업에 종사하면서 가족을 부양해야 한다는 의무와 책임감을 견디는 노동자의 형태로 드러난다. 그 가운데 국가는 노동자 가족들에게 복지 환상을 작동하면서 지금의 고난이 미래의 행복으로 전환될 것이라는

66) 그때, 장남으로서 내가 하는 일은 거의 없었다. 영호와 영희가 벌어오는 돈으로 먹고 사는 형편이었다. 물론 나도 벌었지만 나는 그 돈을 다시 내다 쓰지 않으면 안 되었다. "미안하다." / 나는 말했다. / "영호한테도 미안하고, 영희한테도 미안하다." / 그러면 나의 두 동생들은 말했다. / "걱정하지마, 형." / "괜찮아, 큰오빠." / 어머니는 달랐다. / "네가 공장 일만 열심히 하면 정말 좋겠다."(p.213)
67) 김수영, 앞의 논문, p.110. 가족 단위의 노동력 확보를 위해 박정희체제는 적극적으로 가족 문제에 개입을 하였는데 그 대표적인 형태가 가족계획사업이었다.

생각에서 벗어나지 못하게 한다.

한편 박정희체제는 교육에 대해서도 관심을 보인다. 이들 삼남매는 자의가 아닌 타의로 학업을 중단할 수밖에 없었다. 이 삼남매에게 학교의 중요성은 '난장이'로 대변되는 하층계급의 탈피를 위해서이다. 공부가 아닌 다음에야 힘겹고 어려운 지금의 삶에서 벗어날 길이 없기 때문이다.

> **할아버지에게는 어떤 교육도 없었고 경험도 없었다.** 할아버지는 **집과 땅을 잃었다.**(「난장이가 쏘아올린 작은 공」, p.75)
>
> "명희야, 난 저 따위 공장엔 안 나갈 거야. **공부를 해서 큰 회사에 나갈 테야.** 약속해."(「난장이가 쏘아올린 작은 공」, p.80)
>
> 중학교 3학년 초에 학교를 그만두었다. 더 이상 나갈 수 없었다.(「난장이가 쏘아올린 작은 공」, p.81)
>
> 영호와 영희도 몇 달 간격을 두고 학교를 그만 두었다.(「난장이가 쏘아올린 작은 공」, p.82)
>
> **우리는 무슨 일이 있든 공부를 해야 한다고 생각했다. 공부를 하지 않고는 우리 구역에서 벗어날 수가 없다고 생각했다. 세상은 공부를 한 자와 못한 자로 너무나 엄격하게 나누어져 있었다.** …… 나는 고입 검정고시를 거쳐 방송통신고교에 입학했다.(「난장이가 쏘아올린 작은 공」, p.83) (강조 인용자)

'영수'에게 학교의 교육은 곧 삶의 유형을 확정짓는 결정적 요소가 된다. 교육받지 못한 할아버지는 집과 땅을 잃어버렸고, '영수' 역시 지금의 상황을 타개할 수 있는 유일한 길은 공부밖에 없다고 믿고 있다. 이들의 공교육은 중학교 중퇴 이하에서 끝이 나고 말았다. 중학교를 졸업 못한 '영수'는 독학으로 학업을 마칠 정도로 학업에 집착하고 집중하는 모습을 보인다. 그런데 이들과 같은 어린 노동자들도 중학교까지는 의무적으로

174

다녀야 하는 법이 1970년대 제정이 되었다.

> "나도 중학교에 가면 배울 거야." (중략)
> "중학교까지 의무 교육이 된대."(「궤도 회전」, pp.152~153)

1979년 8월 31일 시행된 '생활보호 대상자 중학교 과정 수업료 지원규정'
으로 생활보호대상자 중 중학교, 기술학교, 고등공민학교, 특수학교에 재학
중인 자에 대해 수업료 전액을 보조받게 되었다.[68] 의무교육을 통하여
노동자를 위시한 하층계급의 교육 대상의 확대를 가져오지만 조금 더
자세히 들여다보면 이들 삼남매가 기대하는 공부와 하층계급이 받을
수 있는 교육에는 큰 차이가 존재함을 알 수 있다. '영수'는 교육을
통해서 생활에 질적인 변화가 있을 것이라고 예측을 한다. 그렇기 때문에
학교를 그만 두었을 때에도 검정고시로 방송통신고등학교에 입학을
해서 상급 학교로의 진학을 꿈꾸었다. 그렇지만 그가 '은강 자동차'의
한 기능공으로 취직을 한 이후에 그는 근대화된 기술에 매혹되면서
작은 부품을 날라주는 일이 아닌 선반공으로 일하고 싶은 열망을 가지게
되고 견습생인 지금 당장 기능공으로 일할 수 없게 만든 아버지로부터
이어져 온 가난을 곱씹는다.

> 나는 승용차 조립 라인에서 일하는 사람들에게 작은 부품들을 날라주었다.
> (중략) 처음 며칠 동안 **나는 놀라운 기술에 매혹되었다.** (중략) 실린더 블록을
> 만드는 **주조 공장의 열기와 빛깔이 나를 흥분시켰다.** 그러나 내가 실제로
> 일하고 싶은 곳은 공작 기계 공장이었다. 나는 선반 일을 배우고 싶었다.

---

68) 남찬섭, 앞의 논문, p.63.

(중략) 영호는 연마 일을 하고 싶어했다. 회전기 가공반에 있는 연마기 이야기를 나에게 하고는 했다. 연마도 고도의 정밀 작업이다. 정밀도 일천분의 오 밀리미터 이내의 작업을 계속해내는 **기계공들 앞에서 영호는 기가 죽었다. 아버지는 너무 힘이 없었다. 두 아들을 공업학교에도 보낼 수 없었다.**(「은강 노동 가족의 생계비」, pp.173~174) (강조 인용자)

'영수'나 '영호'가 중도 하차할 수밖에 없었던 학교 교육은 지금의 삶보다 더 나은 삶을 보장해 줄 수 있는 최고의 여건을 제공해주지만 공장 노동자로서의 삶을 살아가는 이들에게 최상의 교육은 '공업학교'에서의 숙련된 기술을 학습할 기회인 것이다. 우메네 사토르는 근대 교육을 지배계급의 지위를 유지할 수 있는 자기교육(교양교육)과 노동자대중의 교화를 위한 계몽교육, 계급적 자각을 한 노동자의 의식화 교육으로 나눈다.69) 그에 따르면 지배계급들에게 필요한 교육이라는 것은 그들의 사회적 지위를 지속적으로 보장해주면서 기득권을 유지할 수 있는 것이라고 보고 있다.

윤호는 A대학교 사회 계열에 합격해야 하기 때문이다. 전국에서 이십오 만 명이 대학에 가려고 한다. 전국의 대학 정원은 육만 명 정도이다. 얼른 생각하면 사 대 일 정도의 경쟁을 치러 이기면 되는 것 같다. 그러나 알고 보면 사정은 아주 다르다. 윤호가 가야 할 A대학 사회 계열의 정원은 오백삼십 명이다. (중략) **윤호는 오백 대 일의 싸움에서 이겨야 한다.** 아버지가 원하는 싸움이었다.(「우주 여행」, pp.53~54)

아들은 딸애보다 높은 과정을 공부하고 있다. 그애의 머릿속에는 놀라울 만큼 많은 학과 지식이 더 차곡차곡 쌓여 있다. 이대로 **몇 해만 더 공부하면**

69) 梅根悟(우메네 사토루), 『세계 교육사』, 김정환·심성보 옮김, 풀빛, 1994, pp.70~71, pp.312~313, p.387, p.391.

아들은 자기 또래의 어느 아이들보다도 큰 특권과 고액 소득을 누릴 수
있는 기회를 갖게 될 것이다.(「칼날」, p.34)

물론 중·상층 계급을 대변하는 '신애' 가족과 '윤호'의 경우에도 공부와
학교는 사회 안에서 더 좋은 지위와 더 높은 수익을 보장해 주는 보험의
의미를 갖는다. 상층계급인 '윤호'에게도 A대학교에 합격을 해야 하는
당위성과 의무가 동시에 주어져 있다. 지금의 계급을 유지하기 위해서
A대학교는 피할 수 없는 조건이 된다. '윤호'에게는 오백 대 일에서 싸워
이겨야지만 응시자인 이십오 만 명위에 군림할 수 있는 자격을 얻게 된다.
'윤호'는 교육을 통하여 그것을 보증 받는 것이다. 그에 비해 중간계급을
대변하는 '신애'의 아들은 교육이 그를 중간자의 위치를 보장해주는, 통치자
는 아닐지언정 관리자의 역할을 할 수 있게 해 줄 것을 알고 있다. 철저하게
하층계급인 '영수', '영호' 형제가 받는 교육이 숙련공이 되는 것과는 지나치
게 큰 차이를 보인다고 할 수 있다.
　이처럼 박정희체제는 사회복지라는 이름으로 하층계급을 안으로 포섭하
고 있다. 사회복지가 발동되는 그 곳이 노동자들이 위치할 곳임을 다양한
법령으로 확정짓고 있다. 노동자 계급은 가족 중심의 이데올로기, 강화된
근대화 교육 등 사회 곳곳에 흩뿌려져 있는 복지정책과 만나지 않을 수
없고, 어떤 형태이든지 타협하지 않을 수 없게 되어 있다.

IV. 신체 정치와 협상하는
도시 이방인 주체 : 황석영

　황석영의 소설은 이문구와 조세희의 작품에 등장하는 인물들과 달리 다채로운 인물들을 내세워 급격한 근대화와 도시화에 따른 모순을 보여주고 있다. 조세희의 노동자들이 공장을 배경으로 경공업 중심의 단순 노동자를 그리고 있다면 황석영은 경공업에서 중화학공업으로 달라진 산업 구조[1]와 그 속의 변모한 노동의 모습을 보이고 있다. 또한 황석영이 주목하는 인물들은 도시를 중심으로 서비스 산업에 종사하는 노동자들이다. 비록 이들이 서비스 산업이라고 당당하게 이야기할 수 있는 업종에 종사하지는 못하지만 도시에 거주하는 도시민들의 거대한 욕망을 해소하고 처리하는

---

[1] 경공업 중심의 임가공수출 산업은 1960년대 말부터 이미 한계에 부딪쳤다. 제2차 경제개발기간(1967~1971) 동안 경공업 중심의 제조업은 초고속 성장을 하였지만 저임노동력 확보의 어려움과 신보호주의(미국 중심으로 자국의 무역을 보호하려는 움직임이 본격화됨.)로 인한 대외교역환경의 변화로 새로운 형태의 산업구조가 요구되었다. 그래서 박정희 정권의 정통성 문제와 경제자립의 달성을 위해 제3차 5개년계획(1972~1976)에서는 본격적으로 중화학공업과 사회간접자본 확충을 국가 주력 산업으로 채택이 되었다. 이처럼 박정희체제에서는 산업구조가 철저하게 "선별적 산업육성정책"에 따라 시행되는 구조였다. 따라서 조세희 소설의 경공업 중심 노동자와 황석영 소설의 숙련공, 중화학공업 노동자와는 질적으로 다른 차이를 보일 수밖에 없다. O'Donnell·Schmitter, 앞의 책 ; 최용호, 「1970년대 전반기의 경제정책과 산업구조의 변화」, 『1970년대 전반가의 정치사회변동』, 한국정신문화연구원 편, 백산서당, 1999 참조.

일에 근무하는 것을 보여줌으로써 조세희의 노동자와는 다른 면모를 보인다. 이처럼 황석영의 다양한 인물들의 제시는 도시라는 배경과 산업화, 도시화의 심화에 따른 결과이다.

전후 국가 재건의 기치 아래 근대화·산업화를 이루고자 한 노력은 공업의 중화학공업화로 인해 큰 변모를 겪지만 그럼에도 1970년대는 1차 산업인 농업, 2차 산업인 경공업 그리고 서비스업과 중화학공업이 모두 망라돼 보이는 시기였다. 그리고 황석영은 도시를 중심으로 중화학공업과 서비스 산업에 종사하는 인물들을 그리고 있다. 그렇지만 이들이 종사하는 서비스 산업이 구색은 갖추었으되 그 모습이 이들을 위한 판이 아니라 철저하게 사용자 혹은 소비자의 입장이 우세하다. 그리고 황석영이 그리고 있는 하층계급 인물들은 사용자가 아닌 노동자로, 소비자가 아닌 소비품으로 등장을 한다.[2] 또한 황석영의 인물들은 결혼을 통한 부부와 자녀 중심의 가정이 많이 등장하지 않는다. 이는 현대 도시의 삶을 보여주는 장면이라고 착각할 수 있다. 하지만 황석영의 인물들은 가정의 붕괴나 해체의 모습이 아닌 아예 처음부터 그 뿌리와 원류(原流)를 알아볼 수 없을 만큼의 독자적이면서 개별적인 삶을 살아가는 인물들이다.

그래서 이들은 영토가 지니는 불변, 정착, 안정의 의미보다는 사람이 지닌 가장 기본적인 육체만으로 일상을 살아가는 모습을 보인다. 이는 푸코와 아감벤으로 이어지는 "생명 정치"에 대한 개념과 맥을 같이 한다. 푸코는 "영토 국가에서 인구 국가로 이행"되는 것이 생명 정치의 중핵이라고 보았다.[3] 현대 정치는 정착과 정주로부터 오는 안정적 통치가 아니라

---

2) 이 점이 앞서 살펴 본 이문구와 조세희와의 차이 중 하나이다. 이문구가 땅에 뿌리를 내려 토지의 소산으로 살아가는 농민의 모습을 그리고 있고, 비록 열악한 노동환경에서 힘들게 살아가는 노동자의 실상을 사실적으로 그렸지만 공장에 입사를 하고, 규칙적인 출·퇴근을 하고, 돌아갈 집과 가족들이 있다는 상황을 기본적으로 전제한 조세희의 노동자와도 또 다른 면모를 보인다.

개개인의 신체를 감시, 통제하는 구조로 바뀌고 있다는 것이다. 남과 북이 대치하고 있는 정치적 상황에서 신체에 작동하는 감시체제는 남한민들만의 동일화 전략이 작동을 한다. 특히 북에서 월남한 사람들에게 북의 색을 거세하고, 남의 이념과 사상을 전적으로 수용할 것을 요구하고 있다. 황석영은 이러한 국가적 감시, 동원 사상이 근대화 규율 기관을 통해서 이루어지고 있음을 밝히고 있다.

또한 인간 신체에 바로 가해지는 정치적 개념은 유용한 신체로 거듭나기를 요구한다. 그래서 황석영의 소설에서 등장하는 노동자들은 자신들의 신체를 단련한 기술 노동자로 등장한다. 또한 사회적 자본이 분배되는 과정에서 그 몫을 할당받지 못하는 잉여 존재들은 자신의 신체를 직접 매매의 대상으로 삼게 된다.

이렇게 이문구와 조세희의 소설에서 볼 수 있는 현실보다 더 심각한 모습은 자연스럽게 하층계급들 스스로도 두 작가의 인물들과는 다른 계급의식을 보이는데, 이들은 철저하게 자신들의 계급을 처음부터 인지하고 있다는 것이다. 이미 자신들의 정체성을 인식하고 있다는 것은 황석영의 인물들이 다른 두 작가의 인물들과는 다른 출발선에 있다는 것을 의미한다. 따라서 이들은 그들이 알고 있는 계급에 대해 투쟁과 저항보다는 타협과 협상을 하는 면모를 보인다. 물론, 여전히 부조리한 계급 관계에 대항하여 투쟁하고 저항하는 인물들이 없는 것은 아니지만, 사회에 반(反)하는 행동을 하는 인물들 못지않게 자신들의 계급 안에서 삶을 살아가는 인물들도 다수 등장을 한다.

박정희 정권은 1970년대 들어 독재 정권에서 권위주의 정권으로 변모를 하기 시작했다. 권위주의 사회를 만들기 위해서는 무엇보다 사회 질서를

---

3) G. Agamben, 『호모 사케르』, 박진우 옮김, 새물결, 2008, p.37.

새롭게 구축하는 것이 필요했는데, 이때 사회 질서를 구축하는 과정에서 신체를 개발하고 생명에 질서를 부여하는 작업이 이루어졌다. 이 모든 일들은 지배 체제를 보다 더 공고히 하기 위한 것인데, 이때 국민들을 지배 담론에 맞게 배치를 하면서 배제되고 포섭되는 경계 짓기가 이루어졌다. 국민들에게 안보와 경제적인 풍요를 약속함으로써 정권 유지를 하려고 한 박정희 정권은 국민들 특히 하층계급들의 배치를 사회적으로 유용한 신체인지의 여부를 통해 구별을 하려고 하였다. 사회 안에서 쓸모 있는 신체 여부의 판단은 사회적 가치에 얼마나 부합하는지와 밀접하게 연관되어 있다.

이러한 정책은 반공주의 사상과 경제성장 제일주의에 그대로 적용이 되었다. 반공주의 사상 안에는 폭력과 공포를 내포하고 있다. 반공사상은 가장 기본적인 안보에 대한 위협과 공포로 다가와서 국민들로 하여금 통합을 자발적으로 이룰 수 있는 기반을 스스로 안고 있었다. 특히 북에서 월남한 사람들이나 이념과 사상과 관련해서 연루된 경험을 가진 인물들에게는 더욱 더 반공사상으로 인한 남한인으로서의 정체성 획득과 남한민이라는 경계 안쪽으로 자리 잡는 것이 중요한 화두가 되었다. 이를 1절에서 살펴보도록 하겠다.

2절에서는 유용한 신체 담론을 중심으로 국가와 사회에 쓸모 있는 신체로 거듭나기를 요구하는 국가의 호명에 반응하는 도시 이방인들의 모습을 살펴보도록 하겠다.

1. 민주 정치 이념화와 개인의 윤리

황석영은 1970년대를 이미 지배 담론이 정치적, 경제적인 영역을 넘어서 사회 전반에 깊숙하게 자리매김을 한 것으로 인식을 하고 있다. 박정희의 통치 영역이 경제 부흥의 환상을 업고 자연스럽게 정치, 경제, 문화, 사회 구석구석 뿌리를 내림으로써 박정희 정권의 통치 이데올로기는 다만 지배의 개념이 아닌 삶의 현장에까지 직접 영향 관계에 있다고 보았다. 이렇게 뿌리 깊게 자리 잡은 것은 바로 감시의 체제이다. 물론 감시는 박정희 정권만의 특징이 아닌 근대 국가가 지니는 일반적인 속성이다.[4] 그렇지만 박정희 정권의 감시 체계는 보다 더 복잡한 면모를 지닌다. 전통적으로 땅을 중심으로 공동체 의식을 가졌던 우리 민족은 자연스럽게 이웃과 주변에 대해 많은 정보를 공유하게 된다. 그렇지만 근대의 급격한 도시화는 공동체 의식이 줄 수 있는 이웃 간의 유대감 내지 서로를 견제하거나 보살필 수 있는 기능이 크게 저하되어 버린다. 이를 위한 대안으로 박정희 정권은 주민등록 제도 등과 같은 아주 구체적인 감시 체제를 구축하게 된다. 13개의 숫자로 개인을 통제할 수 있었던 강력한 조치는 도시 이방인에 대한 견제와 통합의 이중적인 요구를 하게 된다.[5] 특히 반공주의 사상의 강화는 베트남전 참전 군인들의 귀환과 맞물려 이념을 앞세운 전쟁에 대한 회의와 의심을 불식시키기 위해 더욱 더 반공사상을 정치적인 아젠다로 사용하면서 강조하게 되었다. 그리고 황석영은 이와 같은 반공사상의 정치화를 꼬집기 위해 월남해서 정착하지 못하고 방황하는 월남인들을 조명하면서 박정희 정권의 반공사상의 허점을 보여주고 있다. 월남인들의 불완전한 삶과 생활상은 감시와 통합을 이루고자 한 박정희 정권이 유효할 수 없음을 상징화한다. 개인의 불행이 개인적인 차원에서 머무는 것이

---

4) 홍성태, 「일상적 감시사회를 넘어서」, 『국가와 일상』, 한울아카데미, 2008, p.113. 홍성태는 감시를 근대 국가의 일반적 속성으로 보았다. 그러나 독재체제에서의 감시는 폭력기구와 결합해서 비정상적으로 크게 강화된다고 보았다.

5) 홍성태, 위의 책, p.87.

아님을 「한씨 연대기」를 통해 보여준다. 개인의 불행이 사회와 떼려야
뗄 수 없는 유기적 관계임을 박정희체제는 인정하지 않는데, 그것을 교육을
통한 (재)사회화로 설명을 하려고 하였다. 박정희 정권은 다양한 현대적
교육 기관을 통하여 국민들을 교육시켰다. 학교·군대·교도소를 통한 신체
통제와 규율 교육은 사회 안에서 쓸모 있는 인력, 사회질서에 적응하는
국민으로 단련을 시키는 효과를 가져 온다. 1970년대 교육 기관이 가진
교육의 이념과 교육적 효과에 비록 황석영이 동의하지 않았다고 하더라도
그의 작품에서는 교육, 재교육을 통해 변화된 개인들을 만나볼 수 있다.
그래서 1항에서는 박정희 정권의 반공사상이 월남인 혹은 6·25전쟁을
통해 어떻게 구현되었고 이를 작가는 어떤 지점에서 비판적으로 바라보는
지 살펴보도록 할 것이다. 2항에서는 박정희 정권의 교육을 담당한 기관들이
어떻게 쓸모 있는 국민들을 만들어내려고 했는지, 이에 개인들은 어떤
반응을 보였는지를 살펴볼 것이다.

1) 타자의 동일화와 자아 정체성의 은폐

황석영의 소설은 앞서 살펴본 이문구, 조세희와 달리 사회 각계각층을
그들이 속한 공간을 중심으로 다각도로 그려내고 있다. 그래서 황석영은
이문구가 농촌 작가, 조세희가 노동자 작가라고 뚜렷하게 불리는 것처럼
상징적으로 명명될 수 없는 다양성을 가지고 있다. 황석영의 소설에는
북에서 월남(越南)한 사람의 이야기도 있고 남·북한 이념의 대립으로 빚어진
한 가정의 상처를 다룬 작품도 있다.6) 1970년대 경제는 물론 사회 전반의

---

6) 물론 이문구의 작품에서도 월남한 사람의 이야기가 있으며, 그 인물과 관련한
   에피소드가 있지만 이때의 인물은 일가족의 고향이 단지 북쪽으로만 드러날
   뿐, 그 탈출 경로라든지 북에서의 이력에 대해서는 거의 언급을 하지 않는다.

최대 화두인 경제적인 갈등 상황과 함께 황석영은 이념 대립으로 인한 불행한 개인사를 정면으로 조명을 하고 있다.[7] 그리고 황석영은 바로 이 지점에서 1970년대 반공사상의 허점을 이야기하고 있다. 월남한 사람들은 남한 사회에서 민주주의 이념 아래 국민이라는 이름으로 통합, 단결될 것을 기대하기도 하고 요구받기도 하지만 실질적으로 이들의 정착기가 호락호락하지 않음을 황석영은 보여주고 있다. 남북 간의 냉전 체제는 박정희의 통치와 지배를 용이하게 하였다. 남한만을 중심으로 국민 모두가 하나의 외부의 적과 맞서야 하는 긴장 상태는 내부의 갈등과 모순을 소소한 것으로 치부하게끔 하는 위력이 있었다. 이러한 냉전체제를 정치적 지배 수단으로 활용한 박정희 정권에게 북한에서 월남한 사람들의 국민 받아들이기 프로젝트는 정치적 이념을 띨 수밖에 없게 된다. 그런데 이들을 남한민으로, 이질적이지 않게 통합, 수용하려는 정치적 이념은 각각의 입장에 따라 달라질 수 있다. 지배적 관점에서 보면 북에서 온 '이방인'들의 수용과 포섭은 타자를 '우리' 안의 주체로 끌어안는 시선이 내포돼 있을 것이다. 북에서 온 이방인들 입장에서는 '타자'적 위치에서 남한 사회로의 동화를

그저 분단과 월남이 전쟁으로 삶의 터전을 잃어버린 비극적 배경으로 작용을 한다.

7) 전후 근 20여년이 지난 후에도 여전히 월남한 사람들의 정착기가 소설의 소재로 활용이 되는 것은 월남인의 정착과 베트남전 파병과 맞물리면서 새롭게 이념 문제에 대해 관심이 증폭된 것과 무관하지 않다. 극단적 이념 대립으로 전쟁을 치르는 베트남전과 '민주주의 수호'라는 명목으로 우리나라의 군인들이 파병을 하고, 그에 따른 인명 피해가 발생한 상황을 박정희 정권은 정치적으로 해명하며, 수습하려고 하였다. 오히려 베트남전 파병으로 반공사상의 강화가 더 힘을 얻을 수 있는 기회가 되었다. 그래서 황석영의 작품 안에서 월남민들의 정착기는 새롭게 조명이 될 수 있었다. 또한 강진호는 경직된 남북 관계가 7·4 남북공동성명으로 인해 경색에서 화해의 분위기를 탄 것과 유년시절 때 6·25를 경험해 이제 성년이 된 작가들이 보다 더 객관적으로 조망하면서 6·25를 "주체적 시각"으로 정립하고자 한 것으로 보았다.(강진호, 「분단현실의 자기화와 주체적 극복 의지─1970년대 분단소설에 대해서」, 『1970년대 문학연구』, 소명출판, 2000, pp.45~47.)

바라는 시선을 가질 것이다. 이러한 입장 차이는 황석영의 소설에서 예민하게 포착이 되지는 않는다. 다만, 「한씨 연대기」와 「잡초」는 타자인 월남 이방인들이 어떻게 남한 사회의 지배 이념을 수용해서 동일화해야 하는지를 보여주고 있다.8) 그 양상은 크게 두 가지로 나타난다. 적극적 동조, 동의가 첫 번째이고, 남한 사회 안에서의 '무표화'가 그 두 번째이다. 첫 번째 남한 사회의 지배 이념에 대한 적극적인 동조, 동의는 소설 「한씨 연대기」에서 나타난다.

「한씨 연대기」는 산부인과 전문의인 '한영덕'의 굽히지 않는 의사로서의 사명감, 인간으로서의 인류애가 남북 분단, 정치 이념의 갈등 앞에서 좌절되고 마는 것을 그리고 있는 소설이다. 월남인을 다룬 「한씨 연대기」는 그 배경과 인물이 각각 북한, 북한 출신의 사람임에도 불구하고 남북 간의 이념 대립보다는 개인 성향으로 인한 문제의식을 나타낸 소설로 보는 경향이 많다.9) 하지만 '한씨'라는 개인 한 명과 분단 현실이라는 세계 사이의 대립구도로 볼 경우, 개인의 불행과 한계가 극명하게 시대에 따른 원인에서 비롯됨이 지나치게 분명해지게 된다. 이는 분단이라는 시대 상황을 부각시키기 위해 배치한 상처받고 좌절한 한 개인의 서사로만 그칠 수 있다. 또한 분단 현실이라는 현실적 상황에만 주목할 경우 개인이,

---

8) 물론 이방인들의 시선으로 이 모든 과정을 서술한다고 해도 이들에게 적용되는 박정희체제의 반공이데올로기를 엿볼 수 있는데, 그 양상 역시 조금 다르게 나타난다.

9) 김승종은 이를 두고 '문제적 개인'이라고 칭했다. 루카치의 문제적 개인의 개념을 빌려와 황석영의 작품 속 인물들이 타락한 사회 속에서 진정한 가치의 추구는 실패로 귀결될 수밖에 없음을 설명하고 있다. 즉, 「한씨 연대기」의 '한영덕'이라는 인물이 가지는 고결한 성품과 의사로서의 사명감이 당대 현실에서 좌절해서 실패자로 남음을 이야기하고 있다. 김승종, 「황석영 초기 소설에 나타난 '문제적 개인'」, 『국어문학』 제49집, 2010, pp.93~95 ; 안남연, 「황석영 소설의 역사 인식과 민중성」, 『상허학보』 No.13, 2004, pp.509~512.

그것도 월남한 사람이 가지는 한계성으로 보다 풍부한 해석이 불가능하다. 오히려 '한씨'라는 개인이 처한 분단 상황과 시대가 그에게 요구하는 조건을 살펴봄으로써 작가가 '한씨'라는 인물을 통해 들여다보려고 했던 시대상이 선명해질 것이다.

> "(상략) **한군은** 내 생각에두 **너무 고디식하구 순수했디요.** 그게 이 친구 단점입네다. 난 이사람하군 정반대디만 어릴 적부터 쭉 같이 자랐댔구 도재 남을 속일 줄두 모르구 **융통성두 없는 이 사람** 성미가 짜증이 나멘서두 밉질 않았디요. 아니, 오히려 그런 면을 도와했대시오."(「한씨 연대기」, p.20)
> "…… **영덕인 자기에게 너무 까다롭디요.** 대범하게 잊어두는 법이 없쇠다. 기렇다구 표현두 못하멘서 속으루만 괴로워합네다레. **모든 세상 불의를 자기 까탄으루 돌리는 거야요.** 난두 답답할 때가 한두 번이 아녔대시오. (하략)"(「한 씨 연대기」, p.21) (강조 인용자)

'한씨'의 친구 '서박사'와 여동생 '한여사'가 기억하는 '한영덕'은 올곧고 단호한 성격의 소유자이다. 그러한 '한씨'의 신념은 북에서는 사치스러운 감정으로 치부되고 남에서는 평범한 삶에 장애가 되는 거추장스러운 감정이 되고 만다.[10] 물론 '한씨'로 상징되는 월남인들의 남한 정착기는 결코 쉬운 일이 아니다. 전후 열악한 경제 상황에서 자신의 터전을 유지하고 있는 남한민들에게도 전후 황폐함을 복구하는 것도 어려운 일인데, 혈혈단신으로 월남한 사람들에게는 더욱 더 버거운 일이 아닐 수 없었다. 김효석은 월남한 사람들의 주된 탈출 이유를 북한 정권으로부터 받은 탄압이나

---

10) '한씨'의 고지식함은 남한 사회에서 의술을 사업으로 인식해 이익을 창출하려는 다른 월남인들과 반목하게 되고 결국 간첩으로 오해를 받고 쓸쓸한 죽음에 이르게 되는 직접적인 원인으로 작용을 한다.

불안감으로 보았고, 그 강도에 따라 반공 의식도 달라지는 것으로 보았다.[11] 이들에게는 월남 출신이라는 꼬리표가 계속 따라다니고 있었고, 이 꼬리표 에는 월남인만의 유표화된 특징을 달고 있었다. 김귀옥은 그 유표화된 특성을 월남인들의 배경, 월남 동기, 남한 내 활동으로 나누어서, 중산층이거 나 엘리트 출신들에, 반소·반공의식 때문에 남한에서는 전쟁 때 종군하여 반공을 수호하거나 반공단체에서 일을 하는 사람들로 보았다.[12] 이처럼 월남인들에게는 '반공, 반북'이 월남의 직·간접적 영향이 되었고, 정착 과정에서도 반공에 비교적 적극적이었다. 즉, 월남인들이 등장을 한다면 이들은 남한 사회의 민주정치를 옹호하며 대북 관계에서 보수적인 색깔을 유지해야 했다. 그것은 그들의 월남 동기와 남에서의 원활한 정착을 위해 필요한 제스처였다.

하지만 황석영은 그렇게 부러 보이는 행동과 적극적으로 나서서 남한민 들과의 동일화를 꾀하려는 실체 자체에 의문을 제기한다. 그리고 그 실체가 반공이라는 이데올로기를 표면화시키지만 사실 그 이면에는 다른 것이 있음을 폭로하고 있다. 이는 곧 자본주의에 기초한 경제적 기반을 바탕으로 한 것이며, 또한 '우리'라고 불리는 테두리 안의 비도덕적 행위를 묵인하는 것은 물론 그 일에 일원으로 동참하는 것임을 폭로하고 있다. 하지만 속내와 실체는 그럴지언정 이를 밖으로 포장하고 있는 것은 반공주의 정책임을 함께 드러내고 있다.

> **"이 빨갱이 새끼**, 순순히 잡혀갈 거지 즉결 총살을 당하고 싶나."(「한씨
> 연대기」, p.76)

---

11) 김효석, 「전후월남작가 연구-월남민 의식과 작품과의 상관관계를 중심으로-」, 중앙대 박사학위논문, 2006, pp.19~22.
12) 김귀옥, 『이산가족-'반공전사'도 '빨갱이'도 아닌…-』, 역사비평사, 2004, p.145.

"너이 오빠는 못 나온댄다. 내가 너한테 사실은…… **요령을 좀 가르테줄라구 불러서.**"(「한씨 연대기」, p.82)

"야야, 누구레 듣갔다. 창피하게…… 음성 좀 낮추라. **날 통해 위에다 손 좀 쓰문** 너이 오라바니쯤은 빠제나갈 수 이서요, 이걸 좀 쓰라우."

상호가 엄지와 검지로 동그라미를 만들어 보였다.

"높은 사람이 이 사건 조사를 강력히 지시했으니, 맨손 개지군 힘들 거이야."

(「한씨 연대기」, pp.83~84) (강조 인용자)

박정희 정권의 월남한 사람들의 동일화는 자본주의 사상을 거부감 없이 수용해서 이질성을 드러내지 않는 것이다. 하지만 그 이질성이라는 것이 비도덕적 행위를 자행하는 것이고, 위조에 동조하며 동참하는 것이며, 공권력을 두려워하면서 뇌물을 통해 적당히 타협을 하는 것임을 보여주고 있다.

한여사가 자기도 오빠를 빼내고 싶다면서 방법을 가르쳐달라고 전씨 아내를 졸라 두 가지 사실을 알아냈다. 전성학씨는 정보과장 앞으로 ○만환을 주었고, 부인이 선물을 사가지고 계장집을 드나들었는데 ○만환의 비용을 썼다는 것이다.…… 모두 세 차례에 걸쳐서 ○만 ○천환을 주었다는 거였다. (「한씨 연대기」, p.87)

'한영덕'과 같이 반공법 위반으로 구속이 된 북한 출신 의사들 중에서는 수사권을 가지고 있는 사람들에게 뇌물을 줌으로써 석방이 된 사람이 있었다. 남한의 관료들이 반공이라는 명목으로 월남인을 통제하고 석방의 대가로 금품을 수수하는 불법적 경로에 익숙해지기를 조성하고 있다. 물론 표면적으로는 '한씨'의 강직함과 신념이 분단과 자본주의 사회 안에서

188

꺾이며 퇴색되어가는 시대의 아픔을 그리고 있다고 하지만 기실 남한 사회가 안고 있는 구조적인 모순을 그대로 보여주고 있는 것이다. 그리고 박정희 정권은 이를 반공법에 버무려서 사회 전방위적으로 걸쳐서 적용될 수 있게 하였다.

실제 월남을 한 사람들은 자신들이 원하던 월남의 목적을 소기에 달성하였다. 예를 들어 종교의 자유를 위해 월남한 사람들은 남한 사회에서 북한 사회에 없는 종교의 자유를 획득할 수 있었다. 민주주의 이념인 자유에 대한 갈망은 남한 사회에서 충족될 수 있었다. 그렇지만 '한씨'가 지닌 인류애, 청렴결백, 소신을 넘어선 신념과 같은 범정치적, 친인류적 이념들에 대해서는 남한 사회에서도 사상적 인프라가 구축이 덜 된 상황이었다. 그렇기 때문에 오히려 '한씨'의 남한 정착기에는 많은 장애가 뒤따를 수밖에 없었다. 그렇지만 남한 사회의 사상적 인프라의 미구축과 뒷공작이 만연하는 공직사회의 현실은 바로 남한 사회의 동일화와 배제가 이루어지는 현장임을 보여주고 있다.

「잡초」 역시 월남한 사람들이 등장하는 소설이다. 그런데 「잡초」에서는 박정희체제의 동일화, 배제의 전략이 「한씨 연대기」와는 다른 양상을 보인다. 이 소설에서 월남인들은 북한의 색을 지워 여느 국민과 다름없는 삶을 살아간다. 이는 박정희 정권의 반공주의 정책을 보여주는 대목이다. 만약 이질적인 기운이 있다면 그 이질성이 비록 이념의 색을 띠지 않더라도 배제되는 사회적 분위기를 조성하였다. 「잡초」는 이북에서 해방 전 일본 덕에 돈 좀 만졌던 '나(수남)'의 가족이 남한에 내려와서 만난 '태금'이와 관련된 이야기를 담고 있다. 만주 전(戰) 이후 남한에 정착을 한 '나'의 가족의 집안일을 도와주러 온 '태금'이는 '뚝발이 큰형'을 만나는데, 그는 사회주의 사상에 경도되어 마을 안에서 갈등과 긴장을 조장하는 사람이었다. 이후 국군에 의해 마을은 평화를 되찾고 '뚝발이' 일가는 모두 자취를 감추었고, 남은 '태금'이는 정신을 놓은 채 마을을 배회한다는 내용을 담고 있다. 이 소설은 그 주제의 무거움과는 달리 어린 아이의 시선으로 소설을 서술하기 때문에 이념의 갈등과 전쟁을 겪는 과정에서 생기는 마을 안에서의 반목이 상당히 많이 거세되어 있다. 이 소설에 등장하는 월남한 사람인 '나'의 부모는 연신 경제적인 문제에만 관심을 보인다.

> 해방 전에 아버지는 일본 사람들 덕으로 돈깨나 만졌던 모양인데, 무일푼으로 만주에서 평양으로 들어오면서부터 어머니가 점령군 가족들을 상대로 양장점을 경영해서 살림을 꾸려나갔다. 남쪽에 내려와서도 어머니는 방직 공장에 사무원으로 취직을 했으며, 아버지는 사업을 벌인다며 지방에 내려가서 며칠씩 돌아오지 않곤 했었다.(「잡초」, p.183)

위의 인용문을 보아서도 알 수 있듯이 그들은 처음부터 이념과 남과 북의 문제에 대해서 무관심한 인물들이다. 이들의 월남 이유가 자세히 기록되어 있지는 않지만 시기적으로 전쟁의 징후를 발견해서 전화(戰火)를 피하기 위함은 아니다. 또한 '나'의 엄마는 공장에서, 아빠는 다른 지방에서 사업을 하기 위해 항상 바쁘게 지내고 있다. 이들이 비록 월남한 가족이긴 하지만 그 누구도 사상과 전쟁에 대해서는 관심이 없고, 지금 살고 있는 이곳을 삶의 터전으로 삼고 있다. 그리고 이들은 앞서 살펴본 '한씨'가 남한 사회에서 하층계급으로 전락해서 살아가는 모습과 대조적으로 '중산계급'으로 편입하는 모습을 형상화하고 있다. 이들이 중산계급으로 편입할 수 있었던 배경을 황석영은 월남 출신의 '무표화'에 두고 있다.

> 그 무렵에 동네 부근의 기다란 담벼락마다 울긋불긋한 글씨를 쓴 종이가 붙여져 비바람에 바랠 때까지 너덜거렸던 것이다.(「잡초」, p.187)

뚝발이네 형이 공작창서 대장이다. (중략) 아버지는 피곤한 얼굴이었고 장사는 몹시 손해를 보았다는 것이었다. 세상이 점점 어지러워간다는 얘기였다. (중략) 태금이 상대가 바로 그 큰아들 녀석이에요. 걔가 공작창서두 말썽을 일으켜서 지난달에 쫓겨난 아이래요. 왜 인사성 바르구 똑똑하던데. 사람이 제 분수를 알아야죠. 요즘 어떤 세상이라구 괜히…… 태금일 내 보내나?(「잡초」, p.188)

위의 인용문들은 남한에 불어 닥친 사회주의 바람과 이를 바라보는 월남인 가족의 시선이다. 이미 남한에 정착을 한 '나'의 가족들은 뒤숭숭한 사회 분위기를 "세상이 점점 어지러워"지는 것으로 판단을 한다. 이미 이들은 남한의 자유 민주주의 제도나 시장경제에 익숙해져서 사회주의 바람으로 장사에 손해를 보는 것이 그저 못마땅할 뿐이다. 그래서 공장 중심의 노동자 투쟁을 기획한 '뚝발이 큰형'은 "제 분수"를 모르는 사람으로 폄하가 되고 만다. 그리고 그런 사람을 남자친구로 둔 '태금'이마저 집안일을 거들던 일에서 쫓겨날 지경에 이른다. 이와 같이 '나'의 부모는 월남한 사람이긴 하지만 월남이 이들에게는 실향(失鄕)의 의미도 아니고, 이들의 정체성을 찾는 데 도움을 주는 요소도 아니다. 이들은 남한 사회에 지나치게 안온하게 정착을 했기에 자신들의 고향과 출신을 망각할 지경에 이르게 되었다.

아무래두 당신 먼저 시골루 가셔야겠어요. **이 동네서 인심 잃은 일두 없는데 별일 있을라구.** 그런 게 아녜요. **우리가 월남했다는 게 문제가 될 거래요.**(「잡초」, p.195) (강조 인용자)

이들의 월남 전력이 드러난 일은 '뚝발이 큰형'을 위시한 사회주의 청년들이 마을을 장악한 후, 사회주의가 싫어 월남한 '나'의 가족을 표적을 삼을 것을 알고 그제야 자신들의 고향과 출신을 다시 상기하게 된 데서부터 시작됐다. 이와 같이 월남한 '나'의 가족들에게 요구하는 동일화 전략은 '무표화' 그 자체에 있다고 할 수 있다. 월남한 사람들에게 우리가 요구하는 시선은 이념의 색을 모두 뺀 채 다른 남한 사람들과 변별되지 않는 정치색을 지니는 것에 초점을 맞추고 있다. 이들 가족은 그 흔한 사투리도 구사하지 않고 있으며, 너무나도 쉽게 동화되어 살고 있다. 그만큼 월남인이라는 유표화된 특징을 지니고 있지 않아야 함을 이들은 요구받는 것이다. 그것은 이들 가족이 하층계급이라고 얘기할 수 없을 정도로의 안정된 삶을 영위하는 것이기도 하지만 한편으로는 남한 사회에서 월남인의 안정적 정착은 모든 정치와 이념의 색을 제거해야 가능하다는 것의 반증이기도 하다.

그렇지만 위 두 작품에 등장하는 월남인들은 "행동하는 인물"들은 아니다. 북에서 월남한 이방인들의 모습을 조망한 이 두 작품의 인물들은 시대와 환경에 압도된 듯이 그 시류 안에서 천천히 유영을 하는 모습을 보인다. '한씨'가 보이는 행동[13]에도 목표와 지향점을 가지고 의지적인 저항이라기보다는 시대 풍자적인 느낌이 강하다. 즉, 「한씨 연대기」와 「잡초」는 인물들의 행위로 시대와 담론을 거슬러 저항했다고 보는 것보다 월남인이라는 특수한 계층의 남한 정착기에서 벌어지는 시대 풍자, 세태 비평으로 보는 것이 더 타당할 것이다. 월남인들의 시선에 내비친 남한의 풍경만으로도 당대 박정희체제가 지향하는 도시 이방인, 특히 월남인들에게 요구하는 것이 무엇인지 명확하다.

이러한 풍경, 분위기의 환기로 이방인(타자)의 시선 속에 비친 남한

---

13) 북에서 인류애, 인간애를 실현하려는 모습과 남에서 타협하지 않으려는 자세 그래서 결국 의사라는 신분에서 '염꾼'으로 추락하는 과정에는 개인 인물이 의도적 저항성을 가지고 한 행동이라고 보기에는 미흡한 측면이 있다.

192

사회와의 동일화를 보여주었다면 우리 안에서 이질적인 타자를 어떻게 배척하거나 제거해야하는지를 보여주는 것이 「돌아온 사람」이다. 「돌아온 사람」은 '만수' 가족이 6·25의 상처를 안고 살아가는 모습과 베트남전에 참전한 후 전쟁 후유증에 시달리는 '나'의 경험이 교차하는 소설이다. 이 소설은 전쟁으로 인해 상처를 입은 자에 대해 초점이 맞춰져 있어서 전쟁이 얼마나 인생은 물론 가족 전체를 불행하게 만들며 황폐하게 하는지를 보여주고 있다. 실성한 큰형과 큰형의 불행에 복수를 다짐하는 '형수'와 '만수' 그리고 실성한 형을 외면하는 교사인 둘째형으로 이루어진 이 가족은 더 이상 가족이라고 할 수 없을 정도로 망가져버린 관계를 가지고 있다.

> 만수는 동촌으로 이사가서 살고 있었다. 그러나 그애네는 원래 부잣집 동네인 서촌에서 살던 부농이었다. (중략) 그가 어렸을 때엔 서촌 부근의 과수원이 모두 자기네 소유였다는 거다. (중략) 만수는 사각모를 쓴 자기 큰형의 누렇게 퇴색한 사진을 보여주기도 했다.(「돌아온 사람」, p.98)

'나' 역시 월남전에서 유희에서 시작한 고문이 포로의 죽음으로 끝맺자 고통과 회한의 무게를 고스란히 안고 살아야 했다. 그런데 '만수'의 가족과 '나'가 안고 가야할 불행이 역사적이면서 민족적이고 정치적인 배경에서 비롯됐다는 것도 문제지만 이를 해소할 방법이 부재하다는 것이 이들의 진정한 불행이다. 6·25, 베트남전 참전이라는 역사적 배경이 이들에게는 배경으로만 작용한 것이 아니라 삶의 현장이 되어서 고스란히 그에 따른 후유증을 안고 있다. 그리고 이 회한과 역사적 불행이 개인에게 미친 영향을 작품 속에서 형상화함으로써 현실 비판적인 의식을 담고 있다고 할 수 있다.[14] 하지만 이에 그치는 것이 아니라 그 어느 때보다 레드 콤플렉스가 발동이 된 박정희체제에서 베트남전쟁과 6·25전쟁 때 군인의 과실로 벌어진

일을 직접적으로 언급한 것에 좀 더 의미를 부여해야 할 것이다.

　　"우물에서 스물하나를 건졌어. 거기 우리 식구들은 없었어."(「돌아온 사람」,
　　p.112)
　　"나는 전혀 몰랐습니다. **군인들이 했어요.**"
　　만수의 형수가 말했다.
　　"당신이 명단을 적어준 걸 모두 알고 있어."(「돌아온 사람」, p.113)
　　유희 이상으로 적을 대접하기에는 놈에 대한 분노가 너무 커서 가해하는
　　것이 자릿자릿한 기쁨이었으나, 그가 덧없이 죽어버렸을 때, 우리 마음에
　　통쾌함은 솟구치지 않았다.(「돌아온 사람」, p.120) (강조 인용자)

　위의 인용문들은 각각 6·25전쟁과 베트남전에서 '사내'와 '나'가 저지른
범죄이다. 이 소설 제목이 암시하듯이 외삼촌의 과수원이 있는 '시골'로
"돌아온" 두 사람이 중심이 되는 소설이다. 첫 번째 사람은 6·25전쟁 중에
마을 사람들이 군인에 의해 학살되는 일을 도와준 동민(洞民)의 '사내'이고
다른 사람은 베트남전에서 베트남 지방 게릴라 '탄'을 고문과 구타로 살해한
'나'이다. 이들의 행위는 명백한 범죄이며, 개인의 존엄성을 심각하게 초래
한 반인륜적인 행위이다. 그렇지만 이들로부터 피해를 입은 피해자들이
자유민주주의를 수호하는 데 걸림돌이 되는 우리 안의 '타자-적'이라면
상황이 역전된다. 그리고 또한 멀리 베트남에서 벌어진 '나'의 반인륜적
행위가 비교적 소상하게 기술된 것에 비해서 군인에 의해 자행된 마을
학살은 지워 흐릿하게 인상만을 풍기고 있다. 이는 황석영의 소설 속에서
남북의 문제를 베트남의 문제만큼이나 거리를 두어 객관적으로 묘사하지

──────────
　14) 문재원, 「황석영 초기 소설 연구-<가화>, <탑>, <돌아온 사람>을 중심으로」,
　　『韓國文學論叢』 Vol.41, 2005, pp.421~426.

194

못함을 의미한다고 할 수 있다.15) 군인이 자행한 일들에 대해 직접적인
언급을 피한 채 그 문제로 환기되는 주변의 이야기에 더 주목을 하고
있다. 이는 북이라는 정확한 대상을 지칭하는 것보다는 우리 안에서의
해결되지 못한 북한을 어떻게 포섭하거나 배제해야 하는지를 보여주는
방식이라고 할 수 있다. 이는 황석영에게 이념의 문제가 외부를 향하는
것이 아닌 우리 안의 이질적인 배경, 경험을 가진 사람들은 통합하고 단일화
시키는 한편 배척, 제거하는 것이 무엇인지에 대해 더 주목을 했다고 할
수 있다.

그리고 황석영은 이들이 레드 콤플렉스가 만연한 박정희체제 아래에서
영웅으로 추앙을 받음을 꼬집어 묘사하고 있다.

만수네 큰형은 실성한 사람이었다. 그는 항상 검게 더렵혀진 옥양목 저고리
의 고름을 질질 빨고 다니면서 가끔 그의 뒤를 따르며 놀려대는 아이들에게
히죽히죽 웃어 보였다.(「돌아온 사람」, p.98)

그는 구겨졌지만 **새하얀 와이셔츠에 줄이 선 바지**를 입고 있었다.(「돌아온
사람」, p.111)

사내의 살집 좋은 어깨가 불빛에 탐스럽게 드러났다.(「돌아온 사람」, p.112)

무공훈장을 가슴에 단 영웅이 아니라 다른 모든 제대자들과 다름없는
귀향병으로서 나는 하루 이틀 내 예전의 정서를 회복해갔다.(「돌아온 사람」,
p.95) (강조 인용자)

가해자인 '사내'와 '나'는 남루하고 비천한 피해자들의 모습과는 대조적
으로 외향적으로는 삶의 여유를 지니고 있는 것으로 묘사되고 있다. 그렇지

---

15) 왜냐하면 공교롭게도 월남한 이방인들에게서도 사회주의 사상이라든지 이념의
색채를 찾아볼 수 없는 인물들이기 때문이다.

만 이들이 밖으로 보이는 만큼의 여유가 실은 진짜가 아닌 허상임을 이야기
한다.

> "나는 사실…… 동네 사람들을 만나뵈러 온 겁니다."
> 사내가 숨을 가라앉히면서 말했다.
> "지긋지긋해서요."(「돌아온 사람」, p.114)
> 돌아온 첫주부터 나는 고열로 앓아누웠다. 헛소리도 했고, 어떤 때는 소리를
> 지르며 깨어 일어나 마당을 기어다니기도 했는데 꿈은 별로 꾸어보지 못했다.
> (「돌아온 사람」, p.96)

물론 가해자들인 '사내'와 '나' 역시 자신들이 저지른 과거의 범죄를
스스로 용납하지 못하면서 괴로워하고 있다. 그렇지만 이들의 과거 행동은
국가가 보증해주는 "전장의 엄연한 율"이 존재한다.

> 내가 적들을 사살한 것은 상대적인 것이었고, 그것은 전장의 엄연한 율(律)이
> 었던 것이다. 나는 나의 용기와 전쟁의 허무를 가늠하면서 적을 쏘았다.(「돌아
> 온 사람」, p.116)

결국 이념으로 인한 갈등, 그리고 그로 인한 민족의 상흔은 고스란히
남아 있는 사람들(피해자, 가해자 모두)의 몫이 될 뿐이다. 즉, 「돌아온
사람」은 이념 대립이 가치관은 물론 인간성 파괴까지 가져옴을 보여주는
소설이다. 특히 이 소설은 전쟁이라는 거대한 장기판에서 소설 속 인물들은
위치와 역할에 맞는 장기말 정도에 불과하지만 전후(戰後) 후폭풍은 개인들
이 온전히 감당해 내야하는 몫으로 남아있음을 폭로하고 있다. 이처럼
우리 안에 이질적인 타자의 수용은 배척과 제거라는 폭력적 차원으로

발산이 된다. 그리고 그에 따른 모든 피해는 국가와 사회가 아닌 개개인들이
모두 끌어안아야 한다. 역사적 차원에서 이루어진 불행을 개인이 감당해야
함은 물론 피해자의 구명도 개인적 차원에서 이루어졌음을 보여준다.

> "경찰에서 잡아갈 거요. 재판을 받겠지."
> 만수를 고개를 흔들었다.
> "그들은 쉽게 잊거든요."
> "하긴 그렇군. 오래되면 사면해버리지."(「돌아온 사람」, p.102)
> "그 사람들이 안해주기 때문에 내가 할려구 그래요."
> "뭘하죠?"
> "재판 말요."
> "누가 집행하오?"
> "그것두 내가 하죠. 그놈두 제맘대루 했으니까"(「돌아온 사람」, p.103)

결국 황석영은 남한만의 체제를 유지하기 위해 우리 안의 이질적인
것을 어떻게 철저하게 타자화시켜 배척해 버리는지 또 이방인에게 주체적
으로 동일화하도록 요구하는 것을 보여주고 있다. 그리고 황석영은 이
모든 동일화와 배척이 국가 차원이 아닌 개개인에게 작동하는 것으로
만들면서 국가는 이 과정에서 한 발 물러나는 양상을 보인다고 이야기하고
있다.

2) 학교·군대·감옥의 규율과 정신적 순응

국가의 안보 위기에 대한 의식은 국가가 국민의 삶에 직접적으로 개입하
는 것에 대해 정당성을 부여하는 한편 국민들로부터도 안보를 지키는

명목으로 손쉽게 동의를 얻을 수 있게 하였다. 박정희 정권은 외부의 보이는 적을 대상으로 국민들을 안정시키며 사회 질서를 유지시킬 수 있도록 국가의 강한 개입과 통제를 표방하였다. 박정희체제는 국가 통제의 정당성을 국가 안보의 위협 속에서 위험을 최소화하기 위함이라며 자기 선동에 앞장섰다. 이에 대해 황석영은 앞에서 살펴보았듯이 그 위험이 허상임을 비판적으로 폭로하였다. 그리고 그 의심이 증폭이 되어서 박정희 정권이 대북 관계를 이용해 강화하고자 한 남한 사회의 가치관이 사소하다는 것을 폭로하는 지경에 이르자 박정희체제는 오히려 더 교묘하게 교육을 담당하는 기관을 통해 반공주의를 녹여 내었다.

즉, 사회화를 담당하는 다양한 기관에서 국가의 주도로 계획되고 움직이는 사회를 만들고자 국민들의 신체를 훈련, 교육, 훈육시켜 통제하는 역할을 하였다. 이는 푸코가 이야기하는 "분석 가능한 신체에 조작 가능한 신체를 결부"[16]해서 "순종하는 신체"[17]를 만들 수 있다는 시각인 것이다. 박정희체제는 유용하면서 순종적인 신체를 만들기 위해서 교육을 도구 삼아 국가적 이념을 주입시켰는데, 황석영은 그러한 위로부터 주입되는 교육에 날을 세워 비판하는 모습을 보인다.

지금까지 「아우를 위하여」는 서열화된 훈육 공간인 학교를 나타내는 한편 교육을 통해 계몽적 긍정성을 모두 나타낸다고 보는 시각이 우세했다.[18] 하지만 학교의 기능을 단순히 서열화해서 훈육하는 것으로만 보기에는 좀 더 복잡한 지형이 이 소설에는 있다. 학급 내의 반장의 역할은 반 전체의 의견을 조율하고 모아서 동의와 합의를 이끌어 내는 것이다.

---

16) Michael Foucault, 『감시와 처벌-감옥의 역사』, 오생근 옮김, 나남출판, 2005, p.215.
17) 위의 책, p.215.
18) 오태호, 「황석영 소설에 나타난 근대적 공간 연구」, 『현대소설연구』 No.30, 2006, p.245.

198

또한 반을 위한 새로운 아이디어를 내고 그 아이디어가 실현되도록 다른 학생들을 설득하고 합의된 결론을 도출해 내는 역할을 한다. 여기에는 반드시 형식적으로라도 동의와 합의의 과정이 들어가는 것인데, 바로 이 과정을 학교에서 배운다는 것이 근대 학교의 특징이다. 물론 근대 학교는 시간을 효율적으로 사용하는 방법, 몸을 훈련시키고 단련시키는 일련의 다양한 기술 등을 연마한다. 그렇지만 그 외에도 학교 안에서 '학생 자치회'를 통해서 크고 작은 문제들에 대해 학생들이 생각하고 결론을 이끌어내어 의결되는 경우가 비일비재하다. 그리고 그 의결된 내용은 전체 학급의 의견이 되고, 그 구성원인 학생들은 모두 그 의견에 따라야 하는 구조가 생긴다.

석환이는 가까스로 말할 기운이 났는지 아까보다 더욱 또렷하게, "선생님이 자습을 한 다음에 자치회를 하라구 그랬어. 또 혼자서 마음대로 학급 간부를 지명해서도 안된다구 생각해." **바보 같은 놈들이 설쳐대는 꼴을 보니 나도 뭐라고 말하구 싶었지만** 영래만한 **통솔력도 없는 터**에 모두들 나더러 공부 좀 한다구 으스댄다구 할 거였다. 그전 학교에서처럼 발언권을 얻어 동의와 재청을 받고 의견이 받아들여지고 하는 재미있던 판국과는 전혀 딴판이어서, **까짓 거 입다물고 구경이나 하겠다는 마음**이 생겼다.(「아우를 위하여」, p.302)
　"응, 좋아, **애들한테 물어보자.** 애들아, 씨름대회를 뒤로 미루고 자습할까?" 반 아이들이 웅성대며 항의하거나, **재삼 석환이를 욕하기 시작했다.** "대신에 자치회를 먼저 하자. 너희들 석환이가 반장 노릇 하는 걸 찬성하는 사람 손들어." 한사람의 손도 올라가지 않았고 뒤늦게 들었던 애들도 대부분 아이들의 드높은 불만의 분위기에 위축되어 슬금슬금 내려버렸다. **"다음은 내가 하는 걸 좋아하는 사람."** **절반 이상이 손을 들었고,** 두 번 다 손을 안 든 애들도 많았다. "봤지? 자치회는 이걸루 끝났다."(「아우를 위하여」, p.302)

(강조 인용자)

위의 인용문은 "다리에 털이 돋은 열다섯살배기"[19]인 '이영래'[20]가 어떻게 반 친구들의 동의를 얻어내는지를 보여주는 대목이다. 학생들에게 자습과 자치회를 할 것을 종용한 후 부업하는 가게를 보러 수업 시간에 담임선생이 빠져 나가자, '이영래'는 반 친구들에게 "씨름"을 제안한다. 자습, 자치회 모두 학생들의 흥미와는 상관없는 활동이기 때문에 '이영래'의 제안을 다수의 아이들이 반겼다. '이영래'는 분명히 다수의 의견을 무시한 채 횡포를 부리는 것이 분명하지만 그것을 지켜보는 아이들은 그 횡포가 자신들에게 즐거움과 유희를 주기 때문에 오히려 유희라는 내용에만 집중을 할 뿐 가지고 있지도 않은 권력을 남발하면서 행사하고 있다는 것을 눈치 채지 못하고 있다. 그리고 이때 그의 부당한 권력 행사에 대해 반대의 의견을 가진 사람이 나타난다. 사안에 대해 반대를 표하는 방법은 두 가지인데, 하나는 '석환'이처럼 직접 공개적으로 반대 의사를 밝히는 방법이다. 두 번째는 '나(수남)'처럼 그들의 행동이 "바보 같은 놈들이 설쳐대는 꼴"로 비쳐지지만 직접적인 의사 표현으로 있을 후폭풍에 대한 귀찮음과 두려움으로 속으로만 생각하며 "입 다물고 구경"만 하려고 하는 것이다.

이에, '영래'는 다수의 동의를 얻기 위해 즉석에서 다수결의 원칙을 이용해서 모두의 의견을 묻는다. 그리고 그 자리에서 학생들은 '영래'의 손을 들어주고 '영래'는 "씨름"이라는 놀이와 유희로 반에서의 권력을 장악하게 된다.

---

19) 황석영, 「아우를 위하여」, p.300.
20) '영래'는 나이도 많은데다가 미군부대 하우스 보이로 있는 아이다. 전학 첫날 초콜릿과 도넛으로도 포섭이 안 된 아이들은 몽둥이 습격으로 항복을 받아낼 정도로 폭력적이면서도 회유의 방법을 아는 아이로 등장을 한다.

  분명히 학교는 계급의식을 가르쳐주며 규율과 통제에 익숙해지게 만들기도 하지만 더 근본적으로는 이러한 규율과 통제의 이면에 다수의 학생들이 은연중에 동의하게끔 만드는 구조가 있다는 것을 은폐하는 기능을 한다. 물론 이 학생들도 '영래'에게 준 권력은 씨름에 대한 동의이면서 "반장"의 역할만을 준 것뿐이지만 '영래'가 스스로 야욕을 보이면서 적극적으로 구성원들의 의견을 구해서 자신의 권력으로 정당하게 획득한 과정을 적극적인 다수의 동의로써 보여주고 있다. 이는 소수의 반대와 방관으로는 이길 수 없는 절차와 과정인 것이다. 또한 그 와중에 '석환'이를 지지한 소수로 하여금 "드높은 불만의 분위기에 위축"되어 자신의 의사를 철회하거나 유보하게 만드는 것을 학교생활을 통해서 체득하게 만든다. 이들의 소수 의견은 결국 다수에 의해서 무의미해질 것이 뻔하고 그럴 바에는 나서지 않아서 '중간이라도 가자는' 심사로 드러난다. 즉, 학교라는 공간을 통해서 권력에 동의하는 기제를 보여줄 뿐만 아니라 소수의 견해가 얼마나 무력한 것인지, 시대의 흐름에 거스르지 않은 채 대세, 대의에 따르는 것이 안전하다는 것을 알려준다.

> 뭔가 네게 유익하고 힘이 될 말을 써보내고 싶다.(「아우를 위하여」, p.296)
> **여럿의 윤리적인 무관심으로 해서 정의가 밟히는 일이 있어서는 안될 거야.** 걸인 한사람이 이 겨울에 얼어죽어도 그것은 우리의 탓이어야 한다. (중략) 너의 몸 송두리째가 그이에의 자각이 되어라. 형은 이제부터 그이를 그리는 뉘우침이 되리라.(「아우를 위하여」, p.314)
> 이제 와 생각하니 **그이는 진보(進步)의 의미와 사랑의 가치를 내게 가르쳐주었던 거야.**(「아우를 위하여」, p.298) (강조 인용자)

  '영래'는 처음의 권력 획득을 위한 우호적인 태도는 모두 버리고 '제안-동의'를 바탕으로 획득한 권력을 전횡하면서 횡포를 일삼았지만 학급 구성원 그 누구도 나서서 이를 저지하지 못하고 있었다. 이에 나타난 사람이 교생으로 온 '병아리 선생님'이었다. 그녀는 "진보의 의미와 사랑의 가치"를 학생들에게 알려줌으로써 권력에 맞서 싸울 용기를 북돋아 주었다. 즉, 권력의 폭력성에 무방비한 상태로 노출된 학생들에게 어떤 방법으로 맞서 저항할 수 있는지를 진보성과 사랑으로 교생은 몸소 보여주면서 실천하였다. 이는 학교 교육을 통해 이루어지는 계급 교육이 체계적이며 정치적이라서 뿌리깊이 자리 잡을 수 있지만 그 교육 현장에서 저항의 교육이 시작될 수 있음을 역설하고 있다. 이에 오생근은 「아우를 위하여」를 사회의 모순을 해결하기 위해서는 개개인의 "자율적인 윤리의 각성과 책임 의식"을 통해서 이루어질 수 있다고 보았다.[21] 개인으로부터 시작한 윤리 의식이 집단, 계급으로 확산되리라는 긍정적 해석임이 분명하지만 이는 결국 저항과 극복이 오롯이 개인에게서부터 출발한다는 것을 가정하는 것이다. 개인의 진보, 윤리, 사랑 등이 사회 문제 해결의 중핵이 될 경우에는 구조로부터 오는 모순과 권력의 장을 묵과하거나 그 상황 자체를 전제로 삼음으로써 변혁의 대상으로 삼지 못하는 문제가 발생한다. 권력의 왜곡으로 발생한 문제를 개인의 윤리로만 다스리는 것은 지나치게 소극적인 태도일 뿐인 것이다. 이는 "타자에 대한 복종을 전제할 경우, 개인으로 하여금 자기 자신의 육체에 대한 통제를 강화하도록 하"[22]는 효과가 있게 하는 것이다.[23]

---

21) 오생근, 「개인의식의 극복」, 『문학과지성』 1974 여름호, p.414.

22) Michael Foucault, 앞의 책, p.217.

23) 허은은 박정희체제가 '제2경제'를 공론화하는 과정에서 위로부터의 국민 정신개조와 사회 규율 확립을 강화했다고 보았다. 왜냐하면 비약적인 경제성장 뒤로 개인 사이에서 다양한 문제(퇴폐풍조, 개인주의 등)가 발생하게 되었는데 이는 전적으로 개인으로부터 비롯된 문제이며, 그 해결도 개인이 해야 한다고 보았기 때문이다. 이처럼 사회의 문제를 개인에게 돌리고, 그 해결책도 개인이 찾아야 한다는 생각은 박정희체제의 지배 담론인 것이다. 허은, 「박정희 정권하 사회개발

「아우를 위하여」 외에 교육 현장이 지배 담론의 수용과 내재화를 위해 기능하는 측면을 보여주는 또 다른 소설로는 「섬섬옥수」를 들 수 있다. 「섬섬옥수」는 등장하는 인물들 중 누구의 시점으로 보느냐에 따라 다양한 해석이 가능한 소설이다. 교육의 기능을 중심을 놓고 '김장환'의 시점으로 보면 그는 공적 교육으로 신분 상승이 가능하리라는 환상에 사로잡힌 인물로 그려지고 있다.

대학에 들어오면 모든 게 다 이루어질 줄 알았다구요. (중략) 그애만 가질 수 있다면 저는 완전 성공의 조건을 모두 갖출 수가 있으니까요. 그런데 실현될 수 없을 거라는 생각이 들수록 웬일인지 미리라는 여자가 아니면 저는 영영 행복을 얻지 못할 것 같았습니다.(「섬섬옥수」, p.325)

중학교 때 저는 이미 시골을 떠날 것을 결심했습니다. 저는 거기서 그냥 썩어질 사람은 아니라구 생각했죠. 저는 꼭 성공하리라 마음을 굳게 먹었습니다. 서울 와서 야간부 학교를 다니면서 낮에는 신문배달이나 행상이나 급사 노릇을 했습니다. 저는 정말 고향의 누구에게나 떳떳했습니다.(「섬섬옥수」, pp.325~326)

저는 지금 당장이라도 고향에 내려가 논두렁에서 김을 매고 있는 옛날 초등학교 동창생을 만난다면 자신 있게 말을 해줄 것 같습니다. 나는 참 너 같은 입장에서 벗어나와 얼마나 시원한지 모르겠다구 말입니다. 나를 질시와 반목의 눈으로 볼 것두 없다구 말입니다. 저는 정말 서울 와서 누구 못지않게 고생을 했으니까요. 저는 옆에 머리도 좋은 뛰어난 미인인 박미리가 아내로서 있게 된다면 이제는 완전무결하리라 생각했습니다.(「섬섬옥수」, p.327)

전략과 쟁점」, 『韓國史學報』 제38호, 2010, pp.221~223.

‘김장환’은 시골에서 농사만 하기에는 자신의 능력이며, 인생이 지나치게 아깝다는 생각으로 오로지 인생역전이 가능할 ‘대학 입학’만을 목적으로 온갖 고생을 참아 왔다. 하지만 막상 입학한 대학교에서 그는 길을 잃어버리고 만다. 대학생이라는 이유만으로 이전과 다른 삶을 자신에게 보장해줄 거라 믿었는데, ‘장환’은 상상도 못할 정도의 단단한 위계질서만을 깨닫고 말았다. 그리고 이를 ‘혼사’로 타계하려는 계획을 세우지만 처음부터 잘못 주입된 학교 교육에 대한 환상은 ‘장환’을 스토커로 만들면서 준범죄인이 되도록 만들었다.

이는 모두 박정희체제가 가지는 교육의 의미 때문인데, 박정희는 유난히 교육을 강조하였다. 자원의 부족, 늦게 합류한 근대화, 정치적 불안 의식 등 나라 안팎으로 안보, 경제성장 측면에서 불안 요소가 많았던 박정희 정권에서는 무엇보다 교육의 힘을 우선하였다. 공교육으로 생산 현장의 원활한 의사소통을 위한 실업 교육은 물론이거니와 ‘국민교육헌장’, ‘국가 의례’와 같은 국가 교육도 아울러 병행이 되었다.[24] 또한 학교에서 가르치는 교육의 내용이 절대적인 진리임을 국가 주도의 국가 교육으로 드러냈다. 즉, 국가 주도의 공교육을 받은 사람들은 유용한 사회 노동력으로 사회화가 되는 한편 국가가 원하는 가치 있는 신체로 거듭나게 된다고 설파했다. 이는 교육을 통해서 “신체의 억압”이나 통제가 아니라 “신체를 용도에 맞게 길들이는” 것이다.[25] 즉, 교육을 통해서 이루어지는 국가 주도의 규율과 통제는 유용하면서도 적절한 상황에 맞는 배치를 가능하게 했다. 그리고 그러한 박정희체제 안에서 가지는 교육의 의미는 철저하게 은폐된 채 개인의 행복이 완성될 것이라는 환상만이 작동을 한다.

---

24) 오성철, 「박정희 국가주의 교육론과 경제 성장」, 『역사문제 연구』 Vol.11, 2003, pp.55~56.
25) 양운덕, 「미시권력들의 작용과 생명 정치」, 『철학연구』 Vol.36, 2006, p.172.

이처럼 교육은 앞서 살펴 본 「아우를 위해서」와 「섬섬옥수」의 경우처럼 개인의 윤리로 모순된 현실을 극복하기를 주문하거나, 행복에 대한 환상만을 줄 뿐 그에 따른 보상이나 실질적인 도움을 전혀 주지 못한 채 국가를 위해 유용한 신체만을 육성할 뿐이었다. 즉, 교육을 통해 인간이 자본(노동력)으로도 기능하면서 근대화를 촉진시킬 수 있음을 기대하는 것이다. 이처럼 교육이 지식, 기술, 실용 교육에 지나지 않고 국가의 이념과 가치관이 주입되는 교육이 될 경우 부모로부터 배우는 가정교육은 그 신뢰도를 의심받으면서 교육의 권위는 학교가 모두 담당하는 양상을 보이게 된다. 그래서 노동 현장에서 일할 노동력들은 기초 학문을 이수해야 하며, 기초 학문을 학습한 대상들은 국가와 회사를 위해 봉사할 수 있어야 했다. 그래서 공교육에서 이루어지는 교육은 한편으로는 기초학력을 가르치는 한편 철저하게 계급화된 사회에 대한 교육도 함께 이루어졌다.[26]

계급에 대한 철저한 교육은 군대에서 더 자연스럽게 이루어진다. 군대는 보다 더 적극적으로 규율과 통제를 알려주는 공간이다. 황석영의 소설에서는 군대를 배경으로 하는 작품들이 다수 등장을 한다.[27] 「돛」은 전투가 한창인 교전 상황에서 아군인 수색중대를 적의 미끼로 삼아, 적들을 유인한 후 섬멸하려는 작전을 가진 장군과 그의 부관, 수색중대장이 나오는 이야기이다. 군부대라는 조직 사회와 교전이라는 특수한 전투 상황으로 보다 더 군대에 존재하는 계급과 위계질서가 잘 드러나는 소설이다.

---

26) 구수경, 「근대성의 구현체로서 학교 : 시간·공간·지식의 구조화」, 한국교원대 박사학위논문, 2007, p.59.

27) 1970년대 단편집에 군대를 배경으로 하는 작품은 「탑」, 「돌아온 사람」, 「돛」, 「낙타누깔」, 「북망, 멀고도 고적한 곳」, 「철길」, 「몰개월의 새」 등이 있다. 하지만, 이 작품들 중에서 군 부대 내의 계급 관계를 분명히 알 수 있는 소설은 「철길」, 「돛」이라서 두 작품을 중심으로 군대의 문제를 분석하도록 하겠다.

"자네는 상부의 조처에 항의하는 편이었나?" (중략)

"아닙니다. **감수하는 편입니다.** 그리고 그것은 **언제나 옳았다고 생각합니다.**" (중략)

"제가 묵묵히 복종하는 것이 옳았다고 생각합니다. 이성적으로 판단해서 그른 명령도 때때로 있습니다만, **군대는 이성적인 일만을 골라서 취급하는 곳이 아니라는 걸 잘 알고 있기 때문입니다.**" (중략)

"**그게 바로 분별이란 걸세.** 내 추측대로 자넨 유능한 지휘관이야. 어떻게 생각하는가?" (중략)(「돛」, pp.215~216) (강조 인용자)

위의 인용문은 교전(交戰)이 한창 일어나고 있는 위급한 상황에서 이성(二星) 장군과 중령인 연대장의 대화 장면이다. 장군은 중령의 수색중대를 희생 제물로 삼아 적을 섬멸하려는 작전을 펼치고 있다. 그의 작전은 "극비"라고 명명돼 중대를 책임지고 있는 중령조차 그 사실을 모른 채 벌어지고 있었다. 그리고 장군은 중령을 비롯한 중대원들에게 있지도 않은 지원병이 지원 사격을 위해 떠났다는 희망 고문을 지속적으로 하고 있는 상황이다. 이러한 일은 군대이기 때문에 가능한 사건이다.

군대에서 필요한 것은 "이성"이 아니다. 이성은 옳고 그름을 판단할 수 있는 가장 궁극적인 것이면서 절대적인 기준이 될 수 있는 것이다. 그런데 군대라는 공간은 군인들이 머리를 가지고 있으면서 "판단"하는 주체가 되는 것을 구조적으로 막는다. 그리고 그들에게 요구하는 것이 "분별"인데, 분별이란 것은 "상황"에 의존하는 판단이다. 이성이 근원적이고 근본적인 판단의 근거를 제공한다면, 분별이란 특정한 시간, 공간 안에서만 유의미성을 지니는 것이다. 그리고 상부의 명령이 이성적으로는 옳지 않았다고 해도 "감수"를 해야만 하고, 그 감수는 놀랍게도 "옳은 결과"를 가져오는 곳이 군대라는 공간이다.

"이봐 중령, **수색대원 중 생존자는 훈장 상신을 하고** 자네 권한으로 특별휴가를 주도록 해."(「돛」, p.219)

"명령이 옳지 않을 때에는 **재량껏 시정**해야 된다고 봅니다."

"나는 위관급이었을 때 그런 위험한 패기를 지니구 있었지. 씨저나 이성계 같은 과단성 있는 지휘관들이 그랬어. 허나 **현대전의 군대는 영웅의 지휘를 필요로 하는 게 아니란 말야. 우린 영웅들을 적절히 무기로 사용하긴 하지.**" (「돛」, p.216)

"**작전이 끝나면 진급 심의위원회로 자네의 진급을 건의하겠어.** 그리고 또 한 가지…… **부관 자네를 수색중대장의 후임으로 인사조처해주지.**"(「돛」, p.223) (강조 인용자)

군대의 명령이 비이성적임에도 옳을 수 있는 이유는 작전 이후 살아남은 자들을 위한 포상이 존재하기 때문이다. 작전 이후에도 살아남은 자에게는 "훈장"을 수여하고 "포상 휴가"를 주며, 자신의 부대를 적에게 미끼로 던져 놓고 어떤 작전이 수행됐는지 알지 못하는 중대장에게는 "진급"이라는 달콤한 상이 기다리고 있다. 그렇기 때문에 살아남은 자들에게 군의 명령은 항상 옳은 것이 되면서, 그때그때마다 상부로부터 내려오는 명령에 순종을 해야 한다. 그런데 부관인 '중위'처럼 명령에 "재량껏" 자신이 판단해서 자신의 권한을 행사할 경우 그는 톡톡히 그에 따른 위험을 감수해야 한다. 즉 이성을 가지고 군에서 벌어지는 안팎의 이모저모를 판단하던 '중위'는 수색중대장의 후임 자리로 내처지고 말았다. 왜냐하면 군대는 영웅이 필요한 것도 머리가 필요한 것도 아닌 팔과 다리만이 쓸모가 있기 때문이다. 그런데 황석영의 소설에 등장하는 하층계급들은 모두 군을 제대한 사람들이다.[28] 이러한 경험은 아주 중요한데, 황석영은 앞에서 살펴 본 이문구, 조세희가 각각 농민, 가족 중심의 경공업 노동자라는 통일된 하층계급을 보이지 않음에도 불구하고 다른 두 작가에 비해 훨씬 산업화·근대화로 인해 재편된 계급구조에 쉽게 동화되어 있는 인물들을 보여준다.[29] 그런데 이들이 이처럼 계급의식을 가질 수 있는 배경에는 이와 같은 군대 복역이라는 배경도 큰 몫을 차지한다.[30]

그리고 군대를 배경으로 군인 사이의 명령과 복종이라는 서열화된 계급 질서와 함께 죄수가 함께 등장하는 「철길」을 통해서 군대와 감옥의 상관성을 엿볼 수 있다.

일등병은 실내에 사람들이 많은 것을 보자 후닥닥 일어나서 얼결에 침대 아래로 뛰어내렸다. **하사**가 말했다.

"야, 잠깼나? 아직 덜 깼으면 포복하면서 비 좀 맞아볼래?"

"다 깼습니다."(「철길」, p.155)

"맨 처음은 탈영하고, 그 다음엔 폭행, 그리구 이번에는 드르륵이지. 군대 와서 사람 신세 조지긴 깜짝할 새야."(「철길」, p.160)

"상급자를 쌌는데 정당한 이유가 어딨어. 나는 네 두 배나 군에서 썩었지,

---

28) 황석영의 소설 중 남성 인물들은 월남으로 파병 경험이 있거나 막 군대를 제대한 사람들이 다수 등장을 한다. 즉, 이 인물들은 모두 군의 위계적, 강압적 질서를 경험한 인물들이다. 군 복역의 경험이 오히려 황석영의 인물들이 이미 계급화된 신분 질서에 쉽게 동화될 수 있는 근거로 자리를 잡는다.

29) 2절에서 자세히 살펴보겠지만, 도시를 배경으로 하는 하층계급과 중공업, 서비스업에 종사하는 인물들은 신분 상승을 꿈꾸다가 좌절을 한 후 현실의 전복이 아닌 안주를 하거나, 아예 처음부터 자신의 계급의식을 가지고 인물들이 처한 현실에서 타협을 하는 형태로 드러난다.

30) 군 복역이 중요한 의미를 가지는 것은 황석영의 소설이 남성 인물을 중심으로 내세우기 때문이다. 1970년대 황석영의 작품은 "남성적 문학"이라고 명명될 정도로 남성 인물이 중심이 된 소설이 많다. 물론 그 남성성을 가로질러 "착종된 젠더 (무)의식"으로 균열을 일으키는 여성성을 분석할 수 있지만, 기본적으로 황석영 소설에는 남성 인물이 주를 이룬다. 김미현, 「황석영 소설의 젠더 (무)의식 — 초기 소설을 중심으로」, 『황석영』, 글누림 출판사, 2010, p.168.

그리구 절반쯤은 군 감방에 있었다. 그래두 내가 쏘았던 이유를 모른다면 말해주지……"(「철길」, p.170)

"대대장 집에 입주했었소?"(「철길」, p.160)

"아주 제대해버리지 않을 바에야, 사회 물 먹는 게 더 괴롭다 그겁니다." (「철길」, p.161)

"이봐, 대대장이면 중령이야. 네 따위는 죽이구 살리구 할 수가 있다구."
"헌데 죽은 건 그자야."(「철길」, p.171) (강조 인용자)

「철길」은 군 제대 3개월을 남겨 둔 군인이 저지른 대대장 살인으로 열차를 이용해 헌병대로 후송하는 과정 중에 일어나는 이야기를 다룬 소설이다. 군대는 군대가 가지는 특수한 지위에 의해 계급화가 된다. 이는 자신의 능력과 역량과는 무관하게 그저 군대만의 규율을 그대로 답습하게 한다. '일등병', '병장', '하사' 그리고 '죄수'가 등장하는 이 소설은 군을 배경으로 하고 있어서 계급에 따른 질서가 분명하게 존재하고 있다. 이미 이들의 명칭이 군대라는 특수한 공간에서만 통용이 되는 계급으로 분해한 사람을 평가하는 기준이 된다. 이들이 군 입대 전 사회에서 무슨 일을 했는지, 어떤 배경을 가지고 있는 사람인지에 대해서는 전혀 무관심한 채, 오로지 입대 순서, 혹은 계급의 상하에 따라서만 사람을 재단한다. 이렇게 계급으로 조직된 군대에서는 명령과 규율이 그 어느 것보다 우선이며 그것에 대해서 어떤 의문을 제기해서는 안 되는 것이 군대 조직의 속성이다. 왜냐하면 이처럼 인간적 주체성이 억압되어야만 조직적인 효과가 상승될 수 있기 때문이다.[31]

입대의 순서와 군이라는 특수한 공간에서 부여한 신분질서에 의한 서열

---

31) 강수돌, 『살림의 경제학』, 인물과 사상사, 2009, pp.28~29.

화가 군대의 신분 질서의 한 축을 이루고 있다면 다른 한편으로는 "폭력" 그 자체가 또 다른 축을 형성하고 있다. 계급장에 의존한 신분질서로 명령 하달과 순종/복종이 의심 없이 이루어지는 한편 "총"을 지닌 사람의 폭력성에 의한 신분의 서열화가 한 축을 이룬다. 폭력을 앞세운 질서는 군대가 지닌 특수한 환경, 즉 입대를 먼저 했다는 시간 순이 아니다. 그래서 중령의 지위는 총 앞에서 무력화되어 버린다. 그렇지만 군대 안의 그 어떤 신분 체계도 부당하며 타당성을 획득하지는 못한다. 그리고 그 와중에도 '죄수'에 의해 자행된 무차별한 폭력성은 분명한 이유가 드러나지 않는다. 이처럼 개연성 없는 범죄는 폭력에 대한 부정적인 시선만을 가질 수밖에 없다.

물론 '죄수'의 살인의 이면에는 군대라는 공간이 지니는 억압성, 폐쇄성, 강압성으로 인해 '죄수'의 범죄가 자인됐음을 보는 해석이 있다.[32] "상급자를 쐈는데 정당한 이유가 어딨어."라는 '죄수'의 언술에는 계급 사회에서 일어난 하극상은 그 어떤 상황에서도 인정받지 못하는 군대가 지니는 불합리성을 꼬집은 것일 수 있다. 그렇지만 한편으로는 군대 안에서 독점적 권력을 행사하던 권력자를 제거했다는 쾌감으로도 해석될 수 있다. 즉, '죄수'의 범죄가 자칫 개연성이 떨어진 '살인' 그 자체로 해석되어 '죄수'의 행위에 동의할 여유를 주지 않는 한편 군대의 조직적인 폭력에 개인의 폭력으로 맞대응한 양상으로 해석될 여지가 있다. 그리고 그렇게 조직의 폭력성과 개인의 폭력성이 충돌할 때, '병장'과 같은 나약한 개인만이 공포에 휘말려 버리고 만다.

폭력에 의해 형성된 계급 구성은 그 자체 필연성을 가지지 못하고, 오히려 극단적 상황에서 벌어진 "야만적인 행위"로 인식이 돼버려 오히려

---

32) 임기현, 「황석영 소설 연구─탈식민성을 중심으로」, 충북대학교 박사학위논문, 2007, p.118 ; 안남일, 「황석영 소설에 나타나나 권력의 문제」, 『어문논집』 Vol.45, 2002, pp.45~46.

군대 안에 존재하는 계급에 정당성을 부여하는 아이러니가 발생한다. 이는 푸코가 감옥이 "자유의 박탈"로 "수형자의 시간을 빼앗음으로써"[33] 범죄 그 자체가 사회를 어지럽게 했다는 것을 증명한 것과 유사하게 군대 안의 계급이 입대 시간을 기준으로 매일 매일 시간을 계산해서 그 의무와 책임을 제하여주는 것과 유사한 구조를 보인다. 그렇기 때문에 오히려 「철길」은 군대 안에 존재하는 시간으로 규정된 계급의 현실적 정당성을 보증하는 것으로 드러나고 있다.

군인이었지만 더 이상 군인이 아닌, 지금은 '죄수'인 군인이 등장하는 「철길」을 보면 군대와 감옥의 유사성을 발견할 수 있다.[34] 감옥은 범법자들이 저지른 죄의 경중에 맞춰 처벌하기 위한 목적으로 신체의 자유를 빼앗기 위해 형성된 공간이다. 그렇지만 비단 신체의 자유를 빼앗기만을 위한 곳은 아니다. 보다 더 중요한 것은 이들을 교화, 교정시켜 사회 안에서 각자의 위치에서 자신의 역할을 담당할 수 있도록 안배하는 것이다. 그리고 황석영 소설에 등장하는 인물들 역시 범법 그 자체에 주목을 해서 죄목을 일일이 나열하는 것이 아니라, 그 안에서 사회 밖으로 나왔을 때 무엇을 할 수 있을지에 더 주목을 하였다. 그래서 교도소에 다녀온 사람들의 경우 그들이 교도소에 왜 갔다 왔는지는 거세되어 있다. 오히려 전과 기록이 있는 인물들은 교도소에서 배운 기술로 생계를 유지하고 있음을 보여주고 있다.

푸코는 감옥이 "개인의 모든 측면, 곧 신체의 단련, 노동능력, 일상적 행동 도덕적 태도, 적응력 등"[35]을 규율과 감시의 대상으로 삼으면서

---

33) Michael Foucault, 앞의 책, p.353.
34) 푸코는 이를 두고 감옥을 "다소간 엄격한 병영, 관대함이 없는 학교, 암담한 일터"로 표현을 하였다. 위의 책, p.354.
35) 위의 책, p.358.

이를 단련시켜 성장하도록 하는 기제가 작동함을 이야기하고 있다. 실제 황석영의 작품 속에 등장하는 인물들 중에서 감옥에 다녀온 경험이 있는 인물들은 범법에 대한 처벌적인 의미 외에 감옥 안에서 기술 습득, 신체 단련 등으로 재사회화를 경험한다.

그런데 여기에서 흥미로운 것은 박정희체제에서 감시와 처벌의 기능을 담당했던 감옥은 단순히 신체적인 통제에만 머문 것이 아니다. 감옥이 교화와 함께 사회재교육 기능을 담당한 "보안처분"36)으로도 작용을 하였다. 그렇기 때문에 범죄자를 수감하는 '감옥' 그대로의 장소도 등장하기도 하지만 '국토건설단'37)과 같은 사회 정화를 위한 교화 수감 시설에 수감됐던 인물들도 등장을 한다. 황석영의 소설 속에 유난히 전과자가 많이 등장하는 것을 두고 임기현은 황석영이 전과자를 소설 속에 등장시키면서 그들의 범죄 행위가 개인으로부터 비롯된 것이 아니라 "모순된 현실"38)을 전제로 했다는 것을 반증한다고 보았다. 그렇기 때문에 황석영이 이들 전과자 출신들을 따뜻한 시선으로 바라보고 있다고 하였다. 하지만 감옥의 기능이 범죄 사실에 대한 처벌과 함께 정화, 교화로서의 의미도 아울러 가지기 때문에 임기현이 해석하듯이 "범법" 행위 그 자체에 초점을 맞춰 범법

36) "보안처분이란 특정인의 범죄행위 또는 범죄적 행위를 전제로 국가가 범죄자 또는 범죄적 위험자에 대하여 시행하는 범죄예방 처분을 뜻한다. 범죄자 또는 범죄적 위험자를 교화 개선시켜 범죄로부터 사회를 보호하려는 데에 있다." 변두섭, 「보안처분에 관한 고찰」, 『전북법학』 Vol.13, 1989, p.94.
37) 국토건설단은 우리나라의 보안처분의 한 일례이다. 우리나라의 보안처분의 예는 소년법상의 보호처분, 윤락여성수용소에의 수용, 부랑아수용시설에의 수용처분, 보호감호처분, 국가비상시에 국토건설단, 삼청교육대 등이 있다. 특히 국토건설단은 1961년 불량배, 부랑인, 군기피자들을 검거해서 A~C등급으로 나누어 하루 8시간 노역을 시켰었다. 이승호, 「우리나라 보안 처분의 역사적 전개」, 『刑事政策』 Vol.7, 1995, 참조.
38) 임기현, 「황석영 소설 연구-탈식민성을 중심으로」, 충북대학교 박사학위논문, 2007, p.118.

212

행위가 유발된 것이 모순된 현실로 인한 것으로만 볼 수 없는 지형이 생긴다. 왜냐하면 "규율 중심적 권력의 체제 속에서 처벌의 기술은 속죄를 목표로 삼지 않"[39])기 때문이다. 오히려 속죄가 아니라 범죄를 규정하고, 위법 행위에 제재를 가해서 범죄 행위 자체를 차별화시킨 등의 관리 가능한 그 자체를 감옥의 의미로 두기 때문이다.[40])

황석영의 소설에 등장하는 전과 이력을 지닌 인물들은 그들이 스스로 고백하거나, 주변에서 이야기하지 않으면 수감 사실 자체를 알아채지 못할 정도로 사회 안에서 무표화되어 있다. 범법자가 등장했다는 것은 그가 범법자가 될 수밖에 없는 구조적인 한계와 모순을 폭로하는 것이 현실 사회를 비판하는 지점이 될 수 있다. 그렇지만 황석영에 등장하는 인물들이 상황과 대화 속에서 자신의 과거 이력을 이야기할 때 등장하는 수감 이력의 고백만 아니라면 전혀 수감을 추측할 수 없는 지경에 이른다. 이는 외려 형법이 범법자 신체의 자유를 박탈함으로써 교정, 교화가 가능하다는 신화를 검증해주는 꼴이 되고 만다. 수감된 이력이 사회 구조적인 모순에서부터 기인한 것이라면 이들의 구조적인 문제가 해결이 안 된 상태에서는 흔히 동일 범죄의 반복, 재범률의 증가가 오히려 더 현실적인 상황인 것이다.[41])

---

39) Michael Foucault, 앞의 책, p.287.
40) 푸코는 그의 책 『감시와 처벌』「감옥」편에서 "범죄의 온존, 재범 유발, 일시적 위반자의 상습적 범죄자로의 변모, 폐쇄된 범죄사회의 조직화"가 지속되는 현상이 감옥의 실패가 아니라, 위법한 행위를 감시·관리하며, 조직하여 차별하는 것을 보고 있다. 즉, 푸코가 보는 감옥의 기능은 단순히 교화, 교정, 반성 등에 있지 않고 교화, 교정의 대상이 되는 위법 행위 그 자체의 규정, 관리에 있다는 것이다. 그런데 황석영의 인물들에게서는 이러한 면모가 보이지 않는다. 위의 책, p.416.
41) 감옥의 필요성에 대해 오래 전부터 의견이 분분하였다. 감옥은 죄의 유무와 상관없이 사람을 감시하며, 통제하는 규율의 의미만 있기 때문에 감옥의 불필요성을 주장하는 사람들이 많다. 이들은 감옥이 지니는 처벌·교정에 의문을 제기하면서 여전히 높은 재범률을 그 근거로 이야기한다. 하지만 이들의 주장을 받아들인다면 황석영의 인물들은 수감의 경험 이후 재범을 하지 않는 것으로 봐서 황석영이

그렇지만 황석영의 인물들은 전혀 위화감 없이 사회에 복귀함은 물론, 감옥 생활 동안 배운 기술로 현재의 경제생활을 이어나가는 모습을 보인다. 물론 자조 섞인 말투였다지만, 전과가 있는 등장인물을 통해 현실 사회의 모순을 폭로할 수 있을 것이라는 애초의 기대는 무너지고 마는 것이다.

> "알고 있소. **착암기 잡지 않았소?** 우리넨, 목공에 용접에 구두까지 수선할 줄 압니다."
>
> "다 좋은 데서 가르치고 내보내는 집이 있지."
>
> "나두 그런 데나 들어갔으면 좋겠네."
>
> "지금이라두 쉽지. 하지만 **집이 워낙에 커서 말요.**"(「삼포 가는 길」, pp.205~206) (강조 인용자)

위 인용문은 「삼포 가는 길」에 등장하는 '정씨'가 '영달'이보다 뛰어난 기술을 어디에서 배웠는지를 설명해주는 대목이다. '정씨'가 지니고 있는 근로 기술의 출처가 감옥임을 고백하고 있다. '정씨'의 전과 이력이 크게 비중 있게 이후의 서술에서는 드러나지는 않고 있다. 단 한 번 그가 가지고 있는 기술력의 출처에서만 드러나고 있다. 이는 감옥이 신체 개발과 단련을 위한 장으로 기능을 하였고, '정씨'는 그로 인해 출감 이후 경제적 능력을 소유한 것으로 나타나고 있다. 즉, 감옥에서의 교육과 습득이 출감 이후에까지 영향을 미쳤다는 것이다.

「돼지꿈」에는 또 다른 전과자가 등장을 한다.

감옥의 기능에 어느 정도 수긍하는 것은 아닌지 의심하게 한다. 하지만 한편으로 그만큼 사법 당국이 사소한 일로 이들을 수감했음을, 즉 사법권의 남용의 문제가 제기될 수도 있다. 즉, 황석영은 감옥의 기능과 존재에 대해 이렇다 할 뚜렷한 입장을 표명하지 않는다.

214

행상은 지난봄에 출감한 사람이었다. 그의 말로는 별게 아니라지만 하천 건너편 동네 사람들의 뒷소문에 의하면 실성기가 있는 여편네를 칼로 찔렀다 는 것이었다.(「돼지꿈」, p.245)

"나두 들어서 압니다. 빵에 갔다가 오셨다지?"

"싸움에 말려들었지. **사실 나는 기업주 쪽에 붙어먹었던 놈이야.**"

"가운데서 화해시킨다는 명목이었지만, 진짜는 쇼부쳐서 얼마 잡아갖구 자립하려구 그랬었지."

행상이 입맛을 쩍쩍 다셨다. 그의 목소리가 차츰 안으로 기어들어가듯 작아졌다.

"**몹쓸 짓이지.**"

"돈 벌자는 게 뭐가 나쁩니까?"

"**살아보면…… 알게 되네.** 자넨 손 다쳐 목돈을 만지니 기분이 좋은가?"
(「돼지꿈」, p.261) (강조 인용자)

트랜지스터 '행상'의 출감 사실은 마을 주민들이 모두 알지만 그의 수감 이유는 정확히 모른 채 무성한 추측만이 있던 중에 알게 된 '행상'의 위법 행위는 '기업주 쪽에 붙은 프락치, 스파이'라는 것을 알게 되었다. 그의 실제 범죄는 소문의 '부인 살해'보다 훨씬 경미한 범죄라고 할 수 있지만 노동자들의 애환을 많이 그려낸 황석영에게는 동료를 배신한 노동자에게 구속과 수감은 합당한 조치라는 분위기를 풍긴다.[42] '행상'의 자기 범죄

---

42) 황석영은 노동자들의 쟁의를 다루고 있는 소설 속에서 노동자들의 전체 연대를 방해하는, 배신하는 동료 노동자를 꼭 등장시킨다.(「객지」에 등장하는 '종기'는 감원자 명단 작성을 도와준 혐의로 '비서'라는 별칭을 가지고 있고, 「야근」에서는 십오번 기계를 조작하는 공원이 배신을 한다.) 노동자들이 연대를 해서 온전히 외부의 적과 맞서도 그 성과를 보장할 수 없는데, 내부 진영에 균열을 가하는 배신하는 동료에 대해 작가의 시선도 곱지만은 않은 것을 알 수 있다.

고백과 뒤이은 참회는 구속과 수감으로 이어지는 합법적인 법집행으로 감옥이라는 공간이 반성과 사회적 규율의 내재화 공간으로 자리매김함을 알 수 있다.

「객지」에는 또 다른 유형의 수감 이력을 지닌 인물이 나온다. 노동자 쟁의의 중핵인 '동혁'과 '대위' 등과 대립하면서 회사에 고용된 감독관인 '양봉택'이 그 인물이다.

> "발 씻었다구 쌔리들한테 턱까지 썼단 말이야. 요놈의 새끼들이 **폭력배 명단에 감쪽같이 올려논 걸 몰랐거든**. 저녁 먹는데 찾아와선 잠깐만 같이 가자는데야 안 따라나설 재간이 있나. 직업두 없었겠다. **그날루 국토건설단에 직통 들어갔지**. (하략)"(「객지」, pp.203~204)
> "야, 나두 독하게 맘 먹었다구. 옘병할 지랄같은 놈의 세상, 거슬리면 모조리 때려잡는 거야. 내 무슨 면목으로 집 동넬 돌아가냐? 공사판 일거리를 잘 잡았지."(「객지」, p.204) (강조 인용자)

'양봉택'의 수감 이력은 여타 다른 인물들과 다르다. '양봉택'은 5·16 군사 쿠데타이후 사회 정화라는 이유로 불량배 등을 국가 노역에 강제 동원한 국토건설단 출신이기 때문이다. 분명한 위법 행위자들과 다르게 '국토건설단'이 가지는 정치적 의미를 생각하면 '양봉택'이야말로 다른 인물들과 비견될 수 없을 정도로 국가로부터 피해를 입은 피해자이다. 그렇지만 소설 속에서 드러나는 모습은 오히려 하층계급을 억압하면서 전략적으로 폭력을 행사하면서 군림하려는 가해 인물로 등장한다. 이러한 '양봉택'의 모습은 사회 정의 구현과 정화를 위해 보안처분의 필요성과 그 실효성이 미비함을 역설하고 있는 대목이라고도 할 수 있다. 즉, 황석영은 근대적 가치를 교육하는 다양한 기관이 가지는 저항적이고 대안적인 측면

을 주목해서 이야기하고 있다. 하지만 학교·군대·감옥이라는 근대적 규율
공간이 오롯이 저항적 의미만을 완전히 가지지 못한 채 양가적인 특성이
있음을 이야기하고 있다.

2. 산업 발달과 유용한 신체 담론

1970년대는 국가가 주도하는 근대화·산업화에 국민 모두의 동참이 필요
한 시기였다. 그 동참이 자발적이든 비자발적이든 모두 산업화·근대화의
거대한 흐름에 동참해서 자신에게 주어진 역할을 감당해내기를 요구받았
다. 국민들을 호명하는 국가의 가장 기본적인 기조는 국민교육헌장에 기록
이 되어 있는데 이것이야말로 국가가 국민들에게 요구하는 기본 이념을
담고 있는 것이다.[43] 개별적인 개인들은 국가의 부름에 의해 국민으로
호출이 되고, 국민은 각자의 능력과 역량에 맞게 맡은 바 일들을 국가의
발전을 위해서 해야 한다. 아감벤은 조에(zōē) 상태의 개인이 비오스(bíos)
상태로 변하는 즉, 자연 생명 그 자체가 정치적 장(場)안에서 의미를 가지면서
사회적 의미를 지니는 신체로 거듭나길 요구하는 생명 정치를 이야기하고

---

43) 박정희는 일선 학교는 물론 일반인들까지 행동 목표를 설정하는 '국민교육헌장'을
1968년 12월 5일 선포하였다. 이는 "국가주의, 경제 발전, 반공담론"을 주입시키려
고 한 것이다. 전재호, 「박정희체제의 민족주의 연구-담론과 정책을 중심으로」,
서강대 박사학위논문, 1997 p.170.
박정희체제는 국민들을 "특정한 방향으로 유도하고 훈육하고 독려"하려고 유용한
신체에 대한 담론을 형성하였다. 조희연, 『박정희와 개발독재시대-5·16에서
10·26까지』, 역사문제 연구소 기획, 역사비평사, 2007(국민교육헌장 중 일부 : "우
리는 민족중흥의 역사적 사명을 띠고 이 땅에 태어났다.…… 성실한 마음과
튼튼한 몸으로, 학문과 기술을 배우고 익히며, 타고난 저마다의 소질을 개발하
고……")

있다.44) 국가의 이데올로기가 개인에 지나지 않았던 육체에 국가와 산업 역군이라는 사회적 의미와 요구를 투영시킴으로써 개인은 아무런 갈등 없이 자신의 역할을 수행하는 모습을 보인다. 특히 황석영 소설은 국가가 호명하는 사람들의 신체에 부여되는 의미를 잘 보여주고 있다. 산업 일꾼으로 산업화에 일조하는 노동자들에는 보다 더 사회에 유용한 신체로 거듭나기를 주문하고 있다. 이러한 모습을 보이는 노동자들은 기술을 연마하면서 산업 현장에서 생산성 향상을 주도하는 인물로 그려진다. 그렇지만 도시에 거주하는 모든 사람들이 사회 발전을 주도하거나 보조하는 등의 생산적인 활동을 하는 것은 아니다. 시대가 요구하는 부름에 응하지 못하는 잉여 존재들 역시 도시 빈민가를 중심으로 형성이 되어 있는데, 이들은 민족을 위해서, 국가 발전을 위해서 그 어떤 역할을 부여받지 못한 존재들이다. 포르노 배우, 범죄자, 매혈자 등 사회가 지향하는 모습과 다른 면모를 보이는 이들은 민족을 위해 국가의 발전을 위해 호명된 육체를 직접 매매의 수단으로 사용하는 모습을 보인다.

그리고 이렇게 신체의 이원화가 이루어지는 도시 공간의 특성을 잘 반영해 주는 인물이 황석영이다. 황석영은 도시를 배경으로 1970년대 하층계급의 신체에 작동하는 권력의 다면성을 모두 보여주고 있다. 특히 그가 주목하고 있는 것은 쓸모 있는 유용한 신체의 개발과 도시의 욕망을 투사하고 해소하는 타자로서의 소모적인 몸이다. 전자는 경공업에서 중공업으로 이전되는 한국 경제의 흐름 속에서 유용한 노동력을 제공할 수 있는 인력으로 거듭나는 신체의 모습으로 드러난다.

신체의 개발은 산업화의 큰 특징인데 국가의 부름을 받은 유용하고 사명감을 띤 신체가 아닌 잉여적 신체 역시 압축적인 근대화·도시화를

---

44) G. Agamben, 앞의 책, pp.33~39.

경험하면서 그 쓸모가 대두가 되었다. 급격한 산업화로 구성원들은 제대로 욕망의 배설과 충족이 이루어질 수 없었다. 그 왜곡된 욕망실현이 바로 잉여 신체를 통해서 이루어진다.

도시라는 공간은 생산과 소비가 한꺼번에 이루어지는 공간이다. 박정희 정권 들어 급격한 산업 발전과 유례없는 압축적인 근대화로 인해 한국 사회는 곳곳에서 굴절된 산업화의 모습을 보였다. 굴절되고 왜곡된 근대화 는 하층계급들에게 직접적인 영향을 주는데, 특히 도시를 배경으로 생산에 참여하는 산업 인력과 소비 주체가 되지 못한 채 소비 대상, 즉 도시민들의 욕망의 타자로 전락하는 계급들이 다수 존재했었다. 황석영은 1970년대의 다양한 인물 군상들을 모두 보여줌으로써 박정희 정권이 가지고 있는 도시를 중심으로 하는 공간에서 하층계급에게 무엇을 요구할지를 투영시켰 다. 이에 1항에서는 잉여적 신체들에게 작동하는 욕망의 투사체로서의 이미지를 살펴 볼 것이고, 2항에서는 산업 역군으로 재탄생된 인적 자본으로 서의 노동자들을 살필 것이다.

1) 도시의 왜곡된 욕망과 잉여 노동력의 소비

산업화와 도시화는 '육체'에 대한 생각을 많이 변모시켰다. 물론 산업화 이전 농경사회에서도 인간의 육체는 제1의 노동 수단이었다. 특히 농촌에서 절대적인 노동력의 필요성은 자녀를 많이 출산하는 것으로서도 확인할 수 있다.[45] 그렇지만 농경사회에서의 노동력은 '노동'의 의미만을 지니며

---

45) 농촌 근대화가 이루어져 농업 기계가 인력을 대체해서 주 노동력으로 자리 잡기 전까지 농촌의 주된 노동력은 가족 중심의 인력이었다. 이것은 1970년도의 농촌의 인구비율과 가구원 2인 이하의 비율로도 확인이 가능한데 1970년도 농촌의 인구는 46.7%이고 2인 이하 가구의 비율은 7.7%에 불과하다. 이는 여전히 농촌의 주된 경쟁력은 노동력에 있다는 반증이다. 우종현, 「산업화 이후 한국의 농업과 농가의

이것이 '교환'과 '화폐' 등의 경제적인 의미로까지 확대가 되지는 않았다.[46] 그렇지만 세분화된 산업화 사회에 이르러 노동자들은 더 이상 자신의 육체가 단순한 노동의 의미를 넘어선다는 것을 인식하게 되었다. 물론 초기 공업화 사회에서는 특별한 기술이 필요 없이 사람의 손과 머릿수로만 해결할 수 있는 노동이 산재해 있었다. 이는 황석영의 작품 속에 등장하는 육체노동자의 모습으로 형상화된다. 가진 것은 젊음과 육체뿐인 농촌 출신의 젊은이들은 자신의 '육체'만을 믿고 서울로 상경한다. 그렇지만 이미 변해버린 시대에 농경 생활에서 볼 법한 '노동'의 개념을 지닌 젊은 사람들에게 도시의 노동 생활은 그야말로 팍팍하고, 인정머리 없는 삶이 되고 만다.

　농촌에서 서울로 상경하는 다수의 젊은이들은 그들이 농촌에서 살기에는 충분히 아까운 인재들이라는 인식을 가지고 있다. 농촌보다 도시 공간이 그들에게 적당한 공간이며, 그들에게 딱 맞는 일을 찾을 수 있을 것이라는 기대를 가지고 상경을 한다. 하지만 상경의 순간 그들이 맞닥뜨리는 것은 그들의 희망이었던 '육체'를 기껏해야 '날품팔이'할 수밖에 없는 현실이었다. 그리고 이들의 '날품팔이'는 어느 정도 농촌 출신의 도시 이방인들에게는 익숙한 도시 입성기라고 할 수 있다. 왜냐하면 농촌 출신의 상경인들로 인한 문제가 사회적 문제로 인식이 되면서 상경(上京)을 경계하는 기사는 물론 상경 시 유의할 점 등에 대한 기사들이 등장을 하게 되었기 때문이다.[47]

　경제의 변화」, 『地理學論究』 Vol.22, 2002, pp.30~31.

46) 신종화, 「근대적 노동관과 새로운 사회구조의 충돌」, 『한국학논집』 Vol.38, 2009. 자본주의적 합리성에서는 모든 것이 자본이 된다. 따라서 사람의 노동력도 '인적 자본'이라고 명명이 되면서 관리, 투자의 대상이 된다. Elmar Altvater, 『자본주의의 종말』, 염정용 옮김, 동녘, 2007, pp.64~65.

47) 1970년대 신문에는 이농과 이에 따른 농촌 경제 구조의 악화를 우려하는 기사들이 많이 나왔다. 농촌 청년들의 무작정 상경으로 생기는 사회문제가 신문에 르포 형식으로 자주 기재가 될 정도로 농촌 청년들의 상경은 공론화된 사회 문제로 인식이 되고 있었다. 「무작정 상경에 도사린 함정 르뽀」, 『동아일보』, 1971.3.31.

이러한 갓 상경한 농촌 청년의 서울 입성기를 다룬 작품이 「이웃 사람」이다. 「이웃 사람」은 군 제대 후 한 사람의 입이라도 덜 요량으로, 또한 좁디좁은 농촌 마을을 벗어나 서울에서 자신의 역량을 펼쳐 볼 계획으로 상경한 '나'의 이야기다. 푸른 꿈을 안고 상경한 스물다섯 청년을 반긴 서울은 화려하고 살아볼 만한 공간이기는 하지만 적어도 '나'를 위해서는 도시의 한 끝자락조차 내주지 않는 냉혹한 곳이기도 하다. 변변찮은 직업도 한 번 구해보지 못한 '나'가 "쪼록이"라고 불리는 매혈로 돈을 받고, 이내 더 이상 정을 붙이지 못한 채 살인자가 되고 만다는 이야기를 담고 있다. 서울의 그 어떤 곳에서도 발을 붙이지 못하는 '나'가 바로 우리의 이웃이라는 이 소설의 제목은 바로 우리 사회 안에 존재하는 잉여 인간에 대한 이야기라고 할 수 있다.

> 한달 동안은 갈월동 노동회관에서 사십원짜리 숙박을 했었지요. 창고 같은 델 널판지로 칸막이했구요. 시멘트 바닥 위에다 다다미를 깐 좁다란 방에 스무 명쯤이 서로 발바닥을 맞대고 누워 자는 형편이었죠.…… **거의 날품팔이들인데, 열여덟살짜리부터 환갑이 가까운 늙다리들까지 천차만별입니다.**(「이웃 사람」, pp.164~165) (강조 인용자)

농촌에서 상경한 사람들이 거주할 공간이 서울에는 많이 있지 않다. 공부가 목적이거나 취직이 되어 서울 시민으로 편입이 되지 않는 이상 이들을 반겨줄 만한 곳은 어디에도 없다. 이들의 연령대도 다양한데, 청운의 꿈을 안고 서울에 갓 상경한 십대에서부터 삶의 이력을 예측할 수 없는,

---

6면 사회기사. 또한 청년들의 탈향으로 인해 농촌 공동체에 미치는 경제적 위기 상황에 대한 문제 의식도 꾸준히 1970년대 신문 지면에 오르고 있었다. 「이농에 대처하는 농정」, 『동아일보』, 1979.5.15. 4면 경제 사설.

젊어지는 서울에 비해 쇠락해 가는 노인에 이르기까지 서울은 그 어떤
것도 보장해 주지는 않지만 매몰차게 이들을 외면하지는 않는다. 왜냐하면
점점 도시화·산업화되면서 변모해가는 도시에서도 이들과 같이 유용한
노동자로 호명하지 않은 잉여 존재[48]들도 때로는 필요하기 때문이다.[49]

> 다행히도 기동이가 어느날 일거리를 찾아갖구 왔습니다. **교외에다 어느
> 벼락부자 양반이 호화주택을 짓는데 인부가 다섯 사람 필요하다구 그런다나
> 요.** 우리는 그날로 합숙소를 나와 집 짓는 제서 착실히 한달쯤 지냈지요.
> 일거리두 편하구 노임도 괜찮습디다.(「이웃 사람」, p.167) (강조 인용자)

이들을 필요로 하는 곳은 대단위 사업 단지는 아니다. 고도의 기술을
요하지도 않으면서 그렇다고 고정적으로 일을 주어야 하는 부담도 없는
단기적이면서 쉬운 일거리가 서울에는 있었고, 누군가는 이 일을 해 줄
사람이 필요했다. 그리고 결코 추천해줄 만한 일은 아니지만 누군가는
꼭 해야 할 일에 이들이 투입이 되어서 도시의 경관도 바꾸고 벼락부자의
허영과 사치도 채워주어야 했다. 이들을 '노동자'나 '농민' 등으로 호명하지
않았지만 도시 곳곳에서 해결해야할 부스러기같은 작은 일들조차 지속적으
로 할 수 없는 상황에 직면하고 만다. 이러한 일들을 할 사람은 주변에

---

48) 잉여 존재가 유의미한 것은 인간이 자본이 되면서 도시를 중심으로 노동력이
집중되는 현상을 묵과하는 차원으로 드러난다. 이진경은 이러한 "과잉인구"를
"실업화 압력"이라고 본다. 도시에 집중되는 인적 자원들은 이미 취업하고 있는
노동자들에게는 실업에 대한 두려움을, 아직 취업을 하지 못한 예비 노동자들에게
는 노동에 대한 선망을 불러일으킨다고 보았다. 이진경, 『미─래의 맑스주의』,
그린비, 2006, p.66.

49) 소설의 등장인물인 '나'도 내가 서울에서 철저하게 이방인이면서 잉여 인간이라는
사실을 깨닫게 된다. "나하구 비슷한 놈들이 좀 많겠습니까. 그 점을 미처 생각
못하고 오히려 실수한 셈이지요." 황석영, 「이웃 사람」, p.171.

222

넘치고 있기 때문이었다. 그 다음에 이들이 선택할 수 있는 일은 음지에 속한 은밀한 일들뿐이다.

> **-쪼록이나 잡으러 갈까부다.**
> 무슨 소리인지는 모르고 나는 그게 개천의 물고기 이름이나 되는 줄 알았지요.
> -어이, 자네 천원 벌이 하구 싶잖은가? **단 삼십분에 천원.**
> 귀신 씨나락 까먹는 소리를 중얼대길래 나는 기동이란 녀석이 농담하는 줄로 여기면서도, 그애가 서울 밑바닥 생활 고참이길래 한편으로는 행여나 하는 기대를 가졌습니다.(「이웃 사람」, p.167)
> 나중에 알구 보니 그게 바로 종합병원으로 찾아가 **피를 파는 짓**이었습니다. 아마 피 뽑혀 나오는 소리가 빈 뱃속에서 회치는 소리하구 비슷한 모양이지요. **나를 팔아 내가 먹는가?** 살자구 서울 올라와 구걸까지 하고 한뎃잠이나 자는 판에 어쩌자구 제 목숨을 갉아먹는담. 하는 따위의 생각이 들어서 **선뜻 내키진 않았습니다만 달리 어쩌겠습니까.**(「이웃 사람」, p.168) (강조 인용문)

그나마 날품팔이마저 막힌 이들이 선택할 수 있는 일은 "나를 팔아 내가 먹"는 일이다. 산업화·근대화는 도시와 산업의 눈부신 발전을 약속하며 젊은이들에게 환상을 주었다. 이들 대다수가 개인, 가정, 사회 그리고 국가를 위해 부름을 받으며 역군으로서 자신의 몫을 충분히 해 낼 것이라는 인식을 심어 주었다. 그렇지만 사회로부터, 국가로부터 호명을 받지 못한 신체들은 국가적 차원에서는 무의미하지만 그렇다고 해도 개인의 삶은 유지하면서 살아내야 하는 것이 현실이었다. 그때 이들이 선택할 수 있는 일이란 자신의 신체를 직접 교환하고 매매하는 것이다. 그리고 노동자로서 유용한 신체로 자리매김 할 수 없는 신체라면 도시인들의 욕망을 투사하는 대상의 기능을 이들이 담당하게 되었다. 왜냐하면 이들이 할 수 있는 노동의 현장이 더 이상 도시에서는 찾을 수 없기 때문이다. 그리고 매혈(賣血)은 더 이상 개인들이 알음알음 하던 작은 경제 단위가 아니라 조직적이고, 중간 유통업자가 있을 정도로 잘 정비된 모습을 띤다.

그때에 만난 게 중앙시장서 아홉 살부터 똘마니 노릇으로 자라났다는 넙치라는 뎃방이었습니다. (중략) **병원 주변에 얼씬거리다가 이미 꾼이 될 소질이 있어 뵈는 쪼록쟁이를 만나면 한사코 붙어서 구전을 빨아먹는 놈이지 요.** 소개받고 구전을 안 주는 날에는 역전 바닥에 붙어 있을 재간이 없지요.(「이웃 사람」, p.169~170)

나는 그 전엔 몰랐습니다. 내가 왜 이런 조건 속에서 무섭고 혹독한 인생을 견디고 있나, 하는 의심조차 품지 않고 참기만 했었죠. 참 놀랍도록 미련하게 참았죠. 그런데 내가 이 거리를 걷고 있는 수많은 사람들 중의 하나라는 걸 알게 된 겁니다. 아 나두 사람이었구나. 헌데 어째서 나는 이 떨어진 군복을 입고 있을까, 왜 내의도 못 입고 **추운 겨울 바람에 떠나. 왜 굶나, 왜 피까지 파는가**… 하나보니 나뿐만 아니라 이 도시 전체가 사람이 아닌 것들로 들끓고 있는 것 같았지요.(「이웃 사람」, p.170) (강조 인용자)

그리고 '나'는 드디어 도시의 실체를 파악하게 된다. '나'는 이 도시의 철저한 이방인이며 언제 도시민으로 받아들여져 유용한 노동력을 가지고 있는 신체로 자리 잡을지 알 수 없이 그저 수많은 잉여 인간들 사이에서 대기하며 기다리고 있어야 한다는 것을 알게 되었다. 그렇지만 노동자로서 유용한 신체로 인정을 받지 못하는 '나'이지만 '나'의 신체가 유용하게 '쓰일 사용처'가 있다. 바로 '매혈(賣血)'이다.

그는 영문도 모르는 나를 끌고 남산을 넘어 병원이 아닌 주택가로 갔습니다. **축대와 계단이 남대문만큼 높더군요.** 뜨락이 우리 시골 동구 앞 공터보다두 넓었습니다. (중략) 부인네가 **나를 식당으루 안내하데요 떡벌어진 상이 차려 져 있습디다.** (중략) **나는 누군가에게 수혈을 해주어야 될 것을 알았습니다.** (중략) 부인네가 안내를 해서 어느 방으루 들어가니까 역시 **웬 깡마른 늙은이가 잠옷 바람으로 누워 있더군요.** (중략)

　- 탈 없겠지. O형인가?

　- 네 회장님. 검사는 다 해봤는데 **아주 건강한 사람이에요.**

　- **늙어서 일을 하려면 우선 건강이 제일이지. 보신하기두 이거 원 번거로워서**

(「이웃 사람」, p.172~173) (강조 인용자)

1970년대 시대적 분위기에서 매혈(賣血)이 그렇게 특이한 사회적 현상은 아니었다.[50] 그런데 「이웃 사람」에 등장하는 매혈이 유의미하면서 충격적 인 이유는, 그 매혈이 바로 "젊음"을 상징하기 때문이다. "늙어서 보신"을 하기 위해 '직접 수혈'을 받는 '노인 회장'에게 '나'의 혈액은 '젊음' 그 자체이다. 서울의 지배 계층이 소유하지 못한 젊음을 가지고 있는 빈 털털이 의 '나'에게서 도시는 그마저도 앗아가는 것이다. 이는 그 어떤 장면보다도 지독한 계급의식을 보여주는 대목이다. 하층계급에 비해 상층계급이 더 많은 권력과 경제력과 문화 자본을 지녔고 그들이 가진 부(富)를 사회

---

50) 이윤숙은 1971년 논문에서 매혈 대신 공혈, 즉 헌혈에 대한 인식도 조사를 하였다. 이 조사 과정에서 실제 매혈자들의 수치가 환산이 되어 나타나고 있다. 李允淑, 「서울市 一部人의 供血運動」, 『同大論叢』 Vol.2 No.1, 1971. 또한 신문에서도 매혈에서 헌혈로 바꾸는 것을 유도하는 기사와 매혈자들의 서글픈 현실을 나타낸 기사들이 올라왔다. 「獻血 캠페인 15일~11월15일」, 『매일경제』, 1971.9.14, 7면 사회 기사, 「賣血者에 정당한 代價를 일부血液院 얌체행위 調査토록」, 『경향신문』, 1975.5.29, 6면 사회 기사.

안에서 휘두른다고 하지만 그 방식이 이처럼 직접적인 경우는 드물기 때문이다. '나'의 몸 안에 있는 혈액을 직접 주입하는 '노인 회장'의 자본에 대한 폭압성과 폭력성을 황석영은 적나라하게 그리면서 산업 자본주의의 허상을 성토하고 있다.

그런데 이처럼 잉여 인간의 경제성장 제일주의에 의한 욕망의 대상화는 「이웃 사람」에서만 볼 수 있는 것은 아니다. 「이웃 사람」이 "젊음"에 대한 매매(賣買), 건강한 육체에 대한 도시민들의 열망이 담겨 있다면 「장사의 꿈」에는 도시민들의 성적 욕망을 투사하는 대상체로서의 잉여 인간이 등장한다. 「장사(壯士)의 꿈」은 씨름에 남다른 재주가 있던 '일봉'이 "몸을 팔아 만인의 사랑을 받는 직업"[51]을 가질 것이라는 말을 믿고 상경해서 겪게 되는 '신체 고난기'를 다룬 소설이다.

내 희망은 일찍이 레슬러였지. 내 별명은 몸집이 우람하다고 모두들 꺽새라고 부르지. 내 키는 백팔십에 가슴둘레는 일미터가 넘고 삼두박근이 고릴라 같다구. 균형이 꽉 잡힌 늘씬한 사나이야.(「장사(壯士)의 꿈」, p.9)

씨름에도 능하고, 자신의 신체에 자신감을 가지고 있던 '일봉'은 운동으로 전국을 호령할 것이라는 기대를 한다. 하지만 서울에서의 '일봉'이는 그가 예상했던 만큼의 '유용하고 쓰임새가 많은' 사람은 아니었다. 이미 서울에는 사람들로 넘쳐났기 때문에 '일봉'이가 가지고 있는 빈약한 재주를 펼 기회조차 갖지 못한다.

옛날에, 아주 옛날에 **일봉이라는 천하장사가 있었는데, 한때는 목욕탕**

51) 황석영, 「장사(壯士)의 꿈」, 『몰개월의 새』, 창작과비평사, 2002, p.13.

시다바리 꺽새였으나, 이제는 배우가 되었노라 하고 나는 예언적으루다 중얼
거려보았어.(「장사(壯士)의 꿈」, p.17) (강조 인용자)

그리고는 '영감'의 예언대로 육체를 활용한 직업, 비록 '일봉'이는 그것이
"천하장사"이기를 바랐지만, "목욕탕 시다바리"에서 포르노 "배우"까지
신체를 자원으로 활용하는 직업을 가지게 된다. 이는 육체에 작용하는
지배 담론을 확인할 수 있는 대목이다. 왜냐하면 아무 것도 가진 것이
없는 도시 이방인들이 노동시장에 개입하기 위해서는 개인이 가진 자원,
즉 신체를 활용하는 방법밖에는 없기 때문이다. 이들에게는 신체가 곧
자원이 되면서 노동시장에 편입할 입장권의 기능도 아울러 갖게 된다.
황석영은 바로 이 지점, 도시의 잉여 인간들을 어떻게 '노동시장'이라는
생산의 공간에 이들을 배치하는지를 보여주고 있다.

주류 노동시장에 편입하지 못했기 때문에 도시에서도 정착할 기회를
얻지 못한 '일봉'에게도 정착의 가능성이 열리는데, 이는 바로 가족에서부터
비롯된다. 앞서 살펴 본 조세희의 소설에서처럼 가족이 가지는 의미는
정착과 책임이다. '일봉'이는 '애자'의 임신 소식을 들은 후, 드디어 인간다운
삶을 살 것이라는 기대를 한다.

애자는 애기를 가졌어. **바다처럼 유순하고 산맥처럼 굳건할 애기를 가졌지.**
우리는 영생환이란 수상스런 보약을 생산해내는 약품 행상단체에 끼여들
수가 있었지, 차력을 조금 배웠다는 태산거사라는 사나이와 내가 쌍이 되어,
맥주병을 주먹으로 깨뜨리거나 몸을 자해하면서 장터의 손님들을 모았어,
애자는 천으로 아랫배를 감고 나가서 **흘러간 노래들을 몇곡씩 불렀어.**(「장사
(壯士)의 꿈」, p.22) (강조 인용자)

하지만 가족이라는 울타리가 생길 것이라는 기대 속에서도 여전히 '일봉'이의 존재는 잉여 노동력, 잉여 인간 그 이상이 될 수 없다. 여전히 자신의 육체를 시장의 상품으로 내어 놓아, 상품의 매매로 생계를 유지하고 있다. 하지만 그런 기대와 희망도 '애자'와 임신이라는 희미한 가족적 유대감이 있을 때까지 만이다. '애자'의 유산으로 이들은 가족으로 묶이지 못하고 또다시 흩어져 개개인의 삶을 살아간다. 황석영은 이처럼 산업화·근대화된 도시 공간 안에서 개인이 아닌 가족, 집단의 연대적 관계를 지속하는 것이 거의 불가능함을 보여주고 있다.

구인란에 비슷비슷하게 몇 줄씩이나 실린 기사 내용은 구혼광고 같지도 않은 아리송한 광고문이더라 그 말야.(「장사(壯士)의 꿈」, p.24)

그리고 '일봉'이가 다음으로 갖게 되는 직업이 '성매매(性賣買)'이다. 젊고 건장한 체격을 지니고 있는 '일봉'이의 젊음과 남성적 매력은 다시 노동시장의 상품이 되어 소비자를 물색하게 되었다. 부유하지만 공허함을 느끼는 상류층 여성이 주 고객으로 그들은 '일봉'이에게서 육체적 유희의 대가로 돈을 지불하고 '일봉'이는 그 돈으로 옷도 사고, 집도 구하며 심지어 적금도 할 수 있게 된다.

도시는 경제적인 부로 채워지지 않는 공허함을 어떤 형태로든 만족을 시켜줄 음지의 영역이 존재하고 그 곳에서 이름도 없이, 존재감도 없이 오로지 육체만이 있는 사람들이 필요하다. 그리고 그 일에 '일봉'이와 같은 주류 노동시장에 유용한 자원이 되지 못하는 잉여 노동력들이 즐비하게 그 자리를 메우게 된다.

"나는 직업에 따라서 화려한 양복을 여러 벌 맞추었고 조용한 주택가의

228

이층 양옥집에 하숙도 들었고, 은행에다 적금 거래를 텄어."(「장사(壯士)의 꿈」, p.27)

특히, '일봉'이가 성매매로 번 돈으로 경제 활동에 참여했다는 것은 유의미하다. '일봉'이와 같은 잉여 노동력이 육체적 매매를 이용한 수익으로 계약, 은행 거래 등 실질적인 실물 경제에 뛰어들었다는 것은 '일봉'이가 하는 '잉여적 노동 공간'이 공식적인 노동 현장은 되지 못하지만 비공식적인 노동시장으로 기능한다는 것을 의미하는 것이다.

이는 여성들의 성 상품화로 더 확연하게 드러난다. 오히려 '일봉'을 통해 보이는 남성 성매매가 특이하다고 할 정도로 여성 성매매는 1970년대 일반적인 사회 현상이었다.[52] 「몰개월의 새」에서도 여성들의 성 상품화 장면이 나온다. 이 소설은 월남 파병을 기다리는 '특교대'와 출국장 근처에 있는 '몰개월'의 술집을 배경으로 하는 소설이다. '몰개월'에 몰려있는 주막에 있는 젊은 여성들은 파병을 앞둔 군인들을 육체적, 심리적으로 위로하며, 배웅한다.

　　"애인이라니, 시내에서 여기까지 술 먹으로 오는 사람두 있소?"
　　"댁에 같은 군바리 애인이지 뭐. 당신들 특교대 있지요?"
　　"한 보름 뒤엔 떠나요."
　　"이 쓸개 빠진 년들이 **모두들 애인 하나씩 골라서는 편지질을 하는데,** 어떤 년들은 열 사람 스무 사람에게 쓴다우. **한달에 한명씩 골라잡아두 열**

---

52) 1970년대는 세계 경제불황과 맞물려 한국의 경제 상황도 영향을 받았기 때문에 새로운 경제 구조에 대한 요구가 있었다. 이에 서비스 산업이 활성화되었는데, 특히 외화를 벌어들이기 위해 정부 주도의 해외 관광객 유치에 힘을 썼다. 해외 관광객들은 한국에 '기생관광'을 올 정도로 확산되었다. 김영옥, 「70년대 근대화의 전개와 여성의 몸」, 『한국여성학논집』 Vol.18, 2002, p.33.

달이면 열 명이 꽉 찬다구. 미자년이나 옆집 애란이나 가끔 술 처먹구 지랄을 하는데, **아마 상대편이 죽었다는 소식이 들리는 모양이지.** (하략)" (「몰개월의 새」, p.183) (강조 인용자)

'몰개월'에 있는 여성들의 성(性)은 남성인 '일봉'이가 도시의 노동-자본의 경제 구조를 보면서 도시의 삶, 유용한 신체 노동자의 삶을 욕망해서 나온 노동시장의 편입과는 다른 양상을 보인다. 비록 신체 노동자들의 주류 노동시장 편입을 욕망하는 것 자체가 사회, 구조적 차원의 잘못된 주입에서 비롯되었다고 해도 '일봉'이의 욕망은 '나'와 미래의 '나의 가족'에 초점이 맞춰져 있다.

그렇지만 '몰개월'의 '미자'와 같은 여성들의 욕망은 국가적이면서 집단적인 가치의 발현으로 나타난다. 여성이 희생과 돌봄 배려의 윤리적 존재라는 고정관념은 이 여성들에게도 그대로 적용이 돼 국가의 지배 담론이 그대로 반영이 된 월남 파병에 이 여성들이 해야 할 몫이 할당이 된다. 이 여성들이 거주하는 '몰개월'은 전장으로 떠나는 군인들이 만나는 마지막 육지에 있다. 즉, 군인들이 한국을 떠나는 마지막 땅이면서 마지막 민간인이 된다. 그렇기 때문에 이들 여성들은 곧 그녀 자신들이 '국가'이면서 '국가의 몸'이 된다.

헤드라이트를 켠 트럭의 행렬들은 천천히 움직였다. **군가가 연달아 들려왔다.** 군가소리는 후렴에서 뒤받아 연달아 뒤차로 이어졌다. 안개가 부연 몰개월 입구에서 **나는 여자들이 길 위 좌우에 늘어서 있는 것을 보았다. 모두들 제일 좋은 옷을 입고,** 꽃이며 손수건이며를 흔들고 있었다. 수송대열은 천천히 나아갔다. **여자들은 거의가 한복 차림이었다.** (중략) 미자가 면회 왔을 적의 모습대로 치마를 펄럭이며 쫓아왔다. (중략) 나는 승선해서 손수건에 싼

230

것을 풀어보았다. 플라스틱으로 조잡하게 만든 오뚜기 한쌍이었다.(「몰개월의 새」, p.191) (강조 인용자)

이는 배웅의 장면에서 극대화되어 있다. 군가가 울려 퍼지고, 꽃을 든 한복 입은 여성들이 손수건을 흔드는 장면은 파병 군인들로 하여금 파병 그 자체가 조국을 위해, 민족을 위해 하는 애국 행위라는 환상을 심어준다. 그리고 이러한 국가적 차원의 환상은 여성을 동원함으로써 완성이 된다.

여성의 성 상품화는 국가를 위한 기획의 차원에서 뿐만 아니라 산업화로 인해 뿌리가 뽑힌 이민자들을 위로하는 형태로도 나타난다.

하루에 한번씩, 긴 구령소리에 맞춰서 붉은 줄을 친 군복에 박박 깎인 머리의 군 죄수들이 바깥으로 몰려나왔다. (중략) 출감이 멀지 않은 사람들이라 성깔도 부리지 않았고, 마을 사람들도 그리 경원하지 않았다. 그들이 밖으로 작업을 나오면 기를 쓰고 찾는 것은 물론 담배였다. 작업하는 열흘간 백화는 그들의 담배를 댔다. 날마다 그 어려 뵈는 죄수의 손에 몰래 쥐여주곤 했다. 다음부터 백화는 음식을 장만해서 감옥 면회실로 그를 만나러 갔다. 옥바라지 두달 만에 그는 이등병 계급장을 달고 백화를 만나러 왔다. 하룻밤을 같이 보내고 병사는 전속지로 떠나갔다.
"그런 식으로 여덟 사람을 옥바라지했어요. 한달, 두달, 하다보면 그이는 앞사람들처럼 하룻밤을 지내구 떠나가군 했어요."(「삼포 가는 길」, p.220)

「삼포 가는 길」의 '백화' 역시 '군 죄수'의 옥바라지를 하는 여성으로 등장을 한다. 같은 성 매매 시장일지라도 남성의 경우와 여성의 경우는 그 차원이 다르게 나타남을 여실히 알 수 있는 장면이다.

이처럼 1970년대 경제성장 제일주의는 하층계급들을 신체의 유용성으로 분류 후 도시의 욕망들을 해소할 수 있는 대상으로 이들 잉여 노동력을 활용한다. 이때 여성들은 더욱 국가적 기획 아래 놓여 지배 담론을 그대로 투영하는 신체로 이용이 되는 것을 황석영의 소설에서 확인할 수 있다.

2) 자기 계발과 인적 자본으로서의 노동자

1970년대 우리 경제는 경공업에서 중화학공업으로 전환되었다.[53] 이미 경공업 산업이 포화상태에 직면했기 때문에 중화학공업으로 빠른 전환이 필요했고, 중화학공업으로의 전환은 국가 전 구성원이 동참해서 달성해야 할 목표를 주었다는 점에서 박정희 정권에게 환영할 만한 일이었다.[54] 산업의 변화는 노동자들에게도 변화를 주었는데, 경공업에서 요구하는 단순 업무에서 벗어나 중화학공업의 심화된 노동력에 대한 사회적 요구와 노동자들의 필요가 맞물리게 되었다. 이는 노동하는 신체에 대한 인식도 아울러 변하게 하는데 산업화의 고도화로 시간의 통제와 공장 기계의 도입으로 "노동의 질"에도 관심을 가지면서 변하게 되었다.[55]

산업의 변화는 노동자들로 하여금 유용한 신체에 대한 인식을 주었다. 농촌에서 일자리를 찾아 도시로 이동한 예비 산업 역군들을 호명하는

---

53) 이재희, 「1970년대 후반기의 경제정책과 산업구조의 변화-중화학공업화를 중심으로-」, 『1970년대 후반기의 정치사회변동』, 백산서당, 1999, p.96.

54) 1970년대 초의 세계의 경제 불황은 박정희체제를 궁지에 몰아넣는 위기 상황이었다. 그런데 때마침 경공업의 포화로 산업 변화의 필요성과 함께 세계 경제가 분업화되면서 개발도상국도 중화학공업 산업에 뛰어들 수 있는 여건이 형성되자 박정희 정권은 이를 적극적으로 활용하여 자신들의 위기 타개책으로 삼았다. 위의 책, pp.98~103.

55) 신종화, 「근대적 노동관과 새로운 사회구조의 충돌」, 『한국학논집』 Vol.38, 2009, p.11.

방법은 단순한 육체에서 보다 더 산업 현장에 쓸모 있고 쓰임새 있는 신체 단련이었다. 즉 단순한 개인의 몸이 산업 현장에 딱 맞는 국가를 위한 몸으로의 인식 전환과 실제적 변화가 필요하였다. 경공업에서 중화학 공업 중심으로 산업의 중심축이 이동한 것은 국가의 절대적인 필요와 요구에 의한 민족 중흥적인 사명을 띤 것이었다. 국가의 부름에 의해서 국가의 발전을 위해 반드시 필요한 일을 감당해내는 것이 노동자들에게 주어진 임무가 되었다. 그래서 이들의 임무는 개인적인 노동의 의미도 지니지만 국가 발전을 위해 국가로부터 임무를 받은 산업 역군의 의미도 추가를 받게 되는 것이다.[56]

이처럼 개인의 육체에 국가의 임무를 수행해야 하는 공적인 가치를 담당하는 신체로 격상되는 시기가 1970년대 산업 현장이었다. 이는 같은 노동자를 그리고 있지만 노동자에게 자신들의 업무가 단순히 직업적인 의미만이 있는 것이 아니라 국가를 위해 헌신, 봉사할 수 있는 일이라는 이미지를 덧씌웠다. 그렇기 때문에 노동 현장에서도 단순한 업무를 하는 일용 근로자보다는 기술을 익힌 기능공이 훨씬 좋은 대우를 받는다.

「객지」는 사실적인 노동 쟁의의 묘사로 높게 평가를 받은 작품이다.

---

56) 푸코와 아감벤의 생명 정치 개념은 국가와 지배 담론이 인간의 생명을 정치적 영역으로 삼고서 '생명'과 직접 관계되는 분야들을 직접 통제·관리하는 것을 의미한다. 그래서 성, 인구 조절, 인종 유지, 죽음에 이르기까지 생명과 관련된 전 부분에 걸친 감시와 규율이 작동함을 보았다. 이러한 생명 정치의 개념의 중핵은 인간의 가장 근원이라고 여기는 생명이 정치적 통치의 대상이 되는 것을 의미한다. 이는 국가와 지배 담론이 인간의 전 영역에 걸쳐 규율할 수 있다는 통치 가능성의 영역 확대를 가져왔음은 당연한 것이다. 또한 아렌트의 노동을 둘러싼 국가의 개입과 연결시킨다면 생산적인 신체에 대한 국가의 기대는 당연한 귀결점이 된다. 중화학공업에 대한 시대적 요구에 발맞춰 박정희체제는 노동자들의 유용한 신체에 대한 강조를 산업 역군, 즉 국가를 위해 싸우는 군인의 이미지를 덧씌워 노동자들을 조직, 통제하였다. 양운덕, 「미시권력들의 작용과 생명 정치」, 『철학연구』 Vol.36, 2002 ; Hannah Arendt, 앞의 책, pp.134~192 참조.

간척지를 개발하는 사업에 투입이 된 일용 노동자들은 감독관·반장 등으로부터 이중, 삼중으로 착취를 당하는 부당한 현실에 파업을 결정한다. 파업을 감행하려는 노동자들은 동료들로부터 투쟁 찬성 동의서를 받는 등 노동자 사이의 연대 의식이 잘 드러난 작품이다. 그렇지만 「객지」에서 투쟁을 주도하는 '동혁', '대위'와 같은 인물들은 조세희의 『난장이가 쏘아올린 작은 공』에 등장하는 '영수'와 다르게 일용 근로직으로 집과 작업장(공장)이라는 고정된 환경을 지니지 못하고 있다. 그렇지만 그럼에도 이들은 이들의 노동 현실, 노동자로서의 삶에 대한 의문을 제기하지 않는다. 앞서 살펴본 '영수'가 노동자로서의 자신을 받아들이기까지 오랜 시간이 필요한 것과 다르게 황석영의 소설에 등장하는 노동자들은 이미 노동자로서의 정체성을 가지고 있으며, 노동자의 삶에 납득하는 모습을 보인다.

존경하는 '아세안건설' 회장님 귀하. **저희들은 운지 간척공사장의 일용 인부로 고용된 사람들입니다.**…… **첫째, 노임을 현재의 도급 임금과 같은 액수로 올려줄 것.** 단, 노동량에 상관없이 날품일 때에도 적용할 것. **둘째, 정확한 시간노동제를 확립할 것. 셋째, 감독조를 해산시키는 대신 인부들이 교대로 자치 담당하게 할 것. 넷째,** 함바를 개선하고 **식당을 통합하여 회사가 운영할 것.**…… **운지 간척공사 현장 일용인부 일동.**(「객지」, pp.244~245) (강조 인용자)

이들은 자신들을 규정하고 명명하는 데 있어서 별로 주저함이 없다. 이들은 "일용 인부"이고, 이들을 감독하는 "감독조"의 역할이 필요함을 이해하고 있다. 또한 "함바"를 운영하는 개인-여기에서는 감독관의 가족-이 자행하는 착취에 대한 전면 시정을 요구하기보다는 오히려 개인이 아닌 회사가 운영하기를 원하는 상당히 현실적이면서 실질적인 요구를

234

하고 있다. 즉, 이들 노동자들은 이미 분업화 되어 버린 산업 구조를 내재화하고 있는 것이다. 이것이 바로 조세희의 노동자와 변별되는 지점이다. 조세희의 노동자가 막 근대 산업화 시기의 노동과 근로(작업)와의 단절을 보여주는 지점이라면 이미 황석영의 노동자들은 '노동'의 영역에서 '노동자 계급' 의식을 지닌 인물들이 등장하고 있는 것이다.

그렇기 때문에 오히려 일을 찾아 어느 한 곳에 정착하지 못하고 이동하는 직업을 가졌지만 이들의 투쟁은 조세희의 투쟁에서보다 진일보한 면모를 보인다. 황석영의 노동자들은 투쟁의 시기를 고민한다. 조세희 소설의 '영수'가 철저하게 준비되지 않은 상태에서 고용자를 살해하는 것으로 강력한 저항의 의지를 보이는 것과 다르게 일용 근로자들인 '동혁'과 '대위'는 오히려 투쟁의 가장 적절한 타이밍을 기다리는 치밀함을 보인다. 그리고 그 시기는 '국회의원들의 시찰'과 맞물리는데 이것은 노동 현장에서도 일용 노동자인 그들 위로 반장, 감독관이라는 상위의 개념이 있다는 것을 인식하는 것이다. 이 인식을 비단 자신들의 노동 현장에만 적용하는 게 아니라 그들의 고용주 위 더 높은 상위의 세력에 대한 인식도 같이 하고 있다. 그래서 그들에게 투쟁의 시기를 결정하는 것은 중요한 문제가 된다. 이처럼 이들은 분명한 계급의식을 가지고 있다. 이 계급의식은 반장, 감독관이 그들이 지위가 보장하는 권한보다 더 많은 권력을 행사하는 것에 대해 저항할 수 있는 근거가 되지만 이미 이들이 계급의식을 내재화하고 있어서 구조에는 침묵하게끔 하는 한계를 모두 가진다. 그것은 이들의 투쟁의 발단이 되어 회사에 요구하는 요구 조건에도 드러나 있다.

"오늘이나 내일이나 마찬가지죠. 단결만 된다면…… 국회의원단이 오는 날, 과시하는 게 아마 효과가 많을 걸요. 간부들이 손쓸 바를 모를 것이고, 회사측도 요구조건을 의원들 앞에서 공적으로 수락하지 않을 수가 없게

됩니다.”(「객지」, p.223)

　“국회의원들이 올 때까지 버티는 수밖에요. 만약 우리가 끈질기게 버틴다면 회사 체면두 있으니, 타협을 안 붙곤 못 배길걸. 우릴 산위에 그대로 방치해뒀다가 이번 공사로 노렸던 의미는 무효가 될 테니까.”(「객지」, p.256)

　“서명도 이제 반나마 받은 셈이오. 의원단의 답사는 멀어봤자 앞으로 한 사날 안쪽일 거요. 오늘 당장 벌입시다.”(「객지」, p.222)

　위의 인용문은 파업을 결의한 사람들이 파업 시점을 언제 잡을지에 대한 시간을 얘기하는 장면이다. 이들은 자신들이 하는 일을 정확하게 알고 있다. 그리고 자신들의 요구와 뜻을 관철시키기 위한 제일 효과적인 방법도 알고 있다. 그들이 겪는 고통을 해결하기 위해서 노(勞)와 사(使)가 같은 테이블에 앉아서 협상을 하는 것이 도움이 되지 않는다는 것을 이들은 알고 있었다. 이들은 회사의 부당 행위를 내부적으로 해결하기보다는 외부에 알림으로써 노동자들의 의지와 외부의 시선과 힘을 동시에 활용하고자 한다. 비록 이들 노동자들은 일용직에 기술도 지니지 못한 노동자이지만 이들의 작업장은 단순히 회사와 고용주들의 배를 채우는 차원의 일이 아니다. 이미 산업 구조가 중화학공업으로 바뀐 시대의 분위기에 편승해서 이들이 하는 일도 바다를 육지로 만드는 간척 사업을 진행 중인데, 비록 시공사가 개인 사업의 영역일지언정 이미 업무 자체는 국가 경제와 직결되는 일인 것이다. 그래서 이들이 일용직 노동자로서의 업무를 할지언정 이들은 자신들이 하는 일이 회사는 물론 국가에도 유용한 일임을 알고 있다. 적어도 이들은 자신들의 업무가 사회 내에서 쓸모 있는 노동력이 되며 근대화를 이루는 중요한 업무라는 인식을 가지고 있다.[57] 그래서

---

57) 황석영이 노동자들이 이런 인식을 가지고 있는 것은 대단히 유의미하다. 왜냐하면 이들의 투쟁은 조세희의 ‘영수’가 보이는 쟁의와 투쟁이 ‘계급(프롤레타리아트)’적

236

국회의원이 시찰을 오게 되고 그 때를 맞춰 자신들의 상황을 알려 득을 얻으려는 계획을 갖는 것이다.

육체를 중심으로 육체에 부과된 의미를 노(勞)와 사(使) 모두 이해하고 있다는 것은 다음의 대목에서 확인할 수 있다.

> "서명자 명단을 잘 보관해두도록 하게. 나중에 필요할 때가 있으니까. 그리고 환자가 있다는데, 상처가 악화되면 괜치 송장 치구 살인난다구."
>
> "이런 혼란에 사람 몇 명 다친 것쯤 걱정하지 마시죠. 안타까운 건 저쪽입니다. 환자가 있다면 협상의 구실이 될지도 모르는 겁니다."(「객지」, p.250)
>
> "…… 여러분 중에 환자가 있다고 알고 있습니다만, 그분들을 한시각이라도 빨리 치료해줄 의무와 책임이 우리와 여러분 양쪽에 있다고 생각되지 않습니까? 빨리 내려와주세요. 잠시 후에 허심탄회하게 얘기해보고 나서 결단을 내립시다. 환자를 데리고 내려오시기 바랍니다."(「객지」, p.264)

위의 대목은 노동자들이 한 일을 줄여서 그 만큼의 수당을 빼돌리려고 한 조장, 반장의 행태를 눈치 챈 노동자들이 거칠게 항의를 하자 감독관들이 무자비한 폭력을 행사하는 과정에서 생긴 부상자를 두고 하는 사용자들의 이야기이다. 부상당한 노동자에 대해 이들은 먼저 별로 대수롭지 않은 일로 여긴다. 부상이 별스러운 일이 아닌 것은 이들이 호명된 것은 개개인으로 된 것이 아니라 노동자라는 집단적 의미를 가지고 있기 때문이다. 그 속에서 한 개인의 예기치 못한 불상사는 불행하지만 어쩔 수 없는 일로

성격을 가지고 있다면, 황석영의 노동자들은 '노동자'의 투쟁을 보이고 있다는 것이다. 계급적 투쟁과 노동자의 투쟁은 성격이 조금 상이한데, 노동자가 아닌 프롤레타리아트는 있지만 모든 프롤레타리아트가 노동자는 아닌 것이다. 즉, 이미 노동자 투쟁의 의미에는 "경제투쟁" 즉, 자본주의 조직 안에 편입되어 있다는 강력한 의식의 반영에서 비롯된 것이다. 이진경, 앞의 책, pp.244~245 참조.

받아들여지고 있다. 오히려 부상당해 노동력을 제공하지 못하는 노동자라면 사(使)측에서는 효용가치가 다 해 다른 대체품으로 교환되면 그만일 부속품과 같을 뿐이다. 오히려 부상당한 노동자로 하여금 나머지 투쟁을 하는 노동자들을 압박할 수 있는 좋은 구실로 여기고 있다. 동료의 부상을 외면한 채 자신의 주장만을 고수하는 비인간적 행위라고 비난할 수 있는 여지가 된다고 사용자 측에서는 생각을 하는 것이다. 이처럼 이들에게 노동자들은 사회적으로 국가적으로 유의미하게 동원된 노동력으로 인지를 하고 있다. 그나마 그 노동력이라는 생각도 그들이 지속적으로 노동력을 제공했을 때에만 가능한 것으로 혹여 부상을 당해서 더 이상 노동자로서의 삶을 유지하지 못할 경우에는 의미 없고 가치 없는 존재로 전락하고 만다. 그런데 「객지」 작품에서 흥미로운 점은 적어도 노동자의 신체에 부여된 의미를 이해하거나 활용하려는 측은 사용자들만이라는 것이다. 그런데 이런 노동자의 신체에 작동하는 정치적, 사회적 의미를 1973년 작품인 「야근」에서는 다르게 해석한다.

「야근」은 노동 쟁의 도중 한 노동자가 죽자 그를 노사 간 협상의 카드로 사용을 하려는 노조(勞組)의 모습을 그리고 있는 작품이다. 노동 쟁의 과정에서 일어난 불상사를 둘러싸고 노(勞)와 사(使) 그리고 죽은 노동자 가족은 각자 다른 입장을 보이고 있는데, 이 소설을 분석할 때 노동자들의 연대 의식이 진일보했다는 시각이 있다.58) 앞서 살펴 본 「객지」에서는 노동자의 연대가 보이기는 하지만 그 연대는 사(使)측의 회유에 의해서 실패를 보이는

---

58) 김복순은 「야근」에 등장하는 숙련 노동자들이 승리하는 것으로, 노동자들의 자기 인식이 잘 드러난 작품으로 해석하고 있다. 김복순, 앞의 책, pp.128~129. 동료가 죽으면서까지 공장 전체의 전원을 끄는 것에 동참했다는 것으로 보는 시선이 있는데, 이는 지나치게 노동자 투쟁에만 초점을 맞춘 낙관적인 해석이다. 양정화, 「황석영 소설의 현실 인식 연구-1970년대 중·단편소설을 중심으로」, 목포대 석사학위논문, 2008, p.58.

238

한계를 지닌다고 보고, 그 보다 진일보한 노동자들의 연대의 모습을 「야근」
에서 확인할 수 있다는 것이다. 그렇지만 사실 이 작품은 동료의 신체를
노동 투쟁의 협상 도구로 활용하려는 노(勞)측의 시선을 확인할 수 있는
소설이다. 이들은 한 날 한 시에 모여 단결된 투쟁을 결의하였다. 그 결의의
방식도 상당히 진일보한 면모를 보인다. 일반적인 투쟁이 노동을 중단한
채 구호를 외치는 것이었다면 이들은 사업장의 전원을 일시에 끄는 것으로,
즉 회사의 생산력에 치명타를 입히는 것으로 대체를 하고 있다. 즉 투쟁의
방법이 변화하고 있다.59) 「객지」의 '동혁'과 '대위'가 산으로 올라가서
회사측과 대치를 하면서 한사코 내려가기를 거부하는 회피하는 노동자의
모습을 보였다면, 「야근」의 노동자들은 자신들의 작업장을 지키면서 뜻을
관철시키는 모습을 보인다.

　"**높은 사람들이 방금 도착했어**. 그리구 야근패들은 우리랑 합세했지. **기계
를 지키러 나가는 중야**."
　그들은 일제히 기계를 끄고 작업을 중단하기로 약속을 했었던 것이다.
언젠가 그런 약속이 새어나간 게 틀림없고, 미리 알고 있는 저쪽의 기세에
눌려 일단 분열되었던 것이다. 직장은 계획대로 기계를 껐다. 다같이 스위치를
내린 줄 알았다.(「야근」, p.276)
　"**불리한 건 오히려 그쪽일 텐데요**. 우리가 **범법**을 하구 폭동을 일으켜서
치안을 어지럽히는 것두 **아니구요**. 다만, 장례식을 장례답게 치르겠다는
거 아닙니까. **고인의 뜻이 이루어져서 그가 편히 눈감을 수 있도록 원하는
겁니다**."(「야근」, p.291) (강조 인용자)

---

59) 노동자의 투쟁이 조직을 만들고, 구호와 노래에 맞춰 신체, 육체를 집적 동원하던
　　방식이었다면 「야근」에서 보이는 투쟁의 모습은 자신들의 기계의 전원을 끄는
　　것으로서 회사의 직접적인 생산에 타격을 주겠다는 계산이 반영이 된 것이다.

작업 현장을 벗어나는 것이 아니라 작업 현장을 지키면서 생산 기계의
작동을 정지시키는 것은 이들 스스로 기계에 의존하는 노동자, 또 그 기계를
작동할 수 있는 노동자로서의 가치를 알고 있다는 것이다. 이는 "노동의
기계적 포섭"으로 노동자 스스로도 기계의 도입으로 변화된 노동 현실을
수용하면서 기계에 인간의 노동력을 "접합"시키는 것의 형태라고 할 수
있다.60) 그리고 이들은 스스로 자신들의 투쟁 행위가 불법적이지 않다고
항변을 한다. 즉, 이들 노동자들은 자신들의 노동 투쟁이 사회적으로 어떻게
내비치며 어떤 의미를 가지는지 정확히 알고 있다. 그리고 노동 투쟁의
강도를 스스로 조절하면서 노동자 스스로를 위험에 빠뜨리지 않게 한다.
이러한 노동 투쟁의 형태의 변화와 노동자들의 성향은 그 요구에 있어서도
앞에서 살펴본 노동자들의 요구 사항과도 차이를 보인다.

> 그들의 제안은, 불량품인 원료가 생산과정을 거쳐서 불합격됐을 때 **그
> 파손품을 공원들이 변상하도록 하지 말 것**이었다. 또한 명목상의 **도급제를
> 폐지할 것**과, **시간노임제를 실시**하고 **유급 휴일을 달라는 것**이었다.(「야근」,
> p.281)
> 법정 노동시간은 여덟 시간인데, 근로기준법에 의하면 배가 임금에 의해서
> 두 시간을 추가할 수 있다는 선까지 나와 있었다.(「야근」, p.282) (강조 인용자)

이들의 파업의 이유는 파손품에 대한 책임을 묻지 말 것, 도급제 폐지,
시간 외 수당과 유급 휴일 등 노동자들의 복지 향상에 초점이 맞추어져
있다. 1970년대 노동자들의 투쟁이 "임금 임상"과 "노동조합의 보장"을
요구하던 것과는 큰 차이를 보인다.61) 또한 이들의 요구 조건에는 법정

---

60) 이진경, 앞의 책, p.176.
61) 류동훈은 한국 노동운동의 변천에 대해서 살펴보면서 1970년대는 1971년 전태일의

노동시간인 8시간과 초과 근무 시간 2시간을 합해 10시간을 넘으면 안
된다는 법적 조항을 잘 숙지하고 있다.[62]

게다가 그 과정에서 부상에만 그치는 것이 아니라 죽음에 이른 동료가
발생을 함에도 불구하고 그 시신을 가족에게 양도해서 장례를 먼저 치르려
하지 않고 투쟁하는 노동자의 수로 계속 계수하는 모습을 보인다.

> "댁이나 언니, 공장 사람들 모두가 오빠를 죽인 거나 마찬가지요."
> **"저 친구가 죽은 건 순전히 저쪽에 붙어버린 놈 때문**이오. 그래서 참다
> 못해 뛰어든 겁니다. 누구라두 그런 결심이 들었을걸. 저 친구가 먼저 그러지
> 않았더면, 내가 했을지두 몰라요."……
> "누가 하든간에, 아주 냉정하시네요."……
> **"이쪽은 동료구, 또 거긴 누이동생이니까 입장들이 틀려요."**
> "어느 쪽이죠, 어떤 입장이신가요?"……
> **"나는 대의 쪽입니다."**……
> "그 잘나빠진 대의를 강조하지 마세요. 모두들이니, 여럿이니, 오빠가
> 바로 저기 누워 있는데…… 그 따위가 무슨 소용이 있어요?"……
> "당신들은 오빠의 죽음만이 필요했죠? 나 혼자서라두 오빠를 떠메구 집으루
> 돌아갈 테에요. 어머니하구 조용한 장례를 치르겠어요."……
> **"이 친구는 지금은 여기 누워서 우리들 전부에 맞먹는 실력을 행사하구**

분신 사건 이후 노동자들의 집약적인 투쟁이 주류를 이루었다고 보고 있다.
특히, 전체 노동 투쟁 중 약 70% 가량이 임금 인상을 그 다음으로 자유로운
노조 활동을 약 25% 정도 요구한 것으로 보았다. 류동훈, 「한국 노동운동의
성격에 관한 考察」, 『伏賢經濟』 Vol.4, 1984, pp.38~40, pp.41~43.
62) 하루 8시간 근무는 근로기준법에 명시된 내용이지만 1970년대 노동자들은 10~12
시간의 노동을 정상적인 것으로 생각하는 경향이 강했다. 또한 약간의 잔업수당만
있으면 15~18시간의 노동도 감내하는 산업 분위기가 있었다. 구해근, 『한국
노동계급의 형성』, 신광영 옮김, 창작과비평사, 2003, pp.21~22.

있는 겁니다."

"어째서 오빠만이 그런 이를 감당해야 되나요? 다른 사람은 안되나요?"

"그 친구 죽은 건 전혀 우연이에요. 우린 저 친구 죽은 일을 늘 생각하구 뒤따를 각오만 가지면 돼요. 슬픈 건 댁뿐이 아니오. 큰 일두 있구, 작은 일두 있구…… 그렇죠?"(「야근」, pp.277~278) (강조 인용자)

노동 쟁의를 하던 오빠의 죽음에 슬퍼하지만 동료 노동자들은 단지 슬픔에만 빠져 있지는 않는다. 왜냐하면 입장이 다르기 때문이다. 가족으로서와 동료로서의 차이에는 혈연을 바탕으로 한 끈끈한 가족애와 공적으로 만난 계약 관계일 뿐이라는 생각이 분명히 담겨 있다. 동료의 죽음은 지금 노동 쟁의를 하는 "우리들 전부에 맞먹는 실력"을 행사하는 절대로 이 현장을 벗어날 수 없는 절대 영향력 있는 사건이기 때문이다. 어쩌면 여동생이 이야기한 것처럼 "오빠의 죽음"이 이들에게는 필요했던 것이다.[63] 노동자들의 "대의"를 위해 생긴 "작은 일"일 수 있는 동료의 죽음은 회사와의 협상에서 아주 유리한 고지를 점할 수 있는 카드가 되기 때문이다.[64]

---

[63] 이는 오빠의 시신을 가지고 가 장례를 치르겠다는 가족 대표 여동생의 말에, "그러니까 오빠를 모른 거요. 오빠는 댁에 때문에 속깨나 썩었다구"/ 누이는 그 말에 기가 죽었다.(「야근」, p.273)
직장 동료는 이렇게 응수한다. '누이'가 미군(美軍)을 상대하는 매매춘 여성임을 내세워 협박을 하고 있다. 떳떳하지 못한 잉여적 신체를 지닌 여동생을 유용한 신체를 지닌 '기술 노동자'들은 충분히 비하하며 조롱할 위치에 있다는 것을 상징적으로 보여주는 것이다.

[64] 그런데 이 동료의 죽음을 두고 해석을 "노동자들은 죽은 이의 **시신을 지키며** 회사와 장례협상을 벌인다."(김한식, 「산업화의 그늘, 또는 뿌리 뽑힌 자들의 삶」,『1970년대 문학연구』, 소명출판, 2000, p.379, 강조 인용자)라고 보는 해석이 「야근」을 분석하는 일반적인 해석의 방법이다. 즉, 연구자들은 노동자 투쟁과 쟁의에 지나치게 의의를 두면서 동료의 죽음을 자신들의 협상을 위한 유리한 카드로 사용한 지점을 놓치고, 오히려 장례에 대해 회사와 협상하는 것으로 본다.

납품반장, 공급실의 두 사람, 기능공 두 사람, 수지반장 등이었다. 직장이
말했다.

"가족을 만나자구 그런다며?"

"죽은 사람과 쟁의를 관련시키지 말자는 거야."……

"가족을 꼬일려는 수작일걸."

"틀림없어. **무슨 얘기 할 게 있으면 우릴 통해서 전하라구 그래**."(「야근」, p.280)

"저쪽에선 가족들과 직접 담판해서 위자료며, 충분한 산업재해 보상을 해주겠다는 거지. 그렇지만, 이 파업은 용납할 수 없다는 얘기야. 회사두, 공원두 같이 살아야 할 거 아니냐, 그러더군."(「야근」, pp.280~281)

"사람 한 목숨이 들었어. 비싼 대가였다구."(「야근」, p.281)

그래서 회사가 직접 가족에게 보상을 해 주는 모든 절차를 미연에 차단을 한다. 오히려 회사는 "죽은 사람"과 "쟁의"를 분리해서 해결하려고 하고 있다. 그렇지만 오히려 노동자들은 죽은 동료를 "비싼 대가"로 생각하면서 "회사두, 공원두" 모두 같이 살 길을 모색하려고 한다. 동료의 신체를 둘러싼 이들의 생각은 1970년대 사회의 지배 이념과 맥을 같이 한다. 인간의 신체를 자연 그대로의 신체로 받아들이는 것이 아니라 사회에서 호명한 대로 역량과 능력에 걸맞은 임무를 수행하는 사회적 신체에 대한 인식이 팽배하기 때문에 파업을 주도한 동료들의 입장에서 쟁의 현장에서 희생된 동료의 신체는 쟁의라는 임무를 모두 완수해야 할 의무가 주어진다고 보는 것이다. 사회적으로 의미가 부여된 신체에 가해지는 기대와 의무는 그 사회가 지배 담론이 아닌 이미 사회 전반에 걸쳐 영향을 끼치는 것으로 볼 수 있다. 그러한 이들 노동자들의 인식은 자신들의 신체를 단련하여 기술 노동자로서의 지위를 십분 활용하는 다음의 대목에서 더욱 두드러진다.

"공장의 슬로건을 알구 있겠지. 기계는 삼십퍼센트, 노동력은 칠십퍼센트…… 우리의 **피와 땀이 유일한 자본이라구.**"(「야근」, p.281)

"농담이지만, 집단 해고를 시킨다면 어쩌겠소?"

"그럴 수는 없을걸요. **우리들 반수 이상이 기능공이니까.** 아마 **현재의 생산실적을 올리려면 석달은 걸릴 겁니다. 그만한 기간이면, 회사로서도 치명적일 테니까요.**"(「야근」, p.291) (강조 인용자)

위의 인용문은 투쟁하는 노동자 스스로 자신들을 "기능공"이라고 이야기한다. 그리고 기능공이기 때문에 이들을 집단 해고하는 것은 결코 회사측에서도 쉬운 결정이 되지 못함을 인지하고 있다. 이는 노동자 스스로 신체를 단련하면서 기술 습득을 함으로써 노동시장 안에서 완벽한 약자로만 있지 않는다는 것을 의미한다. 이는 아렌트가 이야기한 "근대의 조건에서 모든 직업은 사회에 대한 '유용성'을 증명"[65]해야만 한다는 것과 일맥상통한다. 이는 황석영의 노동자들이 스스로 자신들을 노동자에서 자신의 신체를 개발하는 자기를 계발하는 인적 자원으로 패러다임이 전환하고 있다는 것이다.[66] 알트파터는 '인적 자본'이 생명 보험의 발달, 전쟁(무기와 군인들을 전력적으로 비교의 필요성이 대두됨.) 등과 같은 역사적 배경으로 인간의 노동력을 "인간 경제"의 영역 안에서 논의할 수밖에 없음을 설명하고 있다. 또한 서동진은 노동자가 '인적 자본'으로 변모하는 것은 그들을 "객체화"하는 것의 방식이 변한 것이며 이는 새로운 지배 담론이 개입이 되면서 이들의 "과정과 결과를 관찰, 감시, 측정, 평가, 보상하는 다양한 기술"이 작동한다고 보았다.[67]

65) Hannah Arendt, 앞의 책, p.147.
66) Elmar Altvater, 앞의 책, p.64.
67) 서동진, 「자기계발하는 주체의 해부학 혹은 그로부터 무엇을 배울 것인가」, 『문화과

이상에서처럼 황석영의 노동자 투쟁의 모습은 앞 장에서 살펴 본 조세희의 노동자 투쟁과 다른 면모를 보인다. 노동력이 아니라 인적 자원으로 노동력을 새롭게 보는 패러다임을 지닌 노동자들이 실제 출현을 하고, 이들은 이전의 노동자들과는 다른 투쟁의 형태를 보인다. 이는 산업구조의 변화와 함께 박정희체제의 이들 노동자들에게 신체에 작동하는 다양한 지배적 국가 이데올로기 작동 그리고 이를 수용한 노동자 측면 모두에게서 일어난 변화이다. 여전히 이들은 이 사회의 하층계급으로 인식이 되지만 이들을 호명하는 장의 변화와 이들 스스로 인식하는 자신들의 정체성의 변화는 오히려 더 강화된 국가의 관찰과 통제를 유발하고 있다고 할 수 있다.

V. 1970년대 소설에 나타나는
하층계급 인물 연구의 문학사적 의의

4·19 혁명은 이승만 정권의 퇴진을 이끌고 자유민주주의를 수호한 한국 정치의 기념비적인 사건이다. 1960년 4월 19일, 1960년대를 규정할 수 있는 시민혁명은 그 후 수많은 우리 정치사에 부침 속에서도 빛나는 시민의 의지 발현으로 평가받는다.[1] 하지만 이러한 시민의 손에 의한 승리의 기쁨은 그렇게 오래가지 못하였다. 4·19의 드높았던 기상과 혁명의 에너지는 빈곤과 가난이라는 생존의 문제에 봉착하면서 혁명이 아닌 "빵"이 우선이라는 구호를 양산해내고 말았다.[2] 시민들의 힘과 의지로 일궈낸 자유주의 수호는 "책임있는 자유"[3]를 요구하게 되었고, 자유에 대한 열망은 경제 발전·성장에 대한 열망으로 바뀌게 되었다.[4] 1960년대의 이러한 배경은 모든 국민들을 경제와 발전이라는 이름 아래 통합과 일체를 가져오

1) 김미란은 4·19 혁명을 "한국 근대사에서 최초로 사회 구성원들이 자신의 정치적 권리를 확인하고 자신이 근대적인 시민임을 실감한 사건"이라고 하였다. 김미란, 「4·19 혁명의 정치적 상상력과 개인 서사」, 『겨레어문학』 Vol.35, 2005, p.167.
2) 권보드래, 「4·19와 5·16 자유와 빵의 토포스」, 『상허학보』 30집, 2010, p.109.
3) 천상병, 「文化의 再建」, 『韓國革命의 方向』, 중앙공론사, 1961, pp.51~53. 천상병은 4·19와 5·16을 각각 "자유의 책임"과 "책임의 자유"로 명명하였다. 4·19혁명을 통해 구현해고자 한 '자유'가 결국은 '(경제적, 민주적) 책임'으로 다가오는 게 현실이었음을 이야기하는 것이다.
4) 김병욱, 「창조와 혼돈의 창」, 『사상계』, 1968.8, p.139.

게 하였다. 당장의 배고픔을 면하기 위해 이들은 자유를 일시적으로 유보하였고, 오로지 가시적인 발전에 급급한 모습을 보였다.

하지만 이들의 이러한 희생에도 불구하고 1970년대 하층계급들이 마주한 현실은 여전한 빈곤함과 허기짐이었다. 10여년의 고속 성장 속에서도 그들의 자유와 맞바꾼 '책임있는 자유'는 빈손이 되어 돌아와 여전히 하층계급들은 가난과 빈곤에서 벗어나지 못하고 있었다. 그렇기 때문에 1970년대 하층계급들은 정부가 약속한 핑크빛 미래에 회의와 의심의 눈길을 보낼 수밖에 없었다. 하지만 박정희체제는 여전히 경제적 부의 분배라는 달콤한 매혹과 환상으로 하층계급을 유혹하고 있었다.

본서는 바로 이 시점의 1970년대를 조망하고 있다. 박정희체제는 하층계급들에게 경제적 이익의 정당한 분배를 이행해야 할 일종의 채무자의 입장이었다. 하지만 박정희체제는 '지금'이 아니라 '내일'로 그 부의 분배-경제적 보상을 유예시키는 양상을 보인다. 박정희 정권이 분배를 유예하려는 움직임은 정치(반공주의)와 경제(경제성장 제일주의)라는 큰 지배 담론을 통해서 이루어지고 있었다. 그리고 이문구, 조세희, 황석영은 이처럼 정치, 경제 정책 이면에 숨겨놓은 박정희체제의 은폐된 담론을 놓치지 않고 포착을 하고 있다.

이에 이문구 소설의 인물들은 당대 현실이 주는 환상에서 깨어난 농민들의 의식을 보여주고 있다. 농민들은 계급적으로도, 지역적으로도 소외되어 있었다. 그리고 이들은 자신들의 빈곤한 처지에 대해 박정희 정권을 향해 의문을 제기하고 있다. 박정희 정권 때 농민과 농촌은 노동집약 산업사회의 예비 인력이거나 이념적인 고향의 이미지로 호명되는 것이 현실이었다. 이문구는 이 둘 모두의 호명에 거부의 몸짓을 보인다. 그렇기 때문에 산업화를 위한 보급책으로서의 농촌의 모습이 아닌 농업 중심의 농촌 본연의 사실적인 모습을 보여주려고 하고 있다.

조세희는 경공업 중심의 산업 노동자들의 모습을 통해서 산업화가 어떻게 노동자들을 소외시키면서 산업 발전을 이루고 있는지를 폭로하고 있다. 특히 조세희는 이제 막 산업 노동자로서 자각을 한 인물들이 자신의 정체성을 산업현장과 법으로 보장된 지위로 찾아가는 모습을 그리고 있다. 법으로 보장된 '권리의 노동자'와 노동현실 사이의 괴리를 조세희는 비판하면서 법의 준수를 촉구하고 자본가의 횡포를 성토하고 있다.

황석영 역시 산업화·도시화된 사회에서 다양한 인물들을 앞세워 "역사적 사명을 띤" 신체 담론을 내세운 박정희 정권의 이념이 얼마나 허상에 불과한 것인지를 보여주고 있다. 박정희 정권은 국민교육헌장과 같은 유용한 신체 담론을 학생을 비롯해 일반인 모두를 대상으로 교육시킴으로써 쓸모 있는 육체에 대한 개념을 주입시켰다. 황석영은 국가 이념을 전유해서 드러나는 신체에 주목을 하면서 박정희체제가 갖는 위선을 드러내고 있다.

하지만 이 세 작가들이 주목을 한 하층계급들이 시대를 향해 던진 질문과 문제 제기는 매우 타당하며 유의미하지만 1970년대 이들로 결집된 저항의 움직임이 전복과 혁명의 에너지로 화(化)하지는 못하였다. 물론 이들 인물들에게 각성에서부터 혁명의 완수까지 모든 짐을 책임지라고 하는 것은 지나치게 무례하고 무리한 요구임에 분명하지만 이들에 대한 평단의 평가가 지나치게 낭만적인 성향을 띠는 것도 사실이다.[5]

5) 백낙청은 민중이 누구인지 관심깊게 연구한 학자 중 하나이다. 그는 민중을 다수의 국민이지만 "피지배자", "피억압자"로 보면서 근대에 와서는 "인간일 뿐만 아니라 바로 나라의 주인"이라는 개념까지 더 얹어지게 된 존재로 본다. 그런데 근대의 민중 개념인 주권을 가진 민중은 꼭 민중이 피지배, 피억압의 대상이 되지 않는다는 환상을 심어준다. 백낙청은 이처럼 민중이 역사의 주인으로 화(化)해 "역사의 주체는 민중"과 같은 "별도로 민중"의 개념을 생성해나가는 것은 이상주의에 불과하다고 보고 있다. 즉, 지나치게 민중의 이미지를 덧붙여 미화시킬 소지가 다분함을 지적하고 있다. 백낙청, 「민중은 누구인가」, 『한국민중론』, 한국신학연구소, 1984, pp.15~23.

  그래서 1970년대 하층계급 인물 연구를 할 때에는 이들이 시대를 읽어낸 세계관과 함께 당대의 인물들이 어떻게 삶을 살아 냈는지도 함께 살펴봐야 할 것이다. 세 작가의 인물들은 시대의 부당성에 적극적으로 항거하기도 하였지만 1970년대를 살아간 인물들이기도 하다. 이들의 저항과 삶이 교차되는 지점을 통해 1970년대 하층계급 인물 연구가 더 풍부해질 수 있다.

  이에 Ⅱ장에서는 이문구의 소설 속에 등장하는 농민들은 새마을운동이 농촌과 농업이라는 지역적, 직업적 소외를 일시에 상쇄시켜줄 카드로 일정 부분 수용하는 모습을 보인다. 이들의 새마을운동 동원이나 참여의 모습 이면에는 농촌 쇄신에 대한 기대는 물론 산업으로서의 농업에 대한 기대도 포함돼 있었다. 박정희 정권은 농촌 환경 개선, 농민들의 삶의 질 향상 등을 약속하며 농민들을 다시 회유하였다. 특히『우리 동네』를 통해 확인할 수 있는 농촌의 TV 보급으로 농촌 안으로 도시문화가 유입되면서 농촌 안에서도 도시의 생활을 향유할 것 같은 도시와의 친근성, 근접성이 생겼다. 그렇지만 박정희 정권이 농촌을 대상으로 한 정책은 환상에 불과함을 이문구도, 농민도 알지만, 환상이 주는 달콤한 매혹에 쉽게 미혹될 수밖에 없는 함정이 곳곳에 포진돼 있었다. 그래서 농민은 박정희체제의 농촌 정책에 저항하기도 매혹되기도 하는 모습을 보인다. 이를 새마을운동과 TV 보급을 통하여 확인할 수 있다.

  Ⅲ장에서 조세희의『난장이가 쏘아올린 작은 공』에 등장하는 인물들은 그들이 법의 권리가 있는 노동주체라는 인식이 중요한 논제가 된다. 권리가 있는 주체라는 인식은 노동자의 삶에 많은 변화를 주게 된다. 노동자들이 누릴 수 있는 노동법에 의한 권리와 박정희체제가 이들을 위해 해주는 사회복지정책이 맞물리면서 노동자들이 권리 행사와 혜택의 수여라는 장 안에서 일관된 행동을 보이지 못함을 그리고 있다. 사회복지는 궁극적으

로 국가의 시장 경제 확대를 위한 전략이면서, 반계급적 투쟁 이데올로기를 내면화하는, 노동자 투쟁과 배치되는 노동통제전략이다.6) 그런데 노동자 계급이 한편에서는 노동자 투쟁을 하면서 다른 측면에서는 사회복지의 혜택을 통한 통제를 받는 등 노동자 저항에 미묘한 균열이 생기게 된다. 또한 유교적 가족이데올로기가 산업 노동자들에게 그대로 적용이 되면서 노동에 '가장, 생계 책임'이라는 문화적 이념이 덧씌워진다. 그렇게 함으로써 노동자들은 투쟁하는 한편 법의 준수라는 명제로 인해 점점 운신의 폭이 좁아지는 모습을 보이게 된다.

Ⅳ장에서 황석영은 신체를 매개로 이루어지는 사회적 재생산의 모습을 통찰해 보이고 있다. 특히 황석영은 박정희체제의 폭력과 억압에 맞서 개인적 윤리와 연대의식을 가질 것을 제안하고 있다. 「아우를 위하여」는 학교를 통해 저항의 담론이 학습될 수 있다는 것에 주목하고 있다. 개개인의 윤리와 진보가 모여 저항하는 연대의 힘을 가질 수 있을 것이라고 보고 있다. 노동투쟁을 그리고 있는 「야근」에서는 흔들림 없는 연대 투쟁으로 노동자들의 요구가 사(使)측에 반영될 가능성이 있음을 보여주고 있다. 하지만 소설 「아우를 위하여」는 학교라는 근대 교육기관이 저항할 수 있는 힘의 근원이 되기도 하지만 역으로 사회화와 사회적 재생산이 이루어지는 공간이 됨을 간과한 부분이 없지 않다. 황석영의 소설에서 자주 보이는 군대와 감옥의 공간 역시 사회적 가치를 내면화할 수 있는 공간으로서의 기능이 있다. 황석영의 인물들은 이들 공간을 통해서 박정희체제의 규율, 순종, 경쟁력 있는 인력 등의 개념을 내면화하면서 저항하는 한편 순응하는 양가적 측면을 보이고 있다. 「야근」 역시 연대하는 노동자들의 모습이 그려지기는 하지만 이들 노동자들이 박정희체제의 신체 담론을 내면화하면

---

6) 본서 160~162쪽, 각주 47번, 49번, 52번 참조할 것.

서 오히려 동료의 신체를 투쟁의 유용한 전략으로 활용하는 모습을 보인다. 결과론적으로는 연대에 성공한 듯하지만 이미 황석영의 노동자들이 지배담론을 자기화한 모습을 확인할 수 있다.

이상에서와 같이 이문구, 조세희, 황석영 세 작가들이 1970년대 하층계급들을 통해 시대에 대한 저항과 그 저항 속에 담긴 양가적인 속성이 있음을 살펴보았다. 이에 1970년대 소설에 나타나는 하층계급 인물 연구의 문학사적 의의를 문학 안에서의 하층계급 재발견, 문학 안의 정치 문제의 심화 그리고 문학의 통시적 하층계급 정립 가능성 등 3가지로 볼 수 있다.

첫 번째 하층계급 재발견은 단순히 주류에서 배제된 인물들이라는 결과론적인 접근에서 벗어나 배제의 시작에서부터 계급으로 고착이 된 전 과정을 모두 조명한 것이다. 사회적 자본과 배분에서 소외된 인물들이 그들의 거주·노동 환경 등에 전적으로 호명되어 구성되지 않고 일정 부분 구성해가는 주체적인 인물들로 보았다. 특히 1970년대 하층계급 연구를 통하여 하층계급을 지역과 노동을 중심으로 분류를 하였다. 이에 이문구 소설에서의 농민, 조세희 소설에서의 노동집약형 경공업 노동자[7] 그리고 황석영 소설에서 보이는 중공업 및 서비스산업 노동자 등으로 구분하여 그 면면을 보다 세밀하게 분리해 내었다.

이를 바탕으로 이문구가 산업화의 보급책으로서의 농민이 아니라 농토를 수호하는 농민에 주목을 하면서 과거 농촌 공동체를 회복하는 것으로

---

7) 박정희체제에서 경공업과 중공업을 구분하는 것은 아주 중요한 의미를 지닌다. 왜냐하면 박정희체제의 산업 구조는 철저하게 계획과 기획을 바탕으로 이루어졌다. 경공업에서 중공업으로의 산업구조의 변화는 단순히 외부적인 필요에 의해서 일뿐만 아니라 1972년 19월 유신으로 급격하게 경색된 민심을 수습하기 위한 일환의 정치적 전략에 의한 구조이다. 최용호, 「1970년대 전반기의 경제정책과 산업구조의 변화」, 『1970년대 전반기의 정치사회 변동』, 한국정신연구원편, 백산서당, 1999, pp.82~92.

도시화에 맞섰음을 밝혀냈다. 하지만 이러한 농촌 공동체의 회복은 지배이념에 대한 저항적 의미만 지니는 것이 아니라 유교적 세계관을 바탕으로 한 공동체 개념으로 인해 오히려 체제와 접합할 수 있는 지점이 생길 수 있음을 보았다.8)『관촌수필』을 중심으로 과거 농촌 공동체에 대한 향수와 애정은 현대 농촌 공간이 배경인『우리 동네』에서도 그대로 적용이 돼 나타나고 있다. 반상(班常), 연령 등의 유교적 질서가 공동체라는 이름으로 통합, 합치되는 모습이 박정희체제의 유교적 통치관과 잘 부합할 수 있는 여지를 남겨둔다. 이는 역사를 기억하는 방법의 차원에서도 드러난다. 공적인 의미를 지닌 역사(History)가 아닌 개인의 기억에 의존하는 역사(narrative)의 기술은 지배질서에 균열을 가할 수 있는 힘으로 작동을 한다. 하지만 기억의 주체도 중요하지만 '무엇'에 방점을 찍어 기억했는지의 기억 내용도 중요한 부분을 차지한다.『관촌수필』의「행운유수(行雲流水)」,「관산추정(關山芻丁)」에 등장하는 '옹점'이와 '대복'이를 기억하는 방식이 '우직함, 충성, 변함없음'과 같은 유교적 개념어를 바탕으로 이루어지고 있다. 이는 박정희체제가 가지는 농촌·농민 정책과의 친근한 접근성이 있음을 확인할 수 있는 대목이다.

조세희의 노동 집약형 경공업 노동자는 가족 중심형 인물들이다. 조세희의 소설에서는 산업화 시대 노동의 담론과 가족의 담론이 맞물리면서 가족 생계를 유지하기 위한 생계형 노동자들이 등장을 하고 있다.『난장이가 쏘아올린 작은 공』에는 두 가지 유형의 산업화의 모습이 보인다. 전근대적인

---

8) 이는 실제 선거 지형도를 통해서도 확인이 되는데, 지역별 대선 득표율을 보면 농민들의 박정희 지지율이 도시를 압도하는 형태로 나타난다. 1963년 도시와 농촌의 박정희 득표율을 보면 40 : 56(윤보선 60 : 44)으로 나타났고, 1971년 대선에서는 47 : 59(김대중 53 : 41)로 농촌이 도시에 비해 박정희 지지율이 높은 것으로 나타났다. 양명지,「박정희 정권의 지배전략으로서의 계급정치」, 연세대 석사학위 논문, 2003, p.65, p.73.

수공업 중심의 노동자인 '난장이'와 산업 시대의 '영수' 남매들이 그들이다. 이는 단순히 세대에 따른 구분이 아니라 그 속에 노동의 산업화와 깊게 연관돼 있다. 산업화·분업화가 이루어지는 산업 사회에서 노동력의 조직화와 노동의 소유는 국가의 핵심 문제로 급부상한 테제가 된다. 이는 '영수' 남매를 위시한 노동자들이 기업 중심의 산업 노동력으로 포섭이 된 것과 다르게 '난장이'가 가지는 노동력이 유효 노동력으로 집계되지 않음을 그리고 있다. 또한 '영수'는 부모, 동생 두 명 총 다섯 명의 목숨을 건 노동자라는 인식이 바탕에 깔려 있다. 장남이라는 책임감은 노동 현장에서 생계를 위해 일자리를 보존해야 한다는 의무가 내포되어 있고, 이는 산업의 생산 구조와 순환에 큰 원동력으로 자리하게 된다.

황석영이 그리는 하층계급은 도시에서의 잉여 노동력과 자기 계발하는 노동자 두 가지 형태로 나타난다. 도시를 중심으로 노동력의 형태가 둘로 나뉘는 것은 도시가 노동자들을 이중으로 호명하기 때문이다. 이는 노동자를 이제 '인적 자본'으로 생각하는 박정희체제의 산업관을 반영한 것이다. 인적 자본으로 자리한 노동자들은 자신들의 신체를 개발하면서 유용한 노동자로 스스로 성장해나가는 모습을 보인다. 이들은 누구보다 산업화된 현실에 깊게 침잠돼 있어서 조세희의 노동자에게서 볼 수 있는 노동자로서의 각성과 자각이 누락이 되어있다. 그만큼 분업화된 산업사회의 이념을 내면화하고 있다고 할 수 있다.

두 번째로는 문학 안에 투영된 정치 문제의 심화를 들 수 있다. 1970년대 문학은 사회 문제 의식과 잇닿아 있어서 당대를 사실적으로 그리고 있다. 당대 사회를 재현하는 양식은 박정희체제를 직접적으로 노출시키게 된다. 이는 문학 안에 정치·사회 문제가 녹아들어 문학의 외연이 확장된다는 장점이 있다. 그런데 이렇게 문학의 장 안으로 당대 사회가 녹아들면서 작가가 집중적으로 보고자 한 사회상만 고찰되는 것이 아니라 작가가 미처 포착해 내지 못한 시대의 모습도 함께 녹아있게 된다. 1970년대 박정희체제가 주는 정치적·구조적 폭력성은 단순하게 일차원적으로 탐색되지 않고 몇 겹으로 중첩되어 다양한 지배의 체제를 보이고 있다.

이문구의 소설에서는 농촌과 농민을 도시와 도시민의 타자로 소외시키는 박정희체제의 농촌 정책과 함께 성난 농민들을 새마을운동과 유교적 전통 담론으로 회유하는 환상기제를 거의 동시다발적으로 보인다. 1970년대 농촌은 급격한 이농과 불균형한 경제성장으로 실질 소득 수준도 아주 낮아 성장과 발전의 음지에 속하는 소외지역이었다. 이에 이문구는 『관촌수필』과 『우리 동네』를 통해 농촌의 실상을 보령지방의 방언을 이용해 해학적으로 풍자적으로 풀어내고 있다. 실제 그 지역의 지역어9)를 사용하는 농민들이 등장해서 농촌의 실상을 이야기하는 것만으로도 충분히 저항적 성격을 갖는다. 그런데 이와 같이 같은 언어를 사용하는 농민들이 등장을 해서 그들이 처한 현실의 모순을 이야기하는 것은 그들만의 단단한 공동체 의식을 갖게 하는 작용을 한다. 농촌 공동체의 농민들의 단결과 단합은 박정희체제가 안고 있는 모순을 가장 효과적으로 드러낼 수 있는 방법이 된다. 하지만 바로 농민을 통합시키는 농촌 공동체가 과거 반상(班常)의 질서가 존재하던 유교적 공동체의 모습을 가진다. 이때 이렇게 농민 통합으로서의 공동체는 1970년대 국가 정책을 위한 국민 통합의 한 단위로서의 기능을 할 수 있다. 왜냐하면 반공주의를 정치수단으로 적극 활용했던 박정희체제는 대북(對北) 관계 속에서 그들과 경계를 짓는 한편 우리를 안으로 단결시킬 매개가 필요하였는데 이 공동체 의식이 실마리를 제공해 줄 수 있기 때문이다. 박정희 정권은 유교이데올로기를 유용한 통치 수단으로 삼았는데10) 이처럼 농촌 공동체 내부에 존재하는 유교이데올로기와

---

9) 그나마 『우리 동네』는 경기도 이천이 공간적 배경인데, 이 소설의 문체는 충남 보령 지방의 사투리로 기술되어 있다.

254

통치 수단으로써의 유교이데올로기는 "봉건주의 이데올로기의 단순한 답습이 아니라 국민통합, 즉 전국적인 유기적 결합체 건설이라는 근대적 프로젝트의 일환으로 소환"[11]이 가능해진다. 즉, 농민들의 공동체로서의 저항이 1970년대 사회 통합을 위한 유기체의 한 일부분으로 편입될 가능성이 농후해지게 된다. 그리고 그 통합의 단위가 유교적 질서를 바탕으로 한 농촌 공동체가 될 수 있게 된다. 이처럼 박정희체제가 안고 있는 다양한 정치적 결과 함의가 작가가 의도하지 않았던 전경이 문학 안에 녹아있는 것을 확인할 수 있다.

조세희의 소설에서는 노동자의 법적 지위 보장과 가족 이데올로기 그리고 복지혜택으로 점점 더 노동자들을 통제하기 용이한 다양한 포섭 구축한 모습을 보인다. 풍부하지만 저렴한 노동력을 무기로 내세워 경공업 중심의 수출지향을 내세운 1970년대는 노동자들을 기계와 같이 노동의 효율로만 따지는 기업 분위기가 팽배했었다. 이렇게 소모적으로 소비되는 노동자들은 점차 불만이 쌓여갔고, 이들은 노동자 투쟁을 감행하게 되었다. 하지만 노동운동 자체가 가지는 생산성 저하는 경제성장 도약에는 치명적일 수밖에 없었다. 그래서 박정희체제는 노동운동 역시 통제의 범위 안으로 포섭을 하였다. 이들 노동자들은 근로기준법에 의거해 노동자 정체성을 획득하게 되었고, 노조를 통해 노동자 연대를 이루어, 노사위원회로 의견을 조절해 나가는 합법적인 저항 운동의 틀을 갖추게 되었다. 조세희는 『난장이가 쏘아올린 작은 공』의 '영수'를 통해 '은강 방직'에서 해 나갔던 노동 투쟁의 모습을 자세하게 기술하고 있다. 하지만 이들이 획득한 법적 지위는 반복되는 법의 개정으로 결국 노동운동의 수위마저 통제되는 모습을 보인다. 결국 노동운동의 갈 길을 잃은 '영수'는 살인이라는 극단적인 선택을 하게

10) 본서 55~56쪽 각주 30~33번 참조할 것.
11) 김진기, 앞의 글, p.362.

된다. 노동운동의 양상이 점차 격렬해질 것을 우려한 박정희체제는 사회복
지를 확대함으로써 이를 무마하려는 시도를 하게 된다. 사회복지는 노동자
들의 권익 향상, 평등 분배라는 거창한 의도와 달리 결국 노동시장에 더
깊숙하게 개입되는 박정희 정권만을 확인할 수 있게 한다. 이처럼 노동자들
의 투쟁을 저지하거나 약하게 하는 차원으로 드러나고 있다.

황석영은 반공주의 이데올로기를 통해 북에서 월남한 사람들을 자유민주
주의라는 이름으로 포용하는 모습을 보인다. 하지만 이들을 포용하는 이면
에는 남한사회의 질서를 수용하고 내면화할 것을 요구하면서 이들이 사회
안에서 무표화될 것을 주문하고 있다. 월남한 사람들은 남한 사회에서
이방인이다. 이방인들은 주인이 이들을 수용과 포용을 해야 한 구성원이
될 수 있다. 황석영은 「한씨 연대기」에서 이들이 수용하면서 동참해야
할 박정희체제의 실상이 원칙 없는 반공법과 사면과 석방이 뒷거래로
이어지는 부정부패함이라는 것을 폭로하고 있다. 또 한편으로는 「잡초」의
월남 사실을 알 수 있는 기표를 전혀 가지고 있지 않은 '수남'의 가족을
통해 월남인의 흔적을 모두 지운 무표화된 인물로 살아가야 하는 인식을
드러내고 있다. 이러한 박정희체제의 반공주의를 앞세운 이념은 비단 월남
한 사람과 같은 특정한 인물들만을 대상으로 한 것은 아니었다. 학교·군대·
감옥 등의 규율 공간을 통하여 이러한 지배담론은 자연스럽게 학습되고
체득되는 단계를 거치게 된다. 학교는 「섬섬옥수」의 '장환'과 같은 하층계급
출신의 대학생과 '미리', '만오'와 같은 상층계급에게 동일한 교육을 실시하
지 않는다. '장환'에게는 사회에서 유능하지만 자신의 계급적 한계를 직시하
는 화이트칼라 교육을, '미리'와 '만오'에게는 사회를 지배할 수 있는 지도자
교육을 시킨다.[12] 교육을 통해 이들은 계급과 그에 따른 사회적 역할이

---

12) 梅根悟(우메네 사토루), 앞의 책, pp.73~74, pp.529~531. 고대로부터 이어져 온
    국가 주도의 지배교육은 근대화이후에도 변함없이 유지가 되었다. 오히려 교육의

재생산되고 있다. 이는 꼭 대학교에서만 이루어지는 것은 아니다. 한국 남성들이라면 반드시 가야하는 군대에서의 규율이 더 강하게 작동한다. 「돛」에 드러나는 계급 사이의 상하 관계는 그 어떤 상황에서도 절대적인 규칙으로 작용을 하고, 상부의 명령을 '생각'한 후 판단할 경우 좌천될 수 있음을 체득하게 된다. 군대의 상하 관계와 상부 명령의 일방적 복종을 경험한 군무 복역자들에게 지배 담론과 계급의 분리는 어색한 일이 아니게 된다. 이처럼 하층계급들에게 발동하는 지배 이념은 다층적이고 중첩된 상태로 나타난다.

마지막 의의로는 문학적으로 통시적 하층계급 정립 가능성을 들 수 있다. 박정희체제는 1961년 이후 군부의 독재정치에서 점점 권위주의 정권으로 이양이 되고 있었다.13) 독재정치는 폭력을 동반하고 폭압적이지만 권위주의 정권에서는 그 폭력과 폭압이 안으로 내재가 된다. 즉, 여전히 사회적·정치적·문화적으로는 독재정권의 폭력을 가지고 있지만 구조 안으로 기묘하게 숨어들면서 밖으로는 잘 표출이 되지 않는다. 그래서 하층계급들은 부당한 현실과 불평등한 사회를 직시하고 저항하려고 하지만 그 저항하고자 하는 실체가 점점 관념적으로 변하는 경우가 많다. 권위주의를 앞세운 정치는 부드러운 독재가 주를 이루고 있고, 이에 하층계급 역시 적극적인 저항과 반발이 쉽지는 않게 된다. 그리고 1970년대 박정희체제는 바로 이 독재정권에서 권위주의 정권을 모두 보여주고 있다. 새마을운동·사회복지제도·인정받는 숙련공 등 하층계급들을 회유하고 포섭하는 정책들은 있었고, 그에 따라 하층계급 내에서도 분열 지점이 생기게 된다. 이처럼 1970년대 하층계급은 오롯이 지배담론에 저항만 할 수도 없고 그렇다고

대중화로 소수 지배자의 이득을 강화하는 형태로 나타났다.

13) O'Donnell·Schmitter, 『독재의 극복과 민주화—권위주의정권 이후의 정치생활—』, 한완상·김기환 옮김, 다리, 1987.

동의할 수도 없는 저항하면서 일정 부분 동의하는 양가적인 특성을 보인다. 그런데 이렇게 양가적인 특성을 보이는 1970년대 하층계급은 이후 우리의 문학사 안에서 다양하게 분화하는 것을 확인할 수 있다. 1980년대의 군부 독재 정권에 맞선 '투사'의 모습은 조세희와 황석영의 인물들과 연결될 수 있다. 또한 1980년대 성매매 하층 여성들은 황석영의 도시의 왜곡된 욕망을 해소하는 잉여적 인간과 연결이 된다. 이는 2000년대 소설까지도 연결이 될 수 있다. 사회 구조가 더욱 더 조직화되어 구조적으로 고착된 2000년대에는 하층계급들이 1970년대처럼 열정을 가지고 항거하거나 저항하는 모습을 보이지 않는다. 오히려 이들은 사회 구조 안에서 그들의 한계를 직시하여 '백수'14), '신(新)프롤레타리아'15)의 형상을 갖추고 있다. 이들도 1970년대 형성된 하층계급에서 자유롭지 못하고 큰 저항의 움직임 대신 이문구의 인물들처럼 자신들의 언어로 수다를 늘어놓는 형태로 드러난다.

이상에서처럼 본서는 1970년대 소설에 나타나는 하층계급의 인물 연구를 통해 1970년대 하층계급을 되살리는 한편 이후의 문학에서 드러나는 하층계급들의 기원과 같은 모습을 띠고 있음을 밝히고자 하였다.

---

14) 정혜경, 「백수들의 위험한 수다-박민규·정이현·이기호의 소설」, 『문학과 사회』, 2005 여름호.
15) 강유정, 「공간의 계급 경제학」, 『세계의 문학』, 2010 가을 ; 이승원, 「노동의 해방으로부터 쉼의 해방으로-고통과 생명의 변증법」, 『세계의 문학』, 2010 겨울 ; 안천, 「현대 일본의 새로운 '계급'을 둘러싼 지적 지형도」, 『세계의 문학』, 2010 겨울호.

VI. 결론

　1970년대는 문학계는 물론 사회 전반에서 하층계급이 발견되던 시기였다. 사회 약자였던 하층계급의 부상(浮上)만으로도 유의미하였기 때문에 평단에서는 일관되게 이들에게 의미부여를 했던 것이 사실이다. 박정희의 장기 독재체제에서 하층계급이 발견되고, 그들의 목소리가 노출된다는 사실만으로도 충분히 의미가 있지만 그 사실 하나에 천착해 하층계급 전체를 보지 못하고 표면만 보는 우(愚)를 범할 수 있다. 이제까지의 연구가 하층계급의 발견 그 자체에만 의미를 부여했다면 이제는 1970년대 당대를 살아가던 하층계급의 삶에 주목하면서 연구할 필요가 있다. 1970년대 소설에서 나타나는 하층계급 인물들은 현실의 모순과 부조리에 문제 제기를 하며 저항하는 적극적인 모습을 보인다. 이는 문학적 상상력을 발휘하지 않으면 안 될 정도의 팍팍한 현실을 반영하는 것이라고 할 수 있다. 그렇지만 그럼에도 불구하고 1970년대를 살아가야 했던 생활인으로서의 하층계급의 모습도 함께 고찰해 봄으로써 투사와 생활인 사이에서 균형을 맞춰가던 하층계급 인물을 연구해 보고자 했다.

　1970년대 박정희체제는 안정기에 접어들면서 폭력을 앞세운 독재정권에서 부드러운 독재를 기반으로 한 권위주의 정권으로 변화되어 가고 있었다. 박정희 정권은 안정적으로 체제를 유지하기 위해서 박정희 정권과 상보적 관계를 지니는 상층, 중간층은 물론 하층계급의 동의가 필요했다. 그래서 박정희 정권은 하층계급의 포섭에 심혈을 기울였다. 그렇지만 하층계급들은 이미 자신들이 처한 계급적 현실에 비춰 박정희체제에 적극적인 동조를 할 수는 없었다. 그렇지만 그럼에도 불구하고 박정희 정권은 이들을 회유하는 다양한 전략들을 내세웠다. 박정희체제는 통치 이념은 조국 분단이라는 안보 위기감과 사회, 경제적으로 근대화·산업화 달성이라는 국가적 목표를 위해 무엇보다 "君君臣臣父父子子"의 역할론에 충실할 것을 요구하고 있었다. 즉 국민으로서의 정체성을 가지고 국가를 위해 유의미한 존재가 될 것을 박정희체제는 끊임없이 요구하고 있었다.

이에 II장에서는 농촌을 주(主)무대로 삼아 소설에 형상화한 이문구의 소설을 중심으로 분석을 하였다. 이문구는 산업화·도시화의 배경 속에서 소외된 농촌과 농민을 조명함으로써 문학의 다양성을 담아낸 의의가 있다. 특히 충청도 지방의 지역어로 농민의 이야기를 술회함으로써 보다 더 농민들의 삶과 애환을 사실적이면서 설득력 있게 그려낼 수 있었다. 왜냐하면 박정희체제에서는 반공주의를 앞세워 남함만의 통일감·일체감을 주려는 다양한 정책이 시행이 되었다. 그 중 하나가 언어순화정책인데, 이는 조선조부터 이어져 온 한국 역사의 정통성을 남한이 계승하고 있음을 주장하는 근거가 되었다. 하지만 이문구는 방언을 이용해 언어의 통일감에 균열을 주었으며 부침이 심했던 우리의 근대사를 공식적인 역사로 접근하지 않고 개인의 기억에 의존해 재구성하였다.

이처럼 농민들만의 지역어와 기억을 통해 재현해 낸 것은 유교적 질서가 살아있는 공동체이다. 특히 조부(祖父)가 살아있던 과거의 공동체의 질서가 현재의 농촌 공간에도 그대로 적용이 되어 농민만의 상상의 공동체를 가지게 된다. 또한 기억의 내용 역시 우직함·변함없음·보존 등으로 이루어져 유교적 이념과 맞닿아 있다. 하지만 박정희체제 역시 통치 수단으로 유교 이념을 바탕으로 한 '현군(賢君)정치'에 초점을 두었다. 그럼으로써 농민의 유교 질서가 살아있는 공동체의 희구와 박정희체제가 접합하는 지점이 생기게 된다.

한편 경제 발전주의를 도시 중심 정책으로 삼은 박정희체제에서 농촌과 농민들은 철저하게 소외되어 있었다. 그리고 박정희체제는 농촌과 농민을 이중으로 호명을 하였다. 하나는 산업화에 따른 필요 노동력을 수급할 수 있는 보급책으로, 다른 하나는 농촌에서 농업에 종사하는 정주하는 농민으로 호명을 하였다. 이문구는 정주하는 농민의 이야기를 통해 농민을 조직화해 농촌 단위의 통제 구조인 영농조합의 부당성을 비판적으로 묘사하고 있다. 또한 도시와 문화적·경제적·사회적 차이가 차별로 드러나는 것을 포착해 농촌 빈곤의 현실을 잘 표현해주고 있다.

이처럼 농민들의 점차 커져가는 불만에 박정희체제는 농촌의 근대화, 농업의 산업화를 내세워 새마을운동과 도시문화 유입을 주도했다. 이로 인해 농업 기술과 환경을 적극적으로 활용한 진일보한 농민들이 출현하기 시작했다. 그리고 TV를 통해 보급된 도시문화는 도시민들이 즐기는 크리스마스, 망년회 등의 특별한 날을 농민들이 동경하며 모방하는 모습을 보였다. 박정희체제는 농촌 고유의 공동체 문화와 1970년대 새로운 도시문화를 결합해 농민의 국민 만들기를 이루어가고 있었다.

III장에서는 조세희의 소설을 중심으로 노동집약형 경공업 노동자를 하층계급으로 규정을 하였다. 반공주의가 반북(反北)이기도 하면서 1970년대 통치 수단으로 적극적으로 활용되었다. 따라서 노동자의 자기 정체성 확인은 자칫 친북(親北)행위로 오인 받을 위험이 컸다. 그런 분위기에서 조세희는 노동법·근로기준법을 중심으로 노동자 스스로 자신들이 누구인지를 찾아가는 모습을 세밀하게 소설 속에서 밝히고 있다. 그럼으로써 반공주의라는 이름 아래 모든 노동자들을 억압하려던 박정희체제에 의문을 제기하면서 노동자들은 '법적 주체'로 거듭나게 되었다. 그리고 '법적 주체'가 되기 전과 된 후 달라진 노동운동을 자세히 소개하고 있다.

이처럼 노동자에 대한 인식의 성장은 노동자영웅의 출현도 가능하게 하는 기반이 되었다. 열악하고 억압받는 노동 환경과 법을 이해한 노동자의 등장은 각성한 노동자로 하여금 모순과 부조리에 대해 침묵하게 하지 않았다. 노동자영웅은 조직적으로 노동운동을 전개하며 권리와 자유를 실천하려고 노력을 하였다. 하지만 박정희체제의 노동법은 비록 노동자를 일깨우게 하기는 하였지만 결국 법 자체는 대타자로서 하층계급을 보호하기 위해 존재하지 않음이 밝혀진다. 왜냐하면 잦은 법의 개정으로 노동자들의 권리는 제한을 받지만, 그것과 상관없이 법의 실질적 집행은 경영인들의 몫이기 때문이다. 그래서 노동자들은 법에 의문을 제기하지 않고 법을 준수하지 않는 경영인들과 갈등을 벌인다. 이는 박정희체제가 법이 텅 빈 대타자로 노동자들을 위해 아무 것도 해 주지 않는 것을 교묘하게 은폐한 후 법의 대리자로 경영자를 앞세운 것을 의미한다. 결국 노동자영웅은 법의 무지를 깨닫지 못하고 경영자라고 오인한 그의 동생을 살해함으로써 끝까지 법이 아무 것도 아님을 밝히지 못한 채로 끝나게 되었다.

한편 1970년대 고도의 산업화를 위해 절대 조건 중 하나가 노동력이었다. 조세희는 박정희체제가 산업화를 이루면서 필요한 노동력을 효율적으로 관리하기 위해 노동력의 조직화, 노동력의 소유를 보여주고 있음을 아버지 세대와 아들 세대로 나누어서 보여주었다. 아버지 세대로 상징되는 비효율적, 비통계적 노동력은 산업 사회 안에서 배제가 되고 아들세대로 상징되는 산업 노동력은 생산성으로 연결되어 관리가 용이한 노동력으로 분류가 됨을 밝히고 있다. 즉, 경제개발 논리를 앞세워 박정희체제가 인력을 관리·통제·조율하는 모습을 볼 수 있는 대목이다. 그런데 재편된 노동시장에 편입이 되지 못했을 경우 공식적인 노동의 장이 아니라 노동의 장(場)

밖으로 밀려나면서 신체의 불구적 특징을 드러냄으로써 생계를 유지해 나가야 한다. 조세희는 이렇게 위로부터 조직되어 관리되는 박정희체제의 노동재편을 비판하고 있다.

하지만 재편된 노동시장에서는 비록 노동력이 관리·조직되고는 있지만 그로 인해 노동자들은 사회복지 혜택의 수혜자가 된다. 박정희체제는 사회 복지의 필요성이 대두되자 기업, 학교, 가정 등을 망라해서 참여를 독려하였 다. 그리고 기업 중심으로 보험법·후생비 등 노동자들을 위한 국가 주도의 복지사업으로 인한 혜택이 노동자들에게 주어지고 있었다. 이는 아직 빈곤 이 해결되지 않은 1970년대 사회복지라는 이름으로 국가의 역할만 비대해 지고, 국가의 기능을 더 확대하는 결과를 가져왔다. 또한 노동력 동원의 용이함을 위해 박정희체제는 가족중심 이데올로기를 활용하였다. 조세희 의 인물들은 모두 가족의 생계를 책임져야 할 가장·장남의 모습으로 산업사 회에서 가족의 생계를 누군가는 책임져야 할 가족의 윤리, 책임의식을 강화하였다. 그렇게 함으로써 노동운동은 일관되게 저항으로만 가지 못하 고, 가족생계형 노동자들도 자연스럽게 출현하는 모습을 함께 보이고 있었 다.

Ⅳ장에서는 황석영의 다양한 하층계급들을 확인할 수 있다. 황석영은 도시 이방인을 중심으로 표현하고 있다. 도시 이방인은 타지역에서 도시로 유입된 인물들인데 그 중에는 북에서 월남한 사람들도 포함이 된다. 황석영 은 특히 북에서 월남한 월남인들을 남한민으로 수용·포섭하는 과정에서 생기는 남한의 명확한 근거 없는 기준을 반공주의에 빗대 비판하고 있다. 월남인들한테 요구하는 남한의 가치와 이념이 당대 박정희체제가 안고 있는 부정부패, 금품수수와 같은 것뿐이라고 황석영은 평가절하하고 있다. 그것도 아니라면 월남인들이 남한사회에서 절대로 그들의 출신이 드러나지 않도록 무표화할 것을 요구하였다. 이처럼 반공주의를 앞세운 지배담론의

허상을 황석영은 하층계급 인물로 형상화하고 있다.

하지만 반공주의를 비롯해 박정희체제의 지배이념은 학교·군대·감옥과 같은 근대화 규율기관을 통해서 끊임없이 재생산되고 있었다. 특히 학교는 개인의 윤리와 비판적 시선을 가질 수 있도록 해주는 대안 공간의 의미가 있다. 하지만 역으로 학교는 사회 모순과 부조리가 적법한 절차에 의해 이루어져 다수의 동의를 획득해 가는 과정을 보여줌으로써 학교가 지배 담론 재생산을 위한 공간임을 다시 확인해 주고 있다. 군대 역시 계급과 폭력의 질서 아래 강압과 복종을 내면화할 수 있는 근대 규율 기관이 된다. 감옥은 처벌의 기능 외에도 교정·교감의 목적 아래 사회재적응 과정을 통해 지배 담론의 가치를 내재화하는 공간으로 기능함을 보여주고 있다.

이는 경제 발전의 논리에서도 마찬가지다. 박정희체제는 국가가 산업구조 전반을 계획·기획·주도하면서 산업육성 시스템을 구축해 나갔다. 그리고 한계에 다다른 노동집약형 경공업에서 중화학공업과 서비스 산업으로 변모해 갔다. 산업 구조의 변경은 노동 인력을 단순 노동력으로 삼지 않고 인적 자본으로 활용해 나갔다. 그러면서 도시에 거주하는 인력을 국가적 차원에서 호명하면서 유용하고 쓸모 있는 노동력과 산업화의 흐름에 부응하지 못하는 잉여 노동력으로 이원화하였다.

도시는 화려한 도시문화와 유연한 것처럼 보이는 계급 구조로 잉여 노동력을 지속적으로 유혹했다. 잉여 노동력은 도시민과 산업 노동력을 흠모하면서 자신들을 다음의 예비 노동력이라는 착각을 하고 있었다. 하지만 도시에서 이들은 고속 성장으로 해갈되지 못한 왜곡된 도시민들의 욕망을 투사해 처리해줄 대상으로 전락함을 보여주고 있다. 젊음, 성 욕구 등 도시민들의 음습한 욕망은 이들 잉여 노동력들에 의해 해소되고 있었다. 황석영은 도시 이방인들이 도시에 이중으로 호명이 되고, 잉여 노동력은 이처럼 소비품처럼 소비되고 마는 것을 폭로하고 있다. 그런데 흥미로운 것은 성 욕구 대상이 남성과 여성으로 나뉠 때 다른 의미를 지닌다는 것이다. 남성은 단순히 성 욕망 해소의 의미만 부여되지만 여성이 그 대상이 될 경우에는 국가의 지배 담론이 그 속에 투영이 된다. 예를 들어 베트남 파병 군인들을 마지막 배웅해주는, 남한에서 마지막으로 만나는 인물들도 이 여성이 된다. 그만큼 하층계급 중에서도 하층 매매춘 여성에게는 또다른 국가의 권력이 작동하고 있음을 확인할 수 있다.

하지만 한편에서는 중화학공업을 중심으로는 노동자로서의 정체성을 이미 획득한 노동자들도 함께 출현한다. 이들은 앞서 살펴 본 조세희의 노동자들과 달리 이미 노동자로서의 정체성이 내면화되어 있어서 합리적이고 경제적인 방법으로 노동운동을 전개하는 모습을 보인다. 특히 숙련 노동자의 등장으로 노동운동의 장(場)이 보다 더 복잡해지는 양상을 보인다. 이들은 박정희체제의 유용한 신체 담론을 수용하여 자기 계발을 통한 기술 습득의 모습을 보인다. 그리고 습득된 기술을 노동운동에서도 십분 활용하는 모습을 보인다.

위에서와 같이 본서는 박정희체제의 안정기였던 1970년대 하층계급들의 삶이 드러난 소설 속 작품을 통해 그들의 삶을 정치적인 연관성에서 살펴보고자 하였다. 문학은 미학적인 예술성만이 아니라 문학 안에 다양한 사회적 활동을 투영하고 있다. 문학이 형상화하고 있는 당대 사회, 정치, 문화 등은 당대의 현실이 미완성되어 있고 미달되어 있음을 단적으로 보여주고 있는 것이다.

지금까지 1970년대 소설에 나타나는 하층계급의 인물 연구를 통해서 다음과 같은 문학적 의의를 찾을 수 있다. 첫째 하층계급들을 전면적으로 조망한 것인데, 이를 통해 피지배자들의 경제적 소외, 사회적 타자의 위치에 내몰린 이들이 지배 이념과 어떻게 조우하며 자신들만의 영역을 만들어갔는지를 살펴보았다. 1970년대 하층계급들은 위로부터의 감독과 규율을 통해 잘 관리된 모습을 보인다. 이들은 그들이 속한 곳곳에서 크고 작은 저항과 거부의 움직임을 보였지만 이들의 불만과 결핍은 박정희체제에 의해 관리, 통제되고 있었다. 하층계급의 불만과 저항이 체제의 관리와 맞닿아 있는 지점을 살펴봄으로써 1970년대 체제와 하층계급을 좀 더 풍성하게 살필 수 있는 장을 형성하였다.

둘째, 이들에게 당근으로 작동하는 박정희체제의 정치 담론을 확인할 수 있었다. 하층계급들이 저항과 행동으로 더 나아가지 못하게 만드는 유인장치가 무엇인지 작품을 통해 살펴봤다. 이는 작품과 작가의 한계라기보다는 당대 지배담론이 은폐하려고 했던 체제의 모습이라고 할 수 있다. 세 작가는 1970년대 직접적인 박정희 지배담론은 물론 박정희 정권이 은폐하려고 했던 지배 이념을 소설 안에서 형상화하고 있었다. 1970년대 통치 구조가 가시적으로도 비가시적으로도 드러난다는 것은 그만큼 박정희체제의 폭력적이고, 억압적인 정치 시스템을 구축했다는 것을 의미한다. 그래서 하층계급들의 저항이 한계에 부딪혔다는 것을 결국 체제에 굴복했다고 보는 것은 잘못된 것이다. 오히려 이들 하층계급들이 서 있는 지형을 문학장 안에서 풀어낸 것은 그만큼 현실적인 정치가 완벽하지 않다는 것을 의미하는 것이면서, 박정희체제가 지니는 구조적 폭력성을 드러낸 것으로 봐야 한다.

마지막으로 1970년대 이후의 하층계급이 가지고 있는 저항적인 일단을 1970년대의 하층계급에서 찾을 수 있다는 것이다. 독재정권에서 권위주의 정권으로 이행하고 있었던 1970년대에 박정희는 드러나게 폭력적이고 폭압에 의존해서 통치하지 않았다. 드러나지 않는, 부드러운 독재 정치가 시행이 되었다. 따라서 이후의 자유민주주의로 정치 체제가 바뀌면서 드러나지 않는 권력의 폭력성과 일정 부분 연결되는 지점이 생긴다. 체제에 반하기도 하지만 체제와 타협하기도 한 하층계급의 모습은 1970년대 이후의 하층계급 연구에도 중요한 의미가 될 수 있다. 1980년대의 투사 민중, 2000년의 백수, 신(新)프롤레타리아처럼 시대를 상징하는 하층계급들은 존재했다. 그들은 당대 현실 속에서 충실한 삶을 살아갔으며, 의지적 정치 행위자의 면모도 함께 보인다. 이를 1970년대를 기점으로 통시적으로 살펴볼 수 있는 의의가 있다. 이처럼 이들 하층계급의 맥을 통시적으로 볼 수 있는 1970년대만의 계급을 살렸다는 것이 본서가 가지는 문학사적 의의라고 할 수 있다.

참고문헌

1. 기본자료

이문구, 『관촌수필』, 램던하우스중앙, 2005.
이문구, 『우리 동네』, 랜덤하우스중앙, 2005.
조세희, 『난장이가 쏘아올린 작은 공』, 문학과지성사, 1998.
황석영, 『객지』, 창작과비평사, 2002.
황석영, 『삼포 가는 길』, 창작과비평사, 2002.
황석영, 『몰개월의 새』, 창작과비평사, 2002.

2. 국내 논저

강수돌, 『살림의 경제학』, 인물과 사상사, 2009.
강진호, 「반공의 규율과 작가의 자기 검열―『남과 북』(홍성원)의 개작을 중심으로」,
    『상허학보』 No.15, 2005.
고원, 「박정희 정권 시기 농촌 새마을운동과 "근대적 국민 만들기"」, 『경제와
    사회』 69호, 2006.
고원, 「새마을운동의 농민 동원과 '국민 만들기'」, 『국가와 일상―박정희 시대』,
    한울아카데미, 2008.
고인환, 「이문구 소설에 나타난 근대성과 탈식민성 연구」, 경희대학교 박사학위
    논문, 2003.
고인환, 「황석영의 손님 연구」, 『한국학논집』 제39집, 한양대 한국학연구소, 2005.
고하영, 「황석영 소설의 탈식민주의적 연구」, 서울대학교 석사학위논문, 2003.
구수경, 「근대성의 구현체로서 학교 : 시간·공간·지식의 구조화」, 한국교원대

박사학위논문, 2007.

구자황, 「이문구 소설 연구-구술적 서사전통과 변용을 중심으로」, 성균관대
    박사학위논문, 2001.

구해근, 『한국 노동계급의 형성』, 신광영 옮김, 창작과비평사, 2003.

권영민, 「산업화 과정과 문학의 사회적 확대」, 『한국현대문학사 2』, 민음사, 2002.

권영민, 「개인적 경험과 서사의 방법-관촌수필의 경우」, 『관촌수필』, 랜덤하우
    스 중앙, 2004.

권오헌, 「역사적 인물의 영웅화와 기념의 문화정치-1960~1970년대를 중심으로」,
    고려대학교 박사학위논문, 2010.

권보드래, 「4·19와 5·16 자유와 빵의 토포스」, 『상허학보』 30집, 2010.

권유리아, 「기억의 허구성에 대한 탈식민적 자각-이문구의 『변경』연구」, 동북
    아시아문학학회, 2006.

권은경, 「조세희의 난장이가 쏘아 올린 작은 공 연구 : 기법과 주제적 미학성의
    상관성을 중심으로」, 성균관대학교 석사학위논문, 2004.

권정우, 「1960~1980년대 민족 문학론의 주체화 양상 연구」, 서울대 박사학위논문,
    2003.

김귀옥, 『이산가족-'반공전사'도 '빨갱이'도 아닌…-』, 역사비평사, 2004.

김대영, 「박정희 국가동원 메커니즘에 관한 연구-새마을운동을 중심으로」, 『경
    제와 사회』 통권 제61호, 2004 봄호.

김동노, 「박정희 시대 전통의 재창조와 통치체제의 확립」, 『東方學志』 제150집,
    2010.

김만수, 「전래적 농촌에 대한 회고적 시각」, 『작가세계』, 1992 겨울호.

김무용, 「한국 노동자계급의 경험과 집단기억, 저항과 순응의 공존」, 『역사연구』
    Vol.10, 역사학연구소, 2002.

김미란, 「4·19 혁명의 정치적 상상력과 개인 서사」, 『겨레어문학』 Vol.35, 2005.

김미영, 「황석영 소설에 나타난 탈식민주의 고찰」, 『한국언어문화』 26집, 2004.

김미현, 「황석영 소설의 젠더 (무)의식-초기 소설을 중심으로」, 『황석영』, 글누림
    출판사, 2010.

김병걸, 「노동문제와 문학」, 『실천시대의 문학』, 실천문학사, 1984.

김병욱, 「개인과 역사-한씨 연대기를 중심으로」, 『월간문학』 10월호, 1972.

김병익, 「대립적 세계관과 미학」, 『문학과 지성』, 1978 겨울호.

김병익, 「관찰과 성찰」, 『세계의 문학』, 1982년 봄호.

김보현, 「박정희 정권기 저항엘리트들의 이중성과 역설 : 경제개발의 사회-정치

적 기반과 관련하여」,『社會科學硏究』第13輯 1號, 2005.

김상태, 「이문구 소설의 문체」,『작가세계』, 1992 겨울호.

김수영, 「동아시아 자본주의 발전과 가족-한국과 일본의 사례를 중심으로」, 고려대학교 박사학위논문, 2000.

김승종, 「황석영 초기 소설에 나타난 '문제적 개인'」,『국어문학』제49집, 2010.

김영옥, 「70년대 근대화의 전개와 여성의 몸」,『한국여성학논집』Vol.18, 2002.

김용규, 「이론의 탈정치화와 문학 연구의 가능성」,『비평과 이론』12, 2007.

김우창, 「근대화 속의 농촌」,『세계의 문학』, 1981 겨울호.

김우창, 「산업시대의 문학」,『문학과지성』, 1979 가을호.

김우창,『두 열림을 위하여』, 솔, 1991.

김욱동,『모더니즘과 포스트모더니즘』, 현암사, 1992.

김윤식, 「文體의 힘」,『한국현대문학사』, 일지사, 1976.

김윤식, 「狀況과 文體」,『한국현대문학사』, 일지사, 1976.

김윤식, 「문학사적 개입과 논리적 개입」,『문학과 사회』, 1991 겨울호.

김은하, 「1970년대 소설과 저항 주체의 남성성-황석영의 70년대 소설을 중심으로」,『페미니즘연구』제7권, 2007.

김정아, 「이문구 소설의 토포필리아 연구」, 충남대 박사학위논문, 2004.

김종철, 「사회 변화와 전통적 가치」,『시와 역사적 상상력』, 문학과 지성사, 1978.

김종철, 「산업화와 문학」,『창작과 비평』, 1980 봄호.

김주연, 「떠남과 외지인 의식」,『변동사회와 작가』, 문학과지성사, 1979.

김주연, 「이데올로기 모티프와 문학」,『문학과사회』6집, 1989.

김주현, 「1960년대 소설의 전통 인식 연구」, 중앙대 박사학위논문, 2007.

김지운, 「황석영 소설의 공간적 배경 연구」, 고려대학교 석사학위논문, 2003.

김치수, 「한국소설은 어디에 와 있는가-최인호와 황석영을 중심으로」,『문학과지성』, 1972 가을호.

김치수, 「산업사회에 있어서의 소설의 변화」,『문학과지성』, 1979 가을호.

김치수, 「분단 현실과 아버지 콤플렉스」,『동서문학』, 1999 여름호.

김치수, 「농촌 소설의 의미와 확대」,『공감의 비평을 위하여』, 문학과 지성사, 1991.

김태일, 「한국농촌부락의 지배구조 : 국가 '끄나불'조직의 지배」,『한국농업·농민 문제 연구Ⅱ』, 한국농어촌사회연구소, 1989.

김태환,『『광장』과『난쏘공』다시 읽기, 그리고 천천히 다시 읽기」,『문학과사회』, 1996 가을호.

김현숙, 「현대소설에 표현된 '세대갈등' 모티브 연구」,『상허학보』2, 2000.

김형배, 「勤勞基準法과 行政解釋」, 『노동연구』 제7집, 고려대학교 노동문제연구
　　소, 1982.

김호기, 「조절이론과 전략관계적 국가이론 : 제숍의 전략관계적 접근」, 『동향과
　　전망』 봄·여름호, 1993.

김효석, 「전후월남작가 연구-월남민 의식과 작품과의 상관관계를 중심으로-」,
　　중앙대 박사학위논문, 2006.

남찬섭, 「1970년대의 사회복지 1」, 『월간 복지동향』 vol.88, 참여연대 사회복지위
　　원회, 2006.

남찬섭, 「1970년대의 사회복지 2」, 『월간 복지동향』 vol.89, 참여연대 사회복지위
　　원회, 2006.

남찬섭, 「1970년대의 사회복지 3」, 『월간 복지동향』 vol.91, 참여연대 사회복지위
　　원회, 2006.

남찬섭, 「1970년대의 사회복지 4」, 『월간 복지동향』 vol.92, 참여연대 사회복지위
　　원회, 2006.

류동훈, 「한국 노동운동의 성격에 관한 考察」, 『伏賢經濟』 Vol.4, 1984.

류선화, 「황석영 초기 소설의 인물 연구」, 계명대학교 석사학위논문, 2007.

류희식, 「1970년대 도시소설에 나타난 '변두리성' 연구 : 박태순, 조선작, 조세희
　　소설을 중심으로」, 영남대학교 석사학위논문, 2003.

문재원, 「황석영 초기 소설 연구-<가화>, <탑>, <돌아온 사람>을 중심으로」,
　　『韓國文學論叢』 Vol.41, 2005.

문학사와 비평 연구회, 『1970년대 문학연구』, 예하, 1994.

민족문학사연구소 현대문학분과, 『1970년대 문학연구』, 소명출판, 2000.

박병헌, 「미국의 하층계급에 관한 논쟁과 한국사회복지정책에의 함의에 관한
　　연구」, 『사회조사연구』 제18권, 2003.

박유희, 「1950년대 장편소설에 나타난 영웅적 인물연구」, 『현대소설연구』 No.13,
　　2000.

박일용, 「영웅소설 하위 유형의 이념 지향과 미학적 특징」, 『영웅소설의 소설사적
　　변주』, 도서출판 월인, 2003.

박찬효, 「1960~1970년대 소설의 '고향' 이미지 연구」, 이화여대 박사학위논문,
　　2010.

박해광, 「한국 산업노동자의 도시 경험」, 『경제와사회』, 2004년 봄호.

박현채, 「한국자본주의의 전개와 농업·농민문제」, 『한국농업·농민문제 연구 I』,
　　한국농어촌 사회연구소편, 연구사, 1988.

방민호, 「리얼리즘론의 비판적 재인식」, 『창작과비평』, 1997 겨울호.

백낙청, 「사회비평 이상의 것」, 『창작과비평』, 1979 봄호.

백낙청, 「변두리 현실의 문학적 탐구」, 『한국문학』, 1974 2월호.

백낙청, 「민중은 누구인가」, 『한국민중론』, 한국신학연구소, 1984.

백소연, 「1970-80 역사극 연구」, 이화여대 박사학위논문, 2011.

백은주, 「현대 서사시에 나타난 서사적 주인공의 변모 양상 연구 : ‘영웅 형상’의
    변모를 중심으로」, 고려대학교 박사학위논문, 2010.

변두섭, 「보안처분에 관한 고찰」, 『전북법학』 Vol.13, 1989.

비교역사문화연구소, 『대중독재의 영웅 만들기』, 권형진·이종훈 엮음, 휴머니스
    트, 2005.

서관모, 「계급 이론과 역사 유물론 : 맑스주의 개조의 쟁점들」, 『경제와 사회』
    Vol.59, 2003 가을호.

서동진, 『자유의 의지 자기계발의 의지 - 신자유주의 한국사회에서 자기계발하
    는 주체의 탄생』, 돌베개, 2009.

서동진, 「자기계발하는 주체의 해부학 혹은 그로부터 무엇을 배울 것인가」, 『문화
    과학』 No.61, 2010.

서세림, 「이문구 소설에 나타난 폭력성 연구」, 서울대 석사학위논문, 2006.

서영인, 「물화된 세계, 소외된 꿈 - 황석영의 중단편론」, 『황석영 문학의 세계』,
    창비, 2003.

서은주, 「‘한국적 근대’의 풍속 - 최인훈의 「크리스마스 캐럴」 연작 연구」, 『상허
    학보』 No.19, 2007.

성대영, 「카프카의 <단식광대>에 있어서 藝術과 社會의 對立」, 전북대 석사학위
    논문, 1993.

성민엽, 「이차원(異次元)의 전망」, 『한국문학의 현단계 2』, 창작과비평사, 1983.

성민엽, 「작가적 신념과 현실」, 『한국문학의 현단계Ⅲ』, 창작과비평사, 1984.

송명희, 「이문구의 해벽에 나타난 근대화 프로젝트와 탈식민주의」, 『한국문학
    이론과 비평』 39집, 2008.

송선령, 「한국 현대 소설의 환상성 연구 : 이상, 장용학, 조세희를 중심으로」,
    이화여대 박사학위논문, 2009.

송현호, 『한국 현대 소설론』, 민지사, 2000.

송호근, 「권위주의적 노동정치와 노동운동의 성장」, 『아시아문화』 제6호, 한림대
    학교 아시아문화연구소, 1990.

송호근, 「박정희 정권의 국가와 노동 - 노동정치의 한계」, 『사회와 역사』 제58집,

2000.

신동한, 「폭넓은 리얼리즘의 세계」, 『창작과비평』, 1974 가을호.

신명직, 「조세희의 나장이가 쏘아올린 작은 공 연구」, 연세대학교 석사학위논문, 1997.

신종화, 「근대적 노동관과 새로운 사회구조의 충돌」, 『한국학논집』 Vol.38, 2009.

신치호, 「박정희 정권하의 국가와 노동관계」, 『노동연구』 Vol.11, 2008.

심지현, 「1970년대 소설의 사회변동 수용 연구-이문구, 윤홍길, 조세희의 연자소설을 중심으로」, 대구가톨릭대학교 박사학위논문, 2005.

심지현, 「1970년대 소설의 현실 인식 연구-이문구의 우리 동네를 중심으로」, 『현대소설연구』 28, 2005.

심지현, 「1970년대 한국 소설의 노사 갈등 연구-황석영·조세희를 중심으로」, 『인문과학연구』 6, 2005.

안남연, 「황석영 소설의 역사 인식과 민중성」, 『상허학보』 No.13, 2004.

안남일, 「황석영 소설에 나타난 권력의 문제」, 『어문논집』 Vol.45, 2002.

양운덕, 「미시권력들의 작용과 생명 정치」, 『철학연구』 Vol.36, 2006.

양정화, 「황석영 소설의 현실 인식 연구-1970년대 중·단편소설을 중심으로」, 목포대 석사학위논문, 2008.

염무웅, 「도시-산업화 시대의 문학」, 『민중시대의 문학』, 창작과 비평사, 1979.

오만석, 「프레드릭 제임슨 문예이론의 제문제」, 『論文集』, 단국대, 1996.

오생근, 「개인의식의 극복」, 『문학과지성』, 1974 여름호.

오생근, 「진실한 절망의 힘」, 『창작과비평』, 1978 가을호.

오생근, 「민중적 세계관과 일상성의 문학-황석영 작품론」, 『현실의 논리와 비평』, 문학과지성사, 1994.

오세영, 「사랑의 입법과 사법」, 『한국현대작가연구』, 민음사, 1989.

오태호, 「황석영 소설에 나타난 근대적 공간 연구」, 『현대소설연구』 No.30, 2006.

오태호, 「황석영 소설의 근대성과 탈근대성 연구」, 경희대학교 박사학위논문, 2004.

오태호, 「황석영 소설에 나타난 이데올로기적 주체의 변화 양상 고찰」, 『국제어문』 Vol.33, 2005.

오형엽, 「가라타니 고진 비평의 비판적 검토」, 『한민족어문학』 55, 2009.

오홍진, 「근대의 외부로 나아가는 소설적 사유」, 『문예시학』 Vol.13, 문예시학회, 2002.

우종현, 「산업화이후 한국의 농업과 농가 경제의 변화」, 『地理學論究』 22호, 2002.

유경선, 「조세희의 난장이가 쏘아 올린 작은 공 연구 : 1970년대 현실 인식에 따른 환상성을 중심으로」, 중앙대 석사학위논문, 2007.

이대성, 「이문구 소설의 문체 연구」, 고려대학교 석사학위논문, 1997.

이승호, 「우리나라 보안 처분의 역사적 전개」, 『刑事政策』 Vol.7, 1995.

이영미, 「모더니즘의 결절과 계기 − 비평과 창작의 지식 권력 구도 변동에 관한 상상」, 『구보학회』, 2006.

이용군, 「황석영 소설에 나타난 동일성 연구」, 숭실대학교 석사학위논문, 1999.

이윤진, 「한국 텔레비전 문화의 형성 과정 − 구술매체와 구술문화의 근대적 결합」, 고려대 박사학위논문, 2002.

이재희, 「1970년대 후반기의 경제정책과 산업구조의 변화 − 중화학공업화를 중심으로 −」, 『1970년대 후반기의 정치사회변동』, 백산서당, 1999.

이진경, 『미래의 맑스주의』, 그린비, 2006.

이진경, 「집합적 기억과 역사의 문제」, 『문화정치학의 영토들』, 그린b, 2007.

이청, 「한국 현대소설에 나타난 신체 표징 연구」, 고려대 박사학위논문, 2007.

이태동, 「역사적 휴머니즘과 미학의 근거 − 황석영론」, 『세계의 문학』, 1981 봄호.

이혁구, 「푸코의 권력학으로 본 사회복지학의 새로운 지평 모색」, 『상황과 복지』 Vol.15, 2003.

임규찬, 「객지와 리얼리즘」, 『황석영 문학의 세계』, 창비, 2003.

임기현, 「황석영 소설 연구 − 탈식민성을 중심으로」, 충북대학교 박사학위논문, 2007.

임기현, 「황석영 초기 문학에 나타난 탈식민성」, 『한국문학이론과 비평』 제39집, 한국문화이론과 비평학회, 2008.

임기현, 「1970년대 황석영 소설 연구」, 『개신어문연구』 Vol.21, 개신어문학회, 2004.

임송자, 「전태일 분신과 1970년대 노동자·학생 운동」, 『한국민족사운동연구』 Vol.65, 2010.

임지현, 「대중독재의 지형도 그리기」, 『대중독재 : 강제와 동의 사이에서』, 책세상, 2004.

임지현·김용우, 「'대중독재'와 '포스트 파시즘' − 조희연 교수의 비판에 부쳐」, 『역사비평』 통권 68호, 역사비평사, 2004년 가을호.

임혁백, 「유신의 역사적 기원 : 박정희의 마키아벨리적인 시간(上)」, 『한국정치연구』 제13집 제2호, 2004.

전봉관, 「백석 시의 모더니티」, 『韓中人文科學硏究』 Vol.16, 한중인문학회, 2005.

전재호, 「남북한 민족주의 비교 연구 : '역사의 이용'을 중심으로」, 『한국과 국제 정치』 Vol.18, 2002.

전재호, 『반동적 근대주의자 박정희』, 책세상, 2005.

전재호, 「박정희체제의 민족주의 연구-담론과 정책을 중심으로」, 서강대 박사학 위논문, 1997.

전정구, 「토속어의 활용과 관용적 표현」, 『문학과 방언』, 역락, 2001.

정과리, 「고통의 개념화」, 『문학, 존재의 변증법』, 문학과지성사, 1985.

정윤재, 「제3·4공화국의 성격과 리더쉽-박정희대통령의 근대화 리더쉽에 대한 연구」, 『동북아연구』 Vol.1, 1995.

정윤재, 「박정희 대통령의 근대화리더십에 대한 유교적 이해」, 『유교리더십과 한국정치』, 백산서당, 2002.

조용미, 「이문구 소설 연구」, 연세대학교 석사학위논문, 1988.

조희연, 『동원된 근대화』, 후마니타스, 2010.

조희연, 「박정희체제의 복합성과 모순성」, 『역사비평』 70호, 역사비평사, 2005년 봄호.

조희연, 「박정희 시대의 강압과 동의」, 『역사비평』 67호, 역사비평사, 2004년 여름호.

조희연, 「반공규율사회와 노동자 계급의 구성적 출현」, 『당대비평』 통권 제26호, 2004.

조희연, 『박정희와 개발독재시대-5·16에서 10·26까지』, 역사비평사, 2000.

진은영, 「감각적인 것의 분배」, 『창작과비평』, 2008 겨울호.

진정석, 「이야기체 소설의 가능성」, 『1970년대 문학 연구』, 예하, 1994.

천상병, 「文化의 再建」, 『韓國革命의 方向』, 중앙공론사, 1961.

천이두, 「반윤리의 윤리-황석영의 삼포 가는 길」, 『문학과지성』, 1973 겨울호.

최갑진, 「1970년대 소설의 갈등 연구-황석영과 조세희를 중심으로」, 『동남어문 논집』 7호, 동아어문학회, 1997.

최균, 「한국 사회복지의 저발달 특성과 향후 발전 과제」, 『복지국가 위기와 사회정 책의 전망』, 비교사회복지 제3집, 한울, 1996.

최연식, 「박정희의 '민족' 창조와 동원된 국민통합」, 『한국정치외교사논총』 제28 집 제2호, 2007.

최용기, 「남북한 국어 정책 변천사 연구」, 단국대학교 박사학위논문, 2001.

최용호, 「1970년대 전반기의 경제정책과 산업구조의 변화」, 『1970년대 전반기의 정치사회 변동』, 백산서당, 1999.

최효찬, 「일상의 억압기제 연구—자본주의 도시 공간에 대한 문화정치학적 접근」,
    연세대 박사학위논문, 2006.
하재훈, 「박정희체제의 대중 통치」, 경북대 박사학위논문, 2007.
한국산업사회연구회, 「제6공화국의 노동정책」, 『1980년대 한국사회와 지배구조』,
    풀빛, 1989.
한국정신문화연구원, 『1970년대 전반기의 정치사회변동』, 백산서당, 1999.
한도현, 「국가권력의 농민통제와 동원정책」, 『한국농업·농민문제 연구Ⅱ』, 한국
    농어촌 사회연구소편, 연구사, 1989.
한미선, 「문체 분석의 구조주의적 연구」, 서울대학교 석사학위논문, 1986.
한상범, 「市民社會의 論理와 福祉國家에의 幻想」, 『思想界』 195호, 1969.
한점돌, 「실향의식과 귀향의지—황석영론」, 『한국현대작가연구』, 민음사, 1989.
허은, 「박정희 정권하 사회개발 전략과 쟁점」, 『韓國史學報』 제38호, 2010.
현길언, 「이야기성과 서사성의 만남」, 『작가연구』, 1999.
홍성태, 「일상적 감시사회를 넘어서」, 『국가와 일상』, 한울아카데미, 2008.
황인정, 『한국의 종합농촌개발』, 한국농촌경제연구원, 1980.
황종연, 「도시화, 산업화 시대의 방외인」, 『작가세계』, 1992 겨울호.

3. 국외 논저

Adam Roberts, 『트랜스 비평가 제임슨』, 곽상순 옮김, 앨피, 2007.
Benedict Anderson, 『상상의 공동체』, 윤형숙 옮김, 나남출판, 2002.
Bob Jessop, 『전략관계적 국가이론—국가의 제자리찾기』, 유범상·김문귀 옮김,
    한울아카데미, 2000.
Brandt Vincent, 「價値觀 및 態度의 變化와 새마을운동」, 『새마을운동의 理念과
    實際』, 서울대학교새마을운동종합연구소, 1981.
Elmar Altvater, 『자본주의의 종말』, 염정용 옮김, 동녘, 2007.
Eric Hobsbawnn 외, 『만들어진 전통』, 박지향 옮김, 휴머니스트, 2004.
Etienne Balibar, 『대중들의 공포』, 최원·서관모 옮김, 도서출판b, 2007.
Fredric Jamson, 『변증법적 문학이론의 전개』, 여홍상 옮김, 창작과 비평사, 1984.
Fredric Jamson, 『The Politics Unconscious』, London : Methuen, 1981.
G. Agamben, 『호모 사케르』, 박진우 옮김, 새물결, 2008.
G. Spivak, 「Can the subaltern speak?」, 『Marxism and the interpretation of culture』,
    Basingstoke, Hampshire, 1988.

278

Hannah Arendt, 『인간의 조건』, 이진우·태정호 옮김, 한길사, 1996.

Jones, Alissa Lea, 『법은 아무 것도 아니다』, 강수영 옮김, 인간사랑, 2008.

Kate Crehan, 「하위주체 문화」, 『그람시·문화·인류학』, 김우영 옮김, 길, 2004.

Katz, Michael B., 『The "Underclass" debate : views from history』, Princeton University Press, 1993.

Marcos, 『우리의 말이 우리의 무기입니다』, 윤길순 옮김, 해냄, 2002.

Michael Foucault, 『성의 역사 : 1. 앎의 의지』, 이규현 옮김, 나남출판사, 1994.

Michael Foucault, 『감시와 처벌-감옥의 역사』, 오생근 옮김, 나남출판, 2005.

Michael Foucault, 『미셸 푸코의 권력 이론』, 정일준 옮김, 새물결, 1994.

O'Donnell·Schmitter, 『독재의 극복과 민주화-권위주의정권 이후의 정치생활-』, 한완상·김기환 옮김, 다리, 1987.

Peter V. Zima, 『소설과 이데올로기』, 서영상·김창주 옮김, 문예출판사, 1996.

Rainer Zoll, 『오늘날 연대란 무엇인가 : 연대의 역사적 기원, 변천, 그리고 전망』, 최성환 옮김, 한울, 2008.

Schmitter, Philippe C., 「Speculations about the Prospective Demise of Authoritarian Regimes and Its Possible Consequencies」, Woodrow Wilson Working Papers No.60, 1980.

Scott Lash & John Urry, 『기호와 공간의 경제』, 박형준·권기돈 옮김, 현대미학사, 1998.

Slavoj Žižek, 「정치적 열정적 (탈)애착들, 혹은 프로이트 독자로서의 주디스 버틀러」, 『까다로운 주체』, 이성민 옮김, 도서출판 b, 2005.

Stephen Morton, 『스피박 넘기』, 이운경 옮김, 앨피, 2005.

Walter J. Ong, 『구술문화와 문자문화』, 이기우·임명진 옮김, 문예출판사, 1995.

梅根悟, 『세계 교육사』, 김정환·심성보 옮김, 풀빛, 1994.

4. 신문 자료

「農業構造 전환」, 『경향신문』, 1967. 02. 21.

「朴大統領 安保 經濟外交 확대 추구」, 『경향신문』, 1974. 10. 04.

「獻血 캠페인 15일~11월 15일」, 『매일경제』, 1971. 09. 14.

「賣血者에 정당한 代價를 일부血液院 얌체행위 調査토록」, 『경향신문』, 1975. 05. 29.

「무작정 상경에 도사린 함정 르뽀」, 『동아일보』, 1971. 03. 31.

「이농에 대처하는 농정」, 『동아일보』, 1979. 05. 15.

찾아보기

282

지은이 **권 경 미**

이화여자대학교 국어국문학과 졸업 및 동대학원 박사 졸업
현 성신여자대학교 문화내러티브 전공 조교수

대표 논저로는 「1970년대 버스 안내양의 재현 방식 연구」(『어문론집』 53권, 2013), 「대중소설의
도시적 교양성과 타자의 윤리」(『현대소설연구』 56권, 2014), 「세계시민 양성을 위한 문학교육
방법 연구」(『한국문화연구』 26권, 2014), 「노동운동 담론과 만들어진/상상된 노동자」(『현대소설
연구』, 54권, 2013) 등이 있다.

이화연구총서 23

박정희체제 속 농민, 노동자, 도시 이방인의 삶
1970년대 소설 속 하층계급 인물 연구

권 경 미 지음

초판 1쇄 발행 2016년 4월 20일

펴낸이 · 오일주
펴낸곳 · 도서출판 혜안

등록번호 · 제22-471호
등록일자 · 1993년 7월 30일

주소 · ⑨ 04052 서울시 마포구 와우산로 35길 3(서교동) 102호
전화 · 3141-3711~2 / 팩시밀리 · 3141-3710
E-Mail · hyeanpub@hanmail.net

ISBN 978-89-8494-552-4 93810

값 26,000 원